土摩托看世界

在旅行中寻找人生坐标

袁越 著

三联书店

图书在版编目（CIP）数据

土摩托看世界．在旅行中寻找人生坐标／袁越著．—2版．—北京：生活 · 读书 · 新知三联书店，2020.1
ISBN 978－7－108－06700－5

Ⅰ．①土…　Ⅱ．①袁…　Ⅲ．①游记－作品集－中国－当代
Ⅳ．① I267.4

中国版本图书馆 CIP 数据核字（2019）第 181098 号

责任编辑　王振峰
封扉设计　鲁明静
版式设计　康　健
责任印制　卢　岳
出版发行　生活 · 讀書 · 新知　三联书店
（北京市东城区美术馆东街 22 号　100010）
网　　址　www.sdxjpc.com
经　　销　新华书店
印　　刷　北京隆昌伟业印刷有限公司
版　　次　2014 年 6 月北京第 1 版
2020 年 1 月北京第 2 版
2020 年 1 月北京第 2 次印刷
开　　本　720 毫米 × 965 毫米　1/16　印张 21
字　　数　240 千字　图 135 幅
印　　数　10,001－16,000 册
定　　价　69.00 元
（印装查询：01064002715；邮购查询：01084010542）

目 录

前言

我第一次出国时已经24岁了，那甚至也是我生平第一次坐飞机旅行，第一次用刀叉吃饭，第一次知道黄油是什么味道。和现在的年轻人相比，我们这代人接触外部世界的时间太晚了。也许正因为如此，我们对于外国的兴趣是史无前例的。记得上中学的时候我每天晚上7点25分都会准时坐到电视机前，因为新闻联播最后的5分钟是外国新闻，那小小的9寸屏幕几乎是我们这代人看世界唯一的窗口。

后来当我真的踏上外国的土地后，却来不及静下心来好好看看周围的世界，因为我是去美国留学的，整天忙着上课、备课、写作业、租房子、考驾照、买车……回想起来，我真正开始了解美国这个国家，是在出国一年之后，因为那时我终于稳定了下来，开始有闲心和闲情四处走走看看，结交不同领域的朋友，接触学校之外的世界。在此之前，我对美国的所有印象都局限在校园里，肯定是不准确的。

这个经验同样适用于游记的写作。绝大多数游客，包括我自己在内，第一次去一个陌生的国家时肯定会不知所措，需要一段时间适应。普通游客倒也罢了，如果是记者的话，问题就大了。如何能够在短暂的时间里摆脱那种迷茫的状态，迅速进入主题，最终写出一篇深度游记呢?

我的答案是：再去一次。

于是，我找了个机会第二次来到印度。这一次我完全没有了当初那种不知所措的感觉，迅速地进入了考察的状态。我不再对印度表面的五颜六色感到好奇，而是静下心来仔细观察，多听多想，并利用我以前积攒的关系找到了很多印度本地的记者和作家，虚心向他们请教，最终的结果就是一组题为《骄傲的印度》的封面文章。据说这期杂志卖得很好，我自己也相当满意。

不过，这样的机会是可遇而不可求的，大多数旅游目的地我这辈子大概只能去一次，这就必须在去之前做足功课，尽量缩短适应的时间。比如复活节岛，这地方太遥远了，去一次非常不容易。去之前我看了好几本关于这个岛的书，以及八部以该岛为主题的纪录片，把所有关于此岛的理论和争议焦点都铭记在心。上岛之后我意外地发现一位权威的人类学家正好在岛上，于是我想方设法找上门去，开门见山地向他汇报了一下我所知道的所有知识，他立刻意识到我不是一般的记者，而是有备而来，于是便花了两天的时间详细跟我讲了他最新的研究成果，把他正在写的一本书的主要内容和盘托出，于是就有了这组关于复活节岛的文章，首次向读者介绍了关于这个岛的最新研究成果。

《骄傲的印度》和《复活节岛》这两个系列文章都收录在这本《土摩托看世界 II》当中，另外还包括土耳其、委内瑞拉、加蓬、莱索托、哈萨克斯坦和厄瓜多尔等国家的游记，它们都是在 2012 年～ 2013 年写成的。我自己认为这些文章要比第一集当中的大部分游记更加扎实，因为我已经变成了一个“资深驴友”，新手常见的新鲜感已经逐渐让位于对陌生世界的冷静的好奇心。另外，多年的旅行经历也让我变得更加中立，不再被一些听起来政治正确的概念所左右，学会了以更平和的心态看待世间百态，细心探究其中的规律。

一句话，当我知道的人类故事越多，我对这个世界的偏见就越小。

感谢读者购买这本书，希望大家喜欢。

袁越

2014 年 1 月 31 日

骄傲的印度

印度是全世界宗教气氛最浓的国家之一。不但印度教和佛教均起源于此，而且伊斯兰教、基督教、耆那教和锡克教等等也都占有相当大的比例。有人认为，如果说美国是一个民族大熔炉的话，那么印度就是一块巨幅的民族镶嵌画，各个民族种类繁多，五花八门，但互不影响，永远融合不到一起去。

拜火教的故事

印度是一个充满故事的地方，下面我来讲一个关于拜火教的故事。

看过《倚天屠龙记》的读者一定还记得那个神秘的明教，明教又称摩尼教，2 世纪起源于古波斯。而明教的源头之一就是公元前 5 世纪时创立的琐罗亚斯德教（Zoroastrianism），这个教最崇拜的圣物是火，所以又名拜火教。

拜火教同样起源于古波斯，8 世纪时因为受到伊斯兰教的迫害而被迫逃到印度。他们自称帕西人（Parsee），多年来辗转于印度各地，以务农为生。英国殖民地时期，孟买变成了重要的通商港口，帕西人见过世面，接受新鲜事物的速度比其他印度人快，他们立即看到了商机，整体搬迁到了孟买，或经商或倒卖房地产，迅速成为孟买最富有的社团之一。

孟买市中心有个马拉巴山（Malabar Hill），这是一个占地 22 公顷的小土丘，算是孟买最好的地段，拜火教将其买下，建了一座寺庙。我 2007 年时参观过这座寺庙，无论是建筑风格还是内部装饰都极为考究。寺庙后面竖立着三个“沉默之塔”，塔顶是帕西们举行天葬的地方。拜火教视火为圣物，而尸体是不洁之物，所以不准火葬，只能天葬，就是让秃鹫来把尸体吃掉。

没想到，近几年孟买发展得很快，寺庙周围建起了无数摩天大楼，高过了“沉默之塔”。这样一来天葬的景象就被楼上的居民尽收眼底了。拜火教多次抗议未果，只好作罢。

故事讲到这里，印度这个国家的很多重要元素都已经具备了。

首先，这是全世界宗教气氛最浓的国家之一。不但印度教和佛教均起源于此，而且伊斯兰教、基督教、耆那教和锡克教等等也都占有相当大的比例。其中占绝对优势的印度教是一个多神教，没有创始人，没有绝对权威的经典（比如《圣经》），没有统一的宗教管理机构，甚至连神职人员都很少。印度教对其他宗教相当宽容，允许各种一神教和多神教与自己共存。与其说这是一种宗教，不如说这是印度次大陆许多民族的信仰、习俗和生活方式的混合体。拜火教当初被伊斯兰教逼得走投无路时只有一个选择，那就是逃往印度。印度人经常自豪地称自己的国家是全世界各种宗教、文化和族群的收容所，这是有一定道理的。

其次，任何一个初来乍到的外国人肯定会惊讶于印度人的宽容。这个国家好像什么事情都能被容忍，仿佛印度人骄傲得不屑于跟异类们计较。其实这种容忍背后的精神支柱是种姓制度，这是印度教的核心，它把印度人分成四个不同的阶层，彼此之间不能互换身份，也不准通婚，实际上等于把种族歧视这一陋习给制度化了。

种姓制度是印度人抵抗外来文化的绝佳武器，所有外来民族都被划分成单独的种姓，并以这种方式融入印度人的生活。比如，一个游牧民族可以继续保持吃牛肉的传统，只要他们愿意承担被划分成贱民的后果就可以了。拜火教的传统之所以保持了这么多年还完好无损，帕西人之所以在印度生活了一千多年还能完整地聚居在一起，其原因就是这个种姓制度。

印度最著名的公共知识分子、《印度时报》专栏作家格查仁·达斯（Gurcharan Das）在其名著《解放了的印度》（*India Unbound*）中有过一个精彩的比喻：如果说美国是一个民族大熔炉的话，那么印度就是一块巨幅的民族镶嵌画，各个民族种类繁多，五花八门，但互不影响，永远融合不到一起去。

达斯先生还认为，一幅好的镶嵌画也是要有统一风格的，印度的风格就是印度文明，以及印度人独特的生活方式，历史上很多迁徙至印度的外来族群最终都在生活方式上被印度人同化了。当然这里面也有例外，比如伊斯兰教是个非常强硬的一神教，穆斯林不愿意

印度教包容性极强，图为去佛教寺庙朝拜的印度教妇女

被划归到印度教的种姓制度当中，双方矛盾不断，最终导致了印度的分裂。

再比如，印度共和国历史上至少有三位最高领袖（圣雄甘地、英迪拉·甘地和拉吉夫·甘地）死于谋杀，原因都和宗教或者民族冲突有关。

既然文化冲突如此厉害，如今的印度靠什么凝聚在一起呢？路透社驻印度记者苏乔·杜哈（Sujoy Dhar）先生认为是民主制度。“印度从建国时起就实行民主制度，一直没出什么大乱子，这是尼赫鲁的功劳。”他对我解释说，“别看最近不少地方在闹独立，有的甚至还很血腥，但他们只是要求自治而已，谁都不愿意脱离印度联邦，因为他们都看到了巴基斯坦的样子，明白民主制度是多么重要。”

“民主，就是今天的印度最值得骄傲的地方，尤其是跟周边的这几个南亚国家相比更是如此。”他补充道。

步入现代社会

印度是个有着悠久历史的国家，拜火教的故事当然不能就这么结束了。

天葬最大的问题不是摩天大楼，而是秃鹫都死光了。印度过去从来不缺秃鹫，这是一个崇拜牛的国度，牛死后人不许吃，只能由秃鹫来负责清理。高峰时期全印度一共有4亿头秃鹫，它们盘旋在印度上空，一头牛死后很快就会被它们分食而尽。

1993年，印度政府批准了一种名为“扶他林”（Voltaren）的止痛药用于畜牧业，以减少牲畜死前的痛苦。谁知此后印度秃鹫的数量急剧减少，三个常见种群的数量都下降到只剩下几千只了。研究发现病因就是这种止痛药的主要成分二氯苯胺苯乙酸（Diclofenac），它能导致鸟类肾衰竭，秃鹫一旦吃了含有这种成分的肉便无法生还。虽然这种药很快就被叫停了，但损失已然无法挽回，秃鹫种群数量下降的趋势直到2012年才总算止住了，暂时不用担心灭绝的问题。

高楼大厦的问题还好解决，没有了秃鹫天葬就无法进行，于是孟买的帕西人向政府求救，希望印度政府拨出专款修建两个鸟舍，并引进一批雏鸟，专门为天葬服务。帕西协会和政府谈判了六年，双方终于达成了共识。我2012年年底再次造访孟买，得知这个项目预计将于2013年4月正式动工，2014年1月就可以开张营业了。整个项目一共需要花费500万美元，包括鸟舍的建造和十五年的种群维护费用。

“一般情况下建造一个秃鹫鸟舍要花很多钱来买肉，我们这儿没这个问题，因为这些秃鹫吃我们自己的肉就行了。”帕西协会主席迪恩肖·梅塔（Dinshaw Mehta）说，“没有秃鹫，越来越多的帕西人选择火葬，这是不能容忍的。我们非常希望能尽快恢复天葬习俗，这是琐罗亚斯德教的传统，不能就这么轻易丢弃。”

故事讲到这里，印度这个国家目前面临的问题昭然若揭。

任何一个具有悠久历史的国家在汹涌而至的现代化浪潮面前都会发一阵呆，不知应该如何去应对。印度自然也不例外，其丰富的文化传统和宗教信仰使得印度人一时间很难适应这个飞速发展的现代化社会。

比如，每一个首次来印度旅游的人一定会被印度大街上的肮脏程度所震惊，除了新德里等大城市的主干道之外，其他印度城市的街道上都充斥着塑料垃圾和动物粪便，男人们旁若无人地在街上大小便，神牛们则悠闲地站在马路中央反刍，汽车和行人都得绕着走。这些习惯在过去的农村都不是问题，生活垃圾会被牲畜们吃掉，排泄物是很好的肥料。但是进了城的印度人依然按照农村的方式行事，问题就来了。

有意思的是，印度人的家里往往都很干净，和公共场所的肮脏形成了鲜明的对比。达斯认为，种姓制度是造成这一现象的主要原因之一。古代印度人的大部分日常活动都在自己的种姓范围内进行，大家彼此都认识，不会有问题。但是现代城市动辄上百万人住在一起，大家谁也不认识谁，分不清对方到底是什么种姓，不知道应该如何去应对。这一现象直接导致了印度人对公共空间概念极为淡漠，谁也不愿意花精力去维护。

这种状况还导致了印度人在工作场合互相不信任，这一点已经严重影响了很多印度公司的工作效率，甚至削弱了印度军队的战斗力。

同样，古代遗留下来的宗教习俗也和现代社会发生了冲突。比如，印度人把恒河当做圣河，喜欢在恒河里沐浴，这在古代是一种良好的生活习惯。但是，如今的恒河水已经变得污秽不堪，再加上印度人依然保留着火葬的习俗，而且固执地一定要用原木来烧，最后再把骨灰撒进恒河，污染了河水。印度过去人口少，这点污染还能忍受，现在印度人口已经超过了 12 亿，无论是森林还是恒河都经不起这么造了。

更糟糕的是，印度人把印度教歧视妇女的习俗保留了下来，导致了严重的后果。印度教刚刚成型的时候，婆罗门耗费了大量精力编纂了很多规范人民生活的法典，其中尤以《摩奴法论》最为有名。在这部法典里有很多歧视妇女的条款，这就等于把对妇女的歧视理论化、法律化了。如今很多印度农村家庭还保留着嫁女儿要付给男方家庭很多陪嫁的风俗，女孩成了印度家庭的负担。前段时间在新德里发生的轮奸案就是印度妇女地位的一个缩影。印度一直是一个强奸案频发的国家，这个案子之所以引起这么大的反响，除了受害妇女来自中产家庭，以及受害地点是新德里主要街道之外，最主要的原因就是犯罪分子的手段过于残忍，与禽兽无异。在这几个男人眼里，女人只是供他们发泄兽欲的工具，根本不是人。

在恒河边沐浴的印度教徒

瓦拉纳西街头一景

此案发生前，很多人盲目地相信宣扬轮回说的印度教的信徒是不敢作恶的，案子的细节曝光后，这些人的思想来了个 180° 大反转。

印度式民主

印度是个复杂的国家，一个典型的印度故事一定会在结尾来个大反转，拜火教的故事也不例外。

帕西协会和政府谈了六年才谈成的项目，还未实施就遭到了来自帕西群体内部的反对。世界琐罗亚斯德文化基金会主席侯米·达利亚（Homi Dhalla）先生就公开表示反对这个项目，他认为一旦让政府出面投资建设这个鸟舍，官僚们就会得寸进尺，最终把这块本来属于拜火教的风水宝地收回去。

这个理由牵强吗？这就要看这个故事发生在哪个国家。印度政府的腐败是出了名的，透明国际组织 2011 年全球腐败指数显示，印度的清廉程度在全世界排名第 95 位，属于重度腐败（中国排第 75 位）。实行了六十多年的民主制度，以及相当自由透明的媒体，都没能治得了印度的腐败病。

那么，达利亚的反对很有道理吗？倒也未必，因为他是凹透镜装置的制作者。这个装置建在“沉默之塔”的天台上，将阳光反射到尸体上加速其腐烂，据说在旱季效果不错，不需要秃鹫也能应付得过来。可惜雨季的那几个月因为缺乏阳光，尸体要在天台上停放很长的时间，味道相当难闻。作为这套凹透镜装置的制作者和管理者，达利亚先生自然不愿意看到这套系统被秃鹫替代。

换句话说，达利亚是个“利益相关者”。印度的民主制度让每一个利益相关者都有发言的机会，但这无形中导致了严重的扯皮现象，在印度要想办一件事，需要耗费更多的时间和精力。

问题是，不仅达利亚一个人反对，拜火教专属医院的医生们也心存疑虑。原来，止痛药不仅仅是牲畜在用，病人用得更频繁。给病重的患者服用止痛药是医院的惯例，一家拜火教医院的院长表示，他们没有权力告诉病人什么药能吃，什么药不能吃。要想满足天葬的条件，病人家属必须签字证明病人去世前三天没有服过止痛药才行，而家属到底撒没撒谎光靠化验是很难证明的。

那么，为了让拜火教的传统保持下去，帕西人难道不能做出一点牺牲吗？“这几乎不可能！”一位名叫库谢德·达斯图尔（Khurshed Dastoor）的拜火教牧师这样形容此事的难度，“我花了十年时间劝说帕西们在进入拜火教神庙之前关闭手机，可从未奏效，我不认为他们会为了秃鹫而停止吃止痛药。”

可是，印度政府才不管这一套呢。“如果有秃鹫被毒死的话，我们将立即终止这个项目。”一位官员说。

于是，这件谈了六年才谈成的项目很有可能因为各方的反对而流产。

这个故事可以被看做是所谓“印度式民主”的缩影。印度自1947年独立开始就有了相当健全的民主制度，这在前殖民地国家当中是很罕见的，尼赫鲁是造成此种局面的功臣之一，他是圣雄甘地钦定的接班人，从甘地那里继承了无上的权威，并依靠这个权威强行推行西方式民主，获得了成功。

不过，印度民主制度最大的功臣还得说是印度独特的历史和文化传承。印度的历史和中国很不一样，大部分时间处于分裂的状态，大一统的情况相当罕见，是印度教和种姓制度把印度人团结在一起的，而印度教从来没有一个绝对的权威，每个教徒都有自己崇拜的神，以及属于自己的灵性导师，所以印度人很早就习惯了社团式的生活，民间组织非常活跃。换句话说，印度人的国民性和民主制度有相通的地方，专制集权反而会水土不服，这就是为什么民主制度在印度推行得十分顺利，印度人也一直为自己是全世界最大的民主国家而感到骄傲。

但是尼赫鲁在经济上效仿苏联，实行的是社会主义计划经济，导致印度经济发展停滞不前，没有赶上“二战”后的世界经济腾飞。上世纪50～80年代印度GDP平均增幅仅为3.5%，如果把人口膨胀的因素考虑进来的话，印度在这四十年里的人均GDP增长率仅为1.3%，远低于大部分亚洲国家。其结果就是印度在独立四十年后依然有一半人口生活在贫困线以下，文盲数量占总人口的一半以上。在达斯先生看来，这种状况导致了印度民众一直没能培养出一个民主社会应有的责任感，其结果就是把民主制度所有的缺点都继承了下来。

其中最严重的问题就是扯皮导致的低效率，像上面这个关于秃鹫的故事就是如此。这个故事本来没那么复杂，结果双方谈判了六年才成功，却还要面临着被迫中止的情况，在印度办事的难度可想而知。在达斯看来，印度自1991年开始的这一轮经济改革之所以遇到瓶颈，主要原因就是印度政府很难通过谈判拿到经济建设需要的土地，这使得印度政府计划建造的各种基础设施和原材料加工厂没办法及时开工，拖了经济发展的后腿。

事实上，这一轮经济改革之所以能够启动，也是因为当时印度经济到了破产的边缘，不得不暂时丢掉民主制度的束缚。1991 年，印度总理拉吉夫 · 甘地在竞选时被斯里兰卡的泰米尔猛虎组织刺杀，接替他的是 N. 拉奥（Narasimha Rao），一位当时已经 70 岁、看上去很老实、对谁都无害的老好人。那一年印度政府正面临着历史上最严重的经济危机，外汇储备只剩下 10 亿美元，只够维持两个星期的进口。此事居然还是没能让印度的政治家们警醒，只是后来印度政府不得不动用黄金储备做抵押，去向国际货币基金组织（IMF）借了 22 亿美元紧急援助，这才让政治家们感到了危机。在印度人看来，黄金才是财富的最高形式，甚至比美元储备还重要。

眼看政府就要破产，拉奥终于下决心开始经济改革。他不顾别人的反对，任命经济学家曼莫汉 · 辛格（Manmohan Singh）担任经济部长，同时宣布打开国门，开放进出口限制，允许外资进入。此招收到奇效，印度的经济形势当年就有了好转，两年后外汇储备就上升到 200 亿美元，增长了 20 倍。但是此次改革的背后并没有精心的设计，再加上来自公民社会的反对，拉奥和辛格都很快改口，称印度将实行一种“带有人情味的改革”（Reforms with a Human Face）。这个口号看似很民主，但其结果就是印度国企的私有化进行得极不彻底，劳动法也没有修改，工人随时可以罢工，企业却不可以解雇工人，农业领域也没有彻底放开，农产品仍然实行价格管制，种子也继续实行限价政策，看似保护农民利益，实则打击了种子公司研发新种子的动力。这些措施导致印度的经济增长速度远不如中国，而且缺乏后劲，不少经济学家甚至预计印度将会在未来的几年里再重复一次 1991 年时的经济危机。

话虽如此，印度的经济改革仍然取得了一定的成效，主要原因就在于印度民间的活力被释放了出来，而这件事也有种姓制度的一份功劳。提起种姓制度，大部分人的第一反应都是负面的，但是这个制度保护了印度社会的多样性，使得印度能够更好地适应各种情况。比如，印度自古以来就有一个庞大的商人种姓，其成员当中有很多优秀的商人，一旦放开管制，他们的能量就如火山爆发一般释放了出来，带动了整个国家的经济发展。再比如，种姓制度虽然导致了一部分印度企业内部的不团结，但对于某些家族式企业来说却是有好处的，这就是为什么印度近年来涌现出一大批家族式超级大公司，完全可以和欧美的大企业抗衡。事实上，拜火教之所以垄断了孟买的房地产业，靠的就是种姓制度带来的绝对忠诚。

生物多样性的最大优点就是能够更好地应付突发情况，种姓制度也是如此。比如印度的婆罗门种姓一直是“四体不勤，五谷不分”的典型，他们蔑视体力劳动，只会读书，经常被当做书呆子。但是这个种姓的人擅长思辨，为印度培养了一大批善于钻研抽象问题的知识分子。上世纪末期开始的计算机和互联网产业大爆发正好撞在了这批人的枪口上，这就是为什么印度能够迅速地抓住这一千载难逢的契机，成为世界软件行业的龙头老大。

达斯也认为，种姓制度不全是坏的。既然这是印度的传统，一时间无法彻底消除，那就必须想办法适应它的存在，学会扬长避短。

历史传承

如果仅用市容来判断一个国家经济发展的速度，印度最近几年似乎停滞不前了。

我在五年前去过一次印度，用三个星期的时间走访了印度的主要城市和乡村。2012年年底我再一次拜访这个国家，感觉基本上没有变化，大街上依旧是肮脏不堪，道路两旁的贫民窟仍然还在，拥挤的火车速度还是那么缓慢，空气质量也没有多少改观，鼻孔里依然充满了烟尘的味道。

和中国对比一下的话，差距就更明显了。中国和印度在上世纪60年代时的经济状况极为相似，但中国自1978年实行改革开放以来，GDP保持了很多年接近两位数的增长，目前中国的经济总量是印度的四倍多，外汇储备至少是印度的十倍，外贸总量是印度的三倍，中国城市的面貌一年一变，而印度从1991年才开始经济改革，其GDP增长率很不稳定，上世纪90年代到21世纪头几年有过一段短暂的辉煌，之后便开始大幅度波动，2011年～2012年度的增幅只有6.4%，和中国的差距越拉越大。

2007年的时候也许还有印度人认为孟买比上海好，但现在肯定不会了。我在一列时速50公里的火车上和一位孟买律师聊天，他耐心地听我描述了上海浦东的状况，以及北京到上海的高铁时速，然后很有礼貌地点了点头表示知道了。

仅此而已，没有任何羡慕的表示。

印度就是这样一个国家，虽然有各种各样的不方便，但却是背包客最喜欢的目的地，因为这个国家太独特了，很多地方都和你熟悉的那个世界正相反，每时每刻都能感受到新鲜而又强烈的刺激。

达斯先生认为，印度之所以是现在这个样子，是和其历史文化传承分不开的。这位资本主义市场经济的拥趸在2012年刚刚出版了一本新书，名为《印度的暗夜生长》(*India Grows at Night*)。在书中他明确表示，印度之所以走上了先民主后资本主义的道路，是印度人独特的国民性造成的，并不是一个合理的选择。如今印度式民主已经严重影响到了印度的经济发展，印度政府的腐败和无能妨碍了印度社会的进步，他呼吁印度政府应该提高管理水平，而不是整天扯皮。

《印度商业线报》(*The Hindu Business Line*) 总编辑 G. 昌德拉施卡 (G. Chandrashekhar) 先生同样认为，印度的社会制度和经济状况都是印度国民性的正常结果，是印度历史的一种延续。“印度5000年的文明史有好有坏，好处就是让印度人在经历了各种天灾人祸之后仍然保持乐观精神，不像美国，一个‘9 · 11’就让美国人民不知所措。”这位慈祥的老人在接受我采访时这样说道，“不过我现在越来越觉得这5000年的历史坏处更多，它是印度人民的包袱，它让普通印度人习惯于相信命运，相信所有一切都是神的旨意，于是印度人在物质上的需求甚少，对提高生活质量的欲望也不高，这就是印度经济发展的最大阻力。”

佛教在印度的遭遇

佛教起源于印度，却在其发源地被遗忘。考察一下佛教在印度的遭遇，可以帮助我们了解这个国家的历史，理解这个国家的现状，顺便把我们自己的事情想清楚。

佛祖的困惑

没想到，菩提伽耶（Bodhgaya）竟然是一个如此喧闹的地方。

菩提伽耶位于比哈尔邦（Bihar）境内，这个邦位于印度北部，和尼泊尔接壤，佛祖释迦牟尼一生的大部分时间都在这个邦度过，因此它被称为佛教的发源地。我走出长途车站，立刻有好几个摩的司机上前拉客，他们锲而不舍，一个刚被回绝，另一个便立刻冲上来，用同一套说辞继续游说。我只好随便挑了一辆，和四名印度当地人挤在一起驶向镇中心，宗教圣地应有的神圣和庄严随着“突突突突”的噪音和屁股后面冒出的滚滚黑烟消失得无影无踪。

进了菩提伽耶镇立刻开始堵车，喇叭声此起彼伏。印度司机喜欢用喇叭代替吵架，这几乎成了所有印度城市的背景声。我刚来时还不适应，几天后就习以为常了。印度本地人的耳朵肯定早就磨出了茧子，于是聪明的印度司机发明了各种方法，有的拼长度，一按就是半分钟不停，有的拼技巧，各种各样的节奏和韵律堪比电子舞曲，还有不少人安装了音乐喇叭，一按就自动唱出一段旋律，还真挺好听的。

菩提伽耶不是一个自然村，它完全是为了旅游而建的，路两边全是旅馆和饭店，以及多如牛毛的旅行社，几乎看不到一户人家。即使如此，大街上依然很脏，路边的小摊贩们习惯性地把垃圾随手扔在地上，其中可吃的部分很快就会被野狗和牛吃掉，这就是为什么印度大街上的垃圾基本上可以分成两类：吃不了的废塑料和不好吃的粪便。前者会有人不定期地扫成一堆放火烧掉，所以印度的空气质量很差，越是小城镇就越糟糕。后者就只能等老天爷下雨了，印度男人又喜欢在街边小便，所以印度城市里任何一个背阴的地方都会有股骚臭的味道。

一个外国人背着双肩包在印度大街上行走不被骚扰是不可能的。印度任何一座城市的大街上每时每刻都有很多很多的闲人，而他们似乎又都很爱管闲事，不断有人主动上前跟我打招呼，问我从哪里来，要到哪里去。这些人当然不是哲学爱好者，而是导游，他们希望能把我带到他们选择的旅馆，好从老板那里挣到一小笔介绍费。我明白这里面的猫腻，一概推说我已经订好旅馆了。突然有人从后面撞了我一下，我一个趔趄，险些摔倒。这人扶住我连声道歉，用流利的英语关心地问我撞坏了没有，在得到否定的答复后，他立刻话锋一转："请问你从哪里来？要到哪里去？"

我决定跟他走，不是因为他的创意，而是他的英语水平。印度人当中会说英语的比例确实很高，但说得好的却不多，找到一个英语流利而又没有口音的导游是一件很幸运的事情。这位导游名叫阿克塔，是个穆斯林，他自称曾经在新德里上过大学，因为不习惯大城市的生活，毕业后回到家乡担任导游，并师从一位台湾来的高僧学习佛教。"虽然我是穆斯林，但我尊重其他宗教，也愿意学习它们的教义。"阿克塔对我说，"我不喜欢用宗教信仰来定义一个人，我觉得普天下所有人都是兄弟。"

阿克塔给我介绍的这家旅馆非常不错，既干净又便宜。但我早上 5 点就被穆斯林诵经的声音吵醒，再也睡不着了。印度几乎所有城市都有清真寺，屋顶装有扩音器，每天播放五次男子朗诵《古兰经》的录音，音量极大。如果你的旅馆正好挨着清真寺，那你最好在耳朵里塞个棉花团再去睡觉。

第二天上午，阿克塔骑摩托车载着我去参观佛祖修行的那个山洞。此地距离菩提伽耶有半小时车程，从远处看是一座很普通的小山包，周围都是农田，一条蜿蜒的石板路通向山上，沿途都是卖纪念品的小摊点，除了香烛纸马等祭品外，还卖各种饼干和糖果。它们是为一群要饭的小孩准备的，这些孩子平时聚在一起嬉笑打闹，一见到游客就围过来伸出小手，瞪着一双双大眼睛索要卢比或者零食。

山洞位于50米高的半山腰，洞口非常小，仅容一人勉强通过，洞内点着两根蜡烛，但仍然是黑乎乎的。当我适应了黑暗后，眼前出现了一尊菩萨盘腿坐像，他瘦得两腮凹陷，肋骨突出，就像两块搓衣板盖在胸前。洞内有一名身穿藏袍的僧人在打坐，自始至终没有发出一点声音，直到我转身准备出洞时才发现了他。他用手指了指地上放着的捐款箱，仍然没有说一句话，看来这位看门人的打坐禅修正到了关键的时候。

那尊坐像就是佛祖，当年他差点饿死在这个山洞里。佛祖原名乔达摩·悉达多，公元前624年出生于尼泊尔境内的蓝毗尼（Lumbini），和孔子大约是同时代的人。他的父亲净饭王是位于尼泊尔南部的迦毗罗卫国的国王，属于释迦族。悉达多王子从小养尊处优，长大后走出宫门，看到了人世间的疾苦，内心无法平静，便于29岁那年离家出走，一路向南走到了这座山的山脚下。王子沿途看到不少苦修之人，衣不蔽体，食不果腹，试图通过自我折磨甚至自残来悟得正道。他受到启发，找到这个山洞，在里面一待就是六年，据说他每天只吃一粒米饭和一个果子，很快就瘦成了皮包骨。

“其实佛陀并不是一个人，他收了五名弟子，沿途服侍他，给他采果子吃。”阿克塔提醒我，“可是他在山洞里待了六年之后还是没能悟道，很失望，便决定下山。”

瓦拉纳西恒河边乞讨的苦行僧

阿克塔指给我看佛祖下山的路径，基本上就是一直往南走，涉过尼连禅河之后，到达了菩提伽耶。12 月是旱季，河水基本上干涸了，露出了白色的河床。不过摩托车还是没办法过河，必须绕远。阿克塔载着我穿过一个小村庄，村民们依然住在用木头和泥土搭成的房子里，一个老太太用笸箩把金黄色的稻米撒向空中，依靠风力去除稻壳，一个小伙子赤着双脚赶牛犁地，几个光屁股的小孩在草垛上玩耍，除了摩托车和自行车以外，这里和佛祖当年看到的情况没什么两样。

“比哈尔邦是印度最穷的邦，而且也是最不安全的邦。”阿克塔说，“我们这里曾经闹过毛派游击队，杀了不少人，最近又爆发了种姓战争，不同种姓的人相互仇杀。”

种姓制度曾经是印度社会最基本的制度，主宰了印度人民的日常生活。简单来说，这个制度把印度人分成四档，最高的是婆罗门，由僧侣和宗教界人士组成；第二档是刹帝利，武士和官僚们属于这一档；第三档是吠舍，包括商人和手工业者；第四档是首陀罗，也就是农民和体力劳动者。此外还有一个贱民阶层，又叫“不可接触者”，比首陀罗还要低。种姓是天生的，一个人从出生那天起种姓就定下了，无法改变。不同种姓之间禁止通婚（但高种姓男子可以娶低种姓女子为妻），甚至连吃饭都不能在一个桌子上。

种姓制度不是印度原住民的产物，而是被来自北方的侵略者带进印度的。印度次大陆的原住民是塌鼻梁黑皮肤的达罗毗荼人（Dravidian），他们很早就进入了农业社会，其文明程度很高。公元前 1500 年左右，来自中亚地区、操印欧语系语言的雅利安人（Aryans）翻过兴都库什山山口进入了印度次大陆，这些人肤色较白，尚处于游牧文明阶段，但他们有战马和铁制兵器，最终战胜了达罗毗荼人。雅利安人自认为比达罗毗荼人高贵，“雅利安”这个词的意思就是“高贵的人”。他们为了和达罗毗荼人区分开来，制定了瓦尔纳制度。瓦尔纳（Varna）意为“色”，就是按照肤色将人分成白和黑两个阶层。再后来雅利安人内部也出现了分工，被细分成三个不同的档次，种姓制度就是这么来的。

雅利安人不仅带来了种姓制度，还带来了自己的原始宗教——吠陀教（Veda）。“吠陀”的原意是“知识”，雅利安人相信只有婆罗门才掌握真正的知识，这就是婆罗门之所以拥有特权的原因所在，他们利用这个特权主持宗教和祭祀仪式，制定规则规范民众的行为。统治了印度之后，出于实用主义的目的，雅利安人将吠陀教和达罗毗荼人的原始宗教结合起来，创立了婆罗门教（Brahmanism）。婆罗门教最大的特点就是相信业报轮回说，它认为世间万物都是有灵魂的，肉体死后灵魂便转入下一个肉体，轮回往复。每个灵魂都附带有一种神秘的“业力”，好的行为能增强这种“业力”，使灵魂在下一次转世时能够投一个好胎，享尽荣华富贵。相反，坏的行为能破坏“业力”，来世就要受苦。

轮回说相当于一种变相的法律，教人要有敬畏之心，不敢轻易作恶。事实上，任何一种宗教都有这个特点，即让信徒收敛自己的原始欲望，遵守公共道德，这对于社会的稳定有好处。但是这种收敛是有代价的，对于普通印度人来说，信奉婆罗门教意味着必须接受种姓制度，这就直接导致了严重的贫富分化，低种姓穷人的生活苦不堪言。这就是佛祖生活的时代背景，也是导致他离家出走的重要原因。

喧闹的菩提伽耶

阿克塔用摩托车载着我穿过一座大桥来到尼连禅河的对岸，一片稀疏的树林之间有条小路。“当年佛祖在河里洗了个澡，洗去身上的污秽，然后从这里上岸，继续南行。”他指着路旁一处残垣断壁补充道，“这就是后人为纪念佛祖上岸处而修建的佛塔，可惜只剩下底座了。”

我环顾四周，试图勾勒出那座佛塔当年的模样，却发现树林里遍地垃圾，肮脏不堪，佛祖生活的世界早已无法想象了。小路的尽头有棵大榕树，树干一米多粗，树冠更是大得惊人，在树林里留下了一个巨大的阴影。

“当年佛祖就是在这样一棵榕树下休息打坐，遇到一位名叫苏迦塔（Sujata）的村女，给了佛祖一碗乳酪米饭，他吃了后终于恢复了元气。”阿克塔对我说，“跟随他的那五名信徒看到此景，认为佛祖放弃了理想，便离他而去了。但其实佛祖并没有放弃，他继续向南，来到一株菩提树下打坐，发誓不悟成正道就绝不起身。”

此时已近中午，气温超过了30℃，我浑身燥热难当，便脱了外套坐在榕树下休息。印度纬度低，加之三面环海，绝大部分地区一年四季气候湿热难耐，古人没有空调，肯定

这棵菩提树是佛祖当年打坐的那棵树的后代

更难受，在大树下静息便成为印度人避暑的最好方式，再加上印度北方盛产大麻和鸦片，在高温和致幻剂的双重作用下，古印度人养成了打坐冥想的习惯。更重要的是，印度的种姓制度养活了一大批婆罗门，他们唯一的职责就是主持祭祀活动，有大把大把的时间可以用来思考，同时代的大部分国家尚未达到如此高的社会分工水平，这就是为什么古印度出了很多思想家，这不是因为印度人天生聪明，而是环境与社会制度导致的结果。这批思想家使得古印度的哲学和数学水平领先于全世界，“零”这个概念就是印度人首先发明的，被誉为数学发展史上最重要的突破之一。

休息了一阵，我们骑上摩托车继续往南走，一刻钟后便又回到了菩提伽耶镇，著名的大觉寺就坐落在镇中心，这是佛教最神圣的寺庙，其主体部分是一座高五十多米的佛塔，很远就能看到。这座佛塔的前身是由印度历史上著名的佛教国王阿育王（Ashoka）于公元前 250 年左右命人修建的，后来随着佛教的衰落而被人遗忘了。现在大家看到的是公元 600 年左右建成的新塔，不过这座新塔后来又遭到了伊斯兰军队的破坏，直到 1885 年英国殖民地政府拨出专款进行修复，这才成为我们今天看到的样子。整座塔都是用砖头砌成的，塔身上刻满了复杂细腻的几何图案，人形雕像数量很少。塔内供奉着一尊镀金坐像，佛祖身披黄色袈裟，大耳垂肩，双眼低垂，面容慈祥，但却缺乏生活气息，不像活人。

参观大觉寺不要钱，但必须脱鞋，可是这座寺庙的面积很大，又是露天的，游客们不得不踩着鸟屎前行。来此参观的游客成分极为复杂，既有穿着民族服装的印度本地人，又有来自世界各地的背包客，但人数最多的要算是来自亚洲各国的僧人团体，他们大都穿着统一的服装，不论男女都只有一种颜色，和印度妇女色彩绚丽的纱丽形成了鲜明的对比。

佛教史上那棵著名的菩提树的后代就种在大觉寺的后面，原树被阿育王的夫人下令砍掉了，因为她嫉妒丈夫每天都花很多时间在树下打坐，没时间陪自己。幸好阿育王的女儿将原树的树枝运到斯里兰卡扦插繁殖，这才算保住了树种。今天大家见到的这棵树是 1885 年翻修时用从斯里兰卡那棵树上砍下来的树枝扦插而成，其象征意义是不言而喻的。每天都有无数佛教徒在树下打坐诵经，试图借助这棵“正宗”菩提树的神力帮助自己提高修为。

我也学着他们的样子找了个空地坐下来盘腿打坐，却发现自己怎么也静不下心来。佛

在佛塔下休息的印度人

佛塔前的修行者

塔周围的空地上，来自泰国、缅甸、日本、韩国和斯里兰卡等佛教国家的信徒们各自圈一块地方集体打坐，由老和尚用麦克风带领大家念经，各种语言的诵经声此起彼伏，吵得人心慌意乱。突然一阵微风起，菩提树上掉下一片叶子，有两个眼尖的教徒迅速坐起来冲过去抢，一时间僵在那里。

“佛教徒们相信从这棵树上掉下来的叶子有魔力，得一片可保平安。”阿克塔悄悄对我说。

如果佛祖活到今天，不知道他会作何感想？传说他当年走到这棵菩提树下，看到一个琴师在调弦，太松太紧都不成调。他由此得到启发，在树下打坐冥想了三天三夜，终于明白“中道”（Middle Way）才是正解。此后他又花了七七四十九天反复斟酌，确信自己得到了真理。从此他自封为佛陀（Buddha），意为“觉悟了真理的人”。

佛祖究竟悟到了什么呢？北京大学国际关系学院尚会鹏教授认为，他悟出了跳出轮回达到解脱的法门。按照尚教授撰写的《印度文化史》一书中的说法，佛祖意识到人有生老病死等“八苦”，而痛苦的原因在于人有贪欲，有愚痴（惑），对世俗世界有执着。人只有抛弃一切世俗的追求，才可以达到无生无灭的极乐世界。而要想实现这一点，极端苦行或者沉溺于肉体的欢乐都是行不通的，只有在外按照佛教的戒律生活（八正道），在内坚持修习禅定，深入自己的内心去寻找答案，才能最终得到解脱，到达涅槃的境界，即获得最高级的幸福。

“我觉得佛祖如果活到现在，一定是个激进的知识分子。”阿克塔对我说，“他的很多主张都是反权威的，也是很理想主义的。”

尚会鹏教授也认为，佛祖提出的很多主张都是为了和婆罗门教对着干的，比如他提倡尊重生命，反对杀生，反对婆罗门教的动物祭祀制度，他还提出了“四姓平等”的主张，认为人不应该因为肤色、出身和贫穷而受到歧视，不是只有德高望重的婆罗门才值得尊敬。这些主张直接向婆罗门教的核心价值观——种姓制度发起了挑战。

值得一提的是，佛祖对妇女却仍然有所歧视，他曾经对弟子说，对待妇女应该视而不见，如果必须看见那就不要说话，如果必须说话那就保持警惕。直到很久以后他才松口，允许妇女成为佛教徒（比丘尼）。

参观完毕，我和阿克塔走出大觉寺，大街上熙熙攘攘，游客络绎不绝。我注意到马路正中央趴着一个要饭的少年，他的一条腿残疾了，细得像竹竿。我停下脚步观察了一会，发现虽然过往的行人很多，但几乎没有一个人给他钱，有一位穿藏袍的僧人把手里的一罐未开封的软饮料放在了他的要饭碗里，但是几秒钟之后，不知从哪里走来一位妇女，捡起那罐饮料

菩提树下念经的少女

放在了自己随身携带的布包里。原来这位妇女是个叫花头子，这条街上有好几个残疾儿童都归她管辖。距离这里不到 20 米远就有一个荷枪实弹的警察，但显然他是不打算管的。

印度乞丐的人数之多，年龄之轻，外形之惨，意志之坚定，绝对是世界之最。印度的乞讨者大致分为两种，一种是残疾人，缺胳膊少腿都算轻的，我曾经在火车站见过一个残疾乞丐，四肢全都萎缩成竹竿状，在地上爬行的时候活像一只蜘蛛，看得我一阵揪心。另一种是老人和孩子，老人通常坐在火车站、繁华路口或者旅游景点的门外乞讨，儿童们则四处打游击，见到衣着体面的人就走过去用一只脏手抓住对方裤管，另一只手做出吃饭的手势，然后摊开手掌讨钱，不给就不走。据我观察，儿童乞丐的背后大都有一个叫花头子暗中监视，这些都是职业的乞讨者。

“成年乞丐的情况我说不好，可那么多儿童当乞丐实在是太不应该了，家长们都哪去了？印度难道没有义务教育法吗？”我问阿克塔。

“法律倒是有，但执行不力。”阿克塔答道，“我们这里的公立学校质量很差，学费虽然很低，但还是要交文具费和生活费，很多家长连这点钱都交不起，只好让孩子辍学。”

阿克塔带我去见他的好朋友拉维·库玛（Ravi Kumar），库玛办了一所私人学校，收容了几百名辍学儿童。学校建在一个古代佛塔遗址的旁边，传说这座佛塔是阿育王所建，为了纪念那个给了佛祖一碗乳酪米饭的村女苏迦塔。这样做既表明了学校的宗旨，又可以借此宝地吸引外国游客前来参观，便于接受捐款。

库玛先生受过很好的教育，曾经在大城市有份不错的工作，却自愿选择辞职回乡开办了这所学校。“我自己就来自一个非常贫穷的家庭，小时候就是在这样一所由志愿者开办的学校里接受了良好的教育，这才有了今天。”库玛告诉我，“所以我相信教育是农村孩子们最需要的东西，既然政府办不好，那我就自己来。”

印度公立学校的低效率举世闻名。根据哈佛大学教授迈克尔·克雷默（Michael Kremer）所做的一项研究显示，印度公立学校所有注册教师当中有 1/4 平时从来不上班，而上班的那些教师当中有一半人从来不上课。根据一家印度教育机构所做的调查，只有不到一半的印度小学五年级学生能够达到二年级的语文和算术水平。这就是为什么相当多的印度家庭宁愿花点钱送孩子去私立学校，即使是很穷的家庭也不得不这么做。好在印度

在失学儿童学校上课的小学生们

的私立学校也分两种：一种非常昂贵，全部用英文授课；一种则很便宜，普通家庭的孩子也上得起。这样做的结果就是印度正在按照教育水平的高低而被分成两个完全不同的国家，一个由文盲（约占印度总人口的1/3）和公立学校培养出来的半文盲组成，包括绝大多数农民和体力劳动者，另一个则由私立学校的毕业生组成，他们是印度中产阶级的主体。

"比哈尔邦的教育状况尤其糟糕，因为我们曾经出过一个非常腐败的领导人拉鲁·亚德夫（Laloo Yadov），"阿克塔补充道，"他把比哈尔邦的经济搞得一团糟，老百姓也越来越穷，没钱送孩子读书。"

"你们为什么不把他选下去呢？"我好奇地问。

"我可从没投过他的票，不过很多低种姓的人喜欢他，觉得他是穷人的代言人。"

这个亚德夫曾经是印度政坛一位呼风唤雨式的人物，他出身低种姓家庭，从小就能说会道，大学毕业后投身政坛，依靠个人魅力在1990年大选中获胜，成为比哈尔邦首席部长（Chief Minister）。他擅长在选举中打种姓牌，自称是低种姓群众的代言人。为此他不惜煽动仇恨，号召低种姓民众起来造高种姓的反，直接导致了种姓战争的爆发。为了获得穆斯林群体的选票，他甚至还曾故意装扮成本·拉登的样子参加竞选活动，此举招来了不少非议，但却让他获得了很多宝莱坞演员的欢迎，影星们喜欢这种有着鲜明个性的政治家，纷纷为他站台，替他拉选票。

上台后的亚德夫开始肆无忌惮地贪污，据说总额超过了 2 亿美元。在反对党的压力下，1997 年他被迫辞职，却又成功地将他的文盲妻子推上了首席部长的位子，而且一坐又是七年，直到 2005 年才终于被选下了台。这期间比哈尔邦的实际掌权者毫无疑问还是他，也就是说他担任比哈尔邦最高领导人长达 15 年之久。

下台之后，亚德夫又当上了印度铁道部部长，直到 2009 年才终于离开了这个职位。不过他现在仍然是印度国会的议员，所有那些贪污指控都没能撬动他一根毫毛。

印度著名专栏作家格查仁 · 达斯在他那本畅销书《解放了的印度》中专门写了亚德夫的故事。在达斯看来，这个故事很好地反映了印度民主制度和种姓制度结合的后果，那就是进一步导致了印度社会的两极分化。早在上世纪 50 年代，尼赫鲁政府便修改法律，强迫政府机关和大学必须把 20% 的位置留给低种姓民众。随着低种姓官员的人数越来越多，对选票的争夺越来越激烈，这个比例已经上升到了 50% 左右，也就是说印度一半的公务员和大学生不是按照能力或者成绩被挑选上来的，其结果可想而知。不过，达斯认为这是印度式民主必然要付出的代价，种姓制度无论如何必须被打破，只不过他认为要想做到这一点，必须借助资本主义市场经济的力量，提高低种姓人群的地位和财富，而不是为了拉选票而强制推行人人平等的政策。

那么，早在 2500 年前就主张人人平等的佛陀后来的结局是怎样的呢？我决定追随他当年的脚步，去鹿野苑走一趟。

鹿野苑初试啼声

传说佛祖悟道之后一路向西走了二百多公里，来到印度教圣地瓦拉纳西（Varanasi），在郊外的一个养鹿场首次开坛讲道，传播佛法。后人将此处称为鹿野苑（Sarnath），是仅次于菩提伽耶排名第二的佛教圣地。

去瓦拉纳西最好的办法是搭火车，但车票早就卖光了。“印度人通常会提前三个月就把火车票买好，像这样的热门线路早就没票了。”旅行社的人对我说，“你只能先坐出租车去距离最近的伽耶镇（Gaya）火车站碰碰运气，兴许有剩票。”

在印度做背包客，火车几乎是唯一的交通工具。这个国家只有很少的几条高速公路，远距离交通几乎全靠铁路。印度的铁路系统最初是英国人投资建起来的，从 1840 年动工到 1947 年印度独立为止，英国人把印度变成了一个拥有世界第三大铁路系统的国家。马克思曾经预言铁路将迅速把印度从一个农业国转变成工业化国家，但他的预言没有实现。事实上，印度几乎是所有具备发达铁路系统的国家当中唯一没有实现工业化的。

印度火车票是出了名的难买，新德里和瓦拉纳西等热门地点有专门供外国人使用的售票厅，会有适量的特供票留给游客，但在伽耶镇就没这个待遇了。我和大家一样排队买票，体验了一把普通印度人的生活。印度售票员的出票速度出奇的慢，平均每个人要花 10 分钟，购票者不但要出示证件，还必须填一张申请表，家庭住址电话号码什么的都要填，差一项都不行。另外印度人非常喜欢加塞，售票窗口永远围着一大堆人。好在他们不喜欢动真格的，只要我上前阻止，加塞者一般都会主动走开，避免和我发生正面冲突。

这里还有一个女性窗口，其实就是专门为妇女留出的排队之处，让她们避免和男性发生身体接触，但仍然还得跟男人们抢位置，并不优先多少。后来我才意识到，这件事恰好

瓦拉纳西河上玩耍的小男孩

说明了印度妇女遭受的性骚扰有多么严重。

排了两个多小时后，我终于买到了一张卧铺票。印度没有动车，火车最高车速不到100迈，再加上停车频繁，有效时速不超过50迈，和30年前的中国差不多。印度的卧铺车厢格局和中国的很相似，但比中国的宽一些，过道一侧还能再安排两个竖着的铺位，也就是说每个单元要睡八个人，再加上经常会有买不到卧铺票的人偷偷过来蹭地板睡觉，印度的火车车厢比中国的更拥挤。另外，印度火车上的小贩特别多，几乎每时每刻都有卖各种零食的小贩吆喝着走来走去，乘客几乎没办法休息。

印度火车还有一点和30年前的中国很像，那就是各种身份的人都不得不聚集在同一个空间里。我在印度旅行的过程中曾经和农村妇女、普通工人、大学生、国家机关干部、小职员、公司老板、高等法院的律师，以及来自世界各国的游客们分享过同一个车厢，这是因为大部分印度人可选择的公共交通工具非常有限，除非是巨富或者政府高级官员，大家在这个问题上一律平等。

200公里的路，火车开了将近五个小时才到。瓦拉纳西火车站非常混乱，游客们要和神牛野狗们抢道，站台上到处是嚼槟榔后吐的口水印，铁轨上随处可见人畜的粪便和各种塑料垃圾，发出阵阵恶臭。

我在市中心找了家旅馆住下，却又被鞭炮声和喇叭声吵得睡不着。原来楼下有人举行婚礼，亲朋好友们簇拥着花车在街区转悠，旁若无人地大声喧哗。印度的大街上随时随地都可以见到各种宗教或者民俗仪式在举行，对于游客来说这是印度吸引人的地方，但同时也说明这个国家的老百姓没有公德心，分不清公共空间和私人空间的区别。比如，我访问过的大部分印度家庭内部都很干净，但一走出家门就完全变成了另外一个世界，污秽不堪。达斯认为这一特征和种姓制度密切相关，传统的印度社会是围绕着家庭和种姓来运作的，村庄或者社区的概念相对淡薄。如今大多数印度人的思维观念还停留在过去的状态，尚未适应这个新的时代。

第二天我坐摩的来到了距离瓦拉纳西市中心10公里远的鹿野苑，司机把我放在了一座耆那教（Jainism）寺庙的门前。这座寺庙紧挨着鹿野苑，外表看很不起眼，内部也是相当低调，布置得极为简单，和耆那教的教义非常吻合。

28

佛教在印度的遭遇

耆那教创始人大雄筏驮摩那和佛祖释迦牟尼生活在同一个时代，大雄所创立的耆那教同样反对婆罗门的种姓制度，主张通过苦修来悟得正道。当年佛祖正是因为看到了耆那教徒在森林里苦修，才决定去山洞里待了六年。后来佛祖悟出了“中道”，但耆那教我行我素，仍然相信苦修是唯一的道路。耆那教徒认为一切杀生的行为都是可耻的，甚至包括植物，因此耆那教奉行严格的素食主义，甚至不吃土里长的东西，因为怕伤到小虫子。圣雄甘地的母亲就是耆那教徒，甘地的所作所为与耆那教有非常大的关系。

耆那教和佛教均诞生于公元前6世纪，那段时间印度出现了很多“邪门歪道”，史书中称其为“沙门”（Sramana）。佛经中常提到的“六师外道”指的就是沙门思想中有影响力的学派及其领袖。尚会鹏教授认为，沙门思想的大量出现，一方面说明了当时的印度土著文化和雅利安文化之间的融合尚未完成（佛祖本人就是黄皮肤的土著），另一方面也说明生产力的进步导致社会结构发生了根本的改变，执掌经济和行政大权的世俗贵族刹帝利的势力飞速上升，而商业的发达使得吠舍的地位也逐渐增长，两者都对婆罗门至高无上的权威发起了挑战。而佛教和耆那教的核心都是反对种姓制度，对刹帝利和吠舍阶层很有吸引力。佛教和耆那教也都提倡不杀生，反对婆罗门拿牲畜来祭祀的行为，这个习俗原本是雅利安这个游牧民族带来的，但他们到了印度之后就变成了农民，耕地需要牲畜，不杀生的教义得到了广大农民的拥护。

就是在这样的背景下，佛教从众多沙门当中脱颖而出，变成了印度历史上第一个大帝国——孔雀王国的国教。

这一切始自鹿野苑，佛祖在这里首次公开布道，传播他刚刚悟出来的“中道”思想。为了纪念这次活动，阿育王将此处改建成一座寺庙，修了一座高达100米的佛塔，据说鼎盛时期有1500名僧侣在此学习，研习佛法。不过后来随着佛教的衰落，以及伊斯兰军队的洗劫，鹿野苑被世人遗忘了。殖民地时期英国考古学家经过仔细研究，终于在1835年重新发现了鹿野苑遗址，并使之重见天日。

如今的鹿野苑更像一座公园，总面积大约有五个足球场那么大，绿色的草地上点缀着黄色的残垣断壁，一队队身穿同样服装的佛教旅行团成员穿梭其间，拍照留念。其中有几个重要的寺庙残骸上贴满了金箔，佛教徒们不顾公告牌上白纸黑字的禁令，买来金箔贴在

耆那教山洞里的印度游客

墙上祈求佛祖保佑。更多的佛教徒们买来各种祭品摆在地上，其中不但有香烛纸马等常见祭品，甚至还有花生糖和软饮料。

与此形成鲜明对比的是三个白人佛教徒，他们一直安静地在佛祖首次开坛讲道处打坐，我观察了他们一个多小时，居然一动不动。

那座 100 米高的佛塔还在，只是塔顶早已倒掉了，只剩下一个二十多米高的底座。一个泰国佛教团在佛塔背阴的地方打坐，领头的和尚用麦克风带领大家念经。这个画面和当年佛祖讲经的画面有两个显著的不同：第一，佛祖是面对听众的，今天这个和尚则是面向佛塔，背对信众；第二，佛祖是在讲解自己对“中道”的理解，而今天这个和尚则是在照本宣科，带领大家背诵佛经。

为什么会有这样的区别？我走进鹿野苑佛教博物馆寻找答案。这个博物馆展出了当年英国考古队在此地挖出来的大量古董，最有名的当属阿育王石柱的柱头。阿育王当政时期在境内竖了无数根刻有诏文的石柱，鹿野苑的这根石柱最有名，柱身依然竖立在鹿野苑内，华丽的柱头被安置在博物馆的门厅里，柱头上刻有四头雄狮，分别面向四个方向，雕刻工艺非常考究，印度共和国的国徽就是以此为蓝本制作的。

不过，这座博物馆对我来说最有价值的部分是佛教各个时期的文物展，以及相关历史

来自世界各地的僧人在菩提树下打坐念经

介绍。早期佛教文物大都是器物或者抽象图案，因为佛祖不喜欢搞个人崇拜，希望信徒们把自己当成普通人来看待。早期佛教典籍还记载了佛祖晚年的各种疾病，从中我们知道他患有严重的背痛病，痛苦难当，绝不是一个法力无边的神仙。

佛祖在世时还反对咒语和巫术，认为这是婆罗门教的愚人糟粕，一个人不可能通过念咒达到涅槃的境界，而是必须依靠自身的力量，通过冥想和思考来实现。他还反对婆罗门垄断知识的传播渠道，他相信知识应该被所有人分享，这就是为什么他四处开坛讲道，其实就是传授人生经验。

从某种角度看，佛祖本质上就是一个具备现代意识的知识分子。他开创的佛教完全不像宗教，不仅没有一个全知全能的上帝，也不提倡个人崇拜，不搞繁琐的祭祀仪式；他倡导的轮回说可以理解为世间万物都有联系，互为因果，这在某种程度上是非常正确的；他相信人人平等，反对种族歧视和出身歧视；他认为物质享受不能带来幸福，只能依靠打坐和冥想，回望自己的内心世界，才能获得心灵的解放。最后这条更是符合现代观念，难怪西方国家正在经历一次佛教复兴，至今方兴未艾。

阿育王石柱上的诏书

可是，这么好的一个宗教，为什么在其发源地却几乎失传了呢？我在这间博物馆里找到了答案。馆里展出了很多佛像，都是佛教后期的作品，那时的佛教徒们已经忘记了佛祖的遗训，把他当成神供奉了起来。但是，几乎所有的佛祖像都是同一个姿势，同一个表情，千篇一律。

不知为何，博物馆的尽头展出了一尊湿婆雕像，这位印度教的大神足足有 3 米高，面容凶恶，他正用自己的十只手跟妖魔搏斗，每只手的动作都不一样，每个动作都有讲究。和周围那些佛像相比，这尊湿婆像无论是雕刻艺术还是传奇性都更吸引人。

佛祖，就是败在了这位面目狰狞的湿婆手里。

佛教的对手

这个世界上的大部分人都希望自己老了的时候能够叶落归根，佛祖也不例外。自从 29 岁离家出走之后，他再也没有回去过。80 岁那年他知道自己快不行了，便一路向北，打算回到自己阔别已久的家乡，可惜他没能坚持到最后，于公元前 544 年在拘尸那迦（Kushinagar）圆寂，此地距离他的出生地蓝毗尼只有 100 公里远。

佛祖死后，佛教在其弟子的推动下继续在印度北部地区传播。公元前 327 年，亚历山大大帝率军进攻印度，被摩羯陀国的一名年轻军官率军击退，此人名叫旃陀罗笈多（Chandragupta），是个出身刹帝利的贵族。他乘胜出击，占领了印度北方大部分地区，建立了印度历史上第一个统一而又强大的帝国，史称孔雀帝国（Maurya）。他的孙子阿育王比爷爷还能干，在阿育王统治的鼎盛时期，帝国的版图几乎涵盖了整个印度。

旃陀罗笈多晚年放弃了权位，皈依了耆那教，而阿育王则皈依了佛教，并将佛教定为国教，在全国范围内大修佛塔，还派出大批使者前往周边国家传教，佛教在全世界的扩张就是从这一时期开始的。

阿育王为什么皈依了佛教呢？根据史书记载，年轻时的阿育王是个残暴的国君，相信只有暴力和酷刑才能治理好国家，他设立了“阿育王监狱”，犯人几乎别想活着出去。但是，在征服羯陵伽国（Kalinga）的时候，阿育王突然良心发现，下诏书对自己过去的暴行表示忏悔，并皈依了佛教。为了了解这段历史，我决定去羯陵伽走一趟。

羯陵伽国位于印度东部，即今天的奥里萨邦（Orissa）境内。我买不到直达火车票，只好先坐长途汽车去加尔各答，再转火车去奥里萨邦首府布巴内斯瓦尔（Bhubaneswar）。印度的长途车都是私营的，票价至少比火车贵一倍，但时间较为灵活，很多买不到火车票又急着想走的人只能靠它。我坐的是卧铺夜车，车上的闭路电视放了一晚上宝莱坞电影，声音开得很大，吵得我没法休息。最后我实在忍不住了，要求司机关掉声音，但被拒绝。

“这是公众的选择。”一位乘客这样回答我。

第二天我坐火车沿着印度东海岸南下，沿途全是农田，几乎看不到任何一块荒地，和中国华北平原的状况非常相似。中午到达布巴内斯瓦尔，我雇了一名导游，带我参观位于市郊的阿育王石碑。据说他当年率军攻到此处时遇到了顽强的抵抗，一怒之下他大开杀戒，杀死了十万多人，泥土都被染红了。当他面对满眼的血污，突然觉得自己的良心受到了谴责。此后不久他便皈依了佛教，在当年杀人的战场立了块石碑，告诫后人一定要以慈悲为怀。可惜因为怕被游客涂鸦，这块碑被锁在一间小屋里，游客只能通过玻璃窗瞻仰。不过即使看清楚了也没有用，因为阿育王使用的文字早已失传，今天已经没几个人读得懂了。

阿育王推崇的佛教也遭遇了同样的命运，击败它的正是印度教。如今的奥里萨邦是印度教重要的朝圣地，因为这里保留了大量的印度教寺庙，无论是数量还是质量都名列前茅。仅在布巴内斯瓦尔市中心就有几百座寺庙，除了一批保存较好的被围墙保护起来之外，大多数寺庙都散落在民间，和居民楼、菜市场混杂在一起。

印度教寺庙和佛教相比最大的不同就是外墙上的人形雕塑特别多，不像佛教寺庙那样讲究简约。印度教有很多神，大都是在人形的基础上略加变化而成，比如添个象鼻子，或者多一对手臂之类的，无论是形态还是面部表情都比佛教千篇一律的佛祖打坐像要丰富得多。除此之外还有不少表现男欢女爱的雕塑作品，动作和神态都相当写实，极富生活气息。来此处朝拜的印度教徒也不像佛教徒那样总是面无表情地坐在蒲团上打坐冥想，而是在神像前站立一会，心里默念几句，便转身走开了，看上去很不严肃。

从这个细节可以看出，印度教远比早期佛教更加平易近人，更容易满足普通印度百姓的精神需求，这就是为什么阿育王动用国家机器强制推广的佛教一直没能深入到印度的乡村社会，只在王公贵族、城市商人和手工业者当中流行，这些人属于刹帝利和吠舍种姓，最希望打破婆罗门的垄断地位。四大种姓当中最低级的首陀罗们却并没有被宣扬种姓平等的佛教所吸引，孔雀王朝时期的印度农村依然是婆罗门说了算，农民们需要这样的心灵导师，越是贫穷的地方婆罗门的势力就越大。

此时佛教内部也发生了分裂，佛教徒们因为理念不合而分成了两派。原来，佛教自从被定为国教后，逐渐和普通民众脱离了关系，高级僧侣住在由王公贵族提供的寺庙里，把时间花在对佛经进行繁琐的考证上，走上了独善其身的道路，这一派被称为“小乘佛教”。更多的下层僧侣对这种情况很不满意，他们修改了佛经，逐步走向民间。这一派自称“大乘佛教”，意为普度众生。小乘佛教更加接近释迦牟尼时代的佛教，把佛祖当做一个历史人物来看待，大乘佛教则相反，佛祖被当做神仙来崇拜。换句话说，大乘佛教摆脱了释迦牟尼时代特有的知识分子形象，变成了一个宣扬迷信思想、相信经文的力量、不排斥偶像崇拜的世俗宗教。

就在佛教发生分裂的时候，婆罗门教的僧侣们却没有闲着，他们花了大量时间整理吠陀文献，将婆罗门教义融入传奇故事当中。婆罗门史诗《薄伽梵歌》和《罗摩衍那》几乎就是历史演义小说，类似中国的《三国演义》和《水浒传》。而《摩奴法论》则是一部维

印度教寺庙外墙表面的花纹极为细腻，像这样的景象在印度随处可见

护种姓制度、规范人民生活的法典，正是在这部法典中，妇女的地位被大大降低，歧视妇女的行为终于被理论化、法律化了。

孔雀王朝于公元 180 年左右灭亡，印度再一次陷入分裂的状态，直到公元 320 年笈多（Gupta）帝国兴起才告结束。在笈多王朝的大力扶持下，婆罗门教得以复兴，但此时的婆罗门教发生了很大变化，祭祀仪式的功能被大大削弱，婆罗门教义和老百姓日常生活之间的联系也变得更加紧密，它甚至融合了佛教和耆那教的某些教义，比如提倡素食。

从此，婆罗门教演变成了印度教，印度这个国家的名字即来源于此。

印度教是个多神教，三大主神依次是创造宇宙的梵天（Brahma），保护宇宙的毗湿奴（Vishnu）和破坏神湿婆（Shiva）。后者虽然名字不好听，但却拥有最多的崇拜者，印度教最神圣的朝拜之地瓦拉纳西就是湿婆下凡的地方。此外印度教还有无数次要的神，它们是三大主神的化身，据说印度教神祇的数量比全世界的人口总数还要多，每个人都可以分到好几个。

有意思的是，佛教当初拼命反对的种姓制度此时却反过来拯救了佛教。前文说过，种

太阳神庙的一个石刻战车车轮

姓制度可以被看做是文化多样性的保护神，处于鼎盛时期的印度教并没有将其他宗教斩尽杀绝，而是允许它们在各自的领地自由发展。印度教甚至将佛祖释迦牟尼归为毗湿奴的一个化身，并以此种方式把佛教变成了印度教的一个分支，这就是为什么印度的佛教寺庙里经常能看到很多印度教徒的原因。

当天的晚餐就是在这样一座印度教寺庙旁边的小餐馆里解决的。我因为刚刚在佛教圣地吃了一个星期素食，馋肉，便指着饭馆墙上贴着的菜单点了一个咖喱鸡块加米饭，标价 50 卢比。据我观察，大部分印度人平时都是素食者，在一些宗教气氛浓厚的地区甚至连肉菜都买不到。其实雅利安人原本是吃肉的游牧民族，改素食并不全是佛教的功劳，而是受到了植被、地理和气候的影响。一来印度气候炎热，肉类很容易变质，影响健康；二来印度大部分地区降水量不稳定，常常歉收，素食减少了对耕地的依赖，缓解了人口压力，再加上印度盛产各种豆类和香

印度教寺庙的雕刻艺术举世闻名

料，前者可以补充大米和面粉中缺乏的蛋白质，后者可以让素食变得更好吃，这就是为什么印度菜的咖喱味道那么重。

印度人的卫生习惯之差举世闻名，我曾多次见到印度人用刚刚摸完钞票的手抓饭吃，吃完还要舔手指。给我添饭的那个伙计为了防止米粒撒出来，先把米饭倒在自己的右手手掌，再扣到我碗里。奇怪的是，他们对于水杯的洁净程度却出奇地讲究，嘴唇从来不碰杯沿，而是把杯子举在头顶往下倒水，然后用嘴巴在空中接着。据说他们这么做是因为高种姓的人不能碰低种姓人使用过的器具，久而久之印度人养成了不和陌生人共用餐具的习惯。

吃完饭结账，居然要收我 100 卢比。老板用结结巴巴的英语解释说，墙上印着的菜单是旧的，早就作废了。我再次据理力争，没想到老板很快就妥协了。我后来发现，普通印度人对待外国游客的态度很矛盾，一方面他们很想赚外国游客的钱，另一方面却表现得很高傲。比如印度人很喜欢占外国人的小便宜，要么装作不懂英文，要么推说印度的规矩特殊等等，但是如果你坚持的话，他们往往很快妥协，好像他根本不在乎这点钱。再比如，印度人经常会先主动提供服务，仿佛是热心帮忙似的，然后突然跟你讲价钱，弄得对方措手不及，不少外国人在享受了服务后往往不好意思再砍价了，但是如果你照常砍价，对方同样会迅速妥协，然后同样摆出一副瞧不起你的模样，仿佛你才是那个小气鬼。

第二天我乘出租车去海滨城市卡纳克（Konark），参观著名的太阳神庙（Sun Temple）。这座神庙早就被联合国教科文组织列入了世界遗产名录，还曾经被评为印度七大奇迹之一，在印度人心目中几乎和泰姬陵齐名。神庙最初建于 13 世纪，是当时的奥里萨国王为了庆祝印度军队打败北方侵略者而修建的，三百多年后伊斯兰统治者占领了北印度，这座神庙遭到了伊斯兰军队的破坏，摇摇欲坠。1869 年其主体部分终于垮掉，埋在了沙土里，直到 1901 年才由殖民地政府出资重建。神庙的主体部分是一辆金字塔形的战车，塔身上布满了人形雕刻，刻画了当地人的日常生活（包括种田、收获和性爱），以及战争的场面。由此可见，当时的奥里萨国早已把佛祖释迦牟尼的教诲以及阿育王的和平祈愿丢在了脑后，劳动、繁衍和战争才是印度人民生活的主旋律。

我们或许也可以说，劳动、繁衍和战争也正是全世界广大人民群众的主旋律，这么多年一直未变。

当天晚上，一场盛大的舞蹈表演在太阳神庙前的舞台上举行。这是每年一度的卡纳克文化节的一部分，当地政府花重金邀请专业的舞蹈演员为游客表演民间舞蹈，借此机会宣传印度的传统文化。我看的这场是根据印度教神话传说改编的舞剧，我对这个故事不甚了解，无法入戏，但这一点也不妨碍我欣赏演员们精彩的表演。尤其是那些漂亮的女演员们更是吸引眼球，她们身穿鲜艳的民族服装，脸上化着浓妆，用丰富的眼神和手势为大家演绎印度宫廷内的各种勾心斗角，好看极了。

为舞蹈演员们伴奏的是一个四人乐队，清一色男乐师，主唱的嗓子很细腻，再配以婉转的曲调，有一股说不出的阴柔之气。印度音乐有 22 个音程，比西方古典音乐的 12 音程多了 10 个附加的音程，用以表示半音之间的音，因此印度音乐很难用五线谱来记录，听起来有很多“不标准”的滑音，听惯了西方古典音乐的人会很不适应，感觉自己无法体会乐师的情绪。但是对于一个印度人，或者一个专业的音乐家来说，印度音乐博大精深，一点也不比西方古典音乐差。

这就是印度，一个复杂而又简单的国家。这个国家有自己的逻辑，自己的语言，自己的风格，这些都和我们习惯的世界很不一样，旅游者往往会有一种强烈的异乡感，觉得自己来到了一个外星人生活的世界。但是如果你沉下心来，试着去了解它的历史和宗教，你就会发现这个国家和其他任何国家一样，都是各自的历史和文化的产物，都是人类这个大家庭中的一分子。

结语

佛教于两汉之际传入中国内地，对中国的哲学思想、文学艺术、政治经济，甚至逻辑学和音韵学等等都产生了广泛的影响，最终变成了中华文明的一部分。在这一过程中，以法显和玄奘为代表的一批僧人起了很大作用，他们为了学到真东西，不远万里跑到印度去取经。可惜当玄奘于公元 640 年到达鹿野苑时，佛教已经开始走下坡路了。事实上，当佛

女演员们丰富的眼神和手势

教最终被来自北方的伊斯兰教彻底击垮之后，印度人心目中残存的一点关于佛教的记忆也随之而去，印度境内的佛教遗址几乎全部埋进了泥土之中，历史学家只能从玄奘等人的描述中才能隐约看到佛教当初的样子。

其实当初印度教也随着佛教一并传入了中国，但没有流传开来。那么，发源于印度的佛教为什么被本国人民遗忘，却在异国他乡开花结果了呢？尚会鹏教授认为，这是因为佛教中有一些东西不那么符合印度人固有的脾性，而这些东西恰恰在中国人身上引起了共鸣。也就是说，中国传统文化中有与佛教契合的潜质。

比如中国占统治地位的儒家思想把主要精力都放在了经世之道上。它承认世间或许有神祇，但人应该先管好自己的事情，“不能事人，焉能事鬼”“子不语怪力乱神”之类说的都是这个意思。佛教恰好也是这样一种宗教，它含有严密的逻辑和抽象思辨，其因果报应的学说完全建立在理性之上，不需要借助神明的力量。它还反对等级制度，相信人人都可以获得解脱，这也和中国“人皆可为尧舜”的思想相符合。

一句话：文化历史传承的不同，造就了我们今天这个复杂多彩的世界。

太阳神庙前的舞蹈表演

特蕾莎与披头士

印度人和西方人之间的文化交流到底是如何发生的？让我们从这两件事开始讲起吧。

印度教圣城瓦拉纳西有个焚尸场，就建在恒河边上。一天下午我来到此处，正赶上一家人送别亲人。死者是位老人，赤裸着身体直挺挺地躺在床上，他的儿子正在给老人全身涂油，亲戚朋友们则站在一旁聊天，表情平静，好似正在野餐。一头牛慢慢走过来，偷吃花圈上的小黄花，几只野狗在人群中窜来窜去，摇尾乞食。

距离此地几米远的地方，一堆柴火正在熊熊燃烧，空气中充满了怪异的味道。死者的衣服早就烧光了，露出的两条小腿被大火烤得通红。突然，一条小腿从膝盖处断开，垂到了地上，焚尸工人见状立即走过去，用一根长木杆把那条腿掀起来，重新放到火上烧，那动作就像是在烤鸡腿。

印度教徒对待死亡的态度极为奇特，全世界找不出第二例。当年特蕾莎修女正是对这种态度非常不满，下决心要改变它。而披头士乐队则正相反，被印度人对待死亡的态度迷住了，专程前来朝拜。

印度人和西方人之间的文化交流到底是如何发生的？让我们从这两件事开始讲起吧。

特蕾莎修女的故事

特蕾莎修女的故事必须从加尔各答开始讲起。

如果说新德里的地位相当于北京，孟买相当于上海的话，那么加尔各答就相当于广州，当年英国人就是从这里进入印度的。打头阵的是英国东印度公司，为了打破葡萄牙人在印度西海岸的垄断地位，英国人选择了西孟加拉邦作为突破口，加尔各答是印度内陆通往孟加拉湾的重要港口，东印度公司以此为基地，开始和印度人做生意。1757 年，一次偶然事件引爆了“普拉西战役”，这场战役就像鸦片战争一样，打开了大英帝国进入印度的大门，从此印度正式成为了英属殖民地，定都加尔各答。可惜这里的气候和广州一样炎热潮湿，导致蚊虫肆虐，传染病频发，最后把英国人折腾得实在受不了了，这才迁都德里。

在普通印度人心目中，加尔各答是印度的文化中心，盛产哲学家和电影导演，印度仅有的三位诺贝尔奖获得者（作家泰戈尔、物理学家拉曼和特蕾莎修女）也都住在加尔各答。但是对于欧洲游客来说，加尔各答是贫穷的形象代言人，来加尔各答旅游就是为了参观贫民窟的。造成这一现象的主要原因就是特蕾莎修女，这位 1972 年诺贝尔和平奖获得者在加尔各答开办的“垂死者收容所”等一系列慈善机构吸引了众多西方媒体的关注。

这家收容所位于加尔各答最大的印度教寺庙“加里神庙”的旁边，非常好找，但是进来参观的绝大多数都是外国游客，印度人极少。收容所门前有很多乞丐在讨饭，其中不乏残疾人士。还有几个人裹着毯子睡在收容所的大门外，不知道他们是流浪汉还是前来等待被收容的病人。

我跟随几个外国游客走进了收容所的大门，立刻感觉像是走进了另一个世界。先是鼻子里闻到一股浓重的消毒水味道，然后眼前出现了一间大病房，足有一个篮球场那么大，里面整齐地摆满了病床，床单是塑料的，显然是为了便于清洗。几十位身穿蓝色病号服的病人躺在床上发呆，还有几个在病房里踱步，所有人都面无表情。和他们的呆滞迟缓相对应的是志愿者们忙碌的身影，这些人来自世界各地，年轻人为主，男女都有。

我环顾四周，发现这里除了特蕾莎修女的画像之外没有任何装饰物，厚厚的墙壁挡住了外面的喧闹，整间病房的气氛肃静得有些压抑。靠门的桌子上放着特蕾莎修女当年的日记，上面记录了很多数据。我发现来这里的病人基本上有一半都死去了，还有一半活下来的人要么出院，要么转到了其他慈善机构。

此时正好到了午饭时间，几位男性志愿者从厨房端出一大锅米饭和几盆咖喱蔬菜，一位修女负责给每个人盛饭。一部分病人还能走路，自己拿着饭碗过来盛饭，但更多的病人已经无法自己照顾自己，需要志愿者挨个喂饭。我看到一位亚洲人也在喂饭，便走过去搭讪，对方竟然是来自中国大陆的志愿者，而且已经在这里做了三个星期的义工了。“我腾出一年时间周游世界，加尔各答是其中的一站。”这位来自广东的小伙子对我说，“我很想体会一下帮助人的感觉，就来这里做义工。”

他告诉我，这里有二十多名志愿者，照顾 80 个病人。收容所不提供食宿，志愿者们每天一早来帮忙，晚上回各自的旅馆睡觉。收容所对志愿者有严格的要求，每人都要填一张极为详细的申请表，并接受严格的背景调查。

“说句不好听的话，这些人基本上就是来等死的。”他一边喂饭一边对我说，“来这里的大都是患有绝症的人，收容所只提供基本的护理，比如打个点滴什么的，不负责治病。”

“为什么不送医院呢？”我问。

“谁出钱？来这里的基本上都是无家可归的穷人，收容所只是让他们死得有尊严罢了。”

“我听说这里不给病人吃止痛药，有这回事吗？”我接着问。

“确实是这样。不过这是天主教会的规矩，我就不评论了。”

突然，一位修女走过来打断了我们的谈话：“我们这里只能简单看一看，不能和志愿者说话，你已经待了 20 分钟了，请你离开。”

“我是记者，能采访一下你们吗？”我问。

“请你去‘特蕾莎修女之家’申请，没有总部的批准我们不能接待记者。”

第二天我拦了一辆出租车去“特蕾莎修女之家”(Mother Teresa’s House)，这是当年特蕾莎修女在加尔各答的住所，如今变成了特蕾莎博物馆，兼做“仁爱传教修女会”(Missionaries of Charity) 的总部。这地方位于加尔各答市中心的一条主干道上，马路两边有好多殖民时期留下的维多利亚式建筑，从外表看富丽堂皇，保存得非常完好。但是马路两边却住着很多无家可归的人，他们平时占用宝贵的道路资源摆地摊维持生活，晚上就在路边席地而卧，吃喝拉撒甚至洗澡也在马路上解决。

车子开到目的地，我刚一下车，一位中年汉子就跑过来主动要求给我带路，一群衣衫

特蕾莎的棺材

褴褛的小孩也围过来问我要钱。等我终于摆脱了孩子们的纠缠走到大门口时，那位汉子突然伸出手掌，原来他也是来讨钱的。

“特蕾莎修女之家”位于一条小巷的深处，大门旁边的墙上贴着用各种文字写的警告语，告诉大家这里是神圣的地方，不准随地吐痰，不准大声喧哗。可惜印度人根本不理，这条巷子和任何一条印度街道没什么两样。

我走进接待室说明来意，结果碰了钉子。“前些年媒体报道得太多了，有很多负面新闻，我们决定今后不再接待记者了。”一位负责人用流利的英语对我说，“你可以去博物馆参观，特蕾莎修女的生平都写着呢。”

我走进那间小小的博物馆，屋子一侧安放着特蕾莎修女的棺材，几位游客跪在地上静默不语。另一侧是展览馆，里面有不少特蕾莎修女用过的器物，以及她的生平简介。她的本名是艾格尼斯·刚察·博加丘（Agnes Gonxha Bojaxhiu），1910 年出生于奥斯曼帝国科索沃省斯科普里（前南斯拉夫联邦马其顿共和国的首都）的一个阿尔巴尼亚天主教家庭。她从小就特别虔诚，12 岁时便决定把自己的一生献给上帝，18 岁时她远渡重洋来到印度传教，亲眼目睹了印度人民的艰难生活。她在一篇日记中记录了当时的心情：

> 游廊里挤满了病人，
> 到处都是苦难和折磨。
> 所有人的眼睛都盯着我，
> 眼神里充满渴望。
> 我的心因为喜悦而狂跳不止，
> 我终于可以模仿我最敬爱的耶稣基督，
> 像他那样给这个世界带来安慰。

1947 年东巴基斯坦（后改名孟加拉国）脱离印度独立，加尔各答一夜之间涌入了数以万计的印度教难民，他们为了躲避穆斯林的迫害而仓皇出走，满大街都是妻离子散无家可归的穷苦人，其中不少人已经病入膏肓，却又无人照料。为了让这些病重的人能够有尊严地死去，特蕾莎修女于 1952 年成立了“垂死者收容所”。这是西方人的叫法，孟加拉文原文为 Nirmal Hriday，意为“仁爱的心”。由此可见，这个地方从一开始就不是医院，而是一个展示上帝仁爱之心的特殊的教堂。

为了更好地传教，特蕾莎修女甚至加入了印度国籍，此后她一直住在加尔各答，直到 1997 年因病去世。但是，她开创的“仁爱传教修女会”依然在正常运作着，在距离总部不远的地方就有一家修女会开办的孤儿院，我过去参观，正好看到一对夫妇从一辆希尔顿饭店专用出租车上下来，原来他俩是志愿者，他们的任务就是来这里陪孩子们玩。

这座孤儿院分为两个部分，一部分专收残疾儿童，大部分都是脑瘫儿，生活不能自理，需要人随时照顾。另一个部分是被遗弃的健康孤儿，他们大都活泼可爱，不怕生，很喜欢和志愿者们一起玩。果然，这对夫妇很快就和孩子们打成一片，院子里笑声不断，其乐融融。

这时又有一对白人夫妇进来参观，陪同他们的是一位印度中年人，说一口流利的英语，看上去像是个导游。他看见我在照相，主动走过来问我从哪里来，得知我来自中国后，他立刻打开了话匣子："你们中国人为什么要跟印度过不去呢？我们印度人从来没把你们当敌人，我们的敌人是巴基斯坦。"

他自称阿奴布·萨哈（Anub Saha），是印度旅游局的一名官员，这次是陪外国同行前来视察加尔各答旅游资源的。他指着院子里正在玩耍的孩子继续说道："这些孩子基本上都是印度教家庭的孤儿，父母们生了孩子却又养不起，便丢在大街上。穆斯林就不同了，他们有一套体系，保证每个穆斯林的孩子都能接受良好的教育。"

萨哈告诉我，穆斯林孩子可以上一种专门的伊斯兰学校（Mandrasa），这种学校不但不收学费，连生活费也是全免的，所以 98% 的穆斯林孩子都有学上。伊斯兰学校的经费大都来自海湾国家，但是因为印度法律不允许政府干涉宗教事务，因此印度政府拿它没办法。

"正是因为这个原因，如今平均每个穆斯林家庭生育七个孩子，印度教家庭只生两个，大城市甚至更少，其结果就是穆斯林的人口增长率远高于印度教徒。1947 年印度独立时全国一共只有 2000 万穆斯林，现在是 2.3 亿，增长了 11 倍，而当年印度教徒总人数约为 2.7 亿，现在是 7 亿，只增加了不到 3 倍。"萨哈忧心忡忡地说，"再加上穆斯林比印度教徒更团结，投票结果更一致，我打赌过不了多久印度就会选出首位穆斯林总统，到那时印度就不再是一个世俗国家了，这是很危险的。"

"印度还有一件更危险的事情，那就是人口爆炸。"萨哈接着说道，"如今印度平均每天新出生 7 万个婴儿，其中 2 万死亡，活下 5 万。总的来说，印度每年新增 1400 万人口，很快就将超过你们中国，成为全世界人口最多的国家，人口问题将成为印度最大的负担。"

我注意到孤儿院的墙壁上贴满了宣传画，用英语和印地语写满了"上帝爱孩子""孩子是上帝的礼物"等口号。英国记者克里斯托弗·希钦斯（Christopher Hitchens）认为，特蕾莎修女之所以办孤儿院，最根本的目的不是帮助孤儿，而是为了打击计划生育政策。希钦斯写过一本名为《教士姿势》（*The Missionary Position*）的书，指责特蕾莎隐瞒了捐

加尔各答“垂死者收容所”门外常常可见露宿的穷人

款数字，而且为了得到更多的钱，不惜为独裁者和犯罪分子站台。

如果说这个罪名还可以被原谅的话，那么阿鲁普·查特杰（Aroup Chatterjee）撰写的《特蕾莎修女：终极裁决》（*Mother Teresa: The Final Verdict*）这本书中揭露的很多事实就不那么好解释了。查特杰是土生土长的加尔各答人，后来去英国读书，毕业后留在英国当了一名医生。他早年非常尊敬特蕾莎修女，但他来英国后发现特蕾莎为了宣传自己的所作所为，不惜把加尔各答妖魔化成贫民窟的化身，严重扭曲了他家乡的真实形象，从此他对待特蕾莎修女的态度发生了180°大转弯，开始调查她的历史。书中他举了很多案例，证明特蕾莎的行动目的只是为了传教，而不是真正意义上的人道主义。换句话说，印度只是特蕾莎修女传教的工具而已，她并不真的爱这个国家。比如1995年～1996年西孟加拉邦发生了几次严重的洪涝灾害，上百万人无家可归，就连加尔各答的妓女都走上街头为灾民募捐，但是特蕾莎修女却没有为自己的城市做任何事情，而是坐着私人飞机周游世界，和大人物们会面，宣传自己是多么地爱加尔各答人民。

更重要的是，查特杰从一个医生的角度分析了特蕾莎修女控制的慈善机构的所作所为，得出结论说他们的很多做法都是不符合医学常识的，对被救助者造成了伤害。我后来在旅途中遇到了一位资深志愿者，从一个侧面证实了这个说法。这位志愿者名叫矢崎京子（Kyoko Yazaki），在“仁爱传教修女会”做了半年义工，甚至为此专门学会了印地语，能够和当地人进行日常交流。她告诉我，特蕾莎相信只有经历痛苦才能体会到耶稣的爱，所以无论病人多么疼，她都不给病人服用止痛药。她还崇尚简约，不喜欢高科技的东西，这就是孤儿院一直没装空调、只有电风扇的原因，结果有一天加尔各答出奇地热，一位脑瘫孩子被活活地热死了。

“我向她们提过多次建议，但一直没有被采纳。”她告诉我，“我当然知道她们的目的是为了传教，我对这个没有意见，其实我也不敢说自己完全没有私心，事实上我也想通过做义工学习与人沟通的技巧，而且这个工作让我的自我感觉更好了。但是，如果因为这个给病人带来伤害就不好了。”

“抛开这个个案不说，你觉得你的所作所为能否给印度带来长久的改变呢？”

“这也正是我困惑的地方。我曾经在海地做过义工，结果那个国家养成了对外国援助的依赖症，至今无法自力更生。收容所也有这个问题，很多病人其实都是乞讨者，身体状况越糟糕就越容易讨到饭。于是我见过很多病重的人还没等身体完全康复就急着出去，因为如果病完全好了讨饭就没有优势了。这样的社会状况如果不改变的话，慈善机构再怎么努力也很难收到效果。”

路透社驻加尔各答记者苏乔·杜哈觉得问题不在特蕾莎修女：“她只是个普通人，不是神，我们不能把她当做神来要求，指望她解决印度所有的问题。”杜哈对我说：“我觉得特蕾莎修女是一个很好的领导者，这一点对于向来是一盘散沙的印度教徒来说尤其重要。她用自己的行动为解决印度的贫困问题做出了自己的贡献，其他人也可以照她的样子来，提出自己的见解或者做出自己的贡献，我觉得这就足够了。”

离开孤儿院，我来到了加尔各答的老城区。这里和印度其他城市一样，路边也有不少残疾的乞丐和衣衫褴褛的无家可归者，大街上同样充满了各种噪音和垃圾。但是当我离开主干道，钻进一条小胡同，立刻发现这里同样也不缺秩序和快乐。我看到厨子们在和面，裁缝们踩着缝纫机，家庭妇女在晾衣服，孩子们聚在一起玩着板球，每个人都在忙自己的事情，只有野狗和神牛们无所事事，躺在太阳底下发呆。

在我看来，特蕾莎修女并没能从根本上改变印度。印度人拥有全世界最古老的信仰，无论是对待生活的态度还是对待死亡的态度都和世界其他地方很不一样。披头士乐队当年正是被印度人独特的生活方式和哲学理念所吸引，不远万里来到这个国家寻找灵感。

披头士的故事

恒河是印度教的圣河，河水冲出喜马拉雅山脉进入印度平原的那个节点是恒河上仅次于瓦拉纳西的第二大朝圣之地。印度人专门在这里建造了一座城市哈瑞迪瓦（Haridwar），接待来此地沐浴的朝圣者，信徒们最喜欢在日出和日落的时候下河沐浴，12 月的时候天气已经很凉，早晚温度都接近零度，但这不妨碍虔诚的印度人脱得只剩内衣内裤，勇敢地跳进水中接受恒河的洗礼。

从这里顺流而上，半小时之后就到达了小镇瑞诗凯诗（Rishikesh）。小镇周围全是原始森林，本是老虎和大象的游乐场。四十多年前，一位名叫马哈里什 · 马赫什 · 尤基（Maharishi Mahesh Yogi）的印度灵修大师看中了恒河边上的一处林地，把它买了下来，建起一处灵修中心（Ashram）。此后围绕着这个灵修中心又出现了一大批新的灵修中心，瑞诗凯诗成了公认的“印度瑜伽之都”。

我到达时正值中午，在强烈的阳光照射下，奔腾的恒河水呈现出迷人的浅绿色，和两岸郁郁葱葱的森林相映成趣。大部分灵修中心都设在恒河东岸，走过一座吊桥即可到达。虽然街道上人头攒动，但是按照印度的标准来衡量，这里的人气算是很低的了，尤其是外国游客更是少得可怜，和传说中的全世界瑜伽爱好者集中地很不相符。不过我很快就明白了原因，这里纬度和海拔都很高，12 月时白天气温也就 10℃左右，坐久了需要穿棉衣，而瑜伽发源于炎热的印度平原，是个夏天特有的修行方式，穿着棉衣是没办法练的，所以大部分爱好者都离开了。

这里到处都是各种各样的灵修中心，房间条件简陋，但价格极为便宜，还可以免费上灵修课。我随便挑了个灵修中心住下，然后去上课。我参加的这个班只有十人左右，老师很年轻，留着长发，看上去挺帅的。但他的课基本上就是打坐，一个姿势静坐十分钟，再换一个姿势静坐十分钟，有时再辅以一句经文。大部分动作都很简单，没什么特殊的地方。大冬天一群人穿着羽绒服坐在地毯上一动不动，无论是样子还是感觉都有些滑稽。

这种灵修方式的鼻祖正是那位马哈里什，此人据说出生于1918年，但印度大师们经常修改自己的出生日期，所以谁也不知道他到底几岁。马哈里什是个有文化的大师，早年学的是物理学，拿到过学士学位。不过他毕业后没有从事物理研究，而是师从一位瑜伽大师学习灵修术，并自创了一套理论，取名为“超脱静坐”（Transcendental Meditation），就是说你只要一边静坐，一边心里默念经文，就能到达极乐世界。马哈里什这个名字其实是他自封的，在印地语里是“圣人”的意思。

马哈里什的学说在当时曾经遭到不少印度灵修大师的指责，认为他宣扬一个人不需要苦修或者禁欲就可以达到涅槃的境界，是一种投机行为，违背了印度教教义。但是这一理论却受到了很多西方人士的欢迎，因为上世纪五六十年代的欧美正在经历一次信仰危机，不少内心苦闷的年轻人希望从东方哲学中寻找出路，而当时中国尚未开放，印度是他们的首选。马哈里什说一口流利的英语，这一点为他加分不少，再加上他的这套理论相当简单，很符合西方年轻人速成的要求，因此得以从众多印度灵修大师中脱颖而出。他从1958年开始，花了近十年的时间在欧美各国开坛讲道，积累了一定的人气，但始终没能大红大紫，原因就在于缺少一位知名度高的大腕替他站台。

1967年的某一天，机会终于来了。马哈里什要在伦敦开课传道，披头士乐队的吉他手乔治·哈里森（George Harrison）的妻子帕蒂闻讯后一定要丈夫同去。哈里森早年曾经跟随印度西塔琴大师拉维·香卡（Ravi Shankar）学习印度音乐，并将其运用在自己的创作中，取得了很好的效果，因此他是披头士乐队中对东方文化最感兴趣的一位。哈里森说服乐队其他三人一同去听讲，结果那天当他们一行人来到演讲厅时发现马哈里什在第一排给他们预留了显眼的位置。

演讲开始后，披头士惊讶地发现这位大师个头矮小，声音尖细，不知为何经常无缘无故地傻笑，满脸络腮胡子一颤一颤的，样子有点滑稽。他整晚上都在劝说听众们放弃迷幻药，改用他发明的“超脱静坐”的办法来到达极乐世界。他会给每个信徒一个神秘的咒语，只要在静坐时不断默念这个就会很快达到效果。为了演示一下静坐的力量，马哈里什当场进入状态，一动不动长达十分钟，把观众们看得目瞪口呆。其中最惊讶的当属约

瑞诗凯诗的披头士故居

翰·列侬（John Lennon），他当时吸毒成瘾，正在寻找替代之法，很自然地被马哈里什吸引住了。

散会后马哈里什特别邀请披头士去贵宾休息室单独传道，并邀请他们去威尔士参加一个传道法会，披头士立刻就答应了，并一致决定不坐专车，而是搭乘普通火车自行前往。第二天，马哈里什的新闻发言人把披头士要去参加法会的消息透露给了英国媒体，结果出发那天无数小报记者把火车站堵了个水泄不通，全世界的人都知道披头士去听马哈里什传道了。

有一个小插曲很有意思。列侬的妻子辛西娅（Cynthia）被人潮挤得掉了队，没赶上火车，眼睁睁地看着丈夫离她而去。当时两人的关系已经不太好了，辛西娅后来回忆说，当时她就预感到列侬将离她而去，后来果然应验了，列侬和辛西娅离婚，娶了小野洋子。

第二天，披头士正在法会上听讲，他们的恩人——乐队前经纪人布赖恩·爱坡斯坦（Brian Epstein）因服毒过量死在家中。消息传来后，大家都去问马哈里什该怎么办，他从园子里采来一些花，给每个人发一朵，然后让他们把花在手心里捻碎：

“你们看，美丽的本质只不过是一些水分和细胞罢了，所有物质世界的美终究是一些幻象，精神世界才是永恒的。”他说。

马哈里什让披头士大笑，并说这样会帮助爱坡斯坦的灵魂进入永恒的极乐世界。结果

披头士故居一间荒废的礼堂内留有很多崇拜者绘制的导师画像

披头士笑着出席了记者会，并在笑声中把他们的恩师彻底遗忘了。

法会结束后，马哈里什又邀请披头士跟他去印度继续学习。几天后，乐队经纪人彼得·布朗（Peter Brown）突然接到美国 ABC 电视台打来的电话，称马哈里什正在和电视台商谈一个关于他的特别节目，披头士已经答应出镜。布朗立刻去找马哈里什要求解释，这位大师没有正面回答布朗的质问，只是一个劲儿地傻笑。哈里森站出来为马哈里什打圆场："他不是个很摩登的人，不会懂这些事情的。"

1968 年 2 月，披头士经过长途跋涉，终于来到瑞诗凯诗，住进了马哈里什的灵修中心。他们原本做好了吃苦的准备，谁知这里简直就是一个世外桃源，有非常现代化的生活设施，仆役成群。马哈里什自己住在一个宫殿似的房子里，有自己的专用厨师和会计师，甚至还有自己的直升飞机！这下轮到披头士傻眼了，这人可一点也不土啊！

和披头士一起进驻的还有几个小有名气的电影演员和音乐家，以及一批从美国来的文艺青年。他们各自住在自己的房间里，白天在马哈里什的带领下学习"超脱静坐"之术，晚上聚在一起弹琴唱歌，日子过得挺逍遥。披头士很久没有如此放松过了，没有记者和歌迷追逐的日子还真不错。列侬和保罗·麦卡特尼（Paul McCartney）才思如泉涌，创作了大量歌曲，其中大部分都收录于那张著名的《白色专辑》（*White Album*）中。

但是，瑞诗凯诗毕竟是个偏远的地方，生活条件和城里没法比。鼓手林格·斯塔尔

(Ringo Starr)最先受不了了，十天后找了个借口离开了这里。下一个离开的是麦卡特尼，他是四人当中最聪明的一个，很快看出了猫腻，怀疑这是一场骗局，马哈里什是想利用他们的名气为自己做宣传。剩下的两位成员都很虔诚，列侬第一次远离毒品长达两个多月，自我感觉非常好。

就在此时，列侬的一个好朋友，音响工程师“神奇的阿列克斯”(Magic Alex)来到了这里。当他得知马哈里什要求披头士把自己收入的10%～25%贡献给他时，便开始怀疑此人的动机。不久，他发现马哈里什居然偷偷地在吃鸡，于是便开始暗中调查，结果发现了一个更惊人的内幕：马哈里什曾对一个从加州来这里学习的女孩动手动脚，于是他决定设一个圈套抓个现行。一天晚上阿列克斯和几个朋友一起躲在马哈里什房子的四周，然后让那个女孩去向马哈里什求经。他们约好一旦马哈里什开始图谋不轨，女孩就大喊大叫。可女孩进了马哈里什的房间后很长时间都没有出来，也没有叫喊。阿列克斯忍不住偷偷扒窗户往里面看，令他大吃一惊的是，马哈里什已经得手了，但不知他施了什么魔法，那个女孩却没有按约定喊叫。阿列克斯只好自己弄出些响动，马哈里什以为外面来人了，便急忙穿上衣服，把女孩打发走了。

当阿列克斯回来向列侬和哈里森报告时，哈里森坚决不信，而列侬则起了疑心。三人争论了一夜，终于决定还是离开这里为好。第二天当列侬和哈里森去向马哈里什辞行时，马哈里什异常愤怒，他已经约好了ABC摄制组来这里拍片的，这下全都泡了汤。阿列克斯预计马哈里什一定会为他们制造麻烦，便自己去附近的小镇叫出租车，结果发现那个小镇的人都预先得了马哈里什的口信，拒绝租车给阿列克斯。最后他好不容易出高价找来两辆旧车，大家连东西都来不及收拾就仓皇出逃。不知是不是因为马哈里什施了什么魔法，两辆车都先后坏在了路上，让他们在太阳底下苦等了三个小时，受尽了折磨。

回到英国后，大家一致认为这件事一旦泄露出去的话很丢人，便决定集体封口。外界一直不知道瑞诗凯诗究竟发生了什么，直到1983年布朗写了一本书，把这段经历和盘托出，这才真相大白。

可惜真相暴露得太晚了，马哈里什利用披头士的名气赚了很多钱。2008年他去世时，仅在美国申报的财产总价值就高达3亿美元，欧洲的财产就更多了。那次事件之后，麦卡特尼和斯塔尔都放弃了对东方宗教的追求，而哈里森则仍然对印度文化很感兴趣，并成了另一支印度教派“哈里·克里什那”（Hare Krishna）的忠实信徒。列侬的反应最强烈，他不能接受自己被骗了，对马哈里什非常愤怒，还写了首歌大骂马哈里什，只是最后出版时怕惹麻烦才改名叫做《性感的赛迪》（*Sexy Sadie*）。歌中唱道：

> 性感的赛迪你干了些什么？
> 你让每一个人都感到难堪！
> 性感的赛迪你违反了规矩，
> 你把所有事情都说了出来给世人看。

这个灵修中心仍在，但是自1990年开始就无人照管了。为了逃税，马哈里什放弃了这个地方，举家搬到了欧洲。几个当地农民趁机占领了此处，每一个来此参观的人都要强行上缴50卢比的买路费。

虽然被荒废了二十多年，我仍然可以感觉到当年奢华的样子。每一幢别墅都有单独的院子，周围绿树环绕。我在一间荒废的礼堂里看到好多涂鸦，画着披头士、马哈里什以及好几位印度灵修大师的肖像。原来这是一群爱好印度文化的年轻艺术家的作品，他们还列出了自己的网站，号召全世界的艺术家前往入伙。这么多年过去了，马哈里什仍然有这么多崇拜者，看来这场西方和印度的文化交流最终以骄傲的印度人的获胜而告终。

印度白金的故事

印度是个农业大国，印度农业的支柱之一就是棉花，印度人称其为“白金”。棉花产自印度，印度的纺织业曾经称霸全世界，也曾经被第一次工业革命彻底击垮。研究印度棉花产业的历史和现状，可以帮助我们了解这个国家是如何运作的。

孟买是印度最大的商业城市，其地位相当于中国的上海。如今的孟买虽然也像今天的上海那样修建了很多高架桥，但整体市容却更像上世纪30年代的上海，冠冕堂皇的西式建筑之间是狭窄拥挤的街道，马路两边全是临时搭建的低矮民房，里面住满了从乡下进城打工的穷人。孟买近郊一座高架铁路桥旁边有一幢被遗弃的石头房子，屋顶早就没了，窗户和门也几乎被拆光了，但和周围各式各样的贫民窟相比显得一点也不突兀。

“这是日本的棉花交易所，已经有八十多年的历史了。”印度棉花协会（Cotton Association of India）主席迪仁·塞斯（Dhiren Sheth）先生向我介绍说，“孟买曾经是亚洲最大的棉花交易中心，棉花业是孟买人的骄傲。”

孟买的棉花交易中心就建在日本棉花交易所的旁边，当年的棉花验收站如今却早已空空荡荡，只在墙上保留着用各国文字撰写的铭牌。这幢古老建筑如今仍在使用，是印度棉花协会的办公楼，印度棉花产业的行政管理，以及棉花纤维的鉴定分级等工作仍然在此进行。塞斯先生带我乘坐老式拉门电梯来到顶楼，从这里可以看到整个孟买市。市中心密密麻麻的高楼大厦之间能看到数个老式烟囱，但烟囱下面却什么都没有。

“这些烟囱的所在地就是当年的棉纺厂，如今这些工厂全都搬到内陆去了，但孟买市政府专门把烟囱保护下来留做纪念，希望孟买人民不要忘记这座城市当初是靠什么建起来的。”

事实上，我们甚至可以说棉花是整个印度经济的基石。印度人称棉花为“白金”，这个国家的历史和棉花密不可分。

棉花改变世界

作为野生植物的棉花遍布全世界几乎所有的热带和温带地区，但最早将其作为农作物加以种植的是印度河流域的达罗毗荼人，他们开创的哈拉帕（Harappan）文化被公认为人类历史上最早的文明之一。考古证据显示，哈拉帕人早在7000年前就已经学会了怎样将棉花纺成棉布，制作成衣服和其他日用品。

已知关于棉花最早的文字记载来自古希腊历史学家希罗多德（Herodotus），他在公元前5世纪时首次提到棉花，说印度有一种奇怪的树，可以长出羊毛。当时欧洲人只会用羊毛或者亚麻做衣服，而棉布比它们更易染色，再加上印度盛产植物性染料，所以印度很可能是所有古代文明当中衣着最鲜艳的民族。13世纪的旅行家马可·波罗就曾盛赞印度的棉布，称其为全世界最美的织物。

位于孟买的日本棉花交易所遗址

孟买至今还可以见到当年棉纺厂留下的烟囱

孟买高架桥下的景象

1498 年，葡萄牙探险家达伽马成功地绕过好望角到达印度，为欧洲人打开了通往印度之门。葡萄牙人一开始主要做香料贸易，但他们很快发现印度棉布也很赚钱，从此他们的货船里又多了一样货品。为了保护本国的羊毛业，英国政府早期曾经立法禁止棉花交易，直到 1670 年之后才引入了棉布。棉布易染色，价格便宜，穷人也穿得起，而且棉布易清洗，是做内衣裤的好材料。后人评论说，是印度的棉布改变了欧洲人对服装的审美趣味，并提高了他们的个人卫生水平。

17 世纪末期，印度控制了全世界 1/4 的纺织品贸易，但是 1764 年发生了一件事，改变了纺织品市场的格局。这一年英国人詹姆士 · 哈格里夫斯发明了珍妮纺纱机，五年后，另一位英国人理查 · 阿克莱特发明了水力纺纱机，再后来，蒸汽机取代了水力，英国率先进入了工业化时代。机器织出来的棉布价格更便宜，质量也更有保障，英国棉布迅速销往全世界，打垮了各国的本土纺织业，印度也不例外。1831 年，117 名加尔各答商人联名上书英国枢密院，抱怨印度本土的纺织业被英国进口的棉布彻底打垮，生意没法做了。

织布需要原料，英国的棉花进口量迅速增加。1764 年英国进口棉花的总量只有 400 万磅，1801 年猛增到 5600 万磅，其中大部分来自美国。1607 年棉花首次在弗吉尼亚扎根，很快就成了美国最赚钱的农作物，甚至可以说是这个新兴国家赚到的第一桶金。事实上，美国人惠特尼于 1793 年发明的机械轧棉机（Cotton Gin）被公认为是纺织业有史以来最重要的发明，这种机器能迅速将棉花纤维和棉籽分开，这是传统纺织业最费工的一道工序。有了轧棉机后，棉布终于得以全面替代了羊毛和亚麻，成为全世界最廉价、使用最广的纺织品。

轧棉机虽然省劳力，但棉花仍然是一种需要大量劳动力的农作物，于是美国开始从非洲贩运奴隶来种棉花，他们的到来改变了这个国家的历史进程，甚至间接地改变了人类的音乐史。黑人棉农们自娱自乐的弹唱演变成了布鲁斯，从中诞生了爵士乐和摇滚乐，世界流行音乐的面貌从此焕然一新。

黑奴问题导致了美国南北战争的爆发，这场战争使得美国的棉花出口变得极不稳定，英国纺织业断了口粮，不得不转向印度。作为距离印度产棉区最近的港口，孟买成了印度棉花的交易中心，孟买商人们纷纷去乡下鼓动印度农民改种棉花，印度就这样从一个棉布出口大国转变成了棉花种植大国和出口大国。

为了提高棉花的产量和质量，一位名叫威廉·凯里（William Carey）的英国园艺爱好者于 1820 年在加尔各答成立了“皇家农业与园艺协会”（Royal Agri-Horticultural Society），虽然早期成员大都是住在印度的欧洲人，但这是印度境内第一个与农业技术有关的科学学会，为印度的农业现代化做出了自己的贡献。该协会还出版了一本期刊，内容涵盖气候、土壤、种子、灌溉和畜牧等多个领域，是第一本研究印度农业问题的科学期刊。正是在这家学会的帮助下，印度引进了美国的长绒棉，但是这个新品种需要健全的灌溉系统和充足的化肥等现代农业技术作为支持，印度农业尚处于靠天吃饭的原始阶段，没法满足这些条件，导致这批新品种在印度遭到惨败。

自19世纪中期开始，英国放宽了技术出口限制，一批印度商人引进了织布机，开始在印度设厂制造棉布，逐渐夺回了被英国人占领的国内市场。据统计，1896年时印度本土生产的棉布只占国内需求总量的8%，1913年就上升到20%，1945年时则达到了76%。从现代的角度看，印度棉花业和纺织业的兴衰是商业竞争的一个必然结果，类似案例几乎天天都在发生着。但在当年的印度，此事被当做是英国殖民者剥削印度人民的经典案例，遭到印度各界精英的痛斥，圣雄甘地是其中最激进的一个，他不但反对向英国出口棉花，而且反对引进英国人发明的织布机，以及其他各种先进技术。他相信印度人只有回到农耕时代，才能真正摆脱英国的影响，重新过上幸福的生活。"我们必须逐渐恢复过去那种简单的生活方式，铁路、电报、医院、律师、医生……所有这些东西都必须丢弃掉。"他在一次集会上对支持他的民众说，"你不能在工业文明的基础上实现非暴力的理想，这种理想只能从自给自足的乡村中找到。"

甘地相信印度的传统文化是幸福的源泉，他号召印度人放弃英语，学习梵文，从印度教典籍中学习生活技能，寻找人生智慧。为此他特意学会了纺线，自己给自己做衣服，并号召民众用印度的传统方式生产生活必需品。初版的印度国旗中间有个轮子，据说那就是甘地提议加上去的，代表印度的传统纺车。可实际上这种纺车（Charkha）是12世纪时伊朗人发明的，14世纪传入印度后将后者的织布效率至少提高了六倍，终于代替了印度人原来的纺车。甘地不一定不知道这段历史，他的目的是想让印度尽快摆脱殖民地的身份，变成一个政治和经济均不受西方控制的独立国家，退回农耕时代是他选择的最有效的路径。可惜甘地被印度教极端分子暗杀，没能亲眼看到这一天的到来，但他一手缔造的国家选出的第一任总理尼赫鲁是他的忠实信徒，印度终于在尼赫鲁的带领下走上了独立自主的道路。

第一次绿色革命

印度于1947年宣布独立，但在独立前，穆斯林占多数的巴基斯坦和孟加拉地区先后从印度分离了出来，这场分离引发的人口大迁徙至少造成了50万人死于非命，印度人民为独立付出了惨痛的代价。

国家分裂的一个副作用就是印度的主要产棉区被划给了巴基斯坦，但大部分棉花加工厂则留在了印度。为了减少对进口的依赖，印度政府提出了“多种棉花”的口号，鼓励印度各地农民改种棉花，但收效甚微。原来，尼赫鲁虽然在政治上奉行西方式的民主自由，但他仇恨美国，在经济上仿照苏联模式，大搞计划经济，可惜这招不灵，印度的经济发展停滞不前，无论是工业还是农业都步履蹒跚。根据印度纺织工业协会（CITI）的统计，印度50年代的棉花产量仅为99公斤/公顷（1公顷等于15亩），60年代勉强提高到了134公斤/公顷，远低于同期国际水平。

棉花产量上不去还好说，粮食产量不足就是一个事关印度人民生死的大问题了。印度政府一直不重视水利建设，农业主要靠天吃饭，1957年～1959年连续三年大旱，粮食库存消耗殆尽，幸亏美国国会通过了一项名为PL-480的新法规，允许美国政府以发展中国家的本国货币结算粮食出口，打通了美国粮食出口印度的通道，这才没有出现大饥荒。据统计，印度1960年～1964年这五年里一共从美国进口了1600万吨粮食，被国际社会称为“世界的粮食篮子”（意为乞讨者）。

“我必须痛苦地承认，独立十年之后，印度这个传统农业大国却仍然不能喂饱自己的人民。”尼赫鲁在纪念印度独立十周年的大会上说道，“我们不能再把责任推给神仙、星座或者洪水干旱了，毛病就在我们自己身上。”

话虽这么说，尼赫鲁政府一直忽视农业的基础建设，对于农业新技术的引进更是持怀疑态度。1964年5月27日尼赫鲁因病去世，接替他的是温和而又讲求实际的拉尔·巴哈杜尔·夏斯特里（Lal Bahadur Shastri）。夏斯特里上台后所做的第一件事就是任命C.苏布拉马尼姆（C.Subramaniam）为农业部长，此人是一个受过现代教育的新型官员，胆子大，不信邪，上任后立即着手对印度的农业体系进行改革。

根据印度著名专栏作家格查仁·达斯撰写的《解放了的印度》一书记载，1966年～1967年印度又遭遇了一次大旱，不得不从美国紧急进口了1400万吨粮食，那段时间每十分钟就有一艘运粮船从美国的港口出发前往印度。时任美国总统的林登·约翰逊不知为何下令停运一天，把印度人急得团团转。不少人认为约翰逊之所以这么做是为了惩罚印度在越战问题上支持越南的立场，但达斯认为约翰逊是为了给印度政府施加压力，逼其加快农业改革。

“当时印度政府的压力很大，因为领导阶层当中反美的左派人士占多数，他们一直反对印度政府从美国进口粮食，认为这是美帝的阴谋。”国际粮食政策研究所（IFPRI）印度分所的所长 P.K. 乔什（P.K. Joshi）先生在接受我采访时回忆道，“左派们否认印度粮食短缺，他们相信这是少数不法粮商囤积居奇的结果，呼吁政府加强管制，打击奸商，认为这样就能解决粮食短缺的问题。”

印度农业专家联合会（ISAP）主席 S. 昌德拉（S. Chandra）先生是那次农业危机的亲历者，他于 1964 年获得了美国伊利诺伊大学农学系的博士学位，毕业后主动放弃了在美国工作的机会，回到印度从事杂交玉米的研究工作。“我当时的想法很简单，美国人已经吃得很饱了，不需要我再去给他们的碗里添粮食，而我的祖国印度正相反，农业技术水平很差，老百姓在挨饿，于是我就回来了，去旁遮普大学的农学系担任系主任。”昌德拉先生对我说，“我回来后就发现，印度农民很愿意接受新技术，只是政府不给他们机会，比如在尼赫鲁时代，印度政府严禁从国外进口种子，很多品质优良的种子就这样被挡在了国门之外。”

所幸，新上任的农业部长苏布拉马尼姆不信邪，他听说有位名叫诺曼 · 布劳格（Norman Borlaug）的美国科学家培育出一种矮秆小麦，产量比过去有了大幅度提高，便决定把宝押在这种神奇小麦上。他迅速派人和美方谈判，然后包了数架波音 707 专机，从美国运进来 1.6 万吨矮秆小麦的种子，鼓励印度农民试种。最先试种这种新型小麦的正是位于印度西北部的旁遮普邦，这个邦的“印侨”最多，思想最开放，最善于接受新鲜事物。

“试种的结果证明矮秆小麦平均亩产比印度本地的小麦品种提高了一大截，于是印度其他地方的农民便放开胆子引入了这种美国小麦，印度举世瞩目的第一次绿色革命就这样开始了。”昌德拉先生对我说，“布劳格博士也被后人尊称为‘绿色革命之父’，获得了诺贝尔和平奖。”

矮秆小麦的高产是有条件的，其生长周期内不能缺水，对肥料的要求也很高。聪明的苏布拉马尼姆深知提高农作物产量不是仅仅依靠一粒神奇种子就能实现的，必须对印度的农业体系来一次全方位的改革。他听从了印度农业专家们的建议，迅速批准进口了大量化肥，并修改政策，允许外国私营企业来印度开设化肥厂和农药厂。

“随着灌溉水平的提高和化肥的广泛使用，印度农田里的杂草开始疯长，除草越来越困难，农民对于除草剂的需求十分迫切，孟山都就这样进入了印度的农业领域。”孟山都公司印度企业事务部总监 G. 舒克拉（G. Shukla）先生向我介绍说，“我们引入的除草剂丁草胺（Machete）在印度卖得很好，直到现在仍然是印度除草剂市场的黄金标准。不过我们五年前把这个品牌卖给了一家中国公司，集中精力开发新种子。”

除了引进外资之外，苏布拉马尼姆还改变了印度的农业经营体系，把农产品的零售价格适当放开，对农村土地所有制、信贷和水利设施等等进行了大刀阔斧的改革。正是因为有了这样一个一揽子改革计划，这场绿色革命才最终获得了成功，印度的农业面貌发生了革命性的变化。统计数据显示，1967 年～ 1977 年这十年里印度的小麦产量保持了每年 5.5% 的高增长率，谷物的年产量则从 50 年代初期的 5400 万吨上升到 20 世纪末期的 2 亿吨。1980 年美国政府出版的一份内参中提到，印度是当时所有发展中国家中唯一能够做到粮食自给自足的，到 80 年代中期时印度就已经可以向非洲国家出口余粮了。

在达斯看来，印度 50 ～ 60 年代整个经济领域乏善可陈，绿色革命是其中唯一的亮点。但即使如此，这场革命仍然遭到了来自印度国会和知识界的一致声讨，当时的印度报纸上充斥着他们撰写的反对文章，称绿色革命标志着以美国为代表的资本主义入侵印度社会，败坏了印度的风气，迫使印度农民放弃了传统的经营方式和理念，变成了一群一心向钱看的贪婪之人。好在苏布拉马尼姆是一个很有手腕的政治家，他出色地抵抗住了来自各方的压力，这才让这场绿色革命能够坚持下去。

“和这场绿色革命并行的还有一场‘白色革命’，福吉斯 · 库里安（Verghese Kurien）博士几乎靠一己之力把印度从一个严重短缺牛奶的国家变成了产奶大国。”达斯在《解放了的印度》一书中写道，“重温这段历史，我发现印度历史上的很多大变革都来自个人，而不是群众运动。这些孤胆英雄往往在开始的时候都没有意识到他们的所作所为将有什么样的后果，但他们最后成功了。”

“你知道印度是个民主国家，每次遇到各方意见不统一的时候，领导人们都小心翼翼的，不敢轻易做决定。上世纪60年代的印度可以说到了一个危险的临界点，再不改变就要饿死人了，所以当时印度的政治家们不可能再去搞民主了，必须立即采取行动，绿色革命就是这样开始的。”乔什先生向我解释说，“但是现在情况不同了，印度的粮食基本够吃，农业虽有问题，但远没有当年那么严重，政治家们的改革愿望没有那么迫切，于是第二次绿色革命遇到了很大阻力，进行得很不顺利。”

第二次绿色革命

12月是收获的季节，位于印度中部的马哈拉施特拉邦（Maharashtra）一片繁忙景象，这是印度的农业邦，到处都是农田，几乎每一寸土地都种上了庄稼，以小麦和棉花为主，兼种各类蔬菜和甘蔗。印度超过一半的国土是耕地，总面积约为1.7亿公顷（相当于26亿亩），几乎是中国的1.5倍。印度人很少吃肉，对饲料作物的需求量不大，豆类却种的很多，是大部分印度人的主要蛋白质来源。即使如此，印度的粮食问题仍未完全解决。国际食品政策研究所2012年公布的“全球饥饿指数”显示，印度在81个发展中国家中排名第67位，平均每天有3000名印度儿童因为营养不良而丧命，这确实是一件让人费解的事情。

马哈拉施特拉邦中部有个柯坦姆巴村（Kotamba），村民桑托什（Santosh）带我去参观他家的棉田。此时的棉花植株已经有一人多高了，枝繁叶茂，看上去非常健康，棉桃也已经接近成熟，快到采摘的时候了。

“过去我种的棉花每100个花蕾只有10个能结桃，每公顷最多只能收1000公斤籽棉，现在一半以上都能结桃，产量提高到每公顷将近4000公斤。”桑托什通过翻译对我说，“打药的次数也减少了很多，过去是每年都要打七八次农药，现在只要打三次就可以了。”

这位桑托什种的就是大名鼎鼎的转基因棉花，这种棉花转了来自苏云金杆菌的Bt基因，能够自己生产Bt蛋白质。这种蛋白质属于生物杀虫剂，能够特异性地杀死鳞翅目昆虫（比如棉铃虫），却对其他动物无害。转Bt基因的棉花1997年就被中国农业部批准进

印度棉农桑托什

行大面积商业化种植，但是印度政府直到 2002 年才批准。

“其实转基因棉花早在 1994 年就进入了印度，1996 年开始田间试验，没有发现问题，但印度政府因为各种原因一直不批准。后来旁遮普邦的农民不知从哪里拿到了种子，偷偷开始试种，抗虫效果很好，于是周围的棉农迅速效仿，政府眼看禁不住了，只好批准。”印度生物技术公司联合会（ABLE-AG）农业分部的执行主席 N. 西塔拉马（N. Seetharama）先生对我说，“这个 Bt 基因是孟山都开发的，他们和一家印度本土公司马希科（Mahyco）合作，成立了一家合资公司，负责在印度推广转基因棉花。孟山都很聪明，他们只授权给那些做杂交种子的公司，这样农民就没办法留种，对于专利的保护会更有效。”

不过，村民桑托什告诉我，他很早就习惯了每年都去种子公司买种子，比自己留种更有保障，而且转基因种子也不贵，每袋才 930 卢比（1 元人民币兑换 8 卢比），内装 450 克种子，可以播种 1 英亩土地（1 英亩约等于 6 亩）。“每英亩棉花需要的化肥和人工费等成本加起来大约为 1.8 万卢比，如果按照每英亩产 1000 公斤棉花来计算，可以收入 4 万卢比，净赚 2.2 万，相比之下种子的成本是很小的，种子的质量更重要。”他说。

桑托什从祖辈那里继承了 7.5 公顷土地，每年的净收益为 40 万～ 50 万卢比，在当地算是大户了。和他一起接受采访的另外两位农民分别拥有 3.6 公顷和 1 公顷土地，大约可以分别称之为中农和小农户。他们也都选择了种植转基因棉花，因为这种棉花比非转基因的更合算。

舒克拉先生也给我算了一笔账。如今每英亩喷一遍杀虫剂的材料和人工费加起来大约为 600 ～ 900 卢比，Bt 技术为农民节约了 5 ～ 7 轮农药，相当于节省了 4000 卢比费用。二代 Bt 棉花种子的零售价约为每袋 1500 卢比，其中专利费为 225 卢比。孟山都已经和 50 家印度本土种子公司签订了授权协议书，由他们负责开发适合当地情况的 Bt 棉花品种。目前孟山都尚未发现有盗版的行为，经营情况良好。

事实上，中国虽然比印度早五年引进了这项技术，但因为中国不重视知识产权，很快出现盗版，孟山都便停止了对中国的技术出口，导致中国棉农只能使用第一代 Bt 技术。印度则因为对知识产权的保护较为严格，孟山都于 2006 年又将其开发的第二代 Bt 技术授权给了印度公司。二代技术多转了一个 Bt 基因，抗虫性能更好，害虫产生抗性的几率也更低。印度目前已经有 1180 万公顷的棉田使用了二代技术，占棉花播种面积的 71%。如果再算上第一代 Bt 抗虫棉的话，印度已经有超过 94% 的棉田种的是转基因棉花，达到这一数字只花了十年的时间，速度可算是相当快了。

“要想发挥出转基因棉花的所有潜力，其他相关技术也必须跟上，所以我们制定了一项政策，和我们签约的种子公司不能只卖种子就不管了，还必须派农业技术人员随种子下乡，指导农民提高耕作技术。”舒克拉先生对我说，“据统计，转 Bt 基因的棉花比普通棉花产量提高了 30% ～ 60%，其中很大一部分原因是杂交，以及其他相关农业技术的提高。”

柯坦姆巴村的情况证实了这一说法。桑托什告诉我，从前村民们都不懂得给棉花整枝打杈，这项技术就是种子公司教给他们的。另外以前他们为了除草和打药方便，植株间距很大，如今不需要打那么多次药了，再加上有了除草剂，不用人工拔草了，植株的密度几乎比以前大了一倍，单位面积产量自然也就上去了。

正是因为转基因技术，以及随之而来的一系列农业科技的进步，使得印度的棉花种植业取得了长足的进步。“转基因之前的 2002 年印度棉花平均单产为 308 公斤 / 公顷，2007 年～ 2008 年就上升到 554 公斤 / 公顷的历史最高点，最近几年因为气候等原因略有下降，

2012年降到了500公斤/公顷以下。”印度纺织工业协会秘书长沙竺·芒加兰姆（Shaju Mangalam）先生向我详细描述了印度棉花业的历史，“总的来说，转基因棉花进入印度的这十年来，棉花种植面积提高了将近一倍，总产量则翻了一番多。如今印度本土产的棉花有1/5都出口了，印度从一个棉花净进口国一跃成为全世界第二大棉花生产国和第二大棉花出口国。”

芒加兰姆还向我详细介绍了印度棉花种植业历史上的每一次进步以及背后的原因。前文提到，上世纪50年代印度的棉花平均产量仅为99公斤/公顷，60年代科学家们在本地棉花品种的基础上培育出一种高产棉，产量上升到134公斤/公顷，70年代印度政府打开国门，引进了美国的长绒棉，产量上升到169公斤/公顷，80年代引进国外先进的杀虫剂和害虫控制技术，产量继续上升到了267公斤/公顷，接下来是转基因棉花，产量再次跃上了新的台阶。

转基因棉花的引进标志着第二次绿色革命的开始，从目前情况看效果相当显著。2013年7月12日出版的《美国国家科学院院报》（PNAS）上刊登了德国哥廷根大学的马丁·凯姆（Martin Qaim）博士撰写的论文，调查了2002年～2008年印度中小型棉农的情况，得出结论说，因为Bt减少了害虫的危害，使得单位面积的棉花产量增加了24%，农民纯收入增加了50%，为印度农村的社会和经济发展做出了积极的贡献。

“可是，和国外先进水平相比，印度的棉花种植业还是太落后了。”谈起第二次绿色革命，芒加兰姆并没有显得太高兴，“如今美国的棉花单产已经超过了1000公斤/公顷，是印度的两倍，中国也已经超过了1300公斤/公顷，澳大利亚最高，平均单产将近2000公斤/公顷！”芒加兰姆还告诉我，印度棉花业落后的原因有很多，除了化肥跟不上之外，水利系统落后是更主要的原因。如今印度只有30%的耕地有灌溉系统，其余的全都是靠天吃饭。印度每年只有两个月的雨季，如果这两个月的雨下足了，一年的收成就算有了，可一旦雨没下够，来年粮食一定减产，这就是为什么印度大部分农产品的平均产量只有国际先进水平的一半甚至更低。印度虽然有着全世界第二大的耕地面积，以及素食传统的优势，却仍然不能喂饱所有的国民。

看来这第二次绿色革命进行得还不够彻底。不过，因为来自各方的阻挠，这场革命很

印度纺织工业协会秘书长沙竺·芒加兰姆

可能尚未展开就已胎死腹中。

来自公民社会的阻力

2010 年，马希科公司申请在印度推广转基因茄子，听到这个消息后，以绿色和平组织为首的一批非政府组织上书印度环保总局，表达反对意见。当时的环保总局局长 J.R. 拉米什（J.R. Ramesh）拿不定主意，便亲自去印度各地召开了数十次座谈会，与各界群众和非政府组织的成员进行对话，广泛征求意见。

“虽然农民协会和科技协会等组织都支持转基因茄子，但是更多的非政府组织是由环保人士、左派和反对全球化的人士所组成的，甚至还有一些杀虫剂生产商也混迹其中，他们无论是人数还是嗓门都比前者大，很快就占了上风。”旁遮普大学植物系系主任 I.S. 杜阿（I.S. Dua）教授对我说，“这些人用谣言来反对转基因，比如他们说转基因茄子会致癌，去转基因农田里走一趟会导致阳痿等等，老百姓被这些谣言吓住了，纷纷表示反对转基因茄子。其实转基因茄子已经在印度各地的大田里试验了九年，所有结果都表明这种茄子无论是对人体还是对环境都无害。”

“转基因的反对派们都很有创意，他们到处宣传说吃了转基因茄子就算开荤了，结果把很多食素的印度人吓住了。”乔什先生补充道，“印度的反转派大都是专业的反对者，他们比科学家们更懂得如何面对媒体，如何利用媒体来赢得民意。”

凡达娜·席娃（Vandana Shiva）博士就是反对派的代表性人物，她早年是学理论物理的，曾经在加拿大西安大略大学拿到过一个哲学博士学位。后来她选择回到印度，成立了一个非政府组织“九种”（Navdanya），宣传环保理念，提倡回归传统社会。她曾经多次接受国内外媒体的采访，并出现在数部环保纪录片当中，可以称得上是印度公民社会的代言人。我专程去该基金会位于新德里闹市区的办公室拜访了这位传奇人物，这间办公室位于一幢居民楼的三楼，是普通民居改装的，过道有个书架，上面摆满了她写的书，从标题看，绝大多数都是反全球化和提倡有机农业的，比如《被大公司绑架的生物多样性》《自杀的种子》和《无需专利的种子》。

采访约在上午10点，席娃博士迟到了20分钟，只给我留下了40分钟的采访时间就又要出门去参加一个研讨会。她穿着一身红色的纱丽，身材有些发福，圆圆的脸上有一对圆圆的大眼睛，再加上眉心间点的那颗巨大的红点，看上去很有福相。她讲话的时候面部表情极为丰富，口齿清晰，节奏感掌握得非常好。但最让我惊讶的是她的英文不但非常流利，而且几乎没有任何印度口音。总之，这是一位天才的演讲者。

印度反对转基因的领袖人物
凡达娜·席娃

“孟山都是个邪恶的公司，最初他们进入印度就是非法的，至今仍然在毒害印度人民。”她开门见山地说，“孟山都发明的转基因棉花不但对人体有害，对环境有毒，而且让印度农民背了一身债，导致大量棉农自杀。”

“既然转基因棉花这么糟糕，印度又是一个民主国家，为什么印度农民还去种它呢？”我问。

“这就是孟山都厉害的地方，他们垄断了印度的种子市场，让印度农民没有选择。”这是她的解释。

接下来，席娃博士历数了转基因棉花的种种坏处，但我后来又采访了印度的农民，以及几位农业领域的专家，却都认为她的指责不成立。比如，她说转基因棉花有毒，不但能毒死牛，而且还毒死了美洲的帝王蝶。但是我采访的那个柯坦姆巴村的村民告诉我，他们一直在用剁碎的棉花叶子喂牛，没有发现问题。杜阿教授还告诉我，转基因毒死帝王蝶事件早已被科学界证明是研究方法出了问题，事实上帝王蝶种群数量一直在增加，并没有受到转基因农作物的影响，辟谣论文已经发表在《自然》杂志上了。

再比如，席娃博士认为种植转基因农作物会破坏生物多样性。杜阿教授认为这个指责也不成立，因为目前已有的转基因农作物只是把若干个外源基因转入了农作物而已，这些基因完全可以通过杂交的方式转移到其他同类品种中去。事实上印度目前有 50 家种子公司在培育自己的转基因棉花品种，这就保证了各地棉农都能种上适合本地情况的转基因棉花，棉花的生物多样性并没有受到影响。

席娃博士还对印度政府部门提供的统计数字表示怀疑，她认为过去印度农民是把棉花和豆子混在一起种的，所以统计产量的时候数字偏低，如今转基因棉花变成了单一品种，单产自然就高了。但是我在柯坦姆巴村看到的情况和席娃的说法正相反，转基因棉花依然是和豆子间种的，这是印度古代农民遗留下来的优良传统，至今仍未改变。

柯坦姆巴村从来没有发生过农民自杀事件，但是乔什先生告诉我，自杀现象确实存在，马哈拉施特拉邦还是重灾区，只不过自杀的原因是民间放贷失控，和转基因无关：“马哈拉施特拉邦的农业基础设施一直不好，灌溉的比例很低，一遇到旱灾肯定减产，而当地农民又习惯性地借高利贷，一旦还不起就自杀。”

乔什的说法得到了《印度商业线报》总编辑 G. 昌德拉施卡的印证，他还告诉了我一件更有意思的事情："自杀事件被媒体报道后，马哈拉施特拉邦的一位领导人前往慰问，公开表示给每位自杀者的家庭 10 万卢比补偿，结果这个消息见报后又导致了新一轮的自杀潮。印度人信印度教，生死观念和其他地方的人很不一样，很多老人选择自杀的方式骗取救济金补贴家用。所以我命令我的记者不准再报道这种事情了，这样的报道对于印度来说就是一场灾难。"

最后，席娃博士对孟山都的专利费制度表示了极大的愤慨："孟山都所做的就是把一个基因转到另一种生物里去，而被转了基因的生物不需要孟山都的帮助就可以自我繁殖了，孟山都凭什么一直收取农民的专利费呢？"

"软件行业不也是这么运作的吗？"我问。

"所以我支持开源软件。"她回答。

西塔拉马先生告诉我，席娃的想法在印度非常普遍："转基因棉花在推广的初期确实有一些农民抱怨过专利费的问题，这种现代社会特有的运作方式对于很多印度农民而言是非常新鲜的。事实上，不仅仅是农民，很多普通民众也不理解，这就是印度公民社会和非政府组织反对孟山都的主要理由。"

孟山都的舒克拉先生则另有想法："印度政府历来反美，和欧洲走得更近，很多印度人的思维方式都被欧洲所左右，没有意识到欧洲和印度的情况有所不同。70% 的印度人最大的生活支出是用来购买食品的，粮食价格是印度人最大的负担，欧洲人则完全相反，他们基本上不种地了，搞搞有机农业反而更赚钱。印度的很多非政府组织没有意识到这个区别，按照欧洲人的思路来看待印度的事情，而那些不熟悉农业运作方式的城市人口被这些环保组织搞糊涂了，盲目反对新技术。印度政府也不愿意得罪选民，息事宁人。种种原因导致了现在的结果。"

但在总编辑昌德拉施卡看来，此事双方应该各打五十大板。"反转派为了反对转基因造了很多谣，这当然不对，可转基因一派也夸大了这项技术的威力，比如他们坚称如果没有转基因技术会导致全世界出现粮食危机，很多人将会被饿死，这也有点夸张了。"昌德拉施卡对我说，"转基因一方夸大了这项技术的好处，一旦没有兑现，公众就会怀疑他们

印度棉农在喂牛，饲料中混有转基因棉花的叶子

以前说过的所有话。”

昌德拉施卡很早就开始关注这个领域，早在1998年就跟随印度专家代表团出访美国，考察了转基因技术的状况。在他看来，这项技术之所以遇到如此大的阻力，原因就在于科学家和公众之间的交流出了问题。他认为科学家们应该勇敢地站出来表达自己的意见，可惜他们做得很不够，导致社会舆论被反方占领。印度是民主国家，一旦来自民众的反对声太多，政府就无所适从了。

果然，印度前环保局长拉米什在征求了一圈意见后否决了转基因茄子的上市请求，并修改了相关法律，将转基因技术的大田试验审批权从中央政府下放到各个邦。印度转基因技术的监管机构本来就相当分散，中央政府至少成立了六家机构，从各个方面掌控着这项技术的生杀大权，法律修改后审批权再次被分散，一个本来应该属于科学界的议题被强行推向了社会，其结果可想而知。截至2012年年底，仅有旁遮普和哈里亚纳这两个位于印度西北角的邦允许进行转基因大田试验，这导致几乎所有的转基因研究被迫停止。先正达（Syngenta）印度公司负责公共事务的副总裁K.C. 拉维（K.C. Ravi）先生告诉我，该公司进行了多年的转基因玉米试验也已经停止了，他也不知道何时能恢复。

面对挑战，科学界自然也要反击，官司最终打到了印度最高法院，法官同样不敢下结论，把皮球又踢了回去，让社会各界发表意见。最先表态的是印度国会任命的一个专门委员会，这个由31人组成的委员会花了两年的时间收集了来自民间组织的15000页证词，于2012年8月9日发表了一份长达492页的分析报告，建议最高法院立即下令停止转基因研究。

“这个委员会的领导人是印度共产党的党员，自然不会认同转基因。”杜阿教授分析说，“事实上委员会的31名成员当中没有一个是搞农业的，甚至没有一个人是有科学背景的，他们全都是职业政治家。”

2012年10月9日，印度总理曼莫汉·辛格任命的科学顾问委员会发表了一份报告，公开表示支持转基因技术。该委员会还建议印度政府简化审批程序，成立一个由相关领域专家组成的独立审查机构，统一管理印度的转基因农业。杜阿教授告诉我，这个委员会的32名成员基本上都是相关领域的学者和专家，他们代表了印度科学家的主流意见。

九天之后，也就是10月18日，情况再次发生变化，印度最高法院下属的一个科学委

地里依然是一半棉花
一半鸽子豆

员会公布了一份建议书，建议最高法院立即下令禁止印度科学家从事转基因大田试验，为期十年。目前最高法院正在对这份建议书进行听证，不知道又得等到什么时候才能有结果。杜阿教授告诉我，这个最高法院科学委员会其实是由一位反对转基因的环保活动家阿鲁纳·罗德里格斯（Aruna Rodrigues）提议成立的，其六名成员也都是由他推荐的，其中没有一个人是真正的农业科学家。

十天之后，印度新任命的科技部长贾伊帕尔·雷迪（Jaipal Reddy）召开记者会，表达了对转基因技术的不信任。可是根据国际著名的《科学》杂志报道，这位科技部长居然是英语专业毕业生，是一位以雄辩而著称的职业政治家。

“印度政府向公众传递了一系列互相矛盾的信息，这将导致很多农业科技企业无所适从，不得不停止投资开发新的农业技术。”昌德拉施卡先生对我说，“对于转基因技术我一直持中立立场，但我相信一点，那就是没有人有权力阻止科学的进步。”

曾经亲身参与了印度第一次绿色革命的昌德拉博士对最近几个月发生的一系列事件感到非常愤怒：“转基因农作物已经在全世界安全种植了二十多年，相关技术一直在进步，光是棉花就已经开发出七个新基因了，它们都能造福棉农，但是印度却走在了和世界潮流相反的道路上。”

那么，这些困难背后的原因到底是什么呢？印度农业专家联合会主席 S. 昌德拉博士认为原因出在了所谓的“印度式民主”上：“民主本身是好的，但是这个好制度在印度经常没有好的结果，因为印度有一个巨大的、没有受过良好教育的票仓。”他无奈地对我说：“其实印度有非常好的科学家和知识分子，但是印度的知识分子却是最不被重视的一群人，因为这是一个政治家当道的国家。政治家只看重选票，所以政治家的个人魅力比尊重事实更重要。政治家们不需要知识分子那点选票，他们更重视普罗大众，后者人数众多，但缺乏知识，很容易上当受骗，被一点小恩小惠所收买。所以印度现在的情况就是投票的人大都没有文化，有文化的人大都不去投票，而普通印度人没有意识到正是他们选出来的政府拖了印度的后腿。”

昌德拉施卡说得更直接：“印度最大的问题就是政府的管理水平太低。印度有太多的政府机构，它们相互扯皮，把这个国家治理得一团糟。印度独立六十多年了，可是印度的农民还在靠天吃饭，至少有 1/3 的印度人生活在贫困线以下，经常吃不饱饭，营养不良，政府要负很大的责任。”

“民主制度为什么没有起作用呢？”我问。

“很多人觉得印度选了六十多年的总统，历次选举基本上没有出过大的乱子，所以印度一直被称为全世界最大的民主国家。但是你要知道，民主可不光是每五年去投一次票那么简单，更何况印度至少有 3 亿贫穷而又不识字的选民，他们根本不是在生活（living），只是在生存（existing）而已，这些人根本不在乎谁当选，他们唯一想要的就是吃饱饭。所以我认为印度的民主制度是失败的，它没有给印度人民带来幸福，印度不是一个真正意义上的民主国家，它有太多的地方需要改进。”

土耳其是一面镜子

土耳其是中国的一面镜子。作为改革的先行者，土耳其有很多经验教训值得我们认真学习。

改革之路

土耳其军事博物馆里有一张巨幅油画，画的是突厥攻长城的情景。这幅画的主角自然是英勇的突厥武士们，在他们深邃的目光注视下，城墙上浓烟四起，眼看就要被攻克了。

这是我第一次从这个角度观察长城，并试图体会一个北方草原上的游牧者看到长城时的心情。看着看着，我感觉历史教科书上的文字变得越来越模糊，衡量战争是否正义的标准变得越来越不可捉摸。

几百年后，这场战役的交战双方走上了不同的道路。中原帝国日趋强盛，中华文明也一直延续了下来，成为这个世界上在同一个地方连续发展时间最长的古老文明之一。突厥人则离开了自己的家乡，朝着日落的方向走去，最终在欧亚大陆交界处的安纳托利亚半岛找到了栖身之地。这一路走得很辛苦，他们放弃了自己祖传的宗教信仰，皈依了伊斯兰教，又在和沿途遇到的各种部落交流的过程中逐渐丢掉了自己的大部分传统。但有一样东西没有丢失，那就是打仗的技能，凭借这祖传的绝技，突厥人的后裔南征北战，最终统治了西亚、东欧和北非的大部分土地，建立了强盛的奥斯曼帝国。当时这个世界上唯一能和奥斯曼帝国媲美的，正是清帝国。

又过了几百年，西欧崛起。在启蒙运动的引导下，西欧人发现了科学和民主这两样法宝，迅速强大起来。中国和奥斯曼帝国却同时在走下坡路，这个世界的话语权逐渐落到了西方人手里。但是，没有比较就分不出好坏，而文化是很难比较的，只有战争才会分出输赢。先是奥斯曼人在和俄罗斯的对抗中吃了败仗，紧接着中国人也在鸦片战争中被击败，其结果就是，前者被沙皇称为欧洲病夫，后者被欧洲人称为亚洲病夫，这对冤家又聚在了一起，回到了同一起跑线上。

落后就要挨打，要想进步就必须改革。奥斯曼的精英们为了挽救帝国的命运，尝试过奥斯曼主义和泛伊斯兰主义，试图用帝国的荣誉和宗教的力量来团结帝国的臣民一同对付强敌，但两次尝试都失败了。就在帝国即将被西方列强肢解的危急时刻，一位年轻的奥斯曼军官穆斯塔法·凯末尔（Mustafa Kemal）站了出来。他坚信奥斯曼帝国早已病入膏肓，任何小修小补都无济于事，必须先跳入火堆，然后期待涅槃重生。他认为必须彻底改变奥斯曼帝国的政治体制，因为他相信一个旧体制是无法催生出一个现代国家的。接着他又把刀口对准了伊斯兰教，因为他坚信伊斯兰教的教义和科学民主的理念互相矛盾，两者无法共存。

他并不是第一个这么想的奥斯曼人，但却是第一个这么想的奥斯曼将军。因为打仗勇

土耳其军事博物馆里展出的突厥攻长城油画

奥斯曼军乐队的掌旗官

奥斯曼军乐队的鼓手在表演

敢，凯末尔为帝国立下了赫赫军功。他依靠在战争中建立起来的威信，率领一群勇敢的士兵打赢了解放战争，建立了土耳其共和国，成为安纳托利亚半岛近百年来最强势的独裁者。无限的权力给了凯末尔充分的条件去实现自己的治国理想，他连出三刀：第一刀砍向了有着六百多年历史的奥斯曼苏丹体制，逼得帝国最后一位苏丹连夜出逃；第二刀砍向了哈里发制度，把伊斯兰教彻底从国家权力体系中清除了出去；第三刀砍向了奥斯曼人的文化传统，强行修改了伊斯兰历法，强迫土耳其男人扔掉传统的费兹帽，要求所有土耳其人都要有姓，他还强力推行文字改革，取消了奥斯曼帝国的文字，改用拉丁字母来标注突厥发音。

所有这些事情，清帝国的改革者都在某种程度上进行过尝试，但都没有土耳其做得那么彻底。

但是，凯末尔保留了一样东西，那就是民族主义。一来他必须寻找一种精神力量来团结民众，而民族主义已经被历史多次证明是团结民众最有效的法宝。第二，所有试图迈向现代化的东方国家都存在一个悖论，那就是如何在学习西方的过程中保持自己的民族性。凯末尔做出了一个聪明的选择，他放弃了奥斯曼帝国的伊斯兰标签，选择了皈依伊斯兰教之前的突厥传统作为土耳其的民族图腾，为此他甚至不惜编造了一个突厥传统，把西方文明的源头也算在了突厥祖先的头上。

民族主义不只是一种思想体系，更是一个行动准则。凯末尔赶走了境内的异族人，强迫所有国民从思想到生活方式全部变成土耳其人，此举不但让很多人妻离子散家破人亡，而且还遗留下了库尔德问题，至今仍然是土耳其的一块心病。

凯末尔的改革一开始是非常成功的。土耳其很快得到了国际社会的承认，国内局势迅速稳定了下来，国民经济稳步增长，文盲数量急剧下降，整个国家终于走上了现代化的正轨。但是，凯末尔实行的现代化改革是一种典型的自上而下式的精英改革，或者套用一句政治学术语，凯末尔带给土耳其的是一种“被管理的现代性”，一旦政治环境发生改变，这种“被管理的现代性”必然受到挑战。

因为多年的戎马生涯损害了凯末尔的身体，他在57岁的时候就去世了。此时土耳其共和国刚刚度过了自己15岁的生日，照理说条件尚未成熟。但凯末尔去世后不久，他的继任者就开放了党禁，举行了总统直选，正式拉开了民主制度的序幕。果不其然，土耳其的民主制度进行得并不顺利，从那时到现在，凯末尔党从来没有真正赢得过一次大选，获胜者都是偏向伊斯兰教的政党，这就是为什么土耳其几乎每隔十年就要来一次军事政变，亲凯末尔的土耳其军队先后三次动用武力赶走了伊斯兰党总统，保卫了土耳其的世俗化改革进程。这种情况直到2002年才发生了根本的转变，亲伊斯兰教的正义与发展党在选举中获胜，该党主席埃尔多安运用高超的政治手腕成功地控制了军队，杜绝了军人干政的现象。但是，在西方某些人看来，此事意味着伊斯兰教在土耳其复辟了。

镜鉴效应

曾几何时，作为伊斯兰世界第一个采用民主制度的国家，土耳其一直被西方誉为所有伊斯兰国家的楷模。正义与发展党的胜利让西方国家大吃一惊，随后发生的“阿拉伯之春”事件当中，突尼斯、埃及和利比亚也都不同程度地出现了伊斯兰教复兴的情况，和正义与发展党如出一辙。这一变故让很多人不知所措，不晓得应该支持还是反对。

实际情况到底怎样？这就必须亲自去土耳其看一看。我花了三个星期的时间走访了土耳其的主要城市，仔细观察了土耳其人日常生活的方方面面。在我看来，土耳其确实有很多地方和真正的发达国家相比存在差距，比如政治腐败、科技水平落后、经济发展缺乏后劲、国民素质参差不齐等等，但总体来看，这是一个标准的现代化国家，无论是政治体制还是老百姓对生活的满意度都达到了很高的水平，尤其是和邻近的独裁国家相比，土耳其的进步更是明显。

土耳其的伊斯兰教势力确实有所抬头，但在这样一个法制健全的民主国家，原教旨伊斯兰党要想复辟几乎是不可能的。换句话说，所谓伊斯兰教复辟更多地体现在精神层面，在国家权力层面，伊斯兰原教旨派不可能有所作为。

土耳其是中国的一面镜子。作为改革的先行者，土耳其有很多经验教训值得我们认真学习。总的来说，虽然以凯末尔为代表的土耳其精英分子所带来的“被管理的现代性”遭到了来自民众的挑战，但这种挑战的出现正好说明土耳其已经从一个权威国家过渡到一个稳定的民主国家，这一转变和凯末尔党人想要达到的最终结果并不矛盾。

总之，一个集权的、落后的东方国家在走向现代化的道路上肯定会遇到这样那样的挫折，但这就是改革必须付出的代价，我们必须学会坦然接受这个现实。如果因为害怕承担这个代价就不去改革，其结果只会更加糟糕。

安纳托利亚之战

土耳其一定是所有历史系学生的噩梦。这个国家位于安纳托利亚半岛，又名小亚细亚。这里靠近人类文明的发源地，又是欧亚大陆的交会点，这两个特点决定了这块地方历史上战争不断，王朝更替频繁，交战双方的历史背景也十分多样化。要想了解这块地方的历史，就必须从战争史入手。本文通过对五个古战场的考察，将安纳托利亚的历史梳理了一遍，并和土耳其的现状做了对比。

特洛伊之战

伊斯坦布尔考古博物馆有一批刻着楔形文字的泥板，其中有公元前1757年的房屋买卖契约，公元前2035年的离婚契约，甚至还有一块刻于公元前2030年左右的人类最早的爱情诗！但是，该博物馆的镇馆之宝却是一块20厘米见方的残缺不全的小泥板，放置在一个单独的玻璃柜里。泥板本身已经碎成了好几块，被考古学家重新粘在了一起，看上去非常寒酸，很多游客都忽略了它的存在。

这是一份签署于公元前1269年的和平条约，是迄今为止发现的人类最早的停战协定，时间大约相当于中国的商朝末期。和约的签约方是当时世界上最强大的两个王朝，一个是古埃及的拉姆西斯王朝，他们把条约刻在了埃及古都底比斯的一座神庙的墙上。另一个是安纳托利亚的赫梯王朝，他们把条约刻在了这块泥板上。泥板记事法源自苏美尔人，这个民族诞生于两河流域（现今伊拉克），是公认的人类文明发源地之一。苏美尔人大约在公元前3500年发明了楔形文字，这是人类已知的最早的文字系统。中东地区的两大王朝赫梯王朝和巴比伦王朝均采用了这种象形文字来书写自己的语言，虽然他们使用的语言和苏美尔语是不一样的。

赫梯、巴比伦和古埃及这三个当时最强大的王朝连年相互征战，共同上演了一出中东版的三国演义。赫梯王朝之所以签署这个和约，主要目的就是为了腾出手来对付波斯人的

电影《特洛伊》所用的木马模型

入侵。而古埃及人也有后顾之忧，他们必须防范“来自海上的敌人”——希腊人。聪明的希腊人擅长航海，并掌握了铁器的制造技术，是这一地区的新生力量，它的出现极大地改变了三国鼎立的格局。公元前1200年左右，希腊人为了讨回一位名叫海伦的美女，向位于安纳托利亚南部的特洛伊城发动了进攻。这场战争被诗人荷马写进了史诗《伊利亚特》，后来又被好莱坞拍成了电影，成为人类历史上知名度最高的一场古代战争。

这场战争真的发生过吗？起因真的是因为海伦吗？特洛伊木马真的存在过吗？考古学家对此一直抱着怀疑的态度，而且特洛伊古城的遗址也一直没有找到。1868年，一位名叫海因里希·谢里曼（Heinrich Schliemann）的德国业余考古学家通过研究后得出结论，特洛伊确实存在，其位置大概在达达尼尔海峡入海口往南30公里处的一座小山丘之下。谢里曼从小就对古希腊神话十分迷恋，长大后他在美国经商赚了很多钱，退休后决定自费寻找特洛伊古城。他以分享出土文物为诱饵，从奥斯曼帝国政府申请到了许可证，雇用附近的村民开始了挖掘工作。事后证明，这个谢里曼的目的并不纯粹，他真正的兴趣不是考古学，而是特洛伊国王留下的珍宝。因此他的整个挖掘工作进行得非常业余，不但毁坏了大量珍贵的古迹，而且在古迹的鉴定方面也犯了不少错误。不过他真的挖出了不少金银财宝，为了掩人耳目，他给村民们放了几天假，然后自己偷偷去把这些珍宝挖出来并带到了国外，很多财宝如今都已下落不明。

后来又有几批真正的考古学家前来挖掘，发现这里竟然埋藏着九座古城。最早的城墙大约出现在公元前 3000 年，直径只有 90 米。后来的居民在旧城的基础上不断扩张，城墙像洋葱一样不断扩大，直到罗马时期，也就是公元 500 年左右，这块地方才最终被遗弃，不再有人居住了。

如今这里已被开辟成了特洛伊遗址公园，每年有 60 万来自世界各地的游客前来参观。公园入口处有个用木头建造的木马模型，做工相当粗糙，但还是吸引了很多小孩爬上去照相，在木马肚子里流连忘返，因为正式的展品实在是太没有看头了。当年谢里曼在挖掘过程中毁了太多东西，如今的古城遗址只剩下几段残缺不全的城墙，砖缝间长满杂草，幸亏有导游讲解，我才看出了一点门道。比如，早期的城墙十分低矮，但从特洛伊时代开始城

特洛伊古城墙遗址

墙突然增高，平均高度超过了10米，而城门居然开在城墙拐角的内侧，进出一定很不方便，但这种设计让古时的战车没办法顺利通过，给攻城者带来了更大的不便。这个设计说明，自特洛伊的时代开始，这块地方就成了兵家必争之地，经历过多次战争，甚至现在还能看到城墙被火烧过的痕迹。

我登上小山向四周望去，古城周围是平整的农田，一直延续到海边。据说这附近原本有一条河，这块平原就是河流冲刷下来的泥沙慢慢淤积而成，也就是说，特洛伊城所在的位置在古时候更靠近海边。我再向西北方向望去，爱琴海泛着蓝色的波光，达达尼尔海峡的入海口隐约可见。这是从地中海通往黑海的第一个关口，一旦控制了此处，南欧和东欧之间的海上交通就会被切断。

“大家的脸上感觉到风了吗？这就是地中海季风，当年的商船就是在这股季风的推动下通过达达尼尔海峡进入黑海的。”导游说，“我们所在的地方是一个天然的避风港，如果季风方向不对，商船队就只能停靠在这里等风，特洛伊城就是这么逐渐发展起来的。”

这位导游原本是住在附近的一位农民，自从特洛伊公园建成之后，他便把地租给别人种，自己开了家旅游商店，生意做得挺红火。他又自学了特洛伊历史和英语，考了个导游证，当上了专业导游。按照他的说法，特洛伊之战确实发生过，但绝对不是因为什么美女海伦，而是为了争夺这个海上交通要道，以便进一步控制整个地中海地区的贸易和渔业。“我们都喜欢传奇故事，但真正的历史一点也不浪漫，只有对财富赤裸裸的渴望，以及由此引发的血淋淋的战争。”

自从人类文明诞生以来，战争就是历史事件最重要的推动力。安纳托利亚作为旧世界的中心，又是多条贸易路线的必经之地，战争更是没有断过。特洛伊之战曾经被一位名叫阿齐兹·阿提亚（Aziz Atiya）的阿拉伯历史学家称为东西方冲突的鼻祖，是以希腊为代表的欧洲势力对亚洲发动的第一次侵略。事实上，希腊人正是在特洛伊取得胜利后，顺势占领了安纳托利亚的西部地区，将其变成了自己的殖民地，并且统治了四百多年。公元前547年，波斯皇帝居鲁士（Cyrus）发动进攻，将希腊人赶出了安纳托利亚。但是，波斯人对这块土地的统治并不那么一帆风顺，安纳托利亚居民不断奋起反抗。公元前490年，波斯军队借口希腊人煽动叛乱，出兵攻打希腊，两军在希腊城市马拉松展开激战，希腊人获胜，一位士兵从马拉松一口气跑到雅典报喜，最后被累死了，这就是马拉松跑的起源。

让我们再回到特洛伊。根据希腊神话的说法，当年希腊人依靠木马计攻陷了特洛伊后，在城里大肆屠杀，一批幸存者逃了出来，搭上一条小船一路向西，最终漂到了罗马，并在那里安营扎寨，最终建立了一个崭新的帝国——罗马帝国。

不过，在罗马帝国起事之前，来自马其顿的亚历山大大帝率领军队开始了第一次东征，把波斯人赶出了安纳托利亚。但是亚历山大大帝不善于管理国家，安纳托利亚很快就变成了军阀混战的战场，直到强大的罗马帝国最终一统天下。

罗马人最先占领的是靠近爱琴海的这片地区，特洛伊古城遗址挖出过很多古罗马时期的石柱和石碑残片，甚至还挖出了一个小型的罗马式剧院，看得出罗马人对自己的起源之地还是挺留恋的。不过，就在罗马人离开沿海地区向安纳托利亚中心进发的过程中，他们遇到了一个特殊的对手——基督教。

卡帕多西亚的宗教战争

如果说安纳托利亚是旧世界的中心，那么卡帕多西亚就是安纳托利亚的中心。这块地方位于安纳托利亚高原的中心地带，平均海拔超过 1000 米，周围被群山围绕，山谷中遍布着奇形怪状的石林，当地人称其为“仙人烟囱”。从高空热气球上往下看，你会觉得自己正驾驶宇宙飞船访问一个外星球，行走在其间，你又会觉得自己进入了一个童话世界。难怪这里被公认为是土耳其最有名的旅游胜地，是来土耳其旅游的必经之地。

卡帕多西亚气候干燥，土壤贫瘠，交通不便，不太适合人类居住，多年来一直人烟稀少。大约在 2000 年前，一群人为了躲避敌人的追杀，搬来此地安营扎寨，他们就是最早的一批基督徒，追杀他们的，就是罗马帝国的士兵。

公元前 133 年，罗马军队跨过达达尼尔海峡，横扫了整个安纳托利亚，把罗马帝国的疆界拓展到了亚美尼亚和波斯王国交界的地方。此后，奥古斯都大帝登基，罗马帝国进入了鼎盛时期，而新生的基督教则在罗马军队的眼皮底下开始了艰难的传播。

卡帕多西亚地区的奇异景象

基督教的前身是犹太人信奉的犹太教，这是一种地方性宗教，视耶和华为犹太民族唯一的保护神。这一时期的犹太教非常入世，甚至可以说就是一种道德宣教。但此后在传播过程中吸收了各种文化的影响，逐渐演变成注重来世和报应等出世观念的神秘主义宗教，基督教就这样诞生了。

《全球通史》一书的作者斯塔夫里阿诺斯认为，基督教的这一变化是它得以在全世界范围内流行开来的关键。基督教和几乎同时代的大乘佛教具有两个共同特点：第一注重灵魂拯救，允诺来世可以获得永恒的幸福；第二坚

卡帕多西亚地区特有的仙人烟囱

卡帕多西亚的地下城

持平等主义，向所有人敞开大门。而在公元后的若干世纪内，欧亚大陆社会动荡，道德混乱，很多人居无定所，心无所依，基督教给教徒们提供了精神安慰，这就是为什么早期基督教徒都是些地位低下、无所皈依的人。同样，大乘佛教的最大胜利也是在中国汉朝崩溃后全国处于混乱状态、人世间的一些问题找不到解答时而取得的。

精神的力量到底有多大？去卡帕多西亚的地下城看一看就知道了。当年的那批基督徒为了躲避罗马军队的追杀，不得已躲入地下，日积月累，竟然把地下几乎掏空了，使之成为一座地下城市。我跟随一个旅行团参观了现存最大的德林库（Derinkuyu）地下城，从上到下一共有十一层，只有最上面的八层对外开放，最深处距离地面 85 米。地下城的入口处十分狭窄，仅容一人通过，个子高的甚至要弯腰，但进入房间后，空间豁然开朗，和正常的房间没有什么两样，比电影《地道战》里八路军挖的地道宽敞多了。

再往下走，过道越来越矮，有些地方只有 1 米左右，必须把腰弓成 90° 才能通过。各条地道之间纵横交错，如迷宫一般，出现了大量死巷和死角，显然是为了便于和敢于来犯之敌拼杀。越往下走，房间就越小，但如果仔细分辨，还是能看出各个房间的功能是不一样的。有些房间里尚留有泥做的长条桌子，显然这是教徒们集体用餐的地方；有的房间一侧建有神龛，显然是教徒们做礼拜用的临时教堂；还有的房间里能看到水槽的痕迹，这是榨取葡萄汁做酒的作坊。《圣经》里说，葡萄酒代表耶稣的血，饮酒是基督徒的必修课。

如今整座地下城全部由电灯照明，但仍然让人觉得阴森森的。当年的基督徒们只能用动物脂肪做的蜡烛照明，想必更加昏暗。地下城里湿气很重，空气中充满了泥土的味道，让人很不舒服。据导游介绍，当时的地下城里不但住满了人，牛羊等家畜也得跟着进来，人畜共处一室，那味道肯定好受不了。如果地面上的敌人不撤的话，基督徒们就得一直躲在地下，有时甚至要躲半年以上，如果没有强大的精神力量支撑着是很难坚持下去的。

相比之下，我们的导游穆罕默德就世俗多了。他今年只有 26 岁，虽然名义上是穆斯林，但和其他中东国家的穆斯林非常不一样。“对我来说伊斯兰教就是一种信仰而已，对于我的生活没什么约束力。”他对我说，“比如穆斯林照理说是不能喝酒的，但我喜欢喝酒，经常偷偷买酒回家喝。我也不喜欢现在的总统，我觉得他并不是真信，而是利用宗教替自己拉选票，动机很可疑。”

他还告诉我，因为近几年宗教势力回潮的缘故，这一届土耳其政府的大部分高官都来自卡帕多西亚地区最大的城市开塞利，这座城市的宗教气氛非常浓厚，商店里不准卖酒，但实际的人均酒精消费量却在土耳其各大城市里排名第一。

从某些方面来看，这位导游和同龄的中国小镇青年十分相像。他讨厌美国，相信阴谋论，认为美帝国主义和欧盟勾结起来欺负土耳其。他抱怨房价太高，物价太高，医疗费用太高，而自己工资太低，每个月只有 800 土耳其里拉（2012 年时的 1 里拉约等于 3.5 元人民币）。其实谁都知道，导游们是不靠工资生活的，从事后大家给他的小费来看，他每个月都至少能拿到 3000 里拉的额外收入。

当晚在小镇格雷梅（Goreme）过夜。这是卡帕多西亚的游客中心，有很多建在石头里的廉价旅馆。当地人在仙人烟囱里掏个洞作为栖息之地，每间石屋只在顶部留有一个小窗户，从外面看很像童话，但其实住在里面很不舒服，不但空气糟糕，而且采光不好，被子和床单潮乎乎的，闻上去有一股霉味。

游客们之所以来格雷梅，是为了参观附近的露天博物馆。这是安纳托利亚最有名的景观，早在1985年就被联合国教科文组织（UNESCO）评为世界级文化遗产。这是一组建在石头里的教堂，从外面看和当地人的石头屋子差不多，但石头里面几乎被掏空了，还凿出了神龛和座椅，屋顶也设计成圆拱形的，布置得和一般教堂几乎没有区别，当年的基督教徒们就是躲在这样的教堂里做礼拜的。

这些教堂最值得看的就是屋顶的宗教壁画，无论是色彩还是线条都极为精美，堪称艺术珍品。其中一座教堂因为窗户很小，光线很暗，被称为“黑暗教堂”，但恰好是因为光线暗，墙上的壁画被保护得很好，这么多年过去了，色彩依然鲜艳如初，令人叹为观止。

但是，也有不少壁画遭到了罗马人的破坏，墙上留下了人为涂抹的痕迹。好在罗马帝国因为内战等原因，很快就分裂为东西两个帝国，东罗马帝国皇帝君士坦丁将位于博斯普鲁斯海峡入口处的古城拜占庭定为首都，并于公元313年颁布了米兰敕令，给予基督教合法地位。下一任皇帝狄奥多西更进一步，将基督教定为东罗马帝国的国教。两位皇帝之所以这么做，正是看中了基督教提出的“一个上帝”的理念。和崇拜多神的希腊、罗马诸多教派相比，基督教更能团结人心，帮助统治者共同维护新帝国的稳定和统一。而基督教这个源自东方的宗教，也正好借助这一机会堂而皇之地越过博斯普鲁斯海峡，逐渐向西扩

卡帕多西亚的石屋

黑暗教堂内部的壁画，因为缺乏光线，至今保存完好

散，最终成为整个欧洲大陆人民的共同信仰。

君士坦丁大帝死后，拜占庭被改名为君士坦丁堡，而他一手创立的这个新的东罗马帝国却又因为这座首都而被后人称为拜占庭帝国。有趣的是，西罗马帝国因为不断遭到蛮族的入侵，于公元476年灭亡，但拜占庭帝国却一直延续了下来，比西罗马帝国多活了一千多年。不少基督徒相信，正是由于基督教的团结作用，才使得拜占庭帝国如此长寿，但更多的历史学家则认为，西罗马帝国的衰落源自生产力的低下，以及农业发展长期停滞不前。相比之下，拜占庭帝国仰仗着安纳托利亚肥沃的土壤，以及便利的贸易条件，从印度、中亚和中国等地引进了先进的生产技术，这才是拜占庭帝国长寿的关键所在。

换句话说，如果在那段时期讨论一下东西方文明的优劣，胜出的一定是东方。

事实上，基督教徒们的好日子并没有过多久。身处阿拉伯半岛的游牧民族创立了一种新的宗教——伊斯兰教，它更加适应新的时代，很快就代替了基督教，成为安纳托利亚地区的新信仰。

塞尔柱王国的诞生

我从格雷梅搭上一辆长途汽车，向西南方向驶去。因为有多家运输公司参与竞争的缘故，土耳其的长途汽车服务质优而价廉，不但车次多，速度快，而且车辆内部都非常干净，每个座位都有单独的个人娱乐系统，看电影时不用担心影响他人。车上还会配备一名服务生，为乘客免费送茶水和饼干面包等小吃，有些运输公司甚至提供免费无线网服务。

大约五个小时之后，我来到了位于山脚下的土耳其南部重镇科尼亚（Konya）。这里土地肥沃，降水适中，适合种植小麦，是土耳其著名的面包篮子。科尼亚市中心非常干净，马路上车辆虽多，但大家都很从容，秩序井然。科尼亚旅游局派了一位年轻的导游尤塞尔负责接待我，他和上一位导游穆罕默德正相反，是个非常虔诚的穆斯林，热爱突厥文化，认为凯末尔的文字改革政策割裂了奥斯曼帝国的历史，非常糟糕。后来我得知，他其实是个自学成才的历史学者，尤其对东方史很有研究。他非常推崇日本，认为日本人在现代化的同时保留了自己的传统，是东方国家的典范。

“一个日本朋友曾经对我说，土耳其人和中国人非常像，不知道为什么都特别爱发火。”他对我说，“我曾经去日本住过一段时间，这才意识到中国和土耳其在现代化过程中都出了点问题，平衡没有掌握好。”

他带着我参观了塞尔柱清真寺，这座清真寺已有八百多年的历史了，至今还在使用，任何人都可以进来休息、祷告，甚至可以躺在地毯上睡大觉。清真寺外表看不出什么特点，内部装饰也十分简朴，但屋内的几十根支柱却让人眼前一亮。这些支柱都是用大理石做成的，表面刻着复杂的花纹，和一般清真寺简朴的设计格格不入。

“这些柱子都是罗马人留下的，塞尔柱人从罗马建筑上拆下来，用在了清真寺里。”尤塞尔说。

塞尔柱人的祖先是生活在中亚地区的突厥人，一直被欧洲人看做是东方蛮族之一。7世纪，突厥人开始了大规模西迁，顺着阿富汗境内的一条绿色走廊进入了中亚地区。这些突厥人本身属于游牧民族，文明水平相对较低，但个个英勇善战，被沿途的阿拉伯和波斯贵族征用，充当雇佣军，和拜占庭军队作战。正是在这一过程中，突厥人逐渐占领了原属于拜占庭帝国的大部分疆域，最终成功地脱离了雇主，建立了塞尔柱突厥国。有意思的是，当年另一支“蛮族”日耳曼族也是依靠给罗马人充当雇佣军而进入了罗马帝国的疆域，并趁主人日渐式微之际，反客为主，逼得罗马帝国皇帝交出了统治权。

按照《全球通史》的分类法，3～6世纪是所谓的“蛮族入侵”的时代，来自东方大草原的游牧民族向四面八方迁徙，搅乱了欧亚大陆其他文明国家的社会秩序。这些游牧民族的迁徙路线大致有两条，一条是沿着经度的方向自北向南，入侵中国和印度等地。但是由于南北方向的气候差异较大，植被相似度低，移民们不容易适应。再加上当时中国和印度已经掌握了稻米的种植技术，粮食充足（稻米单位面积出产的卡路里总量是小麦的五倍），因此中印两国人口稠密，入侵者人数太少，很快就被中国人和印度人所同化了，这就是为什么中印两国的文化延续性保持得非常好，一个生活在公元前1世纪的汉代人，如果在8世纪的唐朝复活过来，一定会感到非常舒适自在，因为汉唐这两个朝代的民族成分和官方语言都是一样的，政治制度和尊孔尊儒的思想也没有变。

西欧的情况则正相反，本来人口就不多，再加上纬度的相似性，使得入侵的蛮族更容易适应新的环境，如鱼得水，最终导致欧洲古典文明彻底崩盘，被另一种崭新的文化所取代。但也正因为如此，西方文明才得以彻底摆脱了古典文化的沉重包袱，轻装上阵，迎接一个新时代的到来。

中东地区历史悠久，农业发达，无论是人口密度还是文明的发展程度都和中印相似，所以外来蛮族基本上被本地人同化了。比如，突厥人就在西进的过程中接受了一种新的宗教，这就是刚刚诞生不久的伊斯兰教。

“伊斯兰教是人类文明史上最后诞生的宗教，修改了其他宗教的错误，更加准确地表达了真主的意思。”尤塞尔告诉我，伊斯兰教虽然来自犹太教和基督教，但《圣经》经过很多人的修改，有相当一部分都已不是原话了，而伊斯兰教的先知穆罕默德直接记录了真主的原话，写成的《古兰经》是真主思想的最忠实的记录，比《圣经》更准确。

“全世界有很多个版本的《圣经》，会把人搞糊涂的，而全世界所有的《古兰经》都是一样的，一字不差。”尤塞尔说，“基督教除了上帝外，还崇拜很多次要的神，而伊斯兰教只崇拜一个神，比基督教简单多了，更适合在文化水平不高的穷人当中传播。”

伊斯兰教于公元632年起源于阿拉伯半岛的沙漠游牧民族，Islam这个单词的本意为“服从真主的旨意”。伊斯兰教没有专门的教士组织，教徒们只要做到“五功”（即念功、拜功、课功、斋功和朝功）即可成为合格的穆斯林，无需其他条件。沙漠地区生活条件艰苦，但却是极佳的藏身之地，伊斯兰教创始人穆罕默德就曾经以麦地那为基地，不断袭击麦加商队，得手后就逃进沙漠，躲避军队的追击。伊斯兰教教义简单易懂，特别强调平等和忠诚，它不仅是一种精神信仰，更是一种社会法规和政治制度，对日常生活具有指导意义，尤其适合战士的生存状况，这就是为什么骁勇善战的突厥人果断地抛弃了原来的信仰，迅速地皈依了伊斯兰教。

被伊斯兰教武装起来的塞尔柱突厥士兵于1071年在曼齐克特（Manzikert）和人数远多于自己的拜占庭军队打了一仗，大获全胜，活捉了拜占庭国王。这场战役被认为是中东地区的历史转折点，标志着突厥人正式进入了安纳托利亚。虽然此后由于十字军东征等原因，第一个塞尔柱王朝没有存在太久，但是很快就出现了一个全新的塞尔柱罗姆苏丹国，于1150年建都科尼亚，把塞尔柱人的传统发扬光大。

这一时期的塞尔柱人非常注重吸收各民族的优秀文化，尤其是科学技术，这是突厥人得以在中东地区站稳脚跟并发展壮大的关键。尤塞尔领着我参观了科尼亚瓷砖博物馆，里面展出了塞尔柱人制造的瓷砖，明显吸收了来自东方和古罗马帝国的制造技术，表面装饰颜色鲜艳，人物造型逼真。这个博物馆最早是塞尔柱人的高等学府，来自世界各地的学者们在这里互相交流，共同研究。博物馆旁边就是一个当时中东地区最大的天文观象台，虽然内墙上的一部分瓷砖已经脱落，但仍然能感觉出当年的美轮美奂。

但是，科尼亚最有名的旅游景点却是一位宗教人士的陵墓。原来，作为现存古典宗教中最世俗化的一个，伊斯兰教在精神层面的指导相对欠缺，不利于传播。伊斯兰教在扩张的过程中占领了很多原本属于基督教的地盘，一些虔诚的基督徒所表现出来的精神力量给了一部分穆斯林极大的启发，于是他们在伊斯兰教内部发展出一个新的派别，后人称其为苏菲神秘主义派别（Sufism）。这一派强调心灵净化，认为穆斯林只要能够摆脱世俗物质社会的影响，追求内心的宁静，就能更快地接近真主，到达极乐世界。

苏菲派内部也分出了不同的派别，其中最重要的一派叫做鲁米派，其创始人梅乌拉那·鲁米（Mevlana Rumi）就是在科尼亚一举成名的。此人于1207年出生在塔吉克斯坦境内的一个波斯小城，此后跟随家人来到科尼亚定居。他从小就十分聪明，加之勤奋好学，很快就成为科尼亚最有名的伊斯兰学者。他尤其擅长写寓言诗，通过日常生活中的小故事传达深奥的道理。后来他干脆成立了自己的教派，广收门徒，传播他的思想。

简单来说，鲁米认为人世间最重要的东西就是"爱"，这是宇宙的中心思想，一个人要想参透其中的真谛，就必须忘掉自我（Ego），刻苦修行，只有这样才能体会到爱的真谛。

鲁米制定了一套严格的收徒程序，想当他徒弟的人必须先住在清真寺观察三天，确认自己愿意吃苦，才会被接纳为候选人。此后这位候选人必须接受1001天魔鬼式的训练，其中包括劳动和读书。之后通过考试，合格了方能成为正式弟子。

训练课当中最重要的一项就是旋转舞蹈。鲁米认为世间万物无时无刻不在转动，所以人也要跟着旋转才能领会宇宙的真谛。旋转舞者通常身穿白色长袍，头戴鲁米派标志性的高帽子，一边旋转身体一边缓慢地抬起双手，长袍的下摆扬起，成为一个锥形，姿势极为优雅。

鲁米于1273年死于科尼亚，死后被葬在一间清真寺内，如今这座清真寺变成了鲁米博物馆，是全世界鲁米派的朝圣之地。虽然鲁米派被归为苦行僧，但这间博物馆却是金碧辉煌，陈列着鲁米生前用过的各种金银铜器，穿过的丝绸长袍，以及若干本镶着金线的《古兰经》。而鲁米发明的旋转舞也成了科尼亚乃至整个土耳其的一个旅游项目，科尼亚政府专门修建了两座各能容纳2500人的旋转舞馆，一座是室内的，只在冬天开放；一座是露天的，负责在其余三个季节满足游客们的好奇心。

"鲁米派不但影响了塞尔柱罗姆苏丹国，更是对后来的奥斯曼帝国起到了决定性的影响，是土耳其人的精神源泉。"尤塞尔告诉我，"奥斯曼帝国虽然依靠武力征服了无数周边国家，但对异族文化一直相当宽容，从不要求对方改变自己，这一点和后来的欧洲殖民者有着根本的区别。"

不管鲁米派到底有多大的影响，但奥斯曼帝国对待异族文化的宽容却是真的，这是奥斯曼帝国之所以能成事的重要原因。

奥斯曼帝国的诞生

塞尔柱突厥王朝只存在了大约一百年，就被另一支来自东方的军队打败了。13 世纪中叶，成吉思汗率领蒙古大军，像狂风扫落叶一般横扫安纳托利亚，把塞尔柱王朝打得七零八落。虽然蒙古人并没有在这里久留，但塞尔柱王朝经此一战元气大伤，分裂为十个突厥小公国，安纳托利亚进入了军阀混战的时期。

位于安纳托利亚西北部的奥斯曼部落就是这十个突厥小公国之一。这个部落本来实力不强，老首领死后，新任部落首领奥斯曼（Osman）娶了一位伊斯兰教苏菲派长老的女儿为妻，被授予“伊斯兰教圣战者”的头衔。1299 年，奥斯曼宣布脱离塞尔柱君主的统治，正式独立。奥斯曼以伊斯兰“信仰武士”自居，率领手下众将东征西掠，开创了奥斯曼帝国六百年的江山。

奥斯曼军队攻下的第一座重镇就是位于马尔马拉海峡东岸的布尔萨（Bursa），这是拜占庭帝国在安纳托利亚地区的行政中心，但是因为拜占庭国力衰落，布尔萨守军基本上未作抵抗，就将这座兵家必争之地拱手相让。布尔萨位于一座大山的脚下，因为山泉的滋润，这块土地异常肥沃。突厥人向来喜欢在有水的地方安营扎寨，奥斯曼立刻喜欢上了布尔萨，将其定为帝国的第一个首都。有了布尔萨作为基地，奥斯曼的军队就可以方便地跨过马尔马拉海峡，将触角伸向欧洲大陆。

我从科尼亚出发，乘坐长途车于周五傍晚到达布尔萨，此时正赶上晚高峰，路上堵得很厉害，来车站接我的内贾德·雅和亚（Nejat Yahya）告诉我，布尔萨这两年城市扩张的速度惊人，平均每年向西扩展 6 公里，基础设施有点跟不上了。

内贾德是一位商人，早年间和中国做生意发了财，是布尔萨的中国通。他开车带我在城里兜了一圈，布尔萨老城保存了大量古建筑，城内绿树成荫，环境很美。但是，就在一片低矮的老房子中间，突然出现了几幢高达二十多层的塔楼，塔楼尚未完工，黑洞洞的窗口格外显眼。内贾德告诉我，这几幢楼建了三年还未建好，开发商原本答应给每位拆迁户补偿两套房子，但合同签好后拆迁户们又反悔了，想多要一套房子，开发商只好在原来的设计上又加了五层，这么一反复，工期就被无限拉长了。

看来，拆迁户和开发商之间的博弈是东方国家发展过程中都要经过的一道坎，只是程度不同罢了。

布尔萨清真寺

古城中心有座古老的清真寺，逛到这里时正好赶上了晚祷时间。听到喇叭里传出的诵经声，内贾德决定进去做个祷告。清真寺里挤满了人，绝大多数都是成年男性，屋子中央有个水池，祷告的人先在这里净手，然后面对麦加的方向站成一排，随着指令一起跪下叩拜。有个小男孩没有跟随大人一起拜，他看了一会就厌倦了，背过身去自己和自己玩起了游戏。整个叩拜过程持续了大约半个小时，和基督教徒做礼拜相比，清真寺内的气氛相当随意，也比教堂安静了许多。

“你祷告的时候心里在想些什么呢？”我好奇地问内贾德。

“我刚才想的是我的家人，希望真主保佑他们平安。”内贾德回答，“我们穆斯林和基督徒、佛教徒或者其他任何人相比没什么两样，祈祷的内容无非是自己和家人身体健康、工作顺利这类生活中的琐事，大家都是很功利的。”

内贾德告诉我，土耳其穆斯林大都属于逊尼派，是伊斯兰教中比较温和的一派，这一派的教义提倡均贫富，顺应了当时的民意，在奥斯曼帝国征服世界的过程中起到了积极的作用。苏菲派教义的影响更是让奥斯曼人对于被征服的民族相当宽容，从不要求对方皈依

正在祷告的穆斯林

伊斯兰教，只要宣誓效忠奥斯曼帝国，服从苏丹的管理，并按时缴税就行了，每一个被征服的民族都可以有自己的头领，对内按照自己的法律进行管理，甚至在奥斯曼军队当中都有专门的基督徒军队，当然他们必须服从苏丹的指挥。

现在看来，奥斯曼人这么做也是不得已而为之。像突厥这样的游牧民族，其特点就是善于打天下，不善于坐天下。尤其是被征服地区大都是农业或者商业社会，更是游牧民族完全未知的领域。历任奥斯曼苏丹都深知这一点，他们必须利用被征服的民族原有的经济文化制度和管理能力，才能应付得了如此庞大的疆土。他们所要考虑的，只是如何依靠武力征服更多的土地而已，其他的不用太操心。

尚武是突厥民族的传统，突厥小孩从懂事起就在马背上度过，骑马射箭是突厥男人的必修课。再加上当时欧洲正处于所谓的“黑暗时期”，拜占庭帝国也是摇摇欲坠，奥斯曼军队的战斗力远远高于周边国家，奥斯曼骑兵所到之处，几乎没有遇到任何阻力。更令人惊讶的是，从奥斯曼开始的前十位帝国苏丹全都是骁勇善战的“明君”。据说这十位君主一直保持了游牧时期的生活习惯，坚持和手下一道用餐，亲自照料自己的马匹，打仗时也都冲锋在前。

1453年，“征服者”穆罕默德二世亲自率领15万军队，以及三百余艘战船，向拜占庭帝国最后的堡垒——君士坦丁堡发动了攻击。守军仰仗坚固的城墙，硬是坚持了七个星期。为了防止奥斯曼军队动用大炮，拜占庭人预先在博斯普鲁斯海峡里安置了沉重的铁链，阻止奥斯曼运送大炮的船只驶进金角湾，但奥斯曼军队愣是用推车连夜将大炮从一侧运上山，再从另一侧下山，直接运到了城墙下。5月28日，奥斯曼军队发动了总攻，到第二天傍晚，突厥人就完全控制了这座基督教古城，拜占庭最后一个皇帝在城墙上英勇战死。

君士坦丁堡的陷落，不但标志着拜占庭帝国的终结，同时也标志着伊斯兰教在和基督教的斗争中完全占了上风，整个基督教世界都感到了来自东方的压力。欧洲人的噩梦还没有完，1525年，第十位奥斯曼苏丹登基，这就是大名鼎鼎的苏莱曼大帝。此人在位46年，几乎全都在马背上度过。他亲自率领奥斯曼大军攻陷了贝尔格莱德，征服了匈牙利王国，甚至曾经数次打到了维也纳城墙下，差一点就吞并了整个欧洲！“苏莱曼大帝”这个称号就是欧洲人起的，而奥斯曼人则称其为“立法者”，他的官方称谓后面列出了被奥斯曼帝国占领的37个王国的名号，他是名副其实的世界之王。

布尔萨清真寺里一个有些困倦的小男孩

苏莱曼大帝统治时期，奥斯曼帝国的统治范围达到了历史最高点。除了整个中东地区和北非之外，欧洲南部和巴尔干半岛也都归苏莱曼大帝管辖，地中海和黑海几乎变成了奥斯曼帝国的内海。作为东西方的地理交会处，更名后的伊斯坦布尔成了名副其实的世界中心。

但是，作为当时全世界最大的帝国，奥斯曼帝国却和一般意义上的帝国很不一样。它既没有统一的语言，也没有统一的宗教，虽然大家都认为这是个突厥帝国，但帝国的大多数显贵和官员都是来自巴尔干半岛的斯拉夫人。虽然帝国的骑兵队必须由信奉伊斯兰教的突厥人组成，但帝国的警察和步兵突击队却大都是基督教徒。这个帝国的人民分成了若干完全不同的族群，最出色的水手是希腊人，最精明的商人是亚美尼亚人，最能干的农民来自埃及，最聪明的工匠则是阿拉伯人……帝国采用的是拜占庭的礼仪，展现的是波斯的威严，享有的是埃及的财富，使用的是阿拉伯的文字。总之一句话，奥斯曼帝国包罗万象，博采众长，是有史以来民族多样性最丰富以及文化包容度最大的国家。

那么，为什么像突厥这样一个尚武的民族，却缔造了如此包容的帝国呢？《奥斯曼帝国闲史》一书的作者杰森·古德温（Jason Goodwin）认为，除了方便管理等现实因素之外，宗教是最大的原因。奥斯曼统治者认为自己是维护伊斯兰教的“信仰武士”，他们相信救世主很快就将降临，他将纠正各处的不信教者，证明奥斯曼人信仰的正确性，在此之前奥斯曼人所要做的就是尽可能地把伊斯兰的旗帜插遍全球，这就是为什么奥斯曼人把帝国疆域之外的地域叫做“战争之土”，帝国之内的土地叫做“和平之城”，他们的人生目标就是耐心地拓展“和平之城”的疆域，管理好救世主托管给他们的世界。

奇怪的是，曾经的民族大熔炉如今却变成了一个极为单一的国家。布尔萨表面上看是一个国际化大都市，路上跑着各种牌子的车，基础设施也很现代，但却几乎见不到任何一家国际连锁品牌店，除了汉堡王和麦当劳之外，也找不到任何一家外国口味的餐馆。大街上除了少数几位挎着相机的游客外，几乎看不到任何一位来自非洲或者东亚地区的人。我在市中心逛了一天，只在一个不起眼的角落里找到一家中国人开的礼品店，专卖从国内批发过来的小玩具和小礼品。店主是个二十来岁的山东人，一直坐在收银台后面玩电脑，见到我像是见到了多年不见的亲人，中国话像连珠炮一般蹦了出来：“我是来帮姐姐看店的，来土耳其三年了，找不到朋友，土耳其食品也难吃得要吐，如果不是因为生意还不错的话，我明天就想回国。”

据他介绍，因为中国货质优价廉，这个 30 平方米左右的小店生意红火得不行，最多的时候要雇八名当地人帮忙看店。他会说简单的土语，但远不到自由交流的程度。布尔萨中国人很少，大家交往也不多，生活极端无聊，他每天唯一的娱乐就是在 QQ 上和国内的朋友聊天。我看了一眼他的电脑屏幕，上面有一长串对话框同时在闪，看来这小伙子实在是寂寞得不行了。

作为世界上曾经的两大帝国，中国和土耳其如今面临的很多困境也都是相同的。事实上，如果一定要为人类历史总结出一条规律的话，那一定是“风水轮流转”。当年称霸全球的奥斯曼帝国，挡住了西欧商人通往远东地区的贸易路线，欧洲人被逼无奈，只得冒险乘船向西走，希望能找到一条新的贸易路线，躲开奥斯曼人的控制。后来的事情大家都知道了，哥伦布“意外”地发现了新大陆，欧洲人几乎不费吹灰之力就获得了大量财富。再加上文艺复兴和启蒙运动的助力，欧洲一举扭转了颓势。与之相反，宽容的奥斯曼人不但没有等来救世主，甚至还没有来得及享受帝国带来的荣耀，就突然发现自己已经被原来的手下败将们远远地甩在了后面。

加里波利保卫战

历史是轮回的。安纳托利亚的历史开始于达达尼尔海峡的入海口，绕了一圈后又回到了这个地方。这里自古就是兵家必争之地，3000 年前，海峡的东岸发生了特洛伊之战，3000 年后，海峡的西岸又发生了加里波利（Gallipoli）保卫战，正是这场战役决定了现代土耳其的命运。

达达尼尔海峡是欧亚大陆的分水岭，最窄处只有 1.4 公里宽。这是俄罗斯通往外界的唯一一条水路，第一次世界大战时，奥斯曼帝国加入了同盟国阵营，这就等于掐住了俄罗斯的咽喉。为了将战略物资运抵俄罗斯，协约国决定出兵攻占达达尼尔海峡，打通这条海上生命线。丘吉尔最先派出了海军，希望能在海上解决战斗，没想到顽强的奥斯曼士兵在海峡两岸布下口袋阵，用移动火炮和水雷对抗强大的协约国海军舰队，一共炸沉了三艘战舰，并重创另外三艘。丘吉尔不得不暂停了海上进攻计划，把目光转向了陆地。他计划派遣海军陆战队强行登陆，占领海峡两岸，而达达尼尔海峡的欧洲一侧是狭长的加里波利半岛，协约国的海军陆战队可以直接从地中海出发，在半岛的西侧登陆。一旦登陆成功，只

达达尼尔海峡

要翻过山脊，就可以看到达达尼尔海峡。

如今的加里波利半岛几乎全部被保护了起来，成为一个集战争博物馆和自然保护区为一体的旅游胜地。土耳其当地人喜欢拖家带口开车来此度假，而大部分外国游客则会选择海峡东岸的小镇恰纳卡莱（Canakkale）作为歇脚点，我在这里参加了一个临时组织的旅游团，乘摆渡船越过海峡到达欧洲一侧，然后搭乘一辆小巴车来到了加里波利战场遗址公园。

达达尼尔海峡给我的第一印象就是窄，从岸边可以清楚地看见对岸的房子，以及房顶上飘扬的土耳其国旗，很难想象就是这样一条海峡阻挡了强大的协约国舰队。当我看到协约国军队登陆地点后，我的疑惑更加强烈了。当年由于夜黑雾浓，运载登陆部队的船靠错了岸，先头部队伤亡惨重。可是，站在原定登陆点可以很清楚地看到实际登陆点，两者只差 1 公里左右，仿佛抬脚就到了。很难想象就是这么一小段误差，带来了如此严重的后果。这大概就是时代变迁所带来的认知差异吧，今天的科技水平已经比一百年前高出太多了，我们习惯了跨海大桥，高速公路，超音速飞行，天堑变通途，我们对距离的认知早已和古人大相径庭，仅凭直觉已经无法理解当年的情境了。

这场登陆战役开始于1915年4月25日，负责登陆的是由来自澳大利亚和新西兰的士兵组成的澳新军团（Anzec）。由于登陆地点错误，导致士兵们一上岸就要立即开始爬坡。守军居高临下，本可以轻松地阻止敌军上岸。可奥斯曼军队也犯了一个错误，他们误以为敌军会从更北边的地点登陆，把主力部队全部调走了，此处只有少数士兵在把守，这才让澳新军团得以成功登陆，并继续向山顶进攻。

加里波利纪念碑

眼看达达尼尔海峡就要失守，一位英雄人物站了出来。奥斯曼帝国的年轻军官穆斯塔法·凯末尔看出了敌军的意图，他没有听从上级命令，而是亲自率领第57团，在澳新军团之前抢占了制高点，开始了一场残酷的阻击战。凯末尔对手下士兵们说："我不是命令你们去作战，而是命令你们去死。当我们全都战死时，其他部队和指挥官就会赶来接替我们。"这个团的士兵果然英勇，子弹打光后就和对方拼刺刀，最后几乎全部战死，却为奥斯曼援军争取到了宝贵的时间。

我来到这场阻击战的地点，俯瞰整个半岛，感觉这块地方是那么小，似乎只要两个钟头就可以从一边走到另一边。但是就在这块狭长的土地上，协约国和奥斯曼军队进行了长达十个月艰苦卓绝的拉锯战。据统计，协约国登陆的48万人当中约有7.1万人战死，死伤人数加起来超过25万，奥斯曼帝国部队也损失了22万人，其中死亡人数高达6.6万。协约国军队眼看无法取胜，只好从加里波利撤军，奥斯曼人获得了最终胜利。

澳新军团纪念陵墓

这场战役最著名的地方不是如此高的伤亡率，而是双方的战斗方式。如今岛上依然保留了大量当时挖的战壕，有些地段双方战壕之间只相隔了不到 20 米！导游告诉我，当时双方士兵在战斗间隙经常互相交换食品和香烟，协约国一方的食品供应出了问题，他们只能啃像石头一样硬的面包充饥，大部分非战斗减员都是因为士兵们的牙坏了，没法吃东西。土耳其人听到此事后就把软面包扔到了对方战壕里，敌人终于能吃点东西了。

但是，战壕距离近的代价就是战斗异常惨烈，一旦交手，双方都很难活着脱身。有一次双方甚至不得不宣布停战九小时，好让后勤人员上战场收尸，否则的话尸臭的味道实在是受不了。因为这个原因，这场战争被历史学家称为“绅士之间的战争”，由此可见奥斯曼士兵的文明程度还是相当高的。不过，旅行团中的一位新西兰姑娘罗丝（Rose）告诉我，她在土耳其教了两年英文，经常被土耳其男人骚扰。“他们一般不敢骚扰土耳其女人，但不知为什么他们觉得西方妇女很好欺负，真是很让人讨厌。”她对我说，“我来土耳其之前在宁波教过两年英文，中国学生的学习态度比土耳其人好太多了，土耳其人都觉得自己是世界的中心，不愿意学习英文。”

罗丝的曾祖父曾经参加过加里波利之战，这次她专程前来给老人上坟。土耳其政府在澳新军团的登陆地点修建了好几个公墓，每天都会有人前来献花。不过来此参观的几乎全是游客，很少有土耳其本地人，他们都去了山顶上那个规模更大的战争纪念馆，这是为纪念在此次战役中牺牲的土耳其士兵而修建的，我到的时候发现这里人山人海，绝大多数都是土耳其人。无数事实证明，无论多么绅士的战争，到最后总是要分出敌我的。

战争纪念馆的入口处竖立着一尊巨大的凯末尔全身像，他是奥斯曼军队之所以能打赢这场战役的最大功臣。凯末尔毕业于伊斯坦布尔的陆军军事学院，是个标准的军人，打起仗来非常勇敢。这场战役当中，他一直留在前线指挥作战，曾经四天四夜没有合眼，还曾经被一颗流弹击中了胸部，幸好被他口袋里的一只怀表挡住了，否则的话，土耳其这个国家甚至都不会出现。

从历史的角度看，加里波利之战不但是奥斯曼帝国在第一次世界大战中唯一获胜的战役，也是奥斯曼帝国近百年来打赢的唯一一场战役。作为这场战役的功臣，凯末尔当之无愧地成为整个帝国的民族英雄，获得了极高的声誉。后来他利用自己的声誉，率领土耳其人展开了一场民族解放战争，最终缔造了现代土耳其。他本人也成为土耳其第一任总统，被土耳其人尊称为“祖国之父”（Ataturk）。

从奥斯曼到土耳其——东方帝国的解体与重生

土耳其共和国的诞生，很好地诠释了什么叫做“置之死地而后生”。大部分东方国家的现代化过程都是这种模式，问题在于，这是一个被动的过程，没有给人们留下选择的余地，不可能让所有人都满意，这就是文明必须付出的代价。

在人类历史的长河中，一百年只是其中的一个小小的浪花。但在最近这一百年里，人类社会发生了惊天动地的变化。1911 年时，世界上最大的两个古老帝国分别是奥斯曼帝国和大清帝国，它们都是依靠武力实行独裁统治的多民族国家，前者已经存在了六百多年，行将就木。后者虽然只有 267 年的历史，但也气数已尽，走到了生命的尽头。代替两者出现在世界舞台上的是英法美德等西方国家，它们同样依靠武力，占有了大量海外殖民地，并向全世界输出自己的价值观，是新的世界霸主。在西方国家所发明的话语系统里，奥斯曼帝国和大清帝国这两个相差十万八千里的帝国，被统称为东方帝国，成了落后和愚昧的代名词。

有意思的是，同为濒死的东方帝国，奥斯曼帝国和大清帝国却走上了两条完全不同的道路。前者几乎被欧洲列强瓜分殆尽，差一点就从地球上被抹去了。但它置之死地而后生，在仅存的一小块核心领土上卧薪尝胆，终于变成了一个区域性强国，在很多方面都走在了中国的前面。

那么，这个转变究竟是如何发生的呢？让我们去帝国的首都伊斯坦布尔寻找答案吧。

奥斯曼帝国的衰落

如果你在伊斯坦布尔只能参观一个景点，大多数人都会选择索菲亚大教堂（Aya

圣索菲亚大教堂

Sofya)。这是拜占庭帝国皇帝查士丁尼于公元 537 年建成的基督教堂，被公认为是整个基督教历史上最宏伟的教堂。教堂门口永远排着长队，我在烈日下站了半小时才终于得以进门。可一进门我就明白，这半小时太值了，这是我这辈子见到过的最震撼人心的建筑物，教堂内部宏伟的穹顶，以及墙上精美的镶嵌画，在昏暗的灯光下显得异常神秘，让人感觉仿佛进入了另外一个世界。

再仔细看，我发现教堂前面的牧师讲道台已经被拆掉了，墙上挂着两个用牛皮做成的巨大的圆形奖章，上面用阿拉伯文字写着歌颂真主的词句。原来当年奥斯曼苏丹“征服者”穆罕默德占领了这座城市后，便把这座教堂改成了清真寺，虽然墙上的基督镶嵌画被破坏了不少，但教堂本身好歹被保存了下来。穆罕默德心里很清楚，他手下的工匠们是造不出如此宏伟的建筑的。

奥斯曼帝国是由来自中亚的突厥人的后代组成的，突厥人和满族人一样，都是游牧民族，这种生活方式决定了他们不善于琴棋书画，可一旦成为统治者，他们就都必须变得无比好学。清朝的统治者们就是这么做的，而奥斯曼帝国的工匠们很快就学会了建造大型穹顶建筑的精髓，苏莱曼大帝统治时期，奥斯曼帝国出了一位世界闻名的建筑师米马尔·锡南（Mimar Sinan），将这种圆形穹顶建筑风格发展到了极致。他设计的许雷姆女子浴室和苏莱曼清真寺被认为是16世纪奥斯曼建筑艺术的代表作，非常值得一看。

17世纪初期在位的苏丹艾哈迈德一世又更进了一步，他决定建造一座比索菲亚大教堂更加雄伟的清真寺，以彰显奥斯曼帝国的雄厚实力，这就是位于索菲亚对面的蓝色清真寺（Blue Mosque）。顾名思义，这座清真寺的外表是浅蓝色的，周围有六个高耸入云的尖塔，看上去确实比索菲亚更加宏伟，其内部开了很多窗户，比索菲亚大教堂更加明亮。蓝色清真寺的设计师是锡南的学生，其设计风格完全模仿苏莱曼清真寺，也采用了圆形穹顶设计，但他显然没有学到拜占庭工匠的核心技术，大厅内不得不加了四个“象腿”作为支撑，空间被大大压缩。相比之下，索菲亚大教堂的支撑腿被巧妙地包进了墙壁之中，视觉效果比蓝色清真寺好太多了。

蓝色清真寺可以说是奥斯曼帝国最后的辉煌，自它建成之后，奥斯曼帝国便开始走下坡路，再也没有缓过来。前文说过，奥斯曼帝国的前十位苏丹都是骁勇善战的明君，但是苏莱曼大帝之后的几位苏丹却都昏庸无能，有几个甚至还是弱智，造成这一结果的一个重要原因就是苏丹王位的继承规则发生了变化。原来，奥斯曼苏丹并不遵循长子继承制，而是谁有能力谁来做，于是早期苏丹大都在军队或者地方上经受过实际的考验，能力超强。为了防止王子们争权，新苏丹必须将自己的兄弟们统统杀死。比如，接替苏莱曼大帝的穆罕默德三世上任后做的第一件事就是派人杀死了自己的19位兄弟，奥斯曼帝国就是以这样一种残忍的方式维护了政权的稳定。

但是，穆罕默德三世去世后只留下两个少不更事的儿子。为了确保香火传递，新苏丹网开一面，没有杀死自己的弟弟，而是将其软禁在宫中。从此奥斯曼帝国的苏丹更替制度就发生了改变，新苏丹不再杀死自己的兄弟们，而是将他们全部软禁起来。这一改变的结果导致奥斯曼帝国未来的苏丹们大都是来自那些没见过世面的纨绔子弟，整体素质一落千丈。过去的苏丹们一直保持着战争时期的传统，比如和手下人一起吃饭，自己整理自己的马匹等等。可17世纪之后的苏丹把与手下人分享食物的传统改为两年才进行一次的仪式，意义完全变了。

苏丹们居住的地方叫做托普卡帕宫（Topkapi Palace），也是伊斯坦布尔最吸引人的景点之一。这座宫殿的格局很像故宫，由好几个套在一起的庭院组成。所有的建筑物都很矮，远不如近在咫尺的索菲亚大教堂。苏丹所住的后宫在最里面，外人想见他得跨过好几道大门，苏丹们就是用这种办法保持了自己的私密性，并营造出一种神秘的氛围。欧洲人对奥斯曼后宫一直非常好奇，很多文艺作品都是以托普卡帕宫为背景写成的，其中最有名的当属莫扎特创作的歌剧《后宫诱拐》。

如今这座宫殿每天都挤满了游客，再也不神秘了。平心而论，苏丹和妃子们的寝宫一点也不奢华，甚至可以说有点寒酸。大部分卧室都很小，家具普遍简陋，墙上也没挂名画什么的，只有繁复的伊斯兰风格壁画。导游解释说，托普卡帕宫是按照战时军营的样子建造的，奥斯曼帝王都是军人，不习惯奢华。不过，事实并不那么简单。一来当时的生活条件确实和现在没法比，如今普通人都能享有的抽水马桶和席梦思等等就连苏丹们都没有，难怪大家会觉得寝宫有些寒酸。二来苏丹本人收藏的大部分奢侈品都被转移到了专门的博物馆保藏，托普卡帕宫拿出其中一部分办了个展览，来自世界各地的嵌满宝石的黄金饰品让人眼花缭乱。

托普卡帕宫极好地诠释了什么叫做“低调的奢华”。

事实上，真正的奢华并不体现在珠宝首饰等硬件上，而是对人的奴役。奥斯曼苏丹从世界各地收罗漂亮的小女孩，将她们收入宫中加以培养，长大后选择其中优秀的收做嫔妃。托普卡帕宫的后宫最多时同时住了六百多名妇女，其中10%为苏丹的嫔妃，其余的全是侍女。宫中还住着很多太监，但他们清一色都是从埃塞俄比亚抓来的黑人奴隶。原来伊斯兰教规定穆斯林不得为奴，基督教和犹太教徒因为信奉上帝也不能为奴，于是只能从非洲抓来不信上帝的“野蛮人”作为奴隶。

从这个例子可以看出，所谓“低调的奢华”其实还有虚伪的成分在里面。

上梁不正下梁歪。奢华而又昏庸的宫廷政权，带来的是整个社会的堕落。奥斯曼官场花钱买官风气日盛，导致各级官僚贪赃枉法的情况日趋严重，老百姓怨声载道。类似的情况几乎在任何一个封建帝制国家里都会发生，但奥斯曼帝国的衰落速度实在是太快了。英国历史学家尼尔·弗格森在《文明》一书中援引16世纪晚期奥地利驻伊斯坦

蓝色清真寺

苏莱曼清真寺

布尔大使比斯贝克的话说："一想到这两种不同的体系一定会造成的后果，我就不寒而栗；……在他们那一边，（奥斯曼）帝国财力充盈，资源强大，军队实战经验丰富，士兵身经百战，连续打了一系列胜仗，随时准备忍受困苦，团结一致，服从命令，勤俭节约，警惕性高。在我们这边，国库亏空，生活习惯奢靡，资源耗竭，士气不振，士兵缺乏经验，难以驯服，好斗，毫无组织纪律可言，行为放纵毫无约束，酗酒，纵情声色，而最糟糕的是，我们的敌人往往战无不胜，而我们却总是打败仗。两军相遇其结局如何，我们还用怀疑吗？"

比斯贝克描述的是奥斯曼帝国和它最厉害的对手——哈布斯堡王朝之间的战争。那是1683年，奥斯曼帝国再次出兵维也纳，经过一场惊心动魄的战斗，维也纳守军侥幸获胜。这场战斗不仅是基督教和伊斯兰教之间长达数世纪的战争的转折点，也是西方崛起的关键时刻。38年之后，也就是1721年，英国爵士托马斯·洛访问伊斯坦布尔，回来后写下了他眼中的奥斯曼帝国："就像一具老朽之躯，青春和力量都已经消耗殆尽，只剩各种各样的毛病，却仍旧苟延残喘。"

可是，就像很多古老帝国一样，奥斯曼帝国虽然内部危机重重，但如果没有外来的刺激，是不那么容易崩溃的。奥斯曼帝国比这位英国爵士多活了三百多年，甚至比它最凶猛的对手——沙皇俄罗斯和哈布斯堡王朝还多活了四年，这是为什么呢？要想回答这个问题，就必须去土耳其军事博物馆走一趟。

坦齐马特时代

土耳其军事博物馆坐落在伊斯坦布尔最繁华的商业区，每天下午都会举办一场露天表演，演员们身穿奥斯曼士兵的传统服装，在军乐队的伴奏下表演正步走和兵器操练，吸引了大批游客前来观赏。

看完表演走进博物馆，最先映入眼帘的就是一幅巨大的油画，画的是突厥士兵攻打长城的景象。这是我第一次从这个角度观察这场中国人民耳熟能详的战争，感觉有些怪异。再往里走，一张张巨幅油画描述了突厥人取得的一个又一个胜利，战场也逐渐从东亚转移到了欧洲。一张油画的解说词里这样写道：农耕民族遇到天灾时总是束手无策，而游牧民族在饥荒时就会远走他乡，不知不觉地朝着日落的方向走去。"走"是一种谦虚的说法，真正的含义就是侵略。战争是奥斯曼帝国的立国之本，突厥没有"军人"这一职位，打仗是所有突厥男人必须学会的看家本领。对于这样一个国家来说，只要能继续打胜仗，任何问题都不是问题。

事实上，在整个17世纪，虽然奥斯曼帝国的国力渐衰，西欧诸国在启蒙运动的引导下大踏步迈向现代化，但奥斯曼帝国的军队仍然所向披靡，苏丹们沉醉在战争的胜利之中，听不进任何建议和忠告。奥斯曼人也沉浸在虚妄的自大中不能自拔，他们给周边国家的人民起了各种侮辱性的绰号，称阿尔巴尼亚人为卖下水的人，格鲁吉亚人为好吃懒做的人，希腊岛民都是傻瓜，西班牙人都是懒汉，意大利人都是杂种，德国和俄罗斯人是疯狂的异教徒，犹太人是污秽的狗，法国人是没有信仰的人，英国人是无神论者。

正是这个没有信仰的无神论者，敲响了奥斯曼帝国的丧钟。1687年，英国科学家艾萨克·牛顿出版了《自然哲学的数学原理》。三年后，他的朋友约翰·洛克出版了《政府论》。这两本书让西欧人对大自然和人类社会的看法发生了根本性的变化，引发了科学革命和人权运动，拉开了工业化时代和民主时代的序幕，奥斯曼帝国远离了这场大革命，被历史的洪流远远地抛在了后面。

随着俄罗斯沙皇彼得大帝决定效仿英法两国实行改革，引进先进武器和管理方式，胜负的天平开始逐渐向这个奥斯曼帝国北方最大的敌人倾斜。整个18世纪，奥斯曼帝国和俄罗斯之间一共进行了三次大的战役，一开始奥斯曼帝国还能轻松应对，但1768年进行的第三次奥俄之战以奥斯曼帝国惨败而告终，奥斯曼苏丹不得不签署了丧权辱国的《卡伊纳雅条约》，把帝国境内的东正教教徒的保护权交给了俄罗斯。从此，俄罗斯就可以打着保护教民的旗号，合法地侵犯奥斯曼帝国的主权。

更糟糕的是，奥斯曼帝国不仅是打输了一场战争，而且输的方式太屈辱了。俄罗斯军队威力强大的火器让奥斯曼骑兵的优势一点也发挥不出来，毫无取胜的可能。目睹了整个过程的奥斯曼将军们终于明白，如果按照这个趋势发展下去的话，奥斯曼帝国再也别想打赢任何一场战争了。对于一个完全建立在军功上的帝国而言，这是最大的噩耗。

战争是一件价值观非常明确的事件，输就是输，赢就是赢，没有中间地带，没法投机取巧。奥斯曼苏丹们可以对帝国经济的衰落、官场的腐败、文化的疲软和老百姓的怨声载道统统视而不见，但打败仗这件事是没办法装聋作哑的，必须立即想办法解决。清王朝如此，奥斯曼帝国也是如此。去过西方国家的帝国精英们意识到，仅凭奥斯曼帝国的光荣传统和伊斯兰教文明，是没法和强大的西方相抗衡的，只有放下架子，向西方文明学习这一条路可走。正是在这批人的鼓动下，奥斯曼帝国终于拉开了改革的序幕。

事实上，早在18世纪初期，一批有机会游历西方国家的使臣和学者们已经开始把西方文明传进伊斯坦布尔。苏丹们尤其对西方的绘画、音乐和建筑艺术感兴趣，来自法国的画师、建筑师和家具设计师纷纷被苏丹请进宫中，为苏丹及其妃子们画像，安装烛台和枝形吊灯，竭尽全力模仿法国宫廷的生活方式。清帝国也经历过类似的时期，故宫内的珍宝

托普卡帕宫后宫，苏丹的嫔妃们都住在这里

馆就是明证。

苏丹们的这些行为虽然谈不上是真正的改革，但它对奥斯曼帝国的冲击力还是非常大的。人类历史上真正的变革大都开始于文化层面潜移默化的渗透，如果没有这一时期的文化交流作为铺垫，后来的改革也就无从谈起了。

奥斯曼宫廷从西方引进的诸多奇技淫巧当中有一样东西非常重要，那就是印刷术。因为宗教保守势力的反对，奥斯曼帝国一直拒绝引入印刷术，直到 18 世纪初期才网开一面。虽然最初只允许印刷宗教书籍，但这个禁令很快就被打破了，为新思想在奥斯曼帝国的传播起到了至关重要的作用。

1789 年，年仅 27 岁的苏丹塞利姆三世即位。这是一个年轻有为、极富野心的帝王，他意识到如果再不改革，奥斯曼帝国就要灭亡了。他决定先从军队入手，训练一支新式军队取代帝国的近卫兵团。西方诸国当中他最崇拜法国，当他还是王储的时候就和法王路易十六有交往，因此他专门从法国购买了一批来复枪和西式火炮，又请来法国军事顾问负责训练新军。为了配合法国教官们的工作，他还专门设立了几所军事院校，用法文授课，每所学校都新建一个图书馆，收藏的也大都是法文书籍。

但是，新式武器很容易买到，使用武器的人才却不那么容易培养。一位英国商人曾经写过一本关于奥斯曼帝国的观察笔记，根据这本书上的描述，奥斯曼帝国的臣民普遍缺乏科学素养，除少数工匠外，如果有人也去关心如何铸造大炮、建造船只之类的事情的话，人们会把他看成是一个疯子。这种狭隘的视野导致的必然结果就是，无论是文科教授还是理科教授都十分无知，对外面的世界毫无兴趣。

要想改变这种状况，必须从根本上改变人们的思想。但是年轻气盛的塞利姆三世没有处理好和大臣们的关系，颁布了很多过激的政策，遭到了保守势力的反对，双方矛盾日益激化，最终一批旧式军官发动了政变，杀死了塞利姆三世，奥斯曼帝国的第一次改革就这样失败了。类似的情形在大清帝国同样发生过，清末的自强运动也是从军事开始入手的，但最后也遭到了保守势力的反对，凡是看过电影《甲午风云》的人一定对此印象深刻。

塞利姆三世死后，奥斯曼王室硕果仅存的唯一一位男性继承人马赫默德二世被推上了王位。他是塞利姆三世的堂弟，两人关系非常好。他不但从堂哥那里继承了改革的遗志，而且还吸取了血的教训，那就是改革必须有耐心，先要想办法强化苏丹的权力，然后利用权力清除反对势力，才能获得成功。

为了达到目的，马赫默德二世刚上台那几年表现得非常低调，但他在暗中积极培养自己的势力。卧薪尝胆 18 年后，也就是 1826 年，马赫默德二世突然颁布诏书，废除了帝国近卫兵团，组建了一支新军保卫皇室。此举大大加强了中央政府的权力，为改革扫清了障碍。此后他开始了一系列大刀阔斧的改革，完成了从过去的封建军事联合体制向中央集权体制的转变。

这一转变的含义非常深刻。北京大学历史系副教授、土耳其问题专家昝涛认为，这次改革标志着奥斯曼统治精英们终于意识到，西方的强大从表面上看源于先进的科学技术，但实质上这种进步背后的动力来自其民族国家的政治组织方式，要想与西方对抗，就必须同时在政治组织的形式上对帝国进行改革。而马赫默德二世所进行的是第一次政治改革尝试，其宗旨就是效法西方的绝对主义国家模式，力图通过吸纳与统一臣属于奥斯曼人的各民族，创造出一个奥斯曼民族，将帝国内部的各种势力整合到一起。而整合的具体方式就是先通过加强中央集权，把权力集中到苏丹手里，然后由苏丹主导，自上而下地推行改革。

换句话说，奥斯曼帝国进入了“奥斯曼主义”时代。

历史证明，马赫默德二世实行的政治改革措施大都收效甚微，但有两件事对后来的发展产生了很大影响。首先，他改革了帝国的教育制度，创办了外文编译局和西欧式的世俗学校。其次，他不顾保守势力的反对，向西方派出大批公费留学生，虽然其中大部分都进了西方的军校，但此举为后来的改革提供了宝贵的人才。与之相比，大清帝国的晚期也同样设立了同文馆，组织专家翻译西方著作，向西方国家派遣留学生，培养外交人才，但无论是规模还是持续时间都比不上奥斯曼帝国。

1839年，踌躇满志的马赫默德二世不幸因病去世，继承皇位的太子阿卜杜尔·麦吉德苏丹当时才16岁，需要母亲和大臣们的辅佐。于是，新受命的大臣们拟定了一份《花厅御诏》，为帝国制定了一套新的方针政策，土耳其历史上著名的“坦齐马特”(Tanzimat，土耳其语意为“改革”)时代正式开始了。

《花厅御诏》对奥斯曼帝国的政治、经济、军事和法律等各个方面的改革确立了基本原则，其主旨就是向西方学习，模仿西欧各国的政治经济模式。但这份诏书和过去最大的不同就是提出了人人平等的概念：“奥斯曼帝国的臣民，不分教派，在法律面前一律平等。”别小看这句话，这就等于宣布奥斯曼帝国将和传统的伊斯兰教彻底决裂，奥斯曼主义将取代伊斯兰教义，成为帝国新的国策。

坦齐马特时代的出现是有原因的。奥斯曼帝国对内一直实行米勒制度（Millet），即给予不同宗教信仰的人群以相当大的自主权。这么做的好处是可以更加方便地统治这个庞大的国家，但坏处就是各个民族一直保持相当程度的独立性，一旦有个风吹草动，很容易爆发独立运动。事实上，由于受到西方民族主义的鼓动，帝国内部的东正教徒、犹太教徒和格里高利派等几大非穆斯林米勒早已酝酿从帝国独立出来，如果成功的话，帝国就要解体了。奥斯曼主义的核心思想就是反对肢解帝国，希望各民族团结在奥斯曼的大旗下，联合起来共同对付强大的西方。帝国的精英们为了达到这个目的，甚至不惜牺牲伊斯兰教的主导地位。

为了向西方人证明奥斯曼帝国是一个合法的独立国家，帝国的精英们于1876年颁布了奥斯曼帝国有史以来第一部宪法，宪法规定帝国将是一个“有限的独裁政府”，内阁只对苏丹负责，而不是对议会负责。这部宪法遭到了来自伊斯兰保守势力的阻挠，苏丹哈米德二世屈服了，于 1877 年 2 月宣布搁置宪法，强迫议会休会，坦齐马特时代就这样结束了。

这场轰轰烈烈的改革运动为什么这么快就失败了呢？去多玛巴切宫看一下就明白了。

青年土耳其党

多玛巴切宫（Dolmabahce Palace）坐落在博斯普鲁斯海峡西侧，和老皇宫托普卡帕宫隔着一个金角湾。这是奥斯曼苏丹马赫默德二世为自己修建的新行宫，花了 11 年才建成。为了显示“西化”的成果，他命令建筑师以法国的凡尔赛宫为蓝本，建造一座完全不同于“寒酸”的托普卡帕宫的新皇宫。多玛巴切宫一共有 285 个房间，自 1856 年建成后，这里就成了奥斯曼帝国最后六位苏丹的住所。

如今的多玛巴切宫变成了一座博物馆，但因为内部空间狭小，贵重物品太多，散客是不允许进入的，必须在导游带领下才能一睹芳容。从外表看，多玛巴切宫由几幢独立的小楼组成，看上去像是普通的办公楼，外墙装饰相当简陋，和它的地位很不相称，但其内部装饰之豪华简直令人咋舌，完全可以和任何一幢西欧王室宫殿相媲美。

因为怕地震，整幢建筑均采用木质结构，所有的楼梯扶手和支柱的表面都是精雕细刻的，屋顶上画满了欧式风格的装饰画，墙上则挂满了西洋油画，但画的内容大都是歌颂帝国苏丹的丰功伟业。为了保证新皇宫达到欧洲的最高水平，奥斯曼人专门请意大利工匠来装饰屋顶，请法国的设计师设计地毯和家具，从英国进口了一座当时全世界最大的水晶灯，重达 4.5 吨，因为它实在太大了，必须先把各个部件拆下来后单独分装，运到伊斯坦布尔后再重新组装起来。

如果你认为如此奢华的建筑一定是在国泰民安的时候造的，那你就大错特错了。马赫默德二世统治时期的奥斯曼帝国恰好是经济严重衰退的时期，因为赋税过重，导致农业发展停滞不前，公路、铁路和桥梁等公共设施建设严重滞后，再加上欧洲列强逼迫帝国签署

从苏莱曼大教堂后面远眺博斯普鲁斯海峡

的通商条约把关税定在了 8% 的低位，导致帝国的工商业失去了保护，被进口商品打得七零八落。

也就是说，当帝国的精英分子们热衷于推行西化改革的时候，恰逢奥斯曼帝国的农民、工人和小商小贩们都穷得吃不饱饭，再加上帝国为了推行奥斯曼主义，一直在弱化伊斯兰教的地位，遭到了广大教徒的反对。在这种腹背受敌的情况下，坦齐马特运动的失败就不难理解了。

事实上，终止了坦齐马特运动的苏丹哈米德二世并不反对现代化，奥斯曼帝国的第一部宪法就是在他担任苏丹期间颁布的，但他从前任的经历中吸取了教训，意识到奥斯曼主义是行不通的，必须依靠伊斯兰教的势力，借助宗教的力量团结广大穆斯林，联合起来对抗来自欧洲的异教徒。于是，哈米德二世放弃了“奥斯曼主义”，转向了“泛伊斯兰主义”。

从历史的角度看，这一转变是有些奇怪的，因为奥斯曼统治者从来没有在国内张扬伊斯兰意识，奥斯曼历史上居然只有一位苏丹去麦加朝圣过。但是当历史发展到 19 世纪中期的时候，伊斯兰教又岌岌可危。奥斯曼帝国已经没落，整个伊斯兰世界没有一个国家能够担当起复兴伊斯兰教的重任，于是大家都把目光转向了伊斯坦布尔。

昝涛认为，还有一个原因可以解释泛伊斯兰主义的兴起，那就是帝国民众对坦齐马特改革的反弹。具体来说，当异教徒们利用强权抢走了本属于奥斯曼人的领土，而坦齐马特时代的改革运动却流于对西方的拙劣模仿，没有带来预期的成效时，很容易让人产生逆反心理，即“用贬低所憎恨的对手所重视的价值观来表示不满”。

正是在这一背景之下，哈米德二世开始全面推行泛伊斯兰主义。他向世界各地派出使者，要求伊斯兰国家承认奥斯曼苏丹的哈里发身份。1901 年，哈米德二世派出的宗教代表团访问了中国新疆，代表苏丹慰问了这些地方的穆斯林。后来他还试图与清政府联系，希望在中国境内设立奥斯曼帝国领事，该要求遭到了清政府的拒绝。

问题在于，这些推广措施要想取得成功，前提是奥斯曼帝国一定要成为一个在各方面都强大的国家，但奥斯曼帝国经过了将近一百年的改革，却收效甚微，苏丹们并没有意识到，光靠学习西方的科学技术，或者简单地拷贝西方的政治体制，是无法成功的。另外，这一时期改革派的出发点不是富国，而是强兵，改革派没有从长远着想，而是仅仅想办法度过眼前的危机，一旦危机过去，比如敌军停止了进攻，改革的动力就没有了，保守派就会重新占得上风。

根据英国历史学家杰森 · 古德温撰写的《奥斯曼帝国闲史》记载，被请来训练帝国新军的普鲁士少校赫尔穆特 · 冯 · 穆尔特科（Helmuth von Moltke）曾经这样评价奥斯曼帝国：破除古老的体制是一回事，建立一个能够取而代之，并被所有阶层都接受的新体制却是另外一回事。土耳其人会毫不犹豫地承认，在科学、技术、财富、胆量和实力方面，欧洲人都比自己强，但他们也因此从来不认为欧洲人会愿意和穆斯林平起平坐。一句话，普通土耳其人并不打心眼里尊重欧洲人，而只是打算从欧洲人那里学到技能，然后再打败对方。

眼看帝国行将就木，一批曾经留学海外的精英分子看不下去了。1889 年，四名伊斯坦布尔医科学生为了纪念法国大革命一百周年，在伊斯坦布尔秘密集会，成立了“奥斯曼团结协会”，号召推翻独裁政府，恢复宪法。他们很快就和海外流亡知识分子取得联系，并将总部迁到了巴黎，创办了《青年土耳其》杂志，宣传革命思想。同一时期，类似的组织在海内外遍地开花，参加者大都为体制内的精英知识分子，甚至有很多帝国军官参加了进来，历史学家把这批立志推翻独裁体制的革命者统称为“青年土耳其”党人，其中很多人都是当年被苏丹马赫默德二世派出去的公费留学生。

1907 年，青年土耳其运动的成员在巴黎召开大会，把分散在各地的各种组织加以合并，成立了“统一与进步委员会”。第二年，青年党人发动政变，迫使哈米德二世恢复宪法。政变成功的消息第二天见报后，伊斯坦布尔沸腾了，大街小巷一夜之间贴满了“自由、平等、博爱”的标语口号，大家纷纷涌上街头，欢庆胜利，仿佛一个现代化的奥斯曼帝国即将诞生。

但是，现实无情地击碎了人们的幻想。青年土耳其党人上台执政之后立即发生了分裂，自由派主张分权，给不同民族和教派一定程度的自治权力；民族派则提倡中央集权，希望由奥斯曼人来控制一切，恢复奥斯曼帝国往日的荣耀。一开始是自由派占上风，但民族派利用了人们的爱国心理，很快夺回了话语权，帝国重新变成了一个集权国家，非穆斯林居民，甚至非奥斯曼人的穆斯林居民均遭到了不同程度的迫害，帝国仅仅享受了几天的民主自由，就又回到了原点。

正是在这种情况下，巴尔干战争爆发了。以保加利亚、塞尔维亚和希腊为首的巴尔干半岛居民受够了奥斯曼帝国的压迫，在西方列强的暗中帮助下揭竿而起，和奥斯曼帝国军队展开了一场民族解放战争。巴尔干战争先后进行过两次，虽然双方互有胜负，但总的结果就是奥斯曼帝国损失了大片国土。如果说输给西方列强还可以接受的话，输给原来的手下败将让奥斯曼人感到无比屈辱，不少人终于意识到必须彻底地实行改革，否则这个国家就要完蛋了。战后一家土耳其报纸意味深长地写道：我们的失败意味着土耳其现代化的最后胜利。

巴尔干战争的另一个后果就是促使各方势力重新进行组合，使得巴尔干地区的局势愈发复杂化，最终导致了第一次世界大战的爆发。奥斯曼帝国选择了和德国结盟，加入了同盟国组织。为了重振伊斯兰教，奥斯曼苏丹居然宣布对协约国实行“圣战”，结果证明奥斯曼人押错了宝，帝国军队装备陈旧，士气低落，无论是强大的德意志军队还是神圣的伊斯兰教义都救不了它，这场战争以协约国获胜而告终。这场大战沉重地打击了泛伊斯兰主义，奥斯曼的突厥臣民们意识到，无论是帝国还是伊斯兰教都靠不住，今后他们只能靠自己了。

值得一提的是，帝国军队在“一战”中只打了一场胜仗，那就是加里波利保卫战，那场战役的指挥官凯末尔被奥斯曼人视为民族英雄，获得了“伊斯坦布尔大救星”的美称。

“一战”结束后不久，西方列强就迫不及待地开始瓜分奥斯曼帝国的领土。法国出兵占领了安纳托利亚东南部地区，英军攻占了叙利亚，意大利控制了地中海西部，希腊抢占了安纳托利亚西南部的重镇伊兹密尔，伺机向安纳托利亚内陆进攻，亚美尼亚则在俄罗斯的支持下，控制了安纳托利亚东北部的大片地区。

1920 年，奥斯曼苏丹被迫签署了屈辱的《色佛尔条约》，奥斯曼帝国被彻底肢解，只留下了安纳托利亚中间的一小块黄土高原。历史学家们认为，奥斯曼帝国早就是西方列强案板上的一块肉了，如果不是因为大家没有想好怎么分这块肉，因此互相牵制的话，这一天早就应该到来了。

但是，列强们低估了奥斯曼人多年征战养成的民族性格，以及保家卫国的坚定决心，帝国的将士们早已做好了为国牺牲的准备，就缺一位带头人了。第一次世界大战让他们找到了这样一位领袖，他就是后来被称为“土耳其之父”的穆斯塔法 · 凯末尔。

土耳其共和国的诞生

凯末尔纪念陵墓坐落在土耳其首都安卡拉郊区的一座小山上，从这里可以俯瞰整个城市。进入陵墓之前先要走过一条长长的步道，不断有扛着步枪的士兵迈着正步往来巡逻，擦得锃亮的皮靴踏在青砖之上，发出“咔咔”的声响。陵墓本身的设计很简单，中间是一个广场，两侧各有一幢米黄色建筑物，屋内安放着凯末尔的石棺，以及几块简单的石碑。真正值得一看的东西都在地下展厅，展出的军装、武器、油画和实景装置把凯末尔的一生浓缩给大家看。

如果只能用一个词来定义这位土耳其之父的话，那一定是“军人”。凯末尔所取得的

凯末尔(1881 年～ 1938 年)

凯末尔陵墓

一切成就，都和他的军人身份密切相关。

凯末尔于 1881 年出生在马其顿南部城市萨洛尼卡的一个中产阶级家庭，父亲是一位木材商人，可惜在他七岁的时候就病故了。凯末尔服从了母亲的意愿，上了一所宗教小学，因为淘气被教务长打了一顿，因此他从小就对宗教产生了深深的厌恶。他后来回忆说：“我断然拒绝相信，在今天，在科学、知识、文明都全方位闪亮登场的今天，在文明的土耳其社会里，还会存在这样的人，仍然在这个或那个教长的指导下愚蠢地去寻找他们所谓的物质和精神的幸福。”

凯末尔从小就对打仗感兴趣，梦想成为东方的拿破仑。小学毕业后他报考了军校，18 岁时又考进了伊斯坦布尔陆军军事学院，这是奥斯曼帝国最重要的军事学校，被称为是培养禁卫军的摇篮。凯末尔虽然学习非常用功，但他不服管教，经常阅读禁书，还热衷于去伊斯坦布尔的新城区喝酒嫖妓，思想上发生了很大变化。青年土耳其运动开始后，已在军

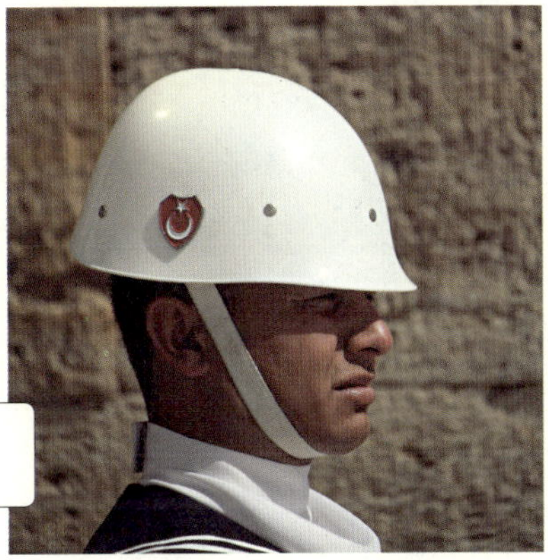

凯末尔陵墓前的卫兵

中服役的凯末尔也创立了一个类似的组织，参与了这场改革运动。但他一开始并不属于青年土耳其党的领导层，加里波利保卫战让他一战成名，在老百姓和军人当中获得了极高的威望。

第一次世界大战结束后，凯末尔对帝国政权极度失望，但他仍然对政府抱有幻想，谋求改良而不是革命。青年土耳其党倒台后，他曾经想建立新的内阁，并由他本人出任战争部长，但不擅官场的他受到伊斯坦布尔政客的冷落和排挤，失意的凯末尔找了个借口离开了伊斯坦布尔，来到黑海边的一个港口城市萨姆松，并脱去军装，以平民的身份组织了一支国民革命军，开始了独立救国运动。当时恰逢希腊军队入侵安纳托利亚，凯末尔率领革命军和希腊人展开了一场事关国家命运的生死战役，大获全胜。此后凯末尔又乘胜出击，收复了一部分被占领的领土，最终在1923年成功地迫使西方列强签署了一份新的《洛桑和约》，现代土耳其的边界终于被固定了下来。

如果和鼎盛时期的奥斯曼帝国相比，土耳其的新边界简直太憋屈了，只保留了安纳托利亚半岛的主体部分，以及包括伊斯坦布尔在内的一小块欧洲土地。但从另一个角度来看，这么做就等于把奥斯曼帝国建国后依靠武力而获得的土地全部退了回去，只留下了突厥人最初移民到中东地区时的根据地。奥斯曼帝国在尝试了奥斯曼主义和泛伊斯兰主义之后，终于明白两条道路都走不通，必须忍痛割爱，走民族主义这条路，终于到达了目的地。

和通常认为的相反，民族主义不是一个古老的概念，“民族国家”是在最近几百年才在人类历史上出现的一种现代现象。最早的民族国家出现在欧洲，18世纪英法的崛起，就是从建立民族国家开始的。恩格斯曾经指出，欧洲在中世纪晚期所取得的巨大进步之一，就是“一个挨着一个形成了富有生命力的大民族”。以民族为基础的君主国就是“现代的欧洲民族和现代的资产阶级社会”发展起来的基础。

美国历史学家里亚·格林菲尔德（Liah Greenfeld）把民族主义分为两类，“原生型民族主义”的代表是近代的英格兰，“民族主义运动”最早就是在英格兰开始的，其目的在于把国家主权从皇室和贵族手里夺归大众所有。在此之前，“人民”这个词是指一个地区的全体居民，尤其是它的下层，“民族”这个词指的是不同派别的代表，有精英的意思。但当人民和民族等同之后，人民就被民族化了，同一民族不同阶层的居民被视为本质上是同质的，民众被提升到了精英的地位。换句话说，原生型民族主义的特点就是国内的政治和社会结构首先发生改变，帝王或者宗教领袖的绝对权力被削弱，人民被提升到了“政治精英”的地位，他们必然要求实现“主权在民”的民主体制，民族的概念就这样自然而然地诞生了。但对于像土耳其这样的新兴国家来说，他们实行的是“输入型民族主义”，即先从外面输入了“人民主权”这个新概念，然后再引发社会和政治结构的转变。后一种民族主义是被动的，不“自然”的，难免产生一系列副作用。

除此之外，东方国家的输入型民族主义还存在一个独有的问题。昝涛在《现代国家与民族建构》一书中写道，民族主义是一种以政治面目出现的文化现象，对于德国和意大利等曾经落后的欧洲国家来说，输入型民族主义在文化上没有障碍，因为他们不需要借用外来文化武装自己。但是对于像土耳其和中国这样的东方国家来说，民族主义天然就具有一种深层次的矛盾：它在和西方接触时明显地感受到了自己的落后，但承认这个差距本身即等于接受了西方所设定的进步与落后的判定标准，以及背后所代表的价值观。可是，当东方民族意识到自身的传统文化与现代性的进步不相容并试图向西方学习时，却又担心在这个过程中失去自我，从里到外彻底变成异乡人。

就拿土耳其来说，首先，土耳其的民族主义意识最早是在知识分子精英圈流行起来的，他们这么做是想效仿西方，把奥斯曼帝国改造成一个以土耳其人为主的民族国家，但是奥斯曼帝国原本是一个多民族多文化多宗教的大帝国，突厥人在西进过程中和沿途遇到的不同部落相互融合，其传统早已消失了，“土耳其人”（Turk）甚至已经演变成了“乡下人”的同义词。一位小说家曾经描述过这样一个细节：一个农民对前来考察土耳其民俗的知识分子说道：“但是，先生，我们不是土耳其人，我们是穆斯林，感谢真主，您说的土耳其人住在 Haymana 那边。”

为了寻找传说中的突厥传统，奥斯曼帝国的精英们不得不从西方的人类学研究中寻找灵感，并按照自己的需要重构历史，迅速地制造了一个土耳其传统。出生于中国昆明的美国历史学家本尼迪克特 · 安德森（Benedict Anderson）将这种生造出来的民族称为“想象的共同体”（Imagined Community），意思是说，“民族”这个概念历史上是不存在的，这是现代政治家们根据自己的需要而编造出来的一个神话。

无数历史事实证明，民族这个概念一旦被编造出来，就传播得非常快，因为民族主义的核心是认同，人类对于相互认同的感情需要是非常强烈的，而凯末尔打出的民族主义这张牌是他获得成功的关键所在。为了实现民族主义理想，将土耳其建成一个纯粹的民族国家，凯末尔不惜动用武力强行驱散原本住在安纳托利亚的异族人，并欢迎住在国外的土耳其人回国定居。这么做的结果就是导致了一场人口大迁徙，一大批受过教育的希腊人被迫离开家乡，而原本住在巴尔干半岛的穆斯林农民大批返回土耳其定居，这一交换“纯化”了土耳其的民族成分，却降低了国民素质。对于居住在土耳其东南部的库尔德人，凯末尔则强迫他们放弃自己的信仰，甚至禁止他们使用自己的语言，此举遭到了库尔德人的强烈反抗，直到今天他们还在进行抗争，库尔德问题成了土耳其的一块心病。

其次，凯末尔坚信伊斯兰教是阻碍土耳其现代化的最大绊脚石，一心想将其铲除。奥斯曼帝国是一个政教合一的体制，王权（苏丹）和教权（哈里发）由一人担当，有点“党政一把抓”的意思。凯末尔决定先从王权入手，1922 年 11 月 16 日，大国民议会宣布废除苏丹制，并以叛国罪把苏丹及其主要大臣交由最高法庭审批，苏丹穆罕默德四世听到消息后连夜出逃，延续了六百多年的奥斯曼帝制就这样结束了。

第二年，凯末尔宣布成立共和人民党，并自任主席。1923年10月29日，土耳其大国民议会经过投票后宣布成立土耳其共和国，定都安卡拉，并任命凯末尔为共和国第一任总统。这两件事都有不少反对者，投票过程中虽然出现了大量弃权票，但没有一人敢投反对票。

至此，凯末尔的权力达到了顶峰。但凯末尔的伟大之处就在于，他没有借此机会营私舞弊，而是继续出重拳，在社会和民生领域进行了一系列大刀阔斧的改革，其中很多举措在今天看来都过于激进，如果凯末尔没有掌握绝对权力的话，这些改革目标是不可能实现的。

比如，凯末尔不顾穆斯林的反对，取消了伊斯兰历法，改用公历和24小时计时制度。他还授意政府有关部门制定法律，禁止土耳其男人戴费兹帽（土耳其传统头饰，方便祈祷时以额碰地）、穿土式长袍，号召大家穿西式服装。虽然他没有禁止妇女戴头巾，但却经常在公开场合讽刺这一传统，鼓励土耳其妇女摘掉头巾。为了方便和国际接轨，他要求所有土耳其人都要有姓，而奥斯曼人通常只有一个名，没有姓。最极端的是，凯末尔取消了奥斯曼帝国的文字，代之以拉丁字母为基础的拼音文字。中国也曾经考虑过使用拼音文字，但因阻力太大而没有成功。不过两者并不具有可比性，一来突厥人从来就没有自己的文字，奥斯曼帝国使用阿拉伯字母来标注突厥发音，但阿拉伯字母并不适应土语元音丰富而辅音不够发达的特点，学习起来非常困难。二来奥斯曼帝国直到18世纪才引进了印刷术，200年间才出版了大约三万种书籍，历史上留下来的手稿有限，这一点和中华民族有着天壤之别。

土耳其的文字改革进行得很顺利，推行十年后就把土耳其的识字率提高了一倍以上，对于提高国民素质起到了积极的作用。话虽如此，此举还是从某种程度上割裂了传统文化和现代社会之间的联系。《奥斯曼帝国闲史》中记载了这样一件事情：1964年保加利亚首都索菲亚举办过一次国际诗歌讨论会，主办方请一位土耳其诗人介绍奥斯曼诗歌，后者竟然宣布："我们没有什么古典作品。"

值得注意的是，上述改革措施绝大多数都与阿拉伯文化和伊斯兰教教义有关。凯末尔在多次公开演讲中反复强调，突厥人的传统是极为优秀的，但是在西进的过程中被伊斯兰教污染了。这个说法当然不完全正确，但在当时的政治环境下却是一个最好的选择。因为土耳其的立国之本就是民族主义，凯末尔把土耳其民族传统和伊斯兰教剥离开来，就可以在不伤害民族感情的前提下，对土耳其文化中不好的一面进行大刀阔斧的铲除。相比之下，中国就没有这个便利条件了，于是中国的文化改革一直遭遇了很大阻力，改革与破坏之间的平衡很难把握。

不过，因为阻力太大，凯末尔对于伊斯兰教本身的改革却进行得非常谨慎。他先是成立了一个隶属于国务院的宗教事务局，局长作为伊斯兰教的最高领袖，可以解释伊斯兰教法，但作为政府官员，他在采取重大决定之前又必须和自己的世俗上司商量，这就等于剥夺了哈里发的实际权力。但在1924年通过的新宪法中，伊斯兰教仍被定为“国家宗教”，直到四年后修改宪法，才把这句话删掉。从此，起码在法律上，土耳其终于变成了一个世俗国家。1937年，土耳其再次修宪，确立了共和主义、民族主义、平民主义、革命主义、世俗主义和国家主义这“六大主义”为土耳其立国纲领的六项基本原则。历史后来的发展轨迹证明，这六大主义当中最核心也是后来遭到最多挑战的正是世俗主义。

从某种角度来看，凯末尔所进行的改革可以被称为是一场以独裁的方式推动的“文化大革命”。他之所以这么做，是因为他相信土耳其要想变得强大，除了西方化和世俗化之外没有其他途径可走，而这就意味着必须首先对土耳其的文化传统进行彻底的改革。如果不首先改变土耳其的国民性，提高国民素质，铲除土耳其文化中的劣根性和伊斯兰教对思想的禁锢，其他一切都是妄谈，包括民主在内。

凯末尔肯定不是第一个这么想的，却是第一个有能力这么做的。他在这场改革中所遇到的阻力一点也不比过去几任立志改革的苏丹小，但他的前任们都没有他这样的威望和权力。作为土耳其的开国元勋，他有充分的条件成为一名独裁者，他很好地利用了这个条件，强迫这个古老的东方帝国完成了一次艰难的转身，这一点和哥斯达黎加的开国元勋费雷尔很相似。

中国国民党一直密切关注着土耳其的一举一动，蒋介石曾经自比凯末尔，但他却没有学到凯末尔的精髓。倒是胡适看得很清楚，他在1935年写给室伏高信的一封信中说：我和我的朋友的立场是这样的，凡文化都有他的惰性，都会自己保守自己的。少数先知先觉的思想家，如果他们看清楚“去腐”和“革新”的必要，应该站到屋顶上大声疾呼，不必顾虑破坏太多，更不必顾虑祖宗遗产有毁灭的危险。“真金不怕火”，这是我们祖宗的一句名言。真有价值的东西是毁不掉的。……我个人绝不愁东方遗产与东方文明的失坠。我所焦虑的是我们东方民族刚刚开始同世界人类的最新文化接触，就害怕他的诱惑，就赶快退缩回到抱残守缺或自夸自大的老路上去。

可惜胡适是个文人，历史没有给他足够的条件与时间来实现他的治国理想。

结语

《奥斯曼帝国闲史》中曾经记载了这样一件趣事：奥斯曼人喜欢狗，因为狗能吃掉垃圾，保持城市的干净，狗粪则被制革工铲走，用作鞣革的原料。19 世纪末期伊斯坦布尔有 15 万条狗，平均每八个人一条，其中绝大部分都是野狗。但是这些野狗有碍市容，它们的存在显然不利于把伊斯坦布尔建成一个现代化城市，于是奥斯曼苏丹派人将这些狗统统抓了起来，运到了马尔马拉海中的一个小岛上。可没过几天，它们又都从大海里游了回来，伊斯坦布尔迅速恢复到了几天前的样子。如此这般重复了数次，结果都是一样。“一战”结束后，打了败仗的苏丹这才痛下决心，命人将这些野狗运到一个远离城市、无人无水的荒岛上，这一次，狗们再也没有回来。

可惜的是，这位苏丹觉悟得太晚了。

宗教的力量

哥贝克力石阵的发现，说明土耳其南部很有可能是人类宗教的起源地，甚至有可能是整个人类文明的起源地。如今这块地方变成了土耳其的工农业生产基地，人类文明正逐渐越过宗教这个坎，向着更高级的地方前进。

哥贝克力石阵

尚勒乌尔法（Sanliurfa）是位于土耳其南部的一座旅游城市，在土耳其语里的意思就是“先知之城”，先知亚伯拉罕据说就出生于此。这里靠近叙利亚边境，看上去更像是一座阿拉伯城市，大街上经常能见到穿着拖地长袍、把脸全部蒙住只露出一双眼睛的妇女匆匆走过。据导游说，这座城市是东西和南北两条古代贸易路线的交叉口，也是古丝绸之路的必经之地，因此历史上战争不断。市中心至今还保留着当年的古城堡，可惜因为城堡损伤得太厉害，谁也看不出它到底建于何时。

尚勒乌尔法北边有一片丘陵地，我此行的目的地就是其中海拔最高的大腹山（Gobekli Tepe）。我从市中心出发，沿着高速公路向东北方向开，路两边全是农田，种的大都是小麦。因为气候干旱，当地政府修建了多条水渠，我见到的最宽的一条竟然有 10 米多宽，简直就是一条运河，看得出土耳其政府非常重视农业，在农业基础建设上下过大功夫。事实上，土耳其是世界上为数不多的几个真正做到了粮食自给自足、完全不需要进口农产品的国家，这一点连向来自诩为农业大国的中国都做不到。

土耳其人口密度不算低，气候条件也不算好，做到这一点难度很大。缺水还是次要的，更大的困难是土壤的肥力不足。原来，这块地方属于新月沃地（Fertile Crescent）的北端，是农业的发源地。也就是说，这块土地已经被人类耕种了上万年，土壤养分流失严重。

哥贝克力石阵全貌

按照教科书上的说法，大约在公元前 9000 年，地球最后一次冰川期结束，气候逐渐变暖，植物恢复了生机。在中东地区的一个形如倒扣弯月的区域（即新月沃地，也就是如今的叙利亚、黎巴嫩、伊拉克、伊朗和土耳其南部）出现了原始的农业，农业带来的稳定产量使得住在这一地区的人们放弃了游牧和采摘的生活方式，定居了下来。随着人口的增加，定居点不断扩大，出现了村庄和集市，人们在交往和合作中划分了等级，开启了心智，出现了艺术和宗教，人类文明就这样诞生了。换句话说，虽然我们的肉身来自非洲，但我们的大部分智慧都来自新月沃地，这里是所有现代人类共同的精神家园。

那么，农业为什么只在新月沃地出现了呢？美国著名历史学者杰瑞特 · 戴蒙德（Jared Diamond）在《枪炮、病菌与钢铁》一书中指出，因为气候和地理位置等原因，新月沃地恰好存在一批适合耕种的植物品种，纯属运气好。他认为，农业是一个革命性的概念，不可能是某人灵光一现想出来的，而只能是大自然呈现给人类的礼物。考古学家曾经在距离大腹山东北方向不到 100 公里远的地方发现了最接近现代单粒小麦（Einkorn）的野生小麦，单粒小麦是小麦的一个突变种，不但可以自花授粉，而且种子成熟后不会从麦穗上脱落。前一个特性便于育种，后一个特性便于收割，这两条是农业之所以能够诞生的关键所在，缺一不可。

以上就是历史学家关于文明起源的传统观点，但是在大腹山下挖出来的一处史前文明遗址彻底颠覆了这个理论。大腹山很好找，我按照路标的指示顺利地开到大腹山脚下，这是一座被农田包围着的小山，比四周的平原高出将近 100 米。让我惊讶的是，如此重要的遗址竟然没有围墙，也不收门票，只有一对父子负责看守。他俩本是附近的农民，当年被考古学家雇来挖土，参与了整个挖掘过程。后来两人自学成才，看大门的同时兼任导游。

我顺着一条盘山小路往山上走，沿途看到一块石头上有很多小圆孔。导游解释说，这是古人处理石头的一种方法，即先用简单的石器在石板上凿出一排圆孔，然后再将其敲断，有点类似于撕邮票。

走到山顶，眼前出现一个大坑，里面有四个大小不等的圆形建筑物，大的直径有二十多米，小的也有近 10 米。建筑物四周用砖头垒成，中间竖立着若干 T 形石碑，最高的一块有 5.5 米高，重达 16 吨。石碑上刻着很多动物浮雕，出现最多的是狐狸、蝎子、野猪和蛇等能够伤人的凶猛动物的形象。可惜不少石碑都被考古人员用木板包了起来，导游也

哥贝克力石阵的一位守护者，他脚下的石头被古代的工匠凿出了很多圆孔

不让游客下到坑中，看得不够真切。

据导游介绍，这座山自古以来一直被当地人视为神山，传说这里是神灵居住的地方。20 世纪 60 年代考古学家猜测山下埋着东西，结果挖出来一些燧石做成的石碑残片，但他们以为这是拜占庭时期的墓地，而类似的遗址在土耳其遍地都是，不稀奇，便放弃了。1994 年，德国海德堡大学考古学家克劳斯 · 施密特（Klaus Schmidt）来此考察，意识到这是一处比拜占庭更为古老的遗址。他申请到一笔钱开始挖掘，终于挖出了这些奇怪的石碑。如今考古界按照大腹山的土耳其名字，称其为“哥贝克力石阵”。

从石碑的形状和动物浮雕来判断，这是一个典型的宗教祭祀场所，石碑上刻的动物要么是原始人的精神图腾，要么是原始人请求它们不要伤人。T 形石碑则很可能是站立的人形，代表了某种宗教仪式的图腾形象。同位素年代鉴定显示，最早的建筑建于公元前 9600 年，比此前已知最早的人类寺庙还要早五千多年，甚至比农业的出现还要早！最晚的则建于公元前 8200 年，此后就再也没有新的建筑了，仿佛这批建造者突然放弃了这块地方，再也没有回来。

石碑所用的石材来自距离此地八百多米远的一处采石场，当年显然没有任何运输工具，就连轮子、金属和玻璃都还没有被发明出来，这些巨石大概是用圆木滚动的方式运到山上的。施密特估计建造这些寺庙至少需要几百名工人同时工作，这说明建造者已经懂得了分工合作，其文明程度达到了很高的水平。

问题是，这些人靠什么为生呢？施密特将大腹山的周围仔细搜寻了一遍，没有发现任何人工种植的痕迹，也没有发现工人居住的房屋遗址，但他发现了大量吃剩下的羚羊和野牛骨头，说明工人们所吃的食物是由同伴们从远方专门运过来的。这些人平时并不住在这里，而是被临时召集起来，修建了这座寺庙。

地磁勘测显示，这座山的下面一共有 20 个这样的寺庙，目前出土的遗迹连总面积的 1/10 都不到，还有更多的秘密有待发掘。但是，根据目前已有的发现，施密特得出了一个惊人的结论，那就是这座建筑物是旧石器时代的原始人进行宗教仪式的地方。换句话说，他认为在农业出现之前，仅靠打猎和采摘过活的原始人类完全有可能出现过有组织的宗教，并发展出自己的文明。

施密特甚至认为，正是在建造寺庙的过程中，为了保证工人们的食品供应，人们开始采集野生谷物并加以耕种，培育出了最初的小麦品种，农业随之诞生。如果这一说法最终被证实的话，人类文明的进化史就要被改写了。文明不一定是农业的产物，很有可能是反过来的。

“20 年前，大家都认为文明是在大自然的推动之下产生的。”施密特在一篇文章中写道，“可我觉得，我们正逐渐意识到，文明其实是人类心智的产物。”

那么，经过一万多年的进化，人类的心智是否有所进步呢?

农场主和他的亲戚们

离开大腹山，我沿着 90 号高速公路向西进发。一个多小时后，眼前出现了一条大河。“这就是幼发拉底河，你一定听说过吧？我们就在河边找个饭馆吃午饭吧。”司机穆拉德（Murad）对我说。他今年四十多岁，是一位艺术家，业余时间喜欢研究土耳其历史，自称是凯末尔主义的信徒。这次他专程开车带我来土耳其南部考察，一路上给我讲了很多关于土耳其的事情，并毫不隐讳地对现任政府的很多政策表示了强烈的不满：“这个政府背叛了阿塔图克（即凯末尔，土耳其国父）当年的教导，土耳其变得越来越糟糕了。”

我们站在河边朝对岸望去。这段河道并不宽，水流极为缓慢，河面上看不到一条船，安静得像一面镜子，河对岸密密麻麻的房屋倒映在河水中，仿佛时间都静止了。我从小学就知道，幼发拉底河和底格里斯河一道孕育了新月沃地这片文明的沃土，滋养了下游的美索不达米亚平原。这两条河均发源于安纳托利亚中部高原，水流量随季节变化很大，不利于航行，但落差大，适合发电。穆拉德告诉我，这条河的上游已经修建了六七个水坝，形成了好几个堰塞湖。土耳其政府还计划在未来的十年时间里在支流上再建造 1200 座小水电，因为土耳其近几年发展速度实在是太快了，能源极度短缺。

我们在河边找了家小饭馆坐下来吃午饭。土耳其食品种类非常丰富，肉和酸奶都是必有的，大饼绝对管够，蔬菜则喜欢生吃，绿油油的嫩菜叶和辣椒不蘸酱，直接送嘴里嚼。

幼发拉底河岸

“现在这个政府太不重视教育了，据说目前只有250万土耳其人经常阅读报纸，平均每10个土耳其人每年阅读1本书，也就是说，每人每年只读0.1本！”穆拉德一边嚼着生辣椒一边对我说，“阿塔图克当年费了很大劲儿改革土耳其的文字，就是为了提高识字率，如今又倒退回去了，再这样下去，土耳其的经济竞争力将大幅下降。”

穆拉德拿了份报纸给我看，我虽然看不懂土耳其文，但明显感觉信息量很小，因为报纸上大都是图片，文字极少，就连一篇专栏性质的文章也不超过50个单词，和中国报纸有着天壤之别。

“越是文盲，信教的比例就越高。一百年前的奥斯曼臣民根本不知道什么叫世俗化，大家全是虔诚的穆斯林，阿塔图克通过强硬手段硬是把这个状况扭转过来了，这是土耳其走向现代化的关键所在。”

“依靠专制制度来压迫宗教也不太好吧？现在的政府起码给了老百姓信教的自由，民主国家不都这样吗？”我问。

“你只看到了表面现象，没有看到本质。阿塔图克并没有取缔宗教，只是把宗教和政治分离开了。而且阿塔图克对所有宗教一视同仁，给了各种宗教相同的生存空间，现在的政府利用手中的权力推广宗教，但它有偏向，只让逊尼派自由发展，对其他教派则全力打压，不是真正的宗教信仰自由。”

吃完午饭，我们从桥上过河，来到西岸的一座名为尼兹普（Nizip）的城市，穆拉德的姐姐住在这里。这是一座中等城市，大概相当于邯郸在中国的地位。市中心不大，马路两边密密麻麻地布满了筒子楼，临街的一层则被改装成商店。如果不是街上行人中有不少戴头巾的妇女，这里几乎和任何一座中国内地城市没什么两样。

我正想着，耳边突然传来了诵经的声音。两幢居民楼之间居然有个清真寺，尖塔上安装了几个高音喇叭，诵经声就是从喇叭里传出来的，那声音在楼板之间来回反射，相当刺耳。

穆拉德的姐姐住在四层，电梯正好坏了，我们只好走楼梯，可楼道的电灯也坏了，黑乎乎的，穆拉德一个劲儿地道歉，可我完全没感觉，因为很多中国中小城市的居民楼都是这个样子的，那种感觉太熟悉了。

但是，当我走进他姐姐的家时，却被眼前的景象惊呆了。她家一共有 250 平方米，光是客厅就有两间，一间是招待客人用的，除了沙发和茶几外，什么电器都没有，墙上还挂

对岸的民居

土耳其农民卡迪尔夫妇和他们家的无花果园

着两幅用阿拉伯文抄写的《古兰经》片段；另一间是家里人自己用的，有电视，有音响，和中国老百姓家的情况非常相似。她家只有三口人，丈夫卡迪尔（Kadir）是个农民，依靠祖传的一块地生活。她自己不工作，照顾一个上高中的女儿。他们没有买房，这是租来的房子。房间无论大小都非常干净，这也是一般穆斯林家庭共有的特点。

“我们家境很普通，在尼兹普也就算是中等吧。”她补充说。

在我的要求下，他们开车带我去参观农场。我再次被震惊了，原来他从父辈那里继承了200公顷（约合3000亩）的土地，可惜大都是坡地，只能用来种无花果。他还开了个养牛场，养了二百多头奶牛，饲料都是从供应商那里买来的，牛棚里设施非常先进，从喷水降温到除粪全都实现了自动化。

养牛场雇了六个伙计，其中最小的一个才初中毕业，他不想读高中了，小小年纪就出来工作。“这种情况在土耳其很常见，读书其实并不是土耳其人的传统。”穆拉德偷偷告诉我。

卡迪尔是个典型的土耳其人，个子不高，皮肤黝黑，是个虔诚的穆斯林，牛圈的外墙上用土耳其语写着“真主保佑”。我们坐在院子里喝茶，穆拉德继续跟我控诉新政府的宗教政策，卡迪尔在一旁默默地听着，我好几次故意把战火引到他身上，问他怎么看待自己这个激进的妻弟，每次他都只是笑笑，不说话。我突然意识到自己对待穆斯林是有偏见的，像今天这样的情景我在很多西方国家经常见到，基督徒和无神论者完全可以坐在一起讨论家长里短，从来没觉得这是多么了不起的事情，为什么到了伊斯兰教这里就会觉得有些异样呢？

聊到最后，穆拉德说了一句总结性的话："虽然我骂了半天，但我心里很清楚，土耳其已经在民主的道路上走得很远了，不可能像某些阿拉伯国家那样，退回到伊斯兰原教旨主义者当政的状态了。"

喝完茶，卡迪尔带我上山参观他的无花果园，这地方的土壤质量确实很糟糕，全是小石子，耕作起来非常困难。事实上，整个土耳其南部都是如此，所以这里的土耳其农民很早就改种无花果了。卡迪尔不但从父辈那里继承了土地，就连果树都是祖上留下来的。树与树之间的间距很大，看上去很浪费，但这种安排便于用拖拉机犁地。因为种树的缘故，周围所有的山都是黄颜色的，看上去触目惊心。

"为什么一定要犁地呢？难道你们不担心水土流失吗？"我问。

"过去这里很少刮风下雨，我们不担心。可最近几年气候变了，又刮风又下雨，土壤的养分损失很大。"卡迪尔无奈地说，"也许祖上留下来的办法已经不适应现在的情况了，但我也不知道应该怎么办。"

正说着，我看到地上有块绿色的东西，捡起来一看，是一块陶器碎片，上面还留有花纹。"这是古罗马时期的陶片。"卡迪尔肯定地说，"这块地原来是罗马人的陵墓，我每回翻土的时候都能翻出很多这种东西。"

确实，要是比历史的话，还真没几个国家能比得了土耳其。但也许正是因为历史太悠久了，土耳其一直是背着包袱在前行。

加济安泰普的野心

离开卡迪尔的农场继续往西走，沿途满眼都是无花果树，以及夹杂在其间的少许橄榄树。无花果树的树冠很漂亮，像一口倒扣的钟，相比之下，橄榄树的树冠是分叉的，很像一个梳着分头的小流氓，难看至极，三毛作词的那首《橄榄树》实在是骗了很多人。

我要去的地方是加济安泰普（Gaziantep），这是土耳其南部最大的城市，其地理位置正好处于土耳其的正中间，其地位有点类似于中国的武汉。当车子驶近郊区的时候，路边的景象把我惊呆了。只见一片黄色的沙漠中突然出现一群高楼，无论式样还是外观颜色全都一模一样，它们密密麻麻地挤在一起，完美地诠释了什么叫做钢筋丛林。更绝的是，每幢楼顶上都挤满了各式各样的太阳能热水器，好像树顶上开满了花，样子非常滑稽。

“加济安泰普是土耳其发展速度最快的城市，这两年涌进来大批人口，房子不够住了，只好向郊区扩张。”我的地陪阿依库特（Aykut）向我介绍说，“土耳其人都说加济安泰普是土耳其的中国，因为这里的制造业非常发达。这里还是中东地区最大的进出口商品集散地，出口到中东的商品很多都是经过这里运出去的。”

阿依库特是加济安泰普一家报纸的老板，他今年六十多岁，皮肤较白，长得和西欧人完全一样，他年轻时曾经在英国留学很多年，说一口非常流利的英语，和他交谈时我完全没有身在土耳其的感觉。

据他介绍，加济安泰普的制造业以纺织品和食品为主，目前有超过10万名工人在这

远眺加济安泰普市

报纸主编阿依库特，他担任了我这次旅行的地陪

里的四个工业中心做工，去年的出口总额超过了50亿美元。《华尔街日报》2009年刊登的一篇文章将加济安泰普评为全球发展速度最快的十个城市之一，是土耳其唯一上榜的城市。而那份榜单的前三名都是中国城市，分别是广州、重庆和南京。

“我们最大的竞争对手就是你们中国，因为大家都是搞制造业的，而你们的人口多，劳动力素质高，价格低，我们打不过你们。”阿依库特说，“土耳其流传一个笑话，说我们总统派了2000万士兵去攻打中国，中国总统听说了这件事，第一个反应就是：赶紧给他们找旅馆。”

阿依库特带我去参观位于市中心的集市，从店铺的格局到里面卖的货品都和中国任何一座城市的小商品市场毫无区别。“我至今记得去年我妻子让我买台吹风机，家里那台坏的吹风机是土耳其产的，价值75土耳其里拉，结果我到集市里一看，中国进口的只要7.5

加济安泰普市的大巴扎（集市）

大巴扎内的一位小贩

里拉！这台中国产吹风机我一直在用，效果和原来那台没有任何区别。所以，任何一种商品，只要你们中国人开始做了，土耳其本土做同样东西的厂家立刻就得倒闭。”

阿依库特请我在市中心的一家名叫 Iman Cagdas 的餐馆吃饭，这家饭馆是加济安泰普最有名的饭馆，每天饭点时都挤满了人。阿依库特似乎很有面子，老板专门出来迎接，并给我们挑了一个最好的位子。坐下不久，服务员便端上来酸奶烧茄子、羊肉香肠、碎肉烤饼等各种拿手菜，以及一大堆新鲜蔬菜和小吃，最后又端上来一盘加济安泰普最有名的无花果仁蜜饼（baklava），用当地出产的小麦和无花果做的，香甜酥脆，让人欲罢不能。这

无花果仁蜜饼，香甜酥脆

家餐馆做的蜜饼极有名，每盒 2.2 公斤，在伊斯坦布尔的零售价是 50 欧元，分开单卖的话更贵，是加济安泰普的名片和创汇大户。

“上世纪末的时候这里还是一家只卖午饭的小餐馆呢，因为当时加济安泰普经济很差，没人出去吃饭，旅游业也很糟糕，没有游客。”阿依库特说，“当时正赶上附近修水库，挖出一座古罗马时期的古城，但因为马上要开闸放水，古城将再次被淹没。我听说了这件事，便邀请我的一位好朋友，波士顿大学教授史蒂芬 · 金泽尔（Stephen Kinzer）来加济安泰普参观。他是《纽约时报》特约撰稿人，回去就写了篇文章介绍这个古罗马遗址，称其为‘第二个庞贝’。2000 年 5 月的一期《纽约时报》发表了这篇文章，当年就吸引了超过 5000 名外国游客来此参观，加济安泰普一下子就出名了，Iman Cagdas 餐馆也跟着火了起来。”

这个阿依库特果然不简单，很懂得利用国际舆论为自己的家乡造势。加济安泰普市政

Iman Cagdas 餐馆

吉卜赛女孩镶嵌画

当局也很聪明，他们立刻拨出专款修建了一座博物馆，把出土的古罗马镶嵌画运到这里展出，并从文物中挑了一幅面容忧郁的女人头像重点推广，称其为“吉卜赛女郎”。如今这幅画已经成为了这座城市的名片，到处都能看到她的仿制品。

2012 年是土耳其的中国年，阿依库特想借此机会重复当年的奇迹，便邀请我访问加济安泰普。此后的几天里，他带着我去各处参观，和各种领导见面，我感觉像是回到了中国，很多场景都非常熟悉。比如，市中心的轻轨沿线铺着绿塑料做成的假草坪，路边乱停车现象很严重；街边有很多本地人开的品牌店，却都爱起洋名；居民区周围环境很不讲究，但家里都布置得非常考究；普通老百姓很爱国，喜欢看反映奥斯曼帝国生活的宫廷剧……

但是仔细观察，我也看到一些不同的地方。比如这里的领导们虽然也很爱打官腔，但也有几个能说一口流利英语的干练的年轻官员；这里烟民很多，但几乎没有人在室内抽烟；公交车很挤，但等车的人自动排成一排，很少有人加塞……这些特征，在埃及和突尼斯都是见不到的。

“土耳其毕竟实行了民主制度很多年，再加上凯末尔党人多年的世俗化和西方化政策，文明程度已经相当高了，伊斯兰原教旨主义那一套是不可能行得通的。”聊起伊斯兰教的现状和土耳其的未来，阿依库特和穆拉德的看法非常相似。不过他也对土耳其现在的宗教

位于土耳其境内的叙利亚难民营

难民营里的一个小女孩

状况感到担忧："我是穆斯林，但我也很讨厌每天用大喇叭播放祈祷词，不喜欢有些穆斯林名义上不喝酒，但偷偷买酒回家喝，这种撒谎行为才是最大的不敬，但现在有越来越多的穆斯林这么做。"

据阿依库特估计，土耳其目前有25%的人属于像他这样的自由派，另有15%的原教旨派，其余的都是墙头草。但土耳其人有宗教信仰自由，他所担心的只是宗教势力介入政治。"宗教自由这个口号在土耳其不是针对民众的，而是针对政府的。"他对我说，"我们报纸曾经刊登文章批评政府的宗教政策，结果遭到了官方的迫害。我认为伊斯兰教和民主制度是不相容的，可是我们现在这个政府想把这两者混起来，我不认为这么做能成功。"

我在加济安泰普的最后一天，阿依库特带我去了趟土叙边境，参观设在那里的叙利亚难民营。整个营地用铁丝网围起来，里面是一排排的白色帐篷，环境倒是非常干净，但很难想象里面的生活。我到的时候看见很多小孩在外面玩，大人们则躲在帐篷里聊天。几个叙利亚年轻人看见了我，冲上来对着我愤怒地挥拳头，好不容易遇到一个懂英文的人，我解释说我是记者，这才逃过一劫。这位翻译把我引到一座帐篷里，一群愤怒的年轻人抢着跟我说话，控诉政府军对他们的迫害。其中一人拿出手机给我看上面存着的照片，拍的是一座村庄被洗劫后留下的一排排尸体。

“土耳其人有个笑话：我喜欢所有的叙利亚人，除了你们的总统。土耳其和叙利亚原来都属于奥斯曼帝国，两国边境是人为划分的，这场内战爆发前两国边境挤满了做生意的人，热闹极了。”阿依库特对我说，“可是你看看现在，两个国家已经有了天壤之别。这就是民主化和世俗化带来的差别。任何人只要看看叙利亚就会明白，土耳其是不可能走回到过去的老路上了。”

复活节岛——人类的实验场

这是世界上最孤独的岛，它距离任何一个有人类居住的地方都很远。自从一千多年前被人类占领后，就和外界失去了联系，成为一个近乎全封闭的孤立体系。

自然科学研究者最让人羡慕的地方恐怕就是做实验了。在实验室里，科学家就是上帝，他们可以按照自己的意愿修改实验条件，随意摆布实验样品，并用各种方法测量样品出现的任何细微变化，最后得出自己的结论。

人文科学研究者就没有这么幸运了，他们不可能把人关起来随意摆布，而在真实世界中影响人类行为的因素又太多，很难控制，所以人文科学领域常常出现争议，谁也说服不了谁。这一点在历史学研究领域尤其明显，因为历史不但无法做实验，而且连假设都不能有，最容易出现“公说公有理，婆说婆有理”的局面。

复活节岛的出现，让历史学家们看到了一线希望。

这是世界上最孤独的岛，它距离任何一个有人类居住的地方都很远。自从一千多年前被人类占领后，就和外界失去了联系，成为一个近乎全封闭的孤立体系。这个岛的历史足够长，岛民们有充足的时间发展出灿烂的文明，这一点有八百多座体形巨大的石像为证；这个岛的面积足够大，岛民们分成了十几个部落，相互之间既有竞争又有合作，关系足够复杂；这个岛又足够小，历史学家们完全可以将其放在显微镜下仔细研究，直到弄清楚任何一样东西的来龙去脉。

像这样的地方，全世界独此一家，别无分店。

于是，复活节岛成了人类学家的宠儿，被公认为是研究人类文明发展史的最佳样本。

热力学第二定律告诉我们，一个绝对封闭体系内的熵总是在增加的，直到热寂为止，

复活节岛石像一般都安置在海边，脸朝内陆

要想避免死亡的出现，只有从外界吸收能量。换成人文科学的语言，这个定律的意思就是说，一个封闭社会最终一定会走向灭亡，除非去掠夺他人。当然我们绝对不能这么简单地套用物理学定律，因为人类社会不可能是一个封闭体系，它总是要和周围环境发生物质和能量的交换，这一点就连复活节岛也不能例外。但是类似的说法一直有很多拥趸，他们相信人类无法控制自己贪婪的本性，这就必然导致生态灾难。只有一个办法能够解决这个问题，那就是侵略别国，掠夺他人的资源。这一过程将不断在人类历史上重演，直到人类再也找不出侵略的目标为止，那时人类就将灭亡。

从某种意义上讲，人类历史发展到今天，确实一直在不断地验证着上述说法。

复活节岛基本上没有这个问题，因为岛太小了，资源也相当有限，岛民们无法转嫁矛盾，只能自己承担。于是，很多人将复活节岛当做是人类社会的缩影，把复活节岛的故事看成是人类文明发展的寓言。几乎每一本研究环保的书籍都会拿复活节岛作为案例，复活节岛变成了地球的象征。

有趣的是，同样一个复活节岛，不同的研究者却得出了不同的结论。

有一派认为，复活节岛上的土著照样会破坏生态环境，复活节岛就是被他们搞崩溃了。另一派认为，复活节岛民是“高尚的野蛮人”，他们敬畏大自然，把自己的家园管理得很好，最终导致复活节岛崩溃的是贪婪的西方人。

这两派观点的背后，是两种完全不同的世界观。这两个世界观同样各有拥趸，双方在很多领域都爆发了激烈的冲突，而且有愈演愈烈的倾向。

你到底相信哪一派的观点，取决于你到底是什么样的人。

换句话说，复活节岛的研究过程本身，也可以被看做是人类社会多样性的一个寓言。

石像的秘密

石像是复活节岛的名片，它们是谁制造的？出于什么目的？如何运输到目的地的？

2013 年 2 月 20 日圣地亚哥时间凌晨两点，我乘坐的智利航空公司波音 767-300 型客机在飞行了五个半小时后平稳地降落在跑道上。机舱内莫名其妙地响起一阵热烈的掌声，我身边的一位导游笑着对我解释说："这附近几千公里都找不到一个机场，万一出点毛病我们就都活不成了。"

我走出机舱，周围一片漆黑，只有零星的几点亮光。一阵微风吹来，居然略有凉意。我打开手机，信号良好，但卫星定位系统却失灵了，无法找到自己的坐标。我只能相信飞行员没有骗我，自己确实是在南纬 27° 09′ 30″，西经 109° 26′ 14″ 的交叉点上。

复活节岛，我终于来了。

太平洋中的孤岛

复活节岛是地球上最孤独的地方，距离此岛最近的有人居住的岛屿是位于西边 2075 公里远的皮特凯恩岛（Pitcairn Island），往东走的话，则要航行 3512 公里才能到达智利，即使是今天的大型游轮也要在海上走一周的时间，更不用说古代的那些帆船了。对于大航海时代的欧洲舰队来说，能在茫茫大海中找到这个岛，这件事本身就足以称得上是一项了不起的成就。

可以想象，当欧洲人初次登上这个大洋中的孤岛时，居然发现这里早已有人居住，一定惊讶万分。事实上，直到20世纪时还有人不相信岛民来自东南亚诸岛，他们认为那是一片荒蛮之地，不可能发展出如此先进的文明，所以岛民一定是来自南美洲的某个高级人种。1947年，一个名叫托尔·海尔达尔（Thor Heyerdahl）的挪威人类学家兼探险家利用南美当地材料制作了一个简易木筏，取名“康提基号”（Kon-Tiki）。海尔达尔和助手们驾着它由东向西横跨太平洋，102天之后终于抵达位于太平洋中部的图阿莫图岛（Tuamotus）。他将这次经历写成了一本畅销书，还拍了部电影，在西方世界影响很大。他之所以这么做，就是为了证明自己提出的南美移民理论，他认为复活节岛民来自南美洲的秘鲁，因为他不相信源自东南亚的波利尼西亚人能够发展出如此复杂的文化。

事实证明他错了。考古学、语言学和基因学证据都准确无误地表明，复活节岛民来自西边，是波利尼西亚人的后代。

波利尼西亚人源自中国的台湾省，大约从公元前2000年开始向海外扩张，用了大约3000年的时间逐个占领了太平洋上几乎每一个适合人类居住的海岛，谱写了一段人类迁徙史上最为可歌可泣的壮丽史诗。因为对这段历史缺乏了解，早期历史学家曾经根据原住民肤色的深浅将这片广大的海域划分为美拉尼西亚（Melanesia，黑肤色人居住之岛）、密克罗尼西亚（Micronesia，小岛群岛）和波利尼西亚（Polynesia，多岛群岛）。如今上述分类法已经过时，代之以“近大洋洲”（Near Oceania）和“远大洋洲”（Remote Oceania）这两种分类法。它们大致以所罗门群岛为界，西边的是近大洋洲，早在三万年之前就有人类居住了。所罗门群岛以东的诸岛，包括今天的瓦努阿图、斐济、汤加和萨摩亚等群岛，则直到5000年前开始才逐渐被波利尼西亚人占领。

地理学上有个“波利尼西亚三角”的说法，即以夏威夷岛、新西兰岛和复活节岛为端点画一个三角形，所包含的广大空间几乎全都是波利尼西亚人的天下。换句话说，复活节岛位于这个“波利尼西亚国”的边缘，属于被遗忘的角落。考古学界的主流观点认为，早在一千多年前，一群波利尼西亚人漂到这个岛上，从此便与世隔绝，独立生存了近千年。

如果真是这样，他们绝对可以称得上是全世界最孤独的一群人。

现代科技极大地减轻了复活节岛民的孤独感。1951年，智利政府在岛上修建了一条

400 米长的飞机跑道，从此人类可以坐飞机上岛了。此后美国航空航天局（NASA）又将跑道延长至 3.3 公里，准备将其作为航天飞机的备降地点。如今这条跑道转为民用，每周有十四个航班从圣地亚哥、利马和大溪地等处飞到岛上，像我这样的普通游客终于可以不费吹灰之力登岛游览了。

几乎所有岛民和游客都住在汉加鲁阿（Hanga Roa），这是岛上唯一的市镇，宽阔的柏油马路两旁是各种旅馆、百货商店和饭馆，所有的建筑物均不超过两层。这里白天非常安静，一到晚上就热闹起来，棕色皮肤的年轻人骑着大马力摩托车呼啸而过，人行道上全是身穿花衬衫和夹脚拖鞋的游客，饭馆里竞相播放节奏欢快的波利尼西亚流行歌曲，吸引客人进来用餐。走在大街上，我一点也感觉不到自己身处孤岛，复活节岛本应具备的独特气质被现代文明抹掉了。

我也像大多数游客一样，加入了一个旅行团。导游名叫克里斯蒂娜（Cristina），会说英语、法语、西班牙语和当地土语，但长得却不像波利尼西亚人。“我的身体里混有英国、法国、西班牙和中国等好几种血液，不过我是在岛上长大的，我的祖母是纯的复活节岛人。”她对我说，“因为岛上没有大学，所以中学毕业后我去大溪地上大学，学习旅游业，毕业后又回来了，我喜欢自己的家乡。”

旅行团的面包车从各个旅馆接上散客，开向第一个目的地。路上克里斯蒂娜为我们讲述了复活节岛民的由来。根据她的说法，最早的岛民来自太平洋中部的马克萨斯群岛（Marquesas），当地的一位名叫胡图马图（Hotu Matu）的酋长为了逃避内战，派遣七名勇士乘坐小船出海寻找新的聚居地。出发前祖先托梦给他，为七名勇士指明了复活节岛的方向。七个人历尽千辛万苦，终于找到了复活节岛。他们在岛上补充了粮食和饮水后，驾船返回，向族人报信。胡图马图当即决定建造两艘双体帆船，每艘可搭载三十人，船上还装载了各种农作物以及波利尼西亚鸡。在七名勇士的引领下，他们顺利到达复活节岛。胡图马图的船在北侧的一个白色的沙滩上登陆，然后便留在原地，并自封国王。他的妹妹则指挥另一艘帆船绕到岛的南边靠岸，将此岛分成了南北两大阵营。

但是，考古学家们的版本则是另一个样子。遗传学和语言学的分析结果显示，复活节岛民很可能来自马克萨斯群岛或者附近的芒阿雷瓦岛（Mangareva，隶属于法属波利尼西亚的甘比尔群岛)。但是在这个版本里，并没有“七勇士”的说法，而是一群波利尼西亚岛民偶然发现了复活节岛，从此便再也没有回去过，老家的人也从来没有派人过来探望过他们，这些先驱者从此便与世隔绝了。专家们的理由是，全世界其他地方均找不到任何关于复活节岛的记载，复活节岛上也从没发现任何证据显示有第二次登陆，或者有来自其他地方的物品。比如，猪是波利尼西亚人最为看重的家畜，但复活节岛上至今没有找到猪的痕迹，假如有多次交流的话，很难想象复活节岛人没有把猪带过来。

这两个版本之所以不一样，关键在于信息来源有所不同，前者来自口口相传的民间传说，后者来自西方考古学家的研究成果，两者各有拥趸，争执不休。类似的争执在涉及第三世界的历史和原住民的民俗等问题上屡见不鲜，在复活节岛的问题上则表现得格外明显。关于这个岛的历史存在很多不同的版本，你相信哪个版本，基本上就代表了你是哪一类人。

究其根源，这种争执代表了东西方两种世界观的对立，其内涵已经远远超出了学术争论的范畴。

这两个版本有一个共同的关键因素，那就是波利尼西亚人的航海技术。两千多公里无补给的航海有可能实现吗？答案是肯定的。波利尼西亚人虽然没能制造出宽体船，但他们将两艘独木舟连接起来，极大地提高了平衡和运输的能力。因为常年生活在海上，波利尼西亚人学会了利用星座导航，以及如何通过洋流的方向和云层的变化来识别远方的陆地。据说一名波利尼西亚水手可以把脚伸到水里感知被陆地折射回来的细浪，也可以通过鸟类的飞行状况判断出陆地的远近，因为很多海鸟都是白天出来觅食，晚上返回海岛休息。

即便如此，从出发地到达复活节岛也很可能需要数月的时间，如此长距离的航行是非常危险的，成功率一定很低。无论最初有过几次登岛，复活节岛民在相当长的时间里与世隔绝，这一点是毫无疑问的。那么，岛民们靠什么打发这漫长的岁月呢？答案就是制造石像。

石像建造的秘密

旅行团的第一站是位于汉加鲁阿不远处的一处古代遗址，首先映入眼帘的就是海边上立着的一尊石像，虽然我已经在书和电视上见过多次，但第一次看到实物，心里还是很激动的。毫无疑问，石像是复活节岛最大的名片，这个岛的历史再复杂再精彩，如果没有了石像，其吸引力也要大打折扣。

从远处看，这尊石像和照片上常见的石像没有差别，眉骨突出，眼窝深陷，鼻子挺直，嘴唇紧闭，耳垂很大，头上顶一个类似象棋子的红色帽子，两手撑在腰间，手指细长。走近观察，我发现这尊石像和我想象的不太一样，首先，它并不高大，不是我想象中的庞然大物；其次，它并不是面朝大海，而是对着内陆；第三，它居然是有眼睛的！

“复活节岛原住民称石像为摩艾（Moai），你们看到的这尊摩艾是美国考古学家威廉·穆洛伊（William Mulloy）于 1974 年重新竖立起来的，被认为是所有石像当中最标准的一个。”导游克里斯蒂娜介绍说，“穆洛伊教授是公认的研究复活节岛的权威，他从 1955 年开始长期住在岛上，复活节岛之所以能受到全世界的关注，和他的研究与推广密不可分。”

通过克里斯蒂娜的介绍，石像的秘密逐渐被揭开了。首先，我们必须从历史的角度来看待它。眼前这座石像高 5 米左右，对于见惯了摩天大楼的现代人来说它确实不算高大，但对于手无寸铁的波利尼西亚人来说，建造这样的石像难度确实很大，这就是为什么瑞士人丹尼肯在他那本流传甚广的《众神之车》中把复活节岛石像当成是外星人的杰作，并以此来证明他的外星人理论。实际上，石像只不过是复活节岛人制造出来纪念祖先的，代表着波利尼西亚文化当中流传甚广的祖先崇拜。除此之外，石像还与迷信有些关系，波利尼西亚人相信世间万物都需要借助一种神秘的力量“玛纳”（Mana）才能运行，死去的酋长们具备这样的神力，建造这些石像的目的就是希望老酋长们把玛纳传给下一代，保佑自己的部落风调雨顺，国泰民安。

这个说法同时也解释了石像为什么面对陆地。在我的充满文艺色彩的想象中，复活节岛人与世隔绝，一定每时每刻都盼望着有人从海上前来搭救他们，所以才建造了石像表达自己的期盼之情。可惜这个想法是我的一厢情愿，岛民们不可能有那种浪漫的想法，他们孤独地生活了近千年，很可能根本就不知道外面还有个全新的世界，他们需要考虑的只是如何过好眼下的日子，甚至只是如何活下来。

那么，石像为什么会有眼睛呢？在早期的照片里，石像都是没有眼睛的。石像之所以给人以神秘的感觉，和这个空洞的眼窝很有关系。最先给石像安上眼睛的是一位名叫塞尔吉奥·拉普（Sergio Rapu）的人类学家，他是复活节岛人，今年63岁，年轻时在穆洛伊教授的指导下学习人类学，并在美国的怀俄明大学拿到了人类学学士学位，后来又在夏威夷大学拿到了人类学硕士学位，是全世界唯一一位既有复活节岛原住民背景，又受过专业人类学训练的学者。后来他受邀担任了夏威夷大学波利尼西亚研究中心主任，试图通过研究复活节岛，总结出一套人类社会的发展规律。如今他已退休，回到家乡开了家旅馆，同时准备撰写一本书，分享自己多年的研究心得。我这次专门去拜访了他，和他谈了三个多小时，获益良多。在他看来，人类学研究中的本土派和西方派都有各自的问题，必须将两者结合起来才能最大程度地接近真相。

石像眼睛这件事就很好地验证了这一点。拉普回忆说，1978年的某一天，他在挖掘石像的时候挖出了几块白色的珊瑚礁碎片，他不知道这是做什么用的，便扔在一边。第二天他突然想起，附近海岛的岛民一直有个说法，说天边有个神秘的岛，岛上有个Mata ki Te Rangi，翻译过来大致意思就是“望着天空的眼睛”。他原以为这指的是复活节岛上的一座圆形火山湖，但那天他突然灵机一动，试着将珊瑚礁碎片拼接起来安放到眼窝里，没想到居然正合适。随后他又在现场发现了一些黑曜石碎片，拼起来正好可以作为黑色的瞳仁。于是他提出了一个新的观点，认为石像原本都是有眼睛的，只有安上了眼睛，祖先们才能复活，才能保佑自己的子民。

“发现了眼睛的秘密后，我和同伴们连开了两天庆祝派对。”拉普兴奋地对我回忆道，“我记得我当时对他们说，我们终于让石像复活了，我们也要让祖先留下的文化在我们手里复活。”

拉普提出的观点如今已被主流人类学家所接受，沉睡了几百年的石像终于有了生命。

为了得到祖先的保佑，这些复活节岛先民真是费尽了心机。石像本身还不算什么，最大的工程其实是石像的基座，当地人称之为阿胡（Ahu）。阿胡是所有祭奠仪式的中心，最大的阿胡是位于复活节岛东南角的汤加里奇阿胡（Ahu Tongariki），长达165米，上面立着15座石像，视觉效果相当震撼。1980年智利地震引发的海啸冲垮了这个阿胡，一家

这是一个标准的石像，有帽子和眼睛

生产起重机的日本公司为了宣传自己的品牌，出钱将其修复。

这就引出了一个问题：既然石像必须用起重机才能立起来，古人是如何制造并运输它们的呢？这个问题放在地球上其他任何地方大概都很难得到肯定的回答，但在复活节岛这个全世界最孤独的地方却要容易得多，因为岛民和外界之间几乎没有发生过任何物质和信息交换，岛上所有的东西全都来自本岛，只要耐心寻找，任何东西都能找到源头。

石像当然也不例外，甚至连红帽子也找到了准确出处。克里斯蒂娜带我们来到复活节岛西南角的一处名为普纳泡（Puna Pau）的火山口，山体的一侧被挖开了，露出了一大片红色的岩石，这是岛上唯一出产红色岩石的地方，石像头顶上的红帽子全都来自这里。岩石附近还有几个没运走的半成品，我摸了一下，发现其内部有很多小孔，质地松软，易于挖凿，推测其比重也比较小，不像我想象的那样重。在当地土语中，红帽子叫做普考（Pukao），最大的普考高 2 米，直径超过了 3 米。只有地位极高的酋长的石像才能配一个普考，这是一种身份的象征。

汤加里奇阿胡是现存的石像数量最多的阿胡

石像的主体部分则来自复活节岛东边的一个巨大的火山湖，这个名为拉拉库（Raraku）的火山湖外侧有一大片凝灰岩，质地松软，是制作石像的绝佳材料。岛上超过90%的石像都来自这个采石场，如今这里仍然保留着三百多尊未完成的石像，它们分别处于制造过程的各个阶段，研究者可以从头到尾地观察到石像制作工艺的整个流程，丹尼肯的外星人理论不攻自破。

简单来说，工人们事先在山坡上凿出石像的正面，然后再在石像两侧凿出一道沟，好似战壕一样，宽度仅能容下一人。然后工人们钻进这道壕沟，继续从两侧往里凿，仅留一个脊柱一样的长条和山体相连。之后工人们在这根脊柱上凿出很多小眼，像撕邮票一样将石像释放出来，沿着山坡滑进事先挖好的一个深坑，此时石像自然站立起来，工人们再把后背磨平，一尊石像就算雕刻完成了。

从制作工艺的角度看，复活节岛石像好似一条流水线上组装起来的汽车，虽然细节略有差别，但整体风格完全一致，仿佛是用一个模子刻出来的。不过，考古学家曾经在拉拉库采石场挖掘出一尊不一样的石像，头是圆形的，身体呈跪姿，和其他石像非常不同。碳14鉴定表明，这尊石像属于复活节岛早期的产品，看来最初的石像雕刻者们还是很有个性的，但因为某种原因，后来者们逐渐放弃了艺术追求，一味追求效率，最终导致了大部分石像在艺术上乏善可陈的局面。

“石像这个概念本身并不是复活节岛人的发明，大部分波利尼西亚群岛都有这个习惯。”克里斯蒂娜告诉我们，“不过复活节岛石像无论是数量还是体积都大大超过了其他波利尼西亚岛的类似石像，这就是为什么当年登岛的欧洲海员都被巨大的摩艾惊呆了。”

据克里斯蒂娜介绍，复活节岛上已经发现的八百多座石像平均高度超过了4米，平均重量约为12.5吨，最大的一尊石像高21.8米，重达160吨～180吨！不过这尊外号叫做“巨人”的石像至今仍然留在采石场，工人们还没有将其从山体上分离出来就放弃了。根据考古学家们的估算，因为制造和运输的难度太大，一尊石像从雕刻完成到最终运到目的地，平均需要花费一年的时间。

那么，为什么复活节岛民愿意花费这么多时间和精力去造石像呢？我小时候认为这是因为复活节岛太小了，再加上岛民们与世隔绝，整天没事做，需要精神慰藉。当然人类学家们不会像我这么天真，一种意见认为，石像代表着岛民寻求祖先庇护的渴望，是用来威慑敌人的。随着人口的增加，资源日渐短缺，各个部落之间的武力冲突不断升级，对超自然神力的需求也日趋强烈，石像便越做越大了。另一种意见认为，石像是部落首领炫耀武力的方式，各个部落之间互相攀比，其结果同样是石像越做越大。

拉普不同意上述观点。“部落之间的竞争肯定是存在的，波利尼西亚人向来喜欢炫耀自己的力量，但是对于像复活节岛这样的小岛来说，摩艾和阿胡无疑都是超级大工程，需要大量人力资源，只有统一的国家才能做到。”拉普对我说，“欧美考古学家们这么想不奇怪，因为不同国家之间的竞争贯穿了整个欧洲史，欧洲人习惯了从竞争的角度思考问题，并把这套思路套用在其他人身上，可复活节岛不是欧洲，岛民们经常连饭都吃不饱，拿什么来竞争？”

拉普告诉我，复活节岛在很长的时间里一直是有国王的。根据民间传说，当年第一

拉拉库火山口内有一个不大的淡水湖，
这是岛上仅有的两个淡水湖之一

个上岛的酋长胡图马图在临死前把全岛分成十二份，分别分给了自己的八个儿子和四名重要的随从，从此这个岛就被分成了十二个部落，各自崇拜自己的祖先。后来，就像很多国家的历史一样，这十二个部落又按照等级和经济关系的亲疏而分成了南北两大派系，彼此间明争暗斗了很多年。虽然如此，部落之间相互合作的情况远多于相互竞争，因为岛太小了，无论是耕地、水源还是渔场、采石场等资源的数量都极为有限，除了合作之外别无他途。

就拿石像来说，身体和帽子的材料分别来自一处采石场，其他地方没有，所以石像的建造肯定是一个相互合作的过程，甚至有可能是由同一群工匠包办的。他们有可能类似于现在的承包商，接收来自各个部落的订单，然后按照要求制造出相应的产品。

那么，石像为什么越做越大呢？传统人类学家认为，只有当一个社会有足够多的剩余食物和多余资源时才能动员到足够多的劳动力来进行这样的大工程，可拉普不同意这个观点，他相信只有当人口增长超过了一定规模，导致资源短缺，劳动力变得越来越廉价后，才有可能进行这种大规模的公共建设，中国、埃及和墨西哥都有这样的例子。

"中国是史前文明当中人口第一个达到如此规模的国家，所以中国人很早就经历过这样的事情，长城不就是这么修起来的吗？很多大型水利工程也是这么修起来的。"拉普对我说，"复活节岛因为太小，人口很快超过了限度，劳动力变得越来越廉价，越来越富余。其他国家如果发生了这种事情，就会组织大家修水利工程或者开荒造田，增加粮食生产，如果还不行，就组织远征军去侵略别的国家，以此来释放人口压力。对于复活节岛来说，这些方法都不可行，于是国王只能依靠建造石像的办法来消化剩余的劳动力，这就是为什么石像建造的高峰期出现在17世纪，那恰恰是岛上人口最多、食物最为缺乏的时期。"

换句话说，拉普认为石像越来越大是资源匮乏的结果而不是原因，这一点和目前流行的说法正相反。

石像运输的秘密

石像造好后，任务才完成了一半。要把这些庞然大物运到十几公里之外的安置地点，就连拥有吊车的现代人都要费一番功夫，更何况连轮子都没有的波利尼西亚人？于是，石像的运输方式就成了复活节岛迄今为止最大的一个谜。

1955年，挪威探险家海尔达尔曾经尝试过把一尊9吨重的石像放倒在地上用绳子拉，证明石像确实能够被人力拖动，但这个方法很容易损伤石像，没人相信古人真的会这么做。

之后学者们又提出了几种方法，尤以美国人类学家乔安·冯·提尔伯格（Jo Anne Van Tilburg）提出的"树干轨道拖拉法"最为流行。提尔伯格教授曾经在复活节岛上做过多年研究，被公认为是研究复活节岛石像的权威。她认为工人们先是将石像平放在一条用树干做成的轨道上，再用树皮制成的绳索绑住石像，一点一点往前拉，树干轨道起到了轮子的作用，拉起来会比较省力，甚至还可以上坡。为了证明自己的假说，她曾经组织过一批志愿者在岛上做过一次试验，证明此法确实可行，只不过相当费劲。石像运到目的地后还必须将其竖起，这需要很大的力气才行。最后志愿者们利用了杠杆原理，用树干将石像撬起一点，然后在下面垫土，再撬起一点再垫土，重复多次后终于把石像立了起来。

这个方法大概是很多人的第一直觉，在很长一段时间里一直被主流考古学界视为定论。此法需要消耗大量木材，因此提尔伯格顺便提出了复活节岛森林消失的“石像搬运学说”，她认为复活节岛人为了搬运石像，逐渐将岛上所有粗大的树木都砍光了。美国著名人类学家和科普作家贾雷德·戴蒙德（Jared Diamond）深受提尔伯格影响，他在2008年出版的畅销书《崩溃》（*Collapse*）中大量引用了提尔伯格的观点，指出复活节岛各个部落之间为了荣誉而进行的石像攀比行为是导致森林消失的主要原因。换句话说，他认为复活节岛人是自己把自己给害死了。

但是，提尔伯格的这个理论遭到了不少人的质疑，克里斯蒂娜就是其中的一位：“岛上有个流传很久的传说，说石像是在玛纳神力的帮助下自己走到阿胡上面去的。”她引导大家注意看采石场周围散落的几尊石像，它们都是在运输过程中被遗弃的，好几尊都是脸朝地，如果石像是平躺着被运走的，很难想象工人们会将其脸朝地。

曾经有人统计过岛上所有被遗弃石像的姿势，发现上坡的石像大都脸朝上，下坡的石像正相反，平地上的石像则两者一半对一半。从这个统计数据来看，石像确实很可能是站着被运走的。

“我早在1981年就提出石像应该是站立着被移动的，原因除了那句关于玛纳帮助石像行走的古老传说外，还有我自己的观察。”拉普对我说，“我仔细比较过各个时期各种大小的石像，发现它们有一个共同规律，那就是体积越大的石像重心越低。我相信这是有原因的，目的就是为了让石像能站立着前进。另外，倒在运输途中的石像的底座不是平的，而是有个弧形，我相信这是为了让石像能够左右摇摆，所以我相信石像是摇摆着前行的。”

1984年，海尔达尔再次上岛考察。他听到拉普的这个理论后决定再试验一次，便组织了一帮人把那尊9吨的石像立起来拖着走。不过他们采取的是类似搬冰箱的方法，即在地上来回拖行，结果表明此法虽然可行，但相当费力，不但只能走平地，无法上坡，而且

建造石像的工厂

还会损坏石像的底部，因此不少人对这个方法持怀疑态度。

2011年，两位美国人类学家特里·亨特（Terry Hunt）和卡尔·利珀（Carl Lipo）决定再次进行试验，他们制作了一尊5吨重的石像模型，然后把志愿者分成三组，分别从左右两侧和后方拉住石像，让石像左右摇摆起来，证明这种方法可以很容易地让石像向前走，而且不会损坏石像的基座。美国国家地理频道将试验过程拍了下来，制作成一部纪录片，宣称石像运输之谜终于被破解了。

“特里和卡尔都是我的朋友，那部片子的摄制组当时就住在我的旅馆里，很多主意都是我给他们出的。”拉普对我说，“我已经退休了，不用在学术圈子里混了，所以我愿意把自己知道的事情无偿贡献出来。在我看来，石像直立行走是复活节岛民对人类文明所做的最大贡献。”

但是，和石像的制造过程不同，石像的运输过程没有留下确凿的实物证据，这个问题注定还将争论下去，也许永远不会有答案。正如提尔伯格教授在一部纪录片中所说的那样，复活节岛人很可能采用了不同的方式运输不同的石像，我们完全不必在这个问题上浪费太多时间，我们只需知道，这是一个伟大的民族，岛民们运用自己的聪明才智创造出了灿烂的文化，在人类发展史上写下了浓重的一笔。

结语

不管复活节岛人到底采取何种方式制造和运输石像，有一点可以肯定，那就是成功率不高。据统计，岛上已经找到的八百多尊石像当中，只有不到150尊石像顺利地运到了目的地，其余的不是尚未完工，就是被遗弃在了路上。如果拿现代化工厂的标准来衡量的话，复活节岛的石像流水线次品率太高了，资源浪费现象十分严重。

更糟糕的是，这150尊石像后来又都被人推倒了。自从1864年最后一尊石像被推倒之后，岛上就再也没有一尊石像是站立着的了。这种情况持续了一百多年，直到穆洛伊教授上岛为止。在此之前，人们只有到拉拉库采石场才能看到站立着的石像。这里还留有不少刚刚完工的石像，它们的下半身埋在土里，地面上的部分歪歪斜斜，给人一种身处地狱的奇特感觉。

这个采石场是复活节岛上最值得参观的景点之一，我参观了一次不过瘾，后来又租了辆摩托车开到这里，独自一人待了很久，想象当年工人们工作的样子，耳朵里仿佛听到了石头敲打岩壁的声音。对于一个不熟悉复活节岛历史的人来说，采石场的景象很像是突然遭遇到某种灾难，工人们一夜之间全跑光了。所以很多人一提到复活节岛的衰败，总喜欢用“崩溃”这个词来形容。

但是，实际情况并不是这样，那些未完成的石像只不过是因为一些瑕疵而被工匠们遗弃了而已。事实上，复活节岛的衰败是一个漫长的过程，崩溃绝不是在一夜之间发生的。

天　灾

复活节岛的崩溃，与脆弱的生态系统很有关系。

汉加鲁阿镇附近有个靠海的山洞，当地人称之为“Ana kai Tangata”，这是个波利尼西亚语词汇，可以有两种不同的译法：“人吃洞”和“吃人洞”。如果你相信前者，这就是个吃饭的地方，没什么了不起的。如果你相信后者，这个山洞就变成了杀人的场所，是个人吃人的地狱。

复活节岛本身也像这个山洞一样，存在两种解读。有人认为岛民破坏了岛上的生态环境，最终导致崩溃。另一些人则认为岛民们把这个岛管理得不错，根本不存在什么生态崩溃，最终把复活节岛毁掉的是欧洲人。

这两派意见代表了两种不同的政治立场，至今争论不休。你相信哪一方，取决于你到底是一个什么样的人。

脆弱的生态系统

复活节岛的历史，必须从岛的形成开始讲起。

从地图上看，复活节岛很像是一个等边钝角三角形，钝角指向西北偏北方向。三个边长分别为16、17和24公里。地质学研究显示，这个岛是由三个相邻的海底火山喷发而形成的，它们分别位于三角形的三个角上。其中最早的火山喷发于300万年前，最晚的喷发于 20 万年前，其间还有上百次小型的火山喷发，最晚的一次大约发生在 10 万年前。因为岩浆的反复堆积，复活节岛的地形并不像其他太平洋火山岛那样陡峭，而是相当平缓，任意两点之间几乎都可以走直线到达而不必绕远，这就为复活节岛各部落的相互合作创造了十分有利的条件。

300 万年看似久远，但在地质学的词典里，这是个年轻的词语。那时太平洋已经成形，复活节岛从出生那一刻起就注定将是一个远离大陆的孤岛，这一特点决定了通过自然方式上岛的动植物种类相当有限，生物多样性很低。复活节岛的纬度也较高，大致和中国的台北市相当，因此这里的冬天也很冷，最低温度不到 10℃，很多在热带海岛生长良好的树木，比如对于波利尼西亚人非常重要的椰子树和面包树，以及两种最适合用来制造独木舟的棕榈树，都无法在复活节岛上生长。

火山岛是由炙热的岩浆遇冷凝结后形成的，岩石中间的孔洞很多，渗水性能良好，所以即使复活节岛年降水量高达 1760 毫米，但仍然存不住水。岛上没有永久性河流，只有三个火山湖，但是对于岛民来说，三个湖是不够用的，尤其是农业用水更是紧张。所以拉普认为，复活节岛最大的制约条件其实是淡水资源，不是食物。如今的复活节岛下面修了暗堤，将渗入地下的雨水收集起来供居民使用，终于不用担心缺水了。

复活节岛所处的南太平洋本来就是多风地带，再加上缺乏高山屏障，岛上的风很大，风暴来袭之时，碗口大的树也能被连根拔起。

虽然存在很多困难，但是生命的力量是强大的。研究表明，在人类上岛之前，复活节岛上至少有 45 种植物，包括几种棕榈树和针叶树，总量很可能高达 1600 万棵之多，它们覆盖了整个复活节岛，将其变成了温带雨林。其中分布最广的一种棕榈树很像智利的酒棕榈树(Jubaea chilensis)，不但果实可供食用，而且最高可以长到二十多米，直径 1 米以上，完全可以用来制造独木舟，或者用作建筑材料。岛上虽然没有任何哺乳动物，但生活着大量昆虫和爬行类动物，它们为鸟类提供了取之不尽的食物。复活节岛是鸟类的天堂，人类上岛之前这里曾经生活着几百万只鸟，其中包括 10 种以上的陆地鸟，另有 25 种海鸟定期在此筑巢产卵。

也就是说，对于最初上岛的那几十名波利尼西亚移民来说，复活节岛就是一个天堂。

但是，有充分的证据显示，波利尼西亚人不是一个盲目迁徙的民族。以往的经验告诉

复活节岛上的树大都被砍光了，只剩下杂草和低矮的灌木

他们，不同的太平洋海岛之间差别很大，有些岛没有合适的动植物支持人类生存，所以波利尼西亚人在迁徙之前一定会带上他们熟悉的农作物的种子或者幼苗，其中包括香蕉、大蕉、芋头、地瓜、甘蔗、南瓜和葫芦（可以用作盛水的器皿），以及好几种适合用来造船的棕榈树的种子。另外他们还会带上猪和波利尼西亚鸡，它们是波利尼西亚人最可靠的动物蛋白质来源，在波利尼西亚文化中享有很高的地位。这样一来，一旦发现条件合适的海岛，就可以迅速发展生产，保证先期上岛的人有充足的粮食和生产资料。

这些动植物在人类的帮助下，往往比野生物种更具竞争力。于是，随着太平洋诸岛逐个被波利尼西亚人占领，已经在孤岛上生活了千百万年的各种珍稀动植物便迅速地被外来物种所取代，太平洋地区经历了一次史上绝无仅有的物种大灭绝，这一过程比人类在地球其他地方的扩张更加残酷。比如在复活节岛，几乎每一寸土地都曾经被开辟成了农田，岛上的原有植物根本无法与之竞争。

值得一提的是，位于太平洋赤道附近，靠近中北美洲国家厄瓜多尔的加拉帕戈斯群岛（Galapagos）侥幸没有被波利尼西亚人发现，岛上的动植物得以幸免于难，为人类保留了一个完好无损的微型进化实验室。年轻的达尔文正是受到了这个群岛动植物分布模式的启发，在头脑中形成了自然选择理论的雏形。

复活节岛可就没这么幸运了。如今这个岛上所有的陆地鸟已经全部灭绝了，25 种曾经在此筑巢的海鸟仅剩下一种，其余的也都绝迹了。岛上的绝大多数原生植物也都已灭绝，包括那种用途广泛的智利酒棕榈近亲。

所有太平洋海岛中，只有一个岛上完全找不到鸟类，这就是复活节岛。也只有一个岛几乎没有一棵树，答案也是复活节岛。

所有这些变故，都是在波利尼西亚人上岛后不到 500 年的时间里发生的。

那么，波利尼西亚人到底是何时上岛的呢？过去的研究显示，早在公元 400 年左右这个岛上就有人居住了，但是后续研究发现早期的碳 14 鉴定结果不甚准确，人类首次上岛的时间被推迟到了公元 800 年左右，这个结论和岛上的民间传说较为吻合，现已被大多数人类学家所接受。但是最近又有新的研究将日期进一步推迟到了公元 1200 年，和波利尼西亚人占领新西兰岛的时间大致相当，不过这个结论尚未得到其他证据支持。

不管怎样，新西兰岛和复活节岛肯定是波利尼西亚人最后占领的太平洋岛屿，但是两者的原因很不相同，前者是因为纬度太高，不在正常迁徙的路线上，后者则是因为距离太远，需要在海上漂泊的时间太长，风险太大。目前没有确凿证据显示岛上曾经有过猪，很难想象波利尼西亚人迁徙前没有把如此重要的物种带上，因此人类学家们相信猪在漫长的海上航行过程中被吃掉了。

于是，复活节岛人失去了一个重要的动物蛋白质来源。

另一个缺失的动物是狗。狗对于人类的重要性一点不亚于猪，但复活节岛上同样没有狗的痕迹，说明狗也很可能死在了迁徙途中。

幸好早期移民成功地把鸡带到了岛上，波利尼西亚老鼠也藏在独木舟里被带上了复活节岛（也有一种说法认为老鼠是波利尼西亚人故意带去的，它们已经被驯化了），于是岛民们有了两种可供食用的陆地动物。但是，根据波利尼西亚人的传统，像鸡和老鼠这类驯养动物平时只供贵族食用，普通老百姓只能在过节时享用，他们平时的蛋白质来源主要依靠野生动物，比如鱼虾、贝类和海鸟等。

依靠他们带去的这些动植物，波利尼西亚人逐渐在复活节岛上扎下根来，人口迅速增加。那么，岛上最多时住了多少人呢？这个问题很难回答。有人根据房屋遗址的数量，估算出岛上最多时曾经同时生活着三万人，但也有不少人类学家不同意这个估算法，他们得出的数字是6000人。考虑到复活节岛的总面积约为163平方公里，其中大部分地方都可以耕种，即使有三万人也不能算多，人口密度并不比其他波利尼西亚群岛更高。

问题在于，复活节岛缺乏其他太平洋岛屿的一个重要条件：珊瑚礁。

按照地质学术语，复活节岛属于“高火山岛”（High Vocanic Island），虽然海平面以上的部分很平坦，最高点的海拔仅有512米，但海平面以下的部分下降得非常快，岛周围的海洋平均深度为3475米。如此深的海床是不可能有珊瑚礁的，而没有了珊瑚礁，相当一部分鱼类就失去了生存的基础。

拉普还补充了一个细节：“复活节岛周边海域的海水非常清澈，是从事潜水运动的好地方，但这就意味着海水里缺乏浮游生物，鱼类没吃的，自然也就不会来了。相比之下，南美洲海岸附近有一股洪堡海流，将大量富含养料的海水从南极洲带了上来，因此南美洲沿海的海水里含有大量浮游生物，鱼都被吸引到那里去了。”

事实上，南太平洋的中心地带一直被海洋学家称为“海洋沙漠”，意思是说这里的海水养分不足，生物量有限。复活节岛就位于这片海洋沙漠的中心，其渔业资源的贫瘠程度可想而知，这就是为什么其他太平洋海岛可以养活很多人，但复活节岛就不行。

当然，复活节岛人并没有束手待毙，他们毕竟是海洋民族，个个都是使船的好手。男人们纷纷驾船远航，去深海捕鱼，虽然难度大了些，但仍然可以保证食物供应。可惜随着岛上森林的消失，造船的材料没有了，岛民们只能在近海捕鱼，很快近海的鱼都捕光了，他们就改吃贝壳类动物，等到贝壳也吃光了，就去猎杀海鸟，直到把岛上的鸟类全部杀光了为止。

上述这一过程，全都有考古记录作为证据。人类学家们仔细分析过岛上的垃圾场，发现随着年代的变化，动物骨骼的种类也随之变化，体型也由大变小。唯一不变的是老鼠，可见当初随船上岛的老鼠们已经泛滥成灾了。

最后出现的，是人骨，而且上面有利器砍伤的痕迹，甚至还能找到牙印。联想到复活节岛石像大都被推倒了，一部分人类学家认为，这个岛曾经出现过大饥荒，甚至爆发过内战，导致了文明的崩溃。这一派的代表人物就是戴蒙德，他在《崩溃》一书中列举了大量证据试图证明复活节岛民因为管理不善和缺乏远见，耗光了岛上的资源，最终不得不通过内战的方式来减少人口，渡过危机。

但是，另一部分人类学家不同意这个说法，其中就包括美国人类学家亨特和利珀，以及美国北卡罗来纳大学的人类学家乔纳森·马克斯（Jonathan Marks）和英国约翰·莫里斯大学（John Moores University）的人类学家本尼·佩瑟（Benny Peiser）。亨特和利珀之所以要做那个石像直立行走的试验，就是为了证明复活节岛人足够聪明，掌握了无需消耗木材就能移动石像的法门。马克斯教授则在2011年2月9日出版的《自然》（*Nature*）杂志上撰文称，现代人类学已经被一大批具有种族主义倾向的人类学家所把持，他们妄图证明白人比有色人种更加优秀，比如海尔达尔那次航海的目的其实是想证明复活节岛石像是一群浅肤色的高级人种修建的，只不过他们后来被黑肤色的波利尼西亚人杀光了。佩瑟教授则干脆将矛头直接对准了戴蒙德，指责他捏造事实，低估了复活节岛人的聪明才智。佩瑟曾经写过一篇文章，列举了很多证据，否认复活节岛曾经发生过内战，更不要说岛民饥饿到人吃人的地步了。

“这些人走到另一个极端去了，我有很多证据证明我的祖先确实吃过人，我不怕承认这一点。”拉普笑着对我说，“除了人骨的证据外，祖先传下来的语言里保留了很多涉及吃人的词汇，比如骂人时会说‘你的肉难吃死了’，或者‘你妈的肉塞了我的牙缝’等等。”

拉普建议我去岛上的博物馆看看。这间博物馆是拉普的恩师穆洛伊建起来的，里面展出了大量珍贵文物，除了一些农用和捕鱼的工具外，还包括大量武器：有专门用来砸人的圆形石子、石头做的箭头、近身搏斗用的木棍和石斧，还有一把长达1米的石刀，刀刃经过仔细打磨，看上去和金属刀无异。

这些武器有没有可能是用来对付野兽的呢？完全没有，因为岛上根本就没有野兽。博物馆为这组武器配的文字解说称，这些武器全都出现在后期，是专门用来杀人的。复活节岛民还曾经开办过专门的武校，传授年轻人搏斗技巧。

由此看来，复活节岛确实爆发过一场内战。这场战争很残酷，把很多岛民逼到了洞穴里。前文说过，这个岛是由火山岩浆凝结而成，内部可以找到大量洞穴。导游克里斯蒂娜曾经带领我们参观过一个这样的洞穴，入口处本来已经很小了，还被主人加盖了一组石墙，仅能容一人弯腰通过。这种洞穴只要在外面盖几根树枝就很容易隐藏，即使被发现了也是易守难攻。洞内找到了大量食物残渣和骨头制成的缝衣针等物品，显示这是一个永久的居住场所，不是暂时的避风港。

那么，这场内战究竟造成了多大的损失呢？戴蒙德在《崩溃》中提到，部落战争导致人口锐减，石像被武士们推翻，祖先崇拜被一种奇怪的宗教替代。这个宗教的标志是一种造型奇特的木雕，刻画的是一个尖嘴猴腮、瘦骨嶙峋的鸟头人身形象。戴蒙德相信这种木雕刻画的是当时复活节岛哀鸿遍地的惨状，岛民们找不到食物，被饿得奄奄一息。

在这本书中，戴蒙德明确地指出了战争的根源，那就是森林的消失。森林是复活节岛上最重要的资源，一旦森林没有了，整个生态系统就崩溃了，最终导致了食物的匮乏。人们为了抢食物，不惜诉诸武力，复活节岛多年来的和谐氛围被打破。

由此看来，森林是解开复活节岛崩溃之谜的关键所在。

森林消失之谜

“上世纪80年代我在伯克利大学做访问学者，有一天旧金山的大街上贴出一张海报，上面有复活节岛石像的图案，我仔细一看，发现这是一个会议广告，而这个会议的主题是森林保护，和复活节岛并没有直接的关系。”拉普对我说，“几天后，撒切尔夫人在联合国召开的一个国际会议上又提到了复活节岛，而那次讲话的主题同样是保护地球环境。在我的记忆里，这是复活节岛第一次和环保联系在一起，没想到后来复活节岛逐渐演变成了环保运动中的一面旗帜，几乎任何一本讲环境的书都会拿复活节岛作为案例，而复活节岛森林的消失也已经变成了‘生态灾难’的最佳案例。”

森林固然重要，但森林对于汪洋中的一座小岛来说到底意味着什么呢？

导游克里斯蒂娜曾经带着我们去参观古人留下的农田，只见地上散落着大量碎石头，最大的有篮球那么大，最小的就像一个核桃。我本以为这是土壤被风吹走后留下的渣滓，或者是原本用来作为地标的“界石”，但克里斯蒂娜告诉我，它们是岛民们故意放上去的，为的是保持土壤水分，防止水土流失。

"复活节岛的土壤层本来就很薄，渗水能力又强，过去是靠森林遮挡阳光以及树木根系的作用才能保持水分的，一旦没有了森林的保护，岛上的土壤就变得完全不适合种庄稼了。"她对大家解释道，"但是我们的祖先想出了这个法子，用富含孔洞的火山石盖住土壤，既遮挡了阳光，又保持了土壤水分。"

这种方法在其他波利尼西亚岛屿上都没有被发现过，可见这是复活节岛民们自己的发明。我拿起一块碎石摸了摸，发现石头表面非常尖利，赤脚走上去肯定很不好受，但岛民们为了提高农作物的产量，已经顾不得这些了。

到后来，就连这个方法也不够用了，于是岛民们又发明了"地穴花园"(Mana Vai)，也就是把地穴的顶部打通，让阳光能够透进来，然后将地穴填满土，种上香蕉或者甘薯等农作物。有了地穴的保护，这些作物终于不用担心水土流失的问题了。

克里斯蒂娜又带我们去参观一个穷人住的小村落，这里至今仍然保留着古代房屋的地基。或许是为了纪念先辈们登岛的方式，或许是因为岛民们不知道还能有什么其他方法，复活节岛房子的形状很像一艘独木舟倒扣在地上，只不过原先是用木棍撑起来的，屋顶足够高，后来木头没有了，便只剩下屋顶，人只能爬着进去，进了屋子就再也站不起来了。

村子里有一个用小石块围起来的灶，灶眼很小，但灶本身却很深。克里斯蒂娜告诉我们，复活节岛早期的灶和其他波利尼西亚人的一样，都是在地上挖个坑，铺上柴火烧，很简单。眼前这个名为"Umu Pae"的灶是在复活节岛晚期出现的新型灶，烹饪方式也随之改变了。岛民们不再用火直接烧食物，而是先用茅草把石头烧热，然后将石头放在灶内，上面铺一层香蕉叶子，放上一些食物，然后再铺叶子，再放食物，直到将灶填满，最后再用香蕉叶将灶的顶部盖住，上面填一层土保温，这样焖几个小时后食物被焖熟了才能开饭。很显然，这样做的目的就是为了节省柴火，同时也防止烧草的味道玷污了食物。

但有一样东西不能这么焖，那就是尸体。对于海岛来说，土地资源最珍贵，所以波利尼西亚人一直保留着火葬的传统，唯一的例外就是复活节岛，后期的岛民们因为缺乏木柴，只能改为土葬。拉普告诉我，复活节岛的土葬并不是随便挖个坑埋了，而是先将尸体放在外面风干，然后取出骸骨安放在阿胡内。他曾经亲手从阿胡内部挖出过很多尸骨，证明在复活节岛的后期，石像崇拜的风俗确实被终止了，不但石像被推翻，就连作为石像基座的阿胡也被改建成了墓室。

一个有趣的细节是，上世纪初期复活节岛变成了一个牧羊场，石像脑袋上顶着的红帽子普考被当做了牧羊人午休的阴凉地，这也从一个侧面说明当时整个岛上真的是连一棵树都没有了。

如果说上述问题都有办法解决的话，那么森林消失导致无法造船才是复活节岛民所遇到的最难以克服的障碍。一个海岛，即使根本没有农业，只要有鱼可打，总还是能活下去的。但复活节岛周围缺乏珊瑚礁，打鱼只能去深海，如果没有船，岛民们便失去了最可靠的食物来源。根据《崩溃》一书的记载，1838 年登岛的一位法国船长回忆说，当时复活节岛民只有一种用草和木片绑起来的小船，一次最多可乘两三人。当复活节岛民们见到法国人的大船后嘴里反复重复着一个词“米鲁”，后来他知道，这个词的意思就是造独木舟所用的木头。

没有了独木舟，不但无鱼可打，就连逃难都无处可逃，岛民们被困在了复活节岛上。

那么，既然森林是如此的重要，复活节岛人为什么把森林全都砍光了呢？发展农业固然需要开荒造田，但树木的其他功能无法替代，很难相信复活节岛人不明白这里面的道理，必须另找理由。戴蒙德在《崩溃》中给出的理由是，各个部落的酋长为了相互攀比，竞相建造石像，而石像的建造和运输都需要消耗大量的木材，复活节岛的森林就这样被一点一点地砍光了。再加上地理位置不佳，这个岛的自然条件不算好，植被的修复能力较差，森林一旦被砍光就很难恢复，最终导致复活节岛成了一个无林之岛。

这个说法遭到了反对派的质疑，佩瑟曾经撰文指出戴蒙德理论的一个漏洞，目前已有的证据显示，复活节岛森林的大规模消失发生在 14 世纪之前，但是石像的建造过程一直延续到了 17 世纪，两者之间存在将近三百年的差距。不过，拉普关于石像建造的理论正好为这个差距提供了解释。前文曾经提到过，拉普认为建造和运输石像并不需要消耗太多的木材，反而是在人口增长过快导致森林消失、劳动力过剩时才有可能征集到大批工人来建造石像。

另一个反对意见是由亨特和利珀提出来的，他俩研究了复活节岛上幸存的棕榈树种子，发现它们都已经被老鼠啃过了，于是两人得出结论说，是老鼠吃光了种子，导致棕榈树无法繁殖，最终灭绝。

“我不同意这个说法，因为还有很多其他树种的果实是苦的，老鼠不吃，可它们也都灭绝了，这怎么解释呢？另外，其他太平洋岛上也有老鼠，为什么那些岛上的森林没有消失呢？”拉普对这个问题有自己的看法，“当然我也不同意戴蒙德的理论，修石像并不会导致森林的消失，我的祖先们不会这么傻。我觉得，要想弄清楚复活节岛的森林为什么消失，一定要亲自在岛上住几年。我在岛上住了一辈子，我觉得我对这个问题最有发言权。”

拉普认为，导致复活节岛森林消失的主要原因有五个，首先当然是岛民的砍伐，这是导火索。早期移民带上岛的老鼠也是一大因素，这一点也没有问题。这两个原因导致了岛上最高大的棕榈树首先被砍掉，而它们可以为下层那些较为低矮的树种提供保护，没了这个庇护所，岛上的生态系统立刻变得脆弱了很多。

“这么多年的生活经验告诉我，复活节岛有三种植物杀手，分别是风、昆虫和火灾。”拉普指着院子里养的一盆花对我说，“你看这花，朝南的一面全都变黄了。这是因为一周前岛上刮过一次大风，而这里的风含盐量很高，一般植物受不了。”

“我这辈子还经历过好几次虫灾和火灾，都给复活节岛的植被带来了很大破坏。我正在做研究，试图找出罪魁祸首到底是哪一种昆虫。”拉普接着说，“归根到底，是因为波利尼西亚人带来了大量全新的动植物，以及昆虫和土壤细菌等等外来物种，它们很快取代了岛上原有的物种，永久性地改变了复活节岛的土壤结构和性质，并波及整个生态环境。我曾经试图从其他岛引进几种复活节岛原有的但已被人类灭绝了的物种，结果发现这些本土物种反而很难在这个岛上生长。”

拉普的理论很好地解决了戴蒙德理论绕不过去的一个悖论。在《崩溃》这本书里，戴蒙德引用了自己的学生提出的一个有意思的问题：“砍掉复活节岛上最后那棵树的岛民到底是怎么想的？他难道没有意识到自己的行为将会给这个岛带来不可逆转的灾难吗？”按照拉普的理论，最后这棵树并不一定是某个具体的人砍掉的，当一个生态系统的平衡被打破，并越过了某个阈值后，就好比是第一张多米诺骨牌被推倒，后面发生的事情就没法控制了。

其实戴蒙德也意识到了这个问题。《崩溃》中专门提到了复活节岛的生态系统过于脆弱，同样的行为在别的岛也许没事，但在复活节岛就不行。这不是因为复活节岛人太笨或者太自私，而是他们的运气太不好了。“生态破坏是一种无法预见和始料未及的悲剧，因此在道义上既无法归咎于盲从，也不能归咎于有意识的自利行为。”戴蒙德在《崩溃》一书的前言中写道，“那些崩溃的社会并非愚昧、落后，它们中有的极富创造力（例如玛雅），曾几何时是那个时代文明的先驱。”

但是，即使如此，戴蒙德仍然遭到了一部分人类学家的围攻。他们指责戴蒙德单从科学角度看问题，忽视了原住民们的感受。针对这些批评意见，戴蒙德早有准备：“可以理解的是，夏威夷和毛利土著人不会喜欢听古生物学家告诉他们其祖先消灭了夏威夷与新西兰演化出的一半鸟类……古生物学家与考古学家所谓的‘发现’对于某些人来说更像是白人种族主义者驱逐土著的另一种借口。科学家们好像是在说：‘你们的祖先对土地管理不当，所以活该被驱逐。’”

戴蒙德本人并不认同这些白人种族主义人类学家，但他同时也相信：“一些土著与认同他们的人类学家则走向了另一个极端，他们坚持认为过去和现在的土著生性温和，具有生态环境意识，了解自然，敬畏自然。他们天真无邪地生活在伊甸园般的大自然中，绝不可能做出有损于环境的恶事……（他们相信）只有来自第一世界的恶魔般的现代人才会藐视自然，对环境缺乏敬畏之心，一味破坏。”

在戴蒙德眼中，这两派人都犯了同样的错误，即认为过去的土著人与现代第一世界的人民相比，无论高低，都是完全不同的。他坚信古往今来的所有人类从本质上讲都是相似的，古人的经验和教训完全可以用到现代人身上。比如复活节岛民对待森林的态度，完全可以用“景观失忆”理论来解释。该理论认为，很多东西的变化速度很慢，比如复活节岛森林的消失、气候变化、空气污染和交通阻塞等等，都是在不知不觉中变糟的，可以用“悄悄变化的常态”来形容这类隐藏在干扰信号背后的缓慢变化。生活在其中的人慢慢习惯了眼前的景象，没有意识到周围环境已经发生了翻天覆地的变化。

要想解决这个问题，必须首先正视这个人类知觉的缺陷。如果做不到这一点，那就必须有人站出来向公众发出警报，并由一个强有力的领导人指引大家修正错误。事实上，得益于多年的环保教育，很多国家的民众都逐渐意识到了环境问题的严重性，第一世界国家的环境法案也已经相当完善，其结果就是发达国家的生态环境往往要比发展中国家好得多。

人　祸

在天灾面前，复活节岛人并没有束手待毙，他们曾经积极地展开自救行动，也取得了不错的效果。复活节岛最终的崩溃，不是因为天灾，而是源于人祸。

一天下午，我在复活节岛博物馆附设的一间图书馆里找到了一本历史画册，里面记载了初次上岛的荷兰人雅各布·罗泽维恩（Jacob Roggeveen）当时写下的航海日志。根据他的描述，这个岛物产丰富，很适合作为远洋航行的补给站，岛民们身体健康，精神面貌良好，他们带来了大量食物要和船员们做交换，最后船员们用几件旧衣服换来了60只鸡和30把香蕉。

能有如此多余粮的复活节岛民，应该不会挨饿吧？

鸟人崇拜

根据岛民的口口相传，以及部分考古学家的研究结果，复活节岛的内战爆发于1680年。那一年，来自南岛的武士们宣布起义，和忠于国王的北方军队打了一仗。

“这场内战并不像有些人说的那样纯粹是部落之间的武装冲突，而更像是一场军事政变。”拉普对我说，“南方部落的武士们不服国王的管理，依靠武力把国王手中的权力夺了过来。”

据拉普介绍，复活节岛的国王和其他波利尼西亚岛国一样都是世袭的。最初登岛的胡图马图酋长是第一任国王，他死后把国王的宝座传给了自己的大儿子，大儿子死后又传给他的大儿子，王位就这样一直传递了下去。

前文曾经提到，复活节岛被粗略地分成了南北两大派系，其中国王住在北边，所以北方派系可被认为是忠于国王的，而南方派系则由几个武士负责管理。

复活节岛的权力体系和一个典型的封建国家没什么两样，也是分级别的，国王和他的家族成员永远是最高级别，他们相当于政府高官，负责管理国家。接下来是宗教人士，掌管着国家的意识形态。再下来是武士阶层（matatoa），负责维护国王的统治。最后是普通工匠和农民，他们是真正的生产者。维持这个权力体系的基础是祖先崇拜，与其说这是一种宗教，不如说这是一种炫耀血缘关系的方式，只有和国王有血缘关系的直系亲属才能获得较高的地位，这就是为什么代表祖先的石像在复活节岛民的日常生活中占有重要的位置，需求量很大。

在复活节岛，权力意味着更好的住地和更好的食物。国王和亲属们都住在海边的房子里，工匠和农民则住在山上。王公贵族们平时就能吃到鸡肉和老鼠肉，其他人则只能在重大节日时才能享受此等美味。食物的这种分配方式在粮食充裕的年份倒也没有问题，但是随着复活节岛的人口越来越多，粮食越来越少，一开始是穷人吃不饱，到后来就连武士们也吃不饱了，他们便动起了造反的念头。

“刚开始的时候，武士们造反的目的并不是要打倒国王，而只是为了抢食物。但武士获胜后，国王的地位一落千丈，复活节岛的性质就变了。”拉普对我说，“各个部落的酋长们突然意识到，要想获得权力，不必依靠血缘关系，靠武力也行，就像你们中国人说的：‘枪杆子里面出政权。’于是各个部落的军事强人之间互相打了起来，这场战斗变得越来越血腥，死的人越来越多，但谁也无法取得绝对优势。”

眼看这场战争就将无限期地拖延下去，聪明的复活节岛人想出了一个绝妙的方案，一举解决了这个难题。要想了解这个方案的妙处，必须去拉奴考（Ranu Kau）火山口走一趟。

复活节岛是由三次大的火山喷发而形成的，其中最年轻的火山就是位于西南角的拉奴考火山，大约喷发于20万年前。如今这座海拔三百多米的火山口内有一个直径约为1公里的圆形火山湖，湖面上漂浮着一片片芦苇草，形状很不规则。我在一个晴朗的下午爬上火山口，只见深蓝色的天空倒映在安静的湖水中，再配以五颜六色的芦苇荡，看上去仿佛是一块艺术挂毯，美丽中蕴含着一丝神秘的气质。

拉奴考火山口的内壁非常陡峭，几乎是直上直下的。站在火山口的边缘向下望，这个湖很像是一只望着天空的大眼睛，难怪拉普刚听到“望着天空的眼睛”这个波利尼西亚语词汇的时候，认为它指的就是拉奴考火山口。有人甚至用这个词作为证据，论证过复活节岛人一定来自外星球，这些人相信只有从外太空俯瞰地球才能看出这是一只大眼睛，当然这绝对是无稽之谈。

拉奴考火山口三面环海，不但内壁陡峭，外侧也都是直上直下的峭壁，要想从这里下海很不容易。火山口西侧 1.7 公里远的地方有三个小岛，距离近的那个岛像一把锥子直插云霄，距离远的两个小岛则相对平缓。自从复活节岛人把岛上的鸟都吃光了之后，迁徙的海鸟们便不再光顾此地了，只有少数几种鸟仍然会在此停留，但它们只能选择在远处的那两个小岛上产卵，这 1.7 公里的海水成了鸟儿们的保护神。

这其中有一种乌燕鸥（sooty tern）最有意思，这种鸟的肚子是白色的，背是灰色的，尾巴分叉，虽然体长只有 40 厘米，但翼展长达 1 米，飞行能力极强，可以连续在空中待一个星期不落地。乌燕鸥每年 9 月都会飞到小岛上产卵，并在此做短暂停留。复活节岛的武士们非常崇拜这种鸟，将其视为玛基玛基（Make-Make）的化身。在复活节岛的神话体系当中，玛基玛基是掌管丰收的神，岛民们相信只有获得了玛基玛基的保佑，农民才能获得好收成，渔民才能满载而归。随着食物变得匮乏，玛基玛基的地位越来越高，当武士们推翻了国王的统治后，原本盛行的祖先崇拜也被废弃了，代之以对玛基玛基的崇拜。作为玛基玛基的化身，乌燕鸥的地位陡增，武士们相信，谁能第一个拿到乌燕鸥产的蛋，谁就能获得玛基玛基的神力，确保来年丰衣足食。

复活节岛人把第一个拿到鸟蛋的人尊称为“Tangata Manu”，意思就是“鸟人”。换句话说，随着武士阶层的兴起，复活节岛的宗教信仰发生了变化，从祖先崇拜变成了鸟人崇拜，岛民们的图腾也从原来的石像换成了刻画鸟人的木雕。这类木雕刻画的是一个面目狰狞的鸟头人身怪物，两排肋骨突出，双腿细长。包括英国 BBC 电视台著名节目主持人大卫 · 爱登堡爵士（Sir David Attenborough）在内的很多学者都认为，岛民们之所以将鸟人

拉奴考火山口是复活节岛上最漂亮的火山口

刻画得瘦骨嶙峋，是为了展示当时的复活节岛哀鸿遍地的惨状，但拉普和导游克里斯蒂娜都告诉我，这个解释是不准确的，根据传说，鸟人木雕刻画的是死去的人，所以才会那么瘦，和岛民的营养状况无关。

戴蒙德在《崩溃》一书中也提到了复活节岛的宗教转变，但他只是将其作为复活节岛民正在挨饿的一个证据，没能看出这一转变背后的真正含义。第一个意识到这个转变具有重大意义的，正是拉普。

“鸟人崇拜用一个具有象征意义的行为代替了战争，避免了流血冲突，减少了生命和财产损失。”拉普对我说，“这是一个智者想出来的办法，显示了复活节岛人的大智慧。”

具体来说，从每年的 8 月份开始，各个部落都会选出一名勇士，从拉奴考火山口的一个缺口处沿着峭壁下到海边，然后冒着被鲨鱼吃掉的风险游到 1.7 公里外的那两个平坦的小岛上，找个山洞藏起来，等待第一只乌燕鸥在此产蛋。勇士们必须带足干粮和水，因为他们有可能要在岛上待一个多星期的时间。拿到鸟蛋后，这名勇士便用一块头巾将其绑在脑门上，然后游回本岛，把蛋交到部落首领的手里，从此这位部落首领便被尊称为鸟人。按照规矩，这位新晋鸟人将会带领全族的人敲锣打鼓游岛一周，然后他就必须隐身于山洞之中，一年之内不能出来，只有一名仆人负责送饭。与此同时，这位鸟人所属的部落自动获得了至高无上的权力，可以对岛上的其他部落发号施令，为期一年。

因为取鸟蛋的仪式是如此重要，拉奴考火山口上那个勇士的出发地逐渐演变成了一个小村庄，取名奥龙古村（Orongo）。如今这里已经变成了国家公园，公园内仍然保留着53间石屋。勇士们出发后，部落首领们便住在石屋内等待消息。

英国人曾经在奥龙古村发现了一尊石像，背后刻有鸟人图案，这是迄今为止发现的唯一一个同时带有两种宗教标记的图腾，说明这两种宗教信仰曾经并存过一段时间。可惜这

拉奴考火山口外的三个小岛礁，鸟人传统和这三个小岛礁密切相关

尊重要的石像于 1868 年被英国人偷运到了大英博物馆，复活节岛人只能去万里之外的伦敦才能看到祖先留下来的宝物。

“祖先崇拜的背后是世袭制，在这种制度下，一个人无法改变自己的命运。鸟人崇拜则不然，谁先拿到第一只鸟蛋，该部落首领就可以被尊称为鸟人，这就给武士们提供了一个转变身份的可能。”拉普对我说，“从此开始，复活节岛的最高统治权每年都有可能易主，这是一个根本性的变化，对复活节岛的未来产生了深刻的影响。”

因为获得鸟蛋的过程相当危险，存在诸多变数，所以谁也不敢保证明年还能第一个拿到。于是，获得权力的部落都不敢做得太过分，免得第二年遭到别人报复。

“从某种意义上说，鸟人崇拜可以算作是一种初级形态的民主制度，虽然鸟人不是选出来的，但它具备了民主制度的一个重要特征，那就是权力的制衡。”拉普对我说，“当时的复活节岛已经到了崩溃的边缘，人们意识到需要采取另一种制度来维持生存，鸟人崇拜就这样诞生了。”

根据传说，武士阶层掌权后进行了一系列改革，其中最显著的变化就是强化了 Tapu 的重要性，这个词可以翻译成“带有迷信性质的禁忌”，比如不准随意捕杀神鸟，死者的骨头在入葬之前一定要先在海水里洗一洗，而洗过死人骨头的海域很长时间内不准打鱼，等等。前者间接地保护了鸟类，后者间接保护了渔业资源。除此之外，关于农业和生活用水等等方面也引入了很多新的禁忌，强迫老百姓遵守。

“这些禁忌措施的本质是为了保护环境，但老百姓并没有意识到保护环境有多么重要，所以就必须用宣扬迷信的办法间接地达到目的。”拉普对我说，“其实很多民族都经历过这一阶段，即用宗教迷信的手段约束民众的行为，为社会提供一个强大的制约力量，保证一个社会能够可持续地发展下去。”

鸟人崇拜的出现起到了立竿见影的效果，因内战导致的混乱局面很快得到了控制，粮食生产得以恢复，岛民们不再挨饿了，这就是内战结束 42 年后荷兰人罗泽维恩初次登岛时发现岛上有足够多的粮食、岛民们的状况还算不错的原因。

可惜好景不长。无数历史证据证明，依靠宗教迷信维护起来的社会稳定相当脆弱，不堪一击，复活节岛也不例外。

崩溃

据史书记载，一位名叫爱德华·戴维斯（Edward Davis）的英国海盗早在1687年就曾经见到过复活节岛，但他并没有登岛，也就没有留下证据。1722年复活节那天，荷兰人罗泽维恩指挥的一艘商船终于到达了复活节岛，从此这个岛就有了这样一个莫名其妙的名称，岛的历史也被彻底改变了。

根据罗泽维恩的记载，岛民们一开始还算友好，主动过来和船员们交换礼物，但后来有几个土著偷偷上船偷盗窗帘和餐桌布，被发现后还朝船员们扔石头，于是他不得已下令开枪还击，打死了12名土著。他觉得这个岛的土著不太友好，便迅速离开了这里，再也没有回来。

这一去就是半个世纪，此后很多欧洲探险家试图寻找复活节岛，但都无功而返。

事实上，自16世纪初期开始，太平洋就成了欧洲人海上冒险的新目标。但是太平洋面积太大了，再加上当时的海上导航技术相当原始，很多海岛都是偶然被发现，之后再想去却找不到了。比如，早在1606年就有人看到过大溪地群岛（Tahiti），但是直到1767年英国海军上尉萨穆埃尔·沃利斯（Samuel Wallis）才第一次登上了这个波利尼西亚人的文化中心。沃利斯回到欧洲后向公众描述了一个天堂般的世界，并称岛上的波利尼西亚土著为“高尚的野蛮人”（Noble Savage）。这个描述不但吸引了包括画家高更在内的一大批欧洲艺术家前往大溪地寻找灵感，而且还改变了很多西方人类学家看待其他文明的方式。

但是，复活节岛和大溪地完全相反。

1770年，一艘西班牙军舰终于重新“发现”了复活节岛。四年后，也就是1774年，著名的英国探险家詹姆斯·库克（James Cook）船长也发现了这个岛，并在此地停留了三天。可惜库克船长当时正在生病，只在岛上待了几个小时，但是随船上岛的几名博物学家对复活节岛进行了较为详细的考察，为后人留下了大量珍贵的资料。根据他们留下的原始记录，当时的复活节岛尚存一些森林，但总的来说植被相当稀少，岛民们生存状况不佳，普遍营养不良，仅有的几艘独木舟都是用树枝和草叶拼接而成，一次只能乘坐两三个人，完全不适合出海捕鱼。

值得一提的是，库克的船队里有一位会说英语的大溪地土著，他完全能够听懂复活节岛人使用的语言。他发现当地人把自己所住的岛称为 Te Pito'o te Henua，意思是“地球的肚脐”或者“地球的中心”。这位土著后来回到大溪地，向同胞们汇报此事，大家一致决定将复活节岛称为拉帕奴伊（Rapa Nui），意思是“南方的大岛”。

那么，这五十年的时间，这座南方大岛究竟发生了什么变故呢？鸟人崇拜为什么不管用了呢？

“鸟人崇拜的管理模式发展到后来开始出问题了。首先，农民们觉得反正我种的粮食最后都要被鸟人部落强行征收过去，所以种田的积极性不高，导致粮食产量逐年下降。”拉普对我说，“其次，鸟人崇拜的基础是一种原始迷信，仪式感倒是很强，但权威性不够，到后来一些部落开始不服管理，以至于每次鸟人选出来后都会爆发一次小型战争，鸟人崇拜反而变成了复活节岛的不稳定因素。”

库克船长正是在这一不稳定时期登岛的，所以他看到的是一个衰败的小岛，和罗泽维恩所描述的完全不同。

因为复活节岛的地理位置实在太过偏僻，自库克上岛之后的一个世纪里，仅有大约一百艘船到达过复活节岛，平均每年一艘。这些船大都是商船或者捕鲸船，在岛上停靠一下补充些给养就走了，都没有常住。根据船员们的描述，复活节岛是一个相当原始的地方，岛上的土著不但贪婪，而且非常淫乱，经常主动要求和海员们性交。不过，这种情况并不是复活节岛独有的，大多数太平洋岛国都是如此。根据人类学家的解释，这是因为岛民们把这些从海上来的欧洲人当做了神灵，他们相信只有神才会拥有这么多神奇的玩意儿，所以这些岛国流行过一阵子“货物崇拜”（Cargo Worship），而岛上的女人则相信只要和这些人形的“神”性交，就能够从他们那里获得神力，和性欲没有关系。

虽然复活节岛土著们并不是海员们想象的那种淫荡之人，但他们却为自己的行为付出了代价。海员们将梅毒传给了土著，这是复活节岛民第一次接触到来自外部世界的病毒，他们根本无力抵抗。所幸梅毒只能依靠性交传染，损失不算太大。

1805年，美国帆船“南希号”（Nancy）从复活节岛上抓了22个人去南极猎杀海豹，开启了复活节岛的贩奴时代。但这件事可以算是一次孤立事件，此后很长一段时间内没有效仿者。

总之，虽然不时有人光顾复活节岛，但从18世纪末到19世纪中期的这段时间内，岛民们基本上仍然按照自己的节奏在生活。鸟人崇拜虽然遇到不少阻力，但每年9月抢鸟蛋的风俗仍然延续了下来。随着祖先崇拜的地位越来越低，石像逐渐被推翻了，阿胡则改作他用，比如墓室。但是登岛的欧洲人仍然看到不少竖立着的石像，有人将其画了下来并带回了欧洲，引起了不少人类学家的注意，他们想知道为什么土著们不去种田或者钓鱼，而要花费这么多时间和精力去制造石像。在欧洲人心目中，原始人的生活不应该是这个样子的。

1862年是复活节岛历史上真正的转折点，这一年秘鲁偷偷派遣八艘帆船上岛，一下子抓走了两千多个土著去秘鲁沿海拾鸟粪（用作肥料）。之所以选择复活节岛，是因为这个岛上仍然没有任何外国人常住，秘鲁人觉得自己可以为所欲为。被抓走的土著们被秘鲁人当做奴隶，受尽了折磨，大部分人不到一年就死了。所幸一年后欧洲人知道了此事，强烈要求秘鲁放人，秘鲁政府迫于压力，决定把剩下的12名土著送回复活节岛。但这12个人却把天花和肺结核带到了岛上，导致大批岛民死亡。

值得一提的是，秘鲁人把复活节岛上所有的王室成员和宗教人士都抓走了，这就等于将复活节岛的精英全部斩尽杀绝，复活节岛的历史也随之而去。后来有人在复活节岛上发现了一种写在木板上的符号，很像文字，但知道其中秘密的人全都死在了秘鲁，这个世界上再也没有人能读出其中的含义了。

1864年，法国传教士尤金·伊洛德（Eugene Eyraud）上岛，成为复活节岛上的第一个欧洲居民。他把天主教带到了岛上，很快大部分岛民就都皈依了。人类学家指出，如此高的传教成功率不是因为天主教有多么吸引人，而是因为伊洛德带去了大量欧洲新鲜玩意儿，当地人把他当成了神，都想把他拉过来站在自己一边，然后借他的神力去攻击其他部落。换句话说，这位传教士实际上成了部落斗争的武器。

在传播天主教的同时，伊洛德推翻了最后一座立着的石像，从此岛上就再也见不到站立的石像了。他还禁止岛民崇拜鸟人，将其视为巫术。1866 年岛民们通过抢鸟蛋的方式选出了最后一个“鸟人”，从此这项延续了将近二百年的传统就这样结束了。

1871 年，一名法国商人强行抓走了 109 名复活节岛人，去他在大溪地的农场种甘蔗，高强度的劳动使得其中的 100 人很快死亡，剩下的人被送回复活节岛，却又把麻风病带到了岛上。为了防止麻风病人外逃，法国商人禁止岛民离岛，将复活节岛变成了一个麻风病人收容所。不少岛民试图驾船逃跑，重复祖先的壮举，但其中的大部分人都死在了海上。

1880 年，有人做了一次人口普查，发现整个复活节岛只剩下了 111 个原住民，这是自 1000 年前波利尼西亚人首次登岛后这个岛常住居民总人数的最低点，复活节岛终于崩溃了。

1888 年，复活节岛被智利强行收编，但智利政府无暇照管，将其租给了一名苏格兰羊毛商人，于是复活节岛变成了一个大牧场，生态环境遭到了历史上最严重的破坏。1952 年，智利海军登岛，将其彻底收回。但是岛上的居民从此便失去了工作，只能大批出走。留下的人因为长时间身处孤岛，多多少少都得了心理疾病。克里斯蒂娜告诉我，她记得小时候经常听到某人失踪的消息，后来知道他们都是突然发疯，躲进地穴里好几天不愿出来。

“那时候岛上没几个人，大家天天见到的都是同样的几个熟面孔，不发疯是很难的。”

1995 年，联合国正式将复活节岛列入世界文化遗产名录，智利政府则将整个岛的绝大部分土地收归国有，成立了拉帕奴伊国家公园，将旅游业作为支柱产业，复活节岛终于获得了它应有的地位。

拉普是复活节岛第一位本地出生的“岛长”，在这个职位上做了六年，对这个岛有很深的感情。虽然他早已从这个位子上退了下来，但依然很关心复活节岛的前途。

“复活节岛最大的问题就是缺乏本土人才。如今岛上一共有 2600 名当地人，再加上 2400 名外来移民，一共只有 5000 名常住居民，每年却要接待来自世界各地的七万名游客，平均每人每年接待 14 人。相比之下，夏威夷岛的这个数字是 5，这说明复活节岛在发展旅游业上先天不足，亟须培养全能型人才。”拉普对我说，“所以我开办了一所学校，专门培养专业的旅游服务人员。如今岛上已经有了12名人类学家，我还打算培养几名生物学家、环境学家、建筑师和农业专家，最终实现自我管理，让复活节岛在原住民的手里实现可持续发展。”

拉普是个有远见的领导人，他认为复活节岛光发展旅游业是不够的，万一游客不来了就完蛋了。在他的建议下，复活节岛正在大力发展特色农业，为智利本土提供菠萝和鲜花。他还打算发展渔业，尝试人工养殖海鱼。

“复活节岛一直是金枪鱼洄游的必经之地，可惜被日本、韩国和你们中国的渔船在半道上劫走了，我们根本没办法竞争。”拉普说。

拉普正在写一本书，打算把他多年的研究心得贡献出来。“我这本书的主题就是生存，我认为无论是复活节岛还是整个人类，这么多年来的一个永恒的主题就是生存。为了生存，人类曾经尝试过各种社会制度，各有利弊。这方面复活节岛是一个很好的案例，有很多经验教训值得好好研究总结。”

结语

在岛上的最后一天，我决定徒步去爬最高峰。十几公里的路，摩托车一会儿就到，但走起来却不轻松。可以想象，对于当年的岛民们来说，复活节岛确实是一个足够大的舞台。

走出小镇汉加鲁阿，路上很快就只剩下我一个人。这个岛的人口密度实在太小了，我可以有大把大把的时间独处。好在岛上几乎没有任何污染源，周围几千公里范围内也没有任何工业，绝对可以算是全世界空气最新鲜的地方。

如今的复活节岛已经和一百年前很不一样了，岛上很多地方都种上了桉树，山坳里还能见到人工种植的松木林。海拔较低的平地被开辟成了农田，稍高一点的地方则全是荒草，成群的马在草地上悠闲地漫步，和苏格兰高地非常相似。

那天阳光很好，天气炎热，我走了一会就全身是汗了，怪不得当初的贵族们要把房子建在海边。四个小时后，我终于爬到山顶，将整个海岛尽收眼底。此时的感觉和爬山时大不一样，我终于明白无误地意识到，自己是在一个孤岛上，周围是一望无际的大海，仅凭自身的力量是永远也逃不出去的。

回想当年美国阿波罗号登月飞船首次发回了地球的全身照片，立即引发了美国的环保热潮。复活节岛民很容易看到自己家乡的全貌，很难想象他们没有意识到必须认真保护自己唯一的家园。可惜的是，岛民们缺乏足够的科学知识，根本无法意识到自己已经犯下了无可挽回的错误，最终只得自吞苦果。虽然他们没有放弃努力，几经挣扎，最终还是被一个具备更多科学知识的外来者彻底击垮了。

要想真正地保护环境，光有环保意识还不够，还要有足够的远见和强大的执行力，这大概就是复活节岛留给我们的启示吧。

（从复活节岛回到智利首都圣地亚哥的当天，我的照相机和电脑就被小偷偷走了，所以这组文章的配图都是我用手机拍的，质量较差，请读者原谅。）

翻越富士山

日本人喜欢登山，攀登富士山几乎是日本的成人礼。日本人对待大自然的态度相当特别，从中可以推测出日本的国民性。

富士山海拔3776米，是日本第一高峰，也是日本的象征，但几乎所有的富士山照片都是远眺，而且大都摄于冬季，被白雪覆盖的锥形山峰左右对称，完美得甚至有些不真实。为了看清富士山的真面目，我决定趁着去日本出差的机会爬一下富士山，顺便看看日本这个国家到底是否真的如表面上那般光鲜。

富士山的真面目

2013年7月27日下午，我坐上一辆从京都开往东京的新干线列车，两个半小时后到达新富士车站。这个站位于富士山的南麓，是从南坡登山者的主要落脚点。站台上贴满了巨幅招贴画，庆祝富士山刚刚于2013年6月22日被联合国教科文组织（UNESCO）列入了世界文化遗产名录。请注意这是文化遗产，不是自然遗产，说明联合国的专家们更看重富士山的文化意义。与此对应的是，无论是形状还是名气都和富士山非常相似的非洲第一高峰乞力马扎罗则属于自然遗产，因为后者无论是生物多样性还是地质多样性都要比前者高太多了。

新富士车站专门设了一个旅游信息服务中心，服务员说一口流利的英语，这在日本是一件相当罕见的事情。即使如此，我和她的沟通依然不顺畅，因为我脑子里的日本地名都是中文，而日语的发音完全不一样，导致我经常要用纸笔来和她交流。事实上，在我去过的六十多个国家当中，距离中国最近、受中华文明影响最深的日本反而是最难沟通的，除了日本人英语普遍较差的因素外，日语的地名、人名等专有名词和相应的中文发音完全不同，这是一个很大的障碍。

一番笔谈之后，我听从了服务员的建议，乘坐当天最后一趟班车去富士宫市（Fujinomiya）暂住一夜，第二天再爬山。富士宫市距离当年的东海道不远，是登山前最后一个有正规旅馆的市镇。这条东海道是日本著名的古道，连接京都和江户（即今天的东京）这两个日本历史上最重要的首都。京都自 794 年建都开始就一直是日本的文化中心，但自从 1603 年德川家康在江户建立德川幕府之后，日本的政治和经济中心就转移到了这个距离富士山只有不到 100 公里远的地方，来往于两地之间的人立刻多了起来。这些旅行者每次都要从富士山脚下经过，通过他们的渲染，日本人对这座山的迷恋与日俱增，也就是从这个时候开始，富士山在日本文学中出现的频率大大增加，迅速成为全日本的文化象征。

说起日本人的文化特征，做事守规矩绝对可算一条。就拿攀登富士山来说，一共有四条线路，分别是位于正北方向的富士吉田口、东北方向的须走口、东南方向的御殿场口和正南方向的富士宫口。每条线路都被均匀地分成了十段，每段设一个休息站，起点处叫做一合目，终点（山顶）则为十合目，每个登山者都能根据自己所在驿站的名称很容易地知道自己距离山顶还有多远。新富士车站的服务员给了我一张富士山地图，上面不但列出了所有驿站的位置，而且给出了每段路的所需时间，方便登山者做计划。

第二天早上七点半，我搭乘头班车前往富士宫口五合目。所有四条登山线路的前五段都已修成了柏油马路供车辆行驶，大部分人都会选择先坐班车到达五合目，然后从这里开始登山。登山专用班车只在 7 月和 8 月的登山季期间运营，其余时间山顶很可能已经开始下雪了，比较危险。虽然政府不鼓励在登山季之外的日子里攀登富士山，但每年都有很多人冒险攀登，意外事件时有发生。

班车离开富士宫后不久便开始爬坡，路两边全是浓密的树林，环境保护得相当好。1 小时 20 分钟之后，班车准时到达富士宫口五合目，这里已经聚集了不少登山者，其中一部分人是早上坐私家车来的，另一部分人则是头天晚上登山看日出，现在已经从山顶撤下来了。

登山口有几名工作人员在分发纪念品，顺便向游客索取 1000 日元的自愿捐款。日本人喜欢登山，去年有将近三十万人攀登富士山，富士山的接待能力日趋饱和。列入世界遗产名录后，预计登山人数还将大幅增加。据说日本政府为了控制局面，将于2014年出台新政策，向每位登山者强制收取1000日元的登山费。其实这笔钱只相当于60元人民币，对于绝大多数登山者来说是小菜一碟。如果这是在中国的话，恐怕早就开始征收了。但在日本任何事情都要讲规矩，这件貌似很小的事情还得先试行一年，看看民众的反应再做决定。

这段时间是日本的雨季，几乎每天都阴云密布，今天也不例外，从山下根本看不到山顶。好在雨还没有下起来，对登山没有影响。上午9点，我从富士宫口五合目出发，向山顶发起冲击。此处海拔2380米，是四个五合目当中海拔最高的，但富士宫口这条路却是四条登山线路当中最陡的，绝大部分路段都超过了60°，登山者自始至终都在爬楼梯，几乎没有喘息的机会。刚开始的时候我略微有些高山反应，喘得厉害，每爬两分钟都要停下来喘口气。慢慢地气喘匀了，这才走得比较顺畅。

此时正值下山高峰，凌晨刚刚登顶的登山者们和我们这些上山的人争道，一些狭窄路段我经常要停下来让下山的人先过。登山者当中绝大多数都是东亚面孔，从口音来判断，大多数都是日本人。日本登山者的组成成分非常复杂，既有满脸风霜的登山高手，也有年逾花甲、身材微胖的老太太，还有不少孩子跟着父母来爬山，我见到的年纪最小的孩子只有四岁，个子矮矮的，还没登山杖高呢。后来他实在走不动了，就让父亲抱着继续向上爬。

日本人为什么如此喜欢富士山呢？一位名叫胜吕崇史的日本导游告诉我，富士山是日本第一高峰，名气很响，难度也正合适，不高不低，任何一个健康人只要努努力都能成功，所以几乎每个日本人一生中都至少要来爬一次，不少狂热的登山爱好者甚至每年都来爬。这次我在日本一共待了两个星期，问了十几位普通日本人，情况确实如此。这位日本导游还告诉我，在日本的文化传统当中，山是宗教的象征，日本人把山看成是神的身体，登山是一种最高级的祭祀方式。

根据史书记载，富士山和宗教的关系历来非常密切。这里最早被佛教徒们当做修行的地方，和尚们在山脚下建立营地，修习苦行之法。据说最早登顶富士山的就是一位得道高僧，他在12世纪中期的时候首次登顶成功，并在山上建了座寺庙。19世纪中期，日本爆发了反佛教运动，山上的佛教寺庙以及所有与佛教有关的历史遗迹被尽数摧毁。如今富士

攀登富士山的途中经常可以见到这种拖家带口的登山者

山上仅剩下几座神道教的寺庙（神社），其余的古迹都不见了。

在宗教的影响下，普通日本人从 14 世纪开始攀登富士山，其目的是为了祭拜山神。不过在很长一段时间内只有男人才能登富士山，女性是被禁止的，直到 19 世纪明治维新开始后，日本女性才被允许自由登山。

今天的登山者当中，女性至少占了一半。我注意到日本登山者的装备都非常齐全，几乎每个人的头上都戴着遮阳帽，身上穿着五颜六色的高级冲锋衣，背上背着名牌登山包，脚蹬专业登山鞋，戴着手套的双手拄着登山杖，好像把整个户外用品商店都搬到了山上。相比之下，我一路上遇到的为数不多的几个外国人却都穿得很寒碜。我曾经跟两个白人小伙子同行了一段，两人均只穿着短裤和普通球鞋，身后背着的那个背包也很瘪，肯定没装多少东西。

“我知道山顶上很冷，不过我们俩打算上去看看就下来，不会久留，应该不会挨冻。”其中一位来自苏格兰的小伙子对我说。

确实，虽然气温不到 10℃，但因为一直在做运动，我浑身冒汗，原来穿在外面的冲锋衣早就脱掉了。另外，这条登山道虽然坡度很陡，但难度并不大，路两边还有绳索可以借力，完全不需要用手杖。当然如果你膝盖不好的话，下山时手杖还是很有必要的。

那位苏格兰小伙子在日本工作了好多年，会说日语，对日本的情况非常了解。“过去都是年纪大的人来爬山，这几年不知为什么登山突然变得时髦了，很多年轻人购置了昂贵的户外装备，去世界各地徒步旅行，其中尤其以女孩子最为狂热。”

胜吕崇史告诉我，日本人把这样的女孩子叫做“山野女孩”，她们登山不单纯是为了锻炼身体，更主要的目的是希望从大自然当中吸取精神能量，陶冶性情。

两个小伙子体力好，和我同行了一段后便冲到前面去了。我背着此次日本之行所有的行李，双肩压得生疼，每到一个驿站都要坐下来休息很久。这条山道比较窄，没有歇脚的地方，更没有卖东西的小贩，只有在每个驿站才能坐下来喘口气，补充给养。驿站里卖的东西都非常贵，一瓶水的价格是山下的 4 ～ 6 倍，幸亏我带足了水和巧克力，这才没有花冤枉钱。不过有一项服务是免费的，那就是在木头手杖上烙印。日本人把这种木头手杖称为金刚杖，可以在山下的五合目买到。登山者每到一处驿站就请工作人员拿烙铁在上面烙一个印，从五合目一直烙到最后的十合目，这根手杖便成为一件很棒的纪念品。

日本人做的地图确实非常精确，每段路标明的时间是按照一般人的速度来计算的，对我来说误差不超过 10%。下午两点半的时候，我终于如期登上了富士山峰顶，加上休息时间一共花了五个半小时。山顶上有一个直径大约为 800 米，深达二百多米的火山口，里面怪石嶙峋，看上去有些恐怖。研究表明，富士山第一次喷发大约发生在十万年前，此后经过多次喷发，大约在 3500 年前才算基本定型。此后又喷发了数次，最近的一次发生在 1707 年，喷出来的火山灰一直飘到了东京。此后富士山一直休眠至今，但科学家认为它随时都有可能再次喷发。

富士山顶的火山口

环绕火山口一周需要一个小

时的时间，我发现每条登山道的尽头都修了一座神社，不少登山者都会去里面拜一拜，顺便求个签。日本的寺庙很有意思，正殿虽然都很肃穆，但往往隔壁就是卖签的，无论是婚姻、健康还是生儿生女、旅行安全，甚至考试成绩等等都有现成的签可买，而且全都是明码标价，不同的需求有不同的价格。另外，越是名气大的寺庙求签的价格越贵，服务种类也越多，像东京的浅草寺、奈良的东大寺，以及京都的清水寺和三十三间堂等几个全日本最有名的寺庙都有和尚现场画符，根据市场需求决定价格。

“日本的和尚可以结婚，可以生小孩，和中国完全不同。”胜吕崇史对我说，“在日本，和尚就是一个职业，和其他职业没什么两样。”

确实，日本宗教的商业化进行得非常彻底。日本寺庙通过各种看似不那么“严肃”的手段吸引游客，然后明码标价地向善男信女们出售安慰剂和安全感。比如奈良的东大寺里保存着据说是全世界最大的木制菩萨坐像，但这里最吸引游客的却是一根很普通的柱子，靠近地面的部分被人挖了一个很窄的洞，据说只要能够从洞中钻过就能带来好运。东大寺纵容了这个说法，于是这个地方每天都聚集着大批游客，有说有笑地玩着钻洞游戏，和东大寺庄严肃穆的气氛形成了鲜明的对比。奈良另一个非常有名的景点春日大社更是把商业化做到了极致，这里原本是日本神道教的一座神社，如今却变成了求签者的集散地，每个神社都有专营的项目，有的专门经营家人安全签，有的专门负责帮你找对象，各种各样的心灵安慰都可以在这里很方便地买到。

“我们日本人很实际的，什么教有用就信什么。”胜吕崇史对我说，“小孩子从出生那天起就要去神社祭拜，为的是保留日本传统文化；年轻人考试升学都要去寺庙求签，花钱买安心；新人结婚则大都选择去教堂，因为基督教的婚礼很美；人老了就会去信佛，因为佛教讲究轮回，可以得永生。”

从这个意义上说，富士山的所谓“神圣感”也只不过是一个鼓励大家登山的借口而已。换句话说，富士山其实就是一个很棒的户外运动场所，登山者在爬山的过程中锻炼了身体，陶冶了性情，顺便还支持了户外用品制造商，繁荣了当地旅游业，结果皆大欢喜。

在山上转了一圈之后，我决定顺着富士吉田口这条路下到富士山的北侧。这条路是四条登山道当中使用率最高的，因为它坡度较缓，登山的难度最低。不过路上都是碎石和火山灰，很滑，下山时需要格外小心。

天黑之后我才终于下到了富士山五合目，却在找停车场的时候被一名日本年轻人指错了路，一个人在漆黑的山里多绕了两个多小时。回想起来，这个小伙子很可能英文不好，听错了我的问题。

不管怎样，我最终幸运地搭上了当天最后一趟班车离开了富士山。我的下一个目的地是日本的阿尔卑斯山，那是日本现代登山运动的发源地，也是日本户外运动的另一个大本营。

日本的阿尔卑斯山

第二天上午，我从富士山北麓的河口湖市出发，坐火车来到了位于本州岛北部的松本市。初看起来，松本市区的建筑物风格多样，毫无规律可言，甚至可以用杂乱无章来形容，但我在市中心走了一圈后便发现，这里的街道非常干净，交通井然有序，生活设施齐全，很多细节都考虑得十分周全，骨子里是一个很守规矩的城市。事实上，大多数日本城市都有这个特点，这是私有制社会特有的现象，不像中国的城市，虽然建筑物看上去整齐划一，但街头生活秩序却很混乱。

松本市是进入北方山区的门户，自古以来就是兵家必争之地。“二战”时这里躲过了盟军的轰炸，为日本保留下一座 30 米高的木结构 望台，名曰“松本城”。这座城楼有四百余年的历史，这在日本已经算是非常老的古迹了，因此被称为日本的国宝。我专程去参观了松本城，发现这其实就是一个用来打仗的堡垒，里面的很多特殊设计，包括五重六阶的结构，又窄又陡的楼梯，黑暗的过道，以及预留的 60 个箭孔和 55 个毛瑟枪孔，都是为了和来犯之敌肉搏用的。大多数展品也都和战争有关，比如刀剑和老式火枪等等。

我这趟旅行参观过的很多日本古迹都有这个特点，比如位于京都市中心的著名的二条城，当年是德川家康到京都拜访天皇时的住宅，城墙修得极高，护城河也很宽，绝对的易守难攻。最奇特的是，主卧室外面走廊的木板故意做得特别松，人踩上去会发出吱吱的声音，便于屋内的人提早发现刺客。

具有四百多年历史的
日本国宝——松本城

和其他国家的历史一样，日本的历史也是充斥着战争。但和欧亚大陆的其他国家不同，日本的历史是单线条的，基本上就是自己人跟自己人打仗，和世界其他国家或民族很少发生关系。这不奇怪，因为日本位于欧亚大陆最边缘的位置，和人类古典文明中心的距离太远了。也许是因为物极必反吧，日本这种闭关锁国的情况从明治时期开始突然来了个180°大转弯，毫无保留地全盘学习西方，这才有了今天的日本。在这个过程中，因为资源匮乏而产生的危机意识，以及随之而来的实用主义态度，是日本之所以能够迅速强大起来的关键因素。“二战”结束后，作为战败方的日本之所以能在如此短的时间里再次崛起，与当时的日本首相吉田茂奉行实用主义外交政策有着直接的关系。

日本人的这种实用主义态度和中国人处处纠结的心态形成了鲜明的对比。中国毕竟是一个历史悠久的大国，中国人背负的历史包袱比很多国家和民族都要重，无论是宗教还是文化禁忌都非常多，围绕少林寺商业化的争论就是明证。不过，因为日本人和中国人长得一模一样，再加上日本有太多学自中国的文化符号（比如宗教和汉字），很多来日本旅游的中国人往往会不自觉地把日本人想象成和我们一样的民族，觉得双方在本质上是相通的，忽略了两国在很多基本理念上的不同。但是，只要双方一交往，差异立现，此时中国人往往会觉得日本人太过怪异，不可理喻，这大概就是中日两国虽然距离很近但两国人民却难以相互理解的最大原因。

就拿登山来说，过去的日本人和中国人一样，只把山看做是一种宗教符号，或者是穷人们打猎砍柴的地方，但一位英国传教士仅凭一己之力，就彻底改变了日本人对山的态度。

事情要从1888年说起，那一年一位名叫威廉·高兰德（William Gowland）的英国地质学家出版了一本关于日本的书，首次把本州岛北部的这片山区命名为日本的阿尔卑斯山，因为他觉得这片山区无论是地貌还是植被都和欧洲的阿尔卑斯山非常相似。就在这一年，一位名叫沃特·韦斯顿（Walter Weston）的英国牧师来到日本传教，他本人是一个登山爱好者，看到高兰德的描述后便数次进入这片山区，攀登了多座3000米以上的雪山。后来他根据自己的这段经历写了一本书，名字叫做《日本阿尔卑斯山的登山与探险》（*Mountaineering and Exploring in the Japanese Alps*）。此书于1896年在欧洲出版后引起了广泛关注，很多人都是通过这本书才知道原来日本有这么一片风景绝美的山区。

韦斯顿不但自己爬山，还鼓励身边的日本朋友一起爬。就是在他的影响下，日本阿尔卑斯俱乐部（Japanese Alpine Club）于1906年在日本成立，这是整个亚洲地区成立的第一家以登山为主题的俱乐部，从此源自欧洲的登山文化便正式在日本扎下根来，登山终于脱离了宗教和农业上的意义，变成了一项纯粹的娱乐项目。因为这个原因，韦斯顿被誉为日本现代登山运动之父，甚至受到过裕仁天皇的嘉奖。

上高地的人行步道

如今这片山区已被划为自然保护区，上高地是保护区内人气最旺的一处景点。我从松本火车站出发，先坐了半个多小时的私营电气小火车，再转乘大巴车，沿着一条狭窄的盘山公路进入了山区。这条公路依河而建，沿途钻过无数隧道，还经过了一座水电站。那天整个地区都在下暴雨，水位猛涨，都快淹到坝顶了。

一个小时后班车开进了保护区，入口处有个检查站，私家车不准进入，游客们只能弃车改乘公共交通。此时已是傍晚，天色渐暗，雨却越下越大，我冒着大雨去车站附近的旅馆询问，连问四家居然都没有房间了，第五家倒是有间房，但要价 2.6 万日元，折合人民币 1600 元，太贵了。

“我们这里夏天是旺季，通常要提前半年预订房间。”服务员对我说，“离这里不远处有个露营地，你去那里碰碰运气吧。”

我设法找到了那家私人经营的露营地，花 7000 日元租了顶帐篷，这才总算没有露宿山野。第二天上午雨终于停了，我去游客接待中心买了一张地图，顺着一条步道向河的上游走去。上高地其实是夹在两山之间的一个河谷，河水是浅绿色的，并不清澈，看不到多少鱼，但转弯处流速较缓的地方能见到鸭子嬉水。可惜那天云层太厚，看不到周围山顶的轮廓，没法欣赏世界闻名的美丽山景。

公园内有数条步道，各种难度都有。如果你是专业驴友，可以背着帐篷和炉子，带足食品和水，一头扎进密林，去征服一座座 3000 米以上的高山。但如果你只是想来散散心，呼吸呼吸新鲜空气，那就可以沿着河边的步道在山谷里绕行一圈，几个小时后回到原点。不管你选择走哪条路，你都只能靠自己，既没有向导给你带路，也没有人沿途为你讲解动植物知识。

我去过全世界不少自然保护区，像上高地这样的做法还是第一次遇到。如今大部分自然保护区都比较推崇哥斯达黎加模式，这是在中北美洲小国哥斯达黎加首先开始尝试的做法，即把生态旅游和环境教育结合起来，把当地居民培养成专业导游，向随机组织起来的背包族散客们普及生态学知识。上高地走的是高端路线，用高昂的价格挡住了大部分普通背包客，把这个保护区打造成了一个仅供富人们散心养神的地方。

我沿着步道走了一段，便觉得日本人这么做也是有道理的。这地方看上去很自然，但过去肯定被砍伐过，植物的种类非常有限，动物更是稀缺，除了几声鸟叫外几乎找不到任何动物生活的痕迹，完全不适合开展生态旅游。另外，这里的人为痕迹太重了，所有的步道都是精心设计的，表面铺了一层防滑的碎石，有些低洼的地方甚至全程架高，铺上了木板。河道也被铁丝加固过，防止出现意外事故。

我沿途见到的日本游客几乎都不说话，一个人低着头安静地走路，很少有人停下来欣赏风景，更没有人离开步道去林子里考察动植物资源，大家仿佛就是来这里走路的，并从这种苦行僧般的行为当中获得了某种心灵上的慰藉。

绕了一圈之后，我回到游客接待中心，一位英语说得不太流利的工作人员告诉我，上高地自然保护区和欧美的保护区很不一样，里面还包括私人的土地，这些地主们和政府达成了某种默契，尽量不去破坏周围的自然环境。这一独特的做法和日本的历史有很大关系，古代日本人的环保意识不算很好，也不知道什么叫做自然保护区，这个概念是从美国进口的。美国政府于 1872 年在黄石建立了全世界第一个自然保护区，最终证明效果很好，于是日本政府决定效仿，于 1931 年颁布了亚洲国家的第一个环保法。不过美国是新大陆，政府一句话就可以把黄石公园保护起来，可日本绝大部分土地都是私人的，阿尔卑斯山区自然环境也不例外。于是日本政府只能从实际出发，提出和地主们合作，共同经营，分享利润。

这件事很好地反映了日本人对待大自然的态度。欧美人把大自然当做研究对象，试图搞清这里面的逻辑。而日本人则把大自然当做资源，或者是一种自我完善的工具，从中获得自己想要的物质，以及精神慰藉。这其实是一种更高级的功利心，其核心则是无所不在的实用主义原则。

这个实用主义原则在环保方面获得了极大的成功。截止到 2008 年，全日本一共有 29 个自然保护区，总面积 208.7 万公顷，占日本国土面积的 5.5%。在亚洲国家当中日本是公认的自然环境保护得最好的，日本国民的健康水平也是世界第一。

尾声

离开上高地，我坐车回东京。一路上我发现日本人对待平原和山地的态度截然不同，平原是留给当代人用的，几乎所有的平地都被开发成了农田，或者盖上了房子，一点都没有浪费。山地则是留给子孙们用的，几乎所有的山头都原封不动地留了下来，山坡上绿树成荫，看不到一点人为痕迹。

据统计，日本的森林覆盖率超过了 70%，精明的日本人为自己的后代留下了一笔丰厚的遗产。

哈萨克斯坦：文明的走廊与战场

哈萨克斯坦是欧洲和东亚之间的走廊，也是东方和西方之间的桥梁。哈萨克人一直生活在两大强势文明之间，逐渐掌握了在夹缝中生存的智慧。

“嘭”的一声巨响，我乘坐的一架波音757-200型客机直愣愣地降落在阿拉木图国际机场，飞机又在跑道上连弹了好几下才稳定了下来，我坐了那么多次飞机，安全带第一次派上了用场。

这架飞机属于哈萨克斯坦国家航空公司阿斯塔纳，这家公司脱胎于2004年破产的哈萨克斯坦航空，经济实力有限，我乘坐的这架飞机显然已经非常旧了，机上厕所还是冲水式的。虽然空姐们个个都是长腿美女，但是服务却很糟糕，没有盒饭倒也罢了，居然连水都不发，只能自己去要。

阿拉木图国际机场小得可怜，但哈萨克警察们的大檐帽却大得出奇，两相对比颇有一种喜剧效果。机场提供免费wifi，无需身份登记，也没有针对西方网站的屏蔽措施。后来我发现，几乎所有的旅馆、饭馆、火车站和商场等公共场所都有免费wifi服务，看来哈萨克斯坦政府下定决心要让自己的国家跟上信息时代的脚步。

出了机场坐车进城，经过市中心广场时看到一尊立着的武士雕像，全身披挂整齐，头上戴着一顶圆锥形的高帽子。这是根据1969年出土的一副盔甲而塑造的，这副盔甲由四千多片黄金制成，大部分金片上面刻有装饰性花纹，其拥有者显然是个贵族。哈萨克人将这套盔甲的主人视为自己的祖先加以膜拜，但考古学家们仔细研究后得出结论说，这位“金人”出生于公元前500年左右，不太可能具备哈萨克基因。盔甲出土的地方位于阿拉木图以东60公里处，是丝绸之路上重要的交通枢纽，往来客商不断，自古以来就是兵家必争之地，在哈萨克民族诞生之前，这地方的居民已经换过好几拨了。

要想了解哈萨克人真正的起源，必须沿着丝绸之路向西走。

文明的走廊与战场

虽然阿拉木图火车站的售票员大妈一句英语也不懂，但在一位陌生人的帮助下，我还是成功地买到了一张去希姆肯特（Shymkent）的火车票。哈萨克人的英语水平普遍较低，但他们都是热心肠，我遇到的每个人都尽一切可能帮助我，如果光凭打手势不够用的话，他们甚至会打电话给自己的朋友寻求帮助。

哈萨克斯坦总面积约为 270 万平方公里，高居世界第九位，如果再把前苏联算进来的话，这是地球上最广阔的一片土地。再加上这里四季温差大，气候条件恶劣，当地人很早就意识到，铁路是旅行的最佳选择。事实上，第一条连接哈萨克斯坦南部诸城和西伯利亚地区的铁路早在 1929 年就修通了，为阿拉木图的繁荣做出了重要贡献。

我买的是一张普通夜车票，但所有车厢都是卧铺包厢，每个包厢 2 ～ 4 人不等，外面有门。令我惊讶的是，除了棉被外，每个铺位都会发一套浆洗得干干净净的床单被套和枕巾，乘客们一上车就开始整理自己的铺位，把床铺弄得舒舒服服的，然后才开始卧谈聊天。

我的包厢里有一位回家探亲的大学生，有一只猫和她同行。这位阿拉木图大学经济系的三年级学生是一个非常专业的养猫者，随身携带着便携式笼子和铺着新猫砂的便盆，以及各种小包装的旅行专用猫食。那只猫也特别乖巧，在铺位上跳来跳去，和乘客们玩耍，逗大家开心。

阿拉木图距离希姆肯特只有七百多公里，但这趟火车却要开十多个小时。我后来又坐了三次火车，发现这个国家的铁路系统还是苏联人留下来的，速度很慢。好在卧铺车的条件非常好，所以哈萨克斯坦人一般都喜欢坐夜车，睡一觉就到了，这样就不会嫌火车慢了。

希姆肯特是哈萨克斯坦南部重镇，人口超过了一百万。和国际化的阿拉木图不同，这里大多数居民都是哈萨克人，是近距离观察这个民族的好地方。我坐车在市区内兜了一圈，发现这里很像国内的三线城市，房屋都很矮，马路很宽，公共汽车也都很破旧。不过有一点和国内不同，这里的汽车很守规矩，如果遇到行人在人行横道过马路，所有司机都会主动停下来礼让，这里的行人同样也很守规矩，我没见到闯红灯者。

“我们这里对违反交通规则的人实行重罚，每次至少100美元，所以没人敢违规。”导游对我说，“不过希姆肯特的市容越来越差，因为有大批农村人口进城打工，而原来住在这里的城市人口又都去国外打工了，人口素质下降了不少。”

据我有限的观察，这座城市的成年人当中明显女多男少。我们曾经在一家很普通的餐馆吃饭，除了我们这桌外，当时饭馆里一共有9桌客人，共计25人，居然全是女性。难怪曾经有位哈萨克总统候选人公开提倡恢复一夫多妻制，好让哈萨克斯坦众多单身女性都能当上母亲。

我们从希姆肯特开始改乘汽车，沿着一条新修的高速公路继续向西北方向驶去。这条公路是计划中的新丝绸之路的一部分，这条路将把北京和巴黎连接在一起。哈萨克斯坦境内的这一段据说是由中国出资建造的，有些路段尚未完工，预计两年后才能建成通车。

说到丝绸之路，很多人误以为只有一条路，其实这是一个网状的公路系统，是对“条条大路通罗马”这个成语最好的诠释。遥想当年，骑着骆驼或者驾着马车的商人们匆匆经过此地，把来自中国的丝绸运往欧洲，换来黄金和白银。东西方两大古典文明通过这条人工走廊相互交流，取长补短。不过，这条路绝不仅仅是个走廊而已，它本身也是有人居住的。对于商人们来说，这就意味着旅途中要经过别人的领地，必须时刻提防强盗和劫匪，小说《西游记》可以看做是对丝绸之路危险性的童话式描述，由此可见当时的人们对这条路的恐惧心态。

丝绸之路不但是东西方贸易的重要通道，同时也是双方相互侵略与扩张的必经之路。首先发动进攻的大概是亚历山大大帝，他的军队最远攻到了锡尔河两岸的浩罕（Khojand，位于今天的阿塞拜疆境内）。中国也曾经试图向中亚地区扩张，强大的唐朝军队曾经越过天山，占领了哈萨克斯坦东南部地区和吉尔吉斯斯坦。当时住在这里的是突厥人，他们眼看敌不过唐军，便向阿拉伯人求援。已经皈依了伊斯兰教的阿拉伯军队趁机东进，于公元751年在塔拉斯山谷（Taras Valley）大败唐军，这场战役史称怛罗斯战役，它标志着中国向西扩张历史的结束，从此中国的势力范围就再也没有越过天山。更重要的是，阿拉伯军队俘虏了一批中国工匠，将丝绸和造纸术的秘密带到了西亚，从此东西方实力的天平开始向西倾斜。

纵观整个人类文明史，不同文明交会处往往具有先天的优势，那么身处东西方两大古典文明交会地带的中亚地区为什么没有博采众家之长、后来者居上呢？答案就在窗外。从希姆肯特一路向北，眼前是一望无际的大草原，此时正值春暖花开之际，草地上点缀着无数红色的罂粟花，特别漂亮。地理学家将这片草原称为中亚干草原（Steppe），虽然看上去是绿色的，但因为缺水以及气温较低等原因，这里的植物生长周期很短，生长速度也不快，无法发展农业，只能种草，其实连草也长得不好，恢复速度慢，只能支撑小规模的畜牧业。有人曾经计算过中亚干草原的生物承载力，发现在北方相对湿润的地区每养一头羊需要 5 ～ 7 公顷的土地（1 公顷等于 15 亩），而在南方接近沙漠地区的干草原情况更糟糕，需要 12 ～ 24 公顷的土地才能养活一头羊。我眼前的这条高速公路位于干草原的南部，经常要开很长一段时间才能看到羊群，大部分地方都荒无人烟，好似绿色沙漠。

极端的自然条件决定了中亚地区的居民只能选择游牧的生活方式，跟随羊群在不同的草场和水源地之间迁徙。游牧生活虽然很适合中亚干草原独特的生态环境，但和周围的农耕文明相比，差距是极为显著的。游牧生产方式的单一性决定了游牧民族很难做到自给自足，他们日常生活需要的很多东西都是从周围农耕民族那里抢来的，中亚地区的历史就是一个游牧民族不断出击哄抢、农耕民族坚守防御的过程。游牧民族虽然善于骑马，机动性强，但如果比拼硬实力的话则终究拼不过文明程度更高的农耕文明。好在他们有草原做后盾，一旦失败就退回草原深处，继续过他们的游牧生活。

游牧这种生活方式塑造了中亚人的性格。一位哈萨克人曾经这么向我描述自己的民族：“我们哈萨克人非常好客，对不同的民族和宗教都相当宽容，这是优点。不过我们懒散惯了，不太适应现代社会。你要知道，游牧的生活方式其实是很轻松的，放羊不需要消耗太多体力，不像那些种田的农民，每天都要下地劳动。”

也许是因为游牧民族对不同宗教的宽容心态，使得强调只有一个真神的伊斯兰教很难进入中亚地区。多亏一位名叫科扎 · 艾哈迈德 · 亚萨维（Khoja Akhmet Yassawi）的突厥诗

阿克苏保护区

人将《古兰经》翻译成当地人更容易理解的通俗诗歌，运用老百姓能懂的比喻和寓言故事来解释《古兰经》，伊斯兰教这才终于进入了中亚地区，并最终取代了当地原有的各种原始图腾，成为这一地区最具统治力的宗教信仰。

亚萨维大约于 1093 年出生在希姆肯特以东 10 公里处的一个小镇塞拉姆（Sayram），这是古丝绸之路上的一个重要的中转站，是哈萨克斯坦境内最古老的定居点之一。皈依了伊斯兰教后，亚萨维来到塞拉姆以北 170 公里远的另一个小镇突厥斯坦（Turkistan）定居，一番苦修后终成正果，被公认为是伊斯兰教中的苏菲神秘主义派别（Sufism）的创始人之一。这一派是伊斯兰教中比较脱俗的一支，强调灵修的力量，对其他宗教比较宽容，没那么多世俗的条条框框，非常符合游牧民族的习性。为了纪念 63 岁去世的先知穆罕默德，亚萨维也在 63 岁那年隐居地下室，从此再也没有出来，直到 1166 年去世为止。他在地下室里潜心写作，创作了大量诗歌，宣传伊斯兰教教义。

不过，亚萨维所盼望的极乐世界并没有到来，来的是残暴的蒙古铁骑。13 世纪初期，成吉思汗率领的蒙古军队向西扩张，一直打到了欧洲。蒙古军队所到之处无不烧杀抢掠，

亚萨维陵墓是整个中亚地区最重要的穆斯林朝圣地

几位中亚妇女正在欣赏亚萨维陵墓墙外的瓷砖

给沿途居民带来了毁灭性的打击。原本居住在中亚地区的突厥男人几乎都被杀光了，这里成了蒙古人的天下。成吉思汗死后，他的四个儿子瓜分了中亚地区，哈萨克斯坦境内的大部分地区由成吉思汗的次子察合台继承。14 世纪后期，一个名叫帖木儿的部落首领借机起势，他自称是成吉思汗的后裔，用和成吉思汗同样残暴的手段占领了今天的伊朗、伊拉克、土耳其和哈萨克斯坦南部的大片疆土。

值得深思的是，成吉思汗和帖木儿同样是杀害了无数百姓的残暴君主，但在中亚人民的心目中，只有后者被视为暴君，前者则被普遍认为是一位改变历史的大英雄。

帖木儿皈依了伊斯兰教，是个突厥化了的蒙古人。1390 年，帖木儿下令在突厥斯坦为亚萨维修建一座陵墓，如今这座陵墓仍在，是整个中亚地区最重要的穆斯林朝圣地，也是哈萨克斯坦仅有的两个被列入联合国世界遗产文化名录的历史古迹之一。我此行的目的就是参观这座陵墓，车子还未进城，就看到路边有一个庞大的建筑群，门口飘扬着哈萨克斯坦和土耳其两国国旗。“这是土耳其政府出资修建的突厥斯坦综合性大学。”导游告诉我，“这几年土耳其政府在哈萨克斯坦投了很多钱，尤以和伊斯兰教有关的文化设施项目为主。而哈萨克斯坦年轻人当中崇拜土耳其的人越来越多，很多人渴望去土耳其学习或者工作，毕竟土语和哈萨克语非常相近。”

当天正好是个周末，来陵墓参观的游客比平时多了很多。我注意到大多数游客都穿着民族服装，但是导游告诉我，哈萨克斯坦的宗教氛围相对较淡，来此地朝拜的信徒大都来自乌兹别克斯坦等其他四个中亚“斯坦国”。“苏联解体后其他几个中亚国家的俄罗斯人都撤走了，但哈萨克斯坦的俄罗斯人大都留了下来，如今哈萨克人只占哈萨克斯坦总人口的60%左右，信东正教的俄罗斯人占了25%，余下的人来自全世界一百多个民族，信什么的都有，哈萨克斯坦是整个中亚地区非常少见的多民族多信仰国家。”

从正面看，亚萨维陵墓是一个土黄色的拱门，蓝色的主穹顶要到侧面才能看见。拱门高41米，至今依然是突厥斯坦城内最高的建筑物。建造这座陵墓一共花了20年的时间，但最后仍然没有完工，拱门内侧依然保留着当年留下来的脚手架。陵墓外墙全部用砖头垒成，制造砖头的材料来自30公里外，据说工人们排成了一个30公里的长队，用手传手的方式将砖头运到了这里。

和大多数穆斯林陵墓不同的是，来这里参观不需要脱鞋，只要求女游客戴头巾，如果自己没带的话免费发一条。苏联政府宣扬无神论，将这座陵墓当做博物馆来管理，甚至还收门票。2006年土耳其总统来此地朝拜，劝说哈萨克斯坦总统努尔苏丹·纳扎尔巴耶夫（Nursultan Nazarbayev）修改政策，将此地视为穆斯林的朝圣地，免收门票。作为补偿，土耳其政府拨出一笔巨款，负责陵墓的修缮工作。据说纳扎尔巴耶夫本人并不是个特别虔诚的穆斯林，哈萨克斯坦独立后为了讨好选民，这才突然换了副面孔。不过他对穆斯林极端势力一直非常警惕，禁止一切极端原教旨主义者在哈萨克斯坦境内宣教，甚至不准穆斯林妇女在公开场合戴那种只露出眼睛的头巾。

如今陵墓内部搭满了脚手架，修缮工作正在紧锣密鼓地进行。陵墓的另外三面外墙全部由彩色瓷砖铺成，图样简朴，但因为采用了蓝色作为装饰，显得特别高贵。陵墓的西南角有毁坏的痕迹，据说这是俄罗斯人干的，当年俄罗斯军队曾经拿这座建筑当训练射击用的靶子。陵墓旁边就是亚萨维当年住过的屋子，保存得相当完好。他住了十多年的那个地下室也还在，可惜不许游客下去参观。故居旁边还有一个古老的土耳其浴室，一直到1975年还在使用。

突厥斯坦是哈萨克民族发展史上最重要的城市之一，16～18世纪被哈萨克可汗定为首都。哈萨克人的祖先是来自中亚干草原的一个原始部落，有蒙古血统。其中的一支大约在14世纪时搬到这片沙漠地区定居，并皈依了伊斯兰教，自称乌兹别克。1468年乌兹别克部落发生内战，其中一部分人脱离原部落，回到北方大草原上继续过游牧生活，这就是哈萨克人的前身。哈萨克的意思是“自由骑士”，这群崇尚自由的人建立了世界上最后一个游牧帝国。可惜他们的逍遥日子没过多久，来自东方的准噶尔汗国向哈萨克帝国发动了血腥的攻击。准噶尔汗国发源于蒙古西部，信仰藏传佛教。双方僵持了一百多年，哈萨克人逐渐占了下风。哈萨克可汗决定向北方的俄罗斯帝国求援，请求沙皇派兵助阵，中亚地区的格局从此发生了根本性的变化。

从阿拉木图到苹果之都

要想了解俄罗斯与哈萨克斯坦的这段历史，就必须好好研究一下阿拉木图。

阿拉木图位于天山山脉西侧的外伊犁山山脚下，海拔在700米～900米之间，气候相对温和，降水充足，是个风景优美、物产丰富的好地方。当年这附近曾经有过一座小城，名字就叫阿拉木图，是丝绸之路上一处重要的定居点。成吉思汗的蒙古铁骑在西征途中经过这里，顺手将这座城市从地图上抹去了。

1854年，俄罗斯帝国的军队应哈萨克可汗之邀，在阿拉木图遗址附近修建了一座城堡，起名维尔尼（Verny），准备靠它来抵御准噶尔汗国的入侵。随之而来的是西伯利亚的农民和哥萨克牧民，他们在城堡附近安营扎寨，渐渐将其变成了一座小型城市。哈萨克人明知这是引狼入室，但自己身处东西方两大强敌之间，必须联合一方来抵御另一方，否则

阿拉木图城外到处是绝佳的徒步路线

自身难保。而俄罗斯沙皇当然也不是雷锋，他之所以这么做，一来可以借机进入中亚地区，扩张自己的势力范围，二来这也算是一种报复，当年俄罗斯被来自中亚地区的游牧民族骚扰得很惨，如今双方实力颠倒了过来，当然要复仇。

准噶尔汗国后来被大清帝国击败，哈萨克人少了一个危险的敌人，但此时俄罗斯已经实际占领了中亚地区的大部分领土，将这块地方变成了俄罗斯的殖民地。沙俄对中亚地区的渗透和吞并是世界历史上的一个大事件，其重要性一点也不亚于大英帝国对印度的殖民，或者美国对美洲的殖民。要知道，中亚地区的总面积相当于半个美国，这块地方地理位置重要，物产极为丰富，民族成分复杂，在各方面都有着巨大的潜力。事实上，东西方之间的第一次冷战就发生在这里，交战双方是俄罗斯帝国和大英帝国。这场冷战最终以平局收场，而中亚地区则被这两个超级大国当做游戏筹码，随意摆布，从来没有考虑过当地人民的感受。

1917年十月革命爆发，沙皇被苏维埃取代。1922年苏维埃社会主义共和国联盟宣告成立，哈萨克斯坦、乌兹别克斯坦、土库曼斯坦、塔吉克斯坦和吉尔吉斯斯坦这五个中亚地区的“斯坦国”被并入了苏联。值得一提的是，这五个国家是被斯大林强行划分出来的，当时这五个民族已经相互混居多年，国界早就不存在了。斯大林的做法曾经招来不少非议，但也有人认为，正是由于这种强行的人为划分，五个中亚民族独特的文化特征终于

阿拉木图教堂

被保留了下来。

1927年，苏维埃政府将维尔尼定为哈萨克斯坦首府，并改名为Alma-Ata，意为“苹果之都”。这次改名具有双重含义：一方面是为了告诉世界，这里是苹果的原产地；另一方面，出于民族政策的考虑，苏联人想恢复这块地方的古代名字，却又不想变得那么彻底，便想出了这个发音和含义都说得通的折中方案。

“我们哈萨克人有个说法，说纽约的外号是大苹果，阿拉木图的外号是小苹果，这两个城市非常相似，都是多民族混居的国际大都市。”一位名叫法丽达·朱巴耶娃（Farida Jubayeva）的家庭主妇对我说，“我们哈萨克人和纽约人一样，心态都很开放，比如我的二女儿新交了个男朋友，是俄罗斯和朝鲜混血，我一点也没觉得不好，非常尊重她自己的决定。”

街头绘画，背景是苏联时期留下的公寓楼

法丽达是希姆肯特人，今年47岁，她在阿拉木图上的大学，主修艺术，但毕业后很快结婚生子，做了家庭妇女。夫妻俩都是哈萨克人，但他们所生的四个女儿长相完全不同，有的非常像欧洲人，有的则是典型的蒙古人面孔，这说明哈萨克民族本身就是一个混血民族，基因多样性很丰富。

“生了四个女儿却没有生一个儿子，家里人有没有责怪你呢？”我问。

“没有啊，生女儿也有好处，因为哈萨克人的风俗是结婚时男方需要给女方彩礼，我大女儿出嫁后我就收到了一万美元彩礼，不过我必须负责给他们的新家添置家具，这也花去了不少钱。”法丽达笑着对我说。

法丽达领我在阿拉木图市中心走了一圈，感受了一下这个中亚名城的风采。这座城市

街上的一家宠物商店

最引人注目的地方就是绿化做得特别好，街边随处可见高大的古树，没有树的地方也都长满了草，几乎看不到裸土，空气非常新鲜。不过法丽达告诉我，由于采暖等原因，这座城市在冬天空气很糟糕，夏天也经常有雾霾，只有春秋两季是最好的。

阿拉木图的街道格局方方正正的，一点也不像是一个自然形成的古城，这是因为这座城市先后在 1887 年和 1911 年发生过两次大的地震，城内大部分建筑尽数被毁，不得不另起炉灶。走在阿拉木图的大街上，我最初感觉特别像欧洲，街边到处是精致的咖啡馆和小商店。但只要抬起头来，我立刻就看到了前苏联的影子。市中心大部分建筑都是那种老苏联式的火柴盒，临街的房子也都是普通公寓，没有商用空间。所幸苏联人设计的街道足够宽，留下了宽敞的空间供后人利用。苏联解体后哈萨克人在公寓楼底层的房子外面搭建了一排平房作为商业用房，并模仿欧洲人的风格进行装修，把阿拉木图城市上空 3 米以下的空间变成了欧洲。

阿拉木图的街道比北京的窄，车也很多，但车速却比北京快，原因在于大多数司机都很守规矩，行人也不会乱穿马路。法丽达告诉我，阿拉木图到处都是摄像头，对违反交通规则的人实行重罚。总统纳扎尔巴耶夫非常喜欢李光耀，很多地方都在效仿这位铁腕总统。比如公共场所不准吸烟的法律很早就有了，但一直执行不力，总统一声令下，凡是被查到违规的地方一律重罚，终于把这个存在已久的恶习彻底纠正了过来。

阿拉木图大街上随处可见这种站成三角形的卫兵

即使如此，这座城市还是被越来越多的汽车弄得有些不知所措。苏联人建的房子没有规划停车场，我们走访了好几个居民小区，所有空地上都停满了汽车，比北京的情况有过之而无不及。市中心大部分街道的右侧也都被汽车占满了，这就等于少了一条车道。阿拉木图的汽车档次很高，各种高档进口 SUV 随处可见。后来我才知道，它们大都是进口的欧美二手车。比如我在路上结识了一位澳大利亚采矿工程师西蒙，他雇用的鞑靼族司机开的就是一辆美国进口的二手凌志 SUV。虽然车龄已近十年，但保养得极好，他花了 2 万美元将其买下，当做出租车，西蒙每周付给他 200 美元，随叫随到，没事的时候他就在大街上拉客，招手即停，价格面议。阿拉木图很多私家车司机都是如此，政府从来不管，这就是为什么大街上挂牌的出租车特别少，因为所有汽车都可以变成出租车。

“阿拉木图有些方面已经相当自由了，但还是有很多方面保留着苏联时期的旧体制，办事机关的腐败现象特别严重。”法丽达对我说，“比如我自己想做点生意，但营业执照办了一年还是没办下来，负责审批的衙门太多了，每道手续都要红包打点，否则就不给办。”

确实，当我深入了解之后，发现这座城市的前苏联特征还是相当明显的。比如位于市中心的国家博物馆，从外表看气势辉煌，但展品乏善可陈，工作人员态度生硬，服务意识欠佳。我去的时候正值中午，几位值班人员在展厅一角吃午餐，弄得一屋子都是饭菜的味道。我强忍着怪味儿把所有展厅都看了一遍，虽然解说词大都是俄语，但是根据展品的情况还是能猜出个大概的。

博物馆的苏联部分大都集中在卫国战争时期，“二战”后的情况则以歌功颂德为主，苏联解体前那几年的历史很少涉及，给老大哥留了很大的面子。事实上，中亚地区一直是苏维埃政府流放异己分子的地方，阿拉木图就曾经是托洛茨基的流放地。“二战”期间大批原本住在远东地区的朝鲜人被强迫搬到阿拉木图的兵工厂工作，这就是哈萨克斯坦境内会有那么多朝鲜人的原因。

“二战”结束后，斯大林强迫哈萨克人结束游牧生活定居下来，组成农业集体合作社，于是很多哈萨克人杀了自己的牲口吃掉了，导致大批人饿死。赫鲁晓夫上台后，为了扩大耕地面积，于 1954 年开始实行“处女地”计划，对流经哈萨克斯坦和乌兹别克斯坦的河流进行了大规模改造，并修建了不少人工水渠，把中亚干草原变成了苏联最重要的棉花基地。但是这个工程导致大量水土流失，使得里海——这一全世界面积最大的咸水湖几乎彻底干涸。

更糟的是，计划经济体制迫使中亚地区诸国只重点发展某几个项目，这就降低了这些国家的经济多样性，增加了它们对苏联援助的依赖程度。苏联解体后，来自俄罗斯的专家大批撤走，哈萨克人顶不上来，来自苏联的经济援助也突然中止，整个国家的经济几近崩溃，老百姓苦不堪言。

“因为工作的缘故，我去过哈萨克斯坦很多偏僻的小城市，发现了大量没有屋顶的空房子。”采矿工程师西蒙对我说，“我一开始还以为是烂尾楼，可一问才知它们都是当年俄罗斯人住的公寓，苏联解体后俄罗斯人匆忙撤走了，当地的公共设施没人照管，停水停电停暖气，哈萨克斯坦的冬天多冷啊，老百姓实在没办法，便把这些房子里所有能拆的木头都拆下来烧火取暖，玻璃门窗拆下来卖钱买面包充饥，这才勉强熬了过来。”

“那几年阿拉木图的日子也很不好过，暖气停了，食品供应不上，我每天都要花很长时间排队买面包，即使这样也只能买到很小的一块，家里人经常饿肚子。”法丽达补充道，“我的丈夫原来是搞美术的，有着稳定的工作，苏联解体后工作一下子没了，他意识到搞美术是死路一条，便自学了做假牙的技术，全家人终于过上了安定的日子。”

法丽达一家住在市中心的一幢老式公寓里，房子是政府发的，一百多平方米，内部装修简朴实用。去年她的丈夫不幸去世，留下她一个人照顾四个女儿。不过她目前的生活水平相当不错，开的车是一辆崭新的丰田 SUV。

“我应该属于阿拉木图的中产阶级，现在的生活水平肯定是比 20 年前要好多了。”法丽达说，“不过我还是很怀念苏联时期的生活，那时收入虽然不高，但工作稳定，而且我丈夫可以从事他心爱的美术工作，不像现在，人人都要自己去挣钱，否则就没人管你了。”

法丽达对苏联时期的教育体制非常赞赏，她告诉我，哈萨克人的传统是只有男孩子可以读书，女孩不可以，但苏联政府强制推行全民义务教育，像她这样的哈萨克女性这才终于有了受教育的机会。哈萨克斯坦独立后，学校教科书也都改成了哈萨克文，但她依然愿意多花点钱把女儿送到阿拉木图唯一的俄语中学，因为她觉得那所学校的教学质量要好一些。

“其实 1991 年的时候哈萨克人只是抗议政府腐败，没打算独立，是苏联强行把五个中亚国家推出去的。”法丽达说，“这就是为什么 1991 年后很长的一段时间里哈萨克斯坦一片混乱，各方面都在大倒退，我们把 1991 年后的这段时期叫做‘疯狂资本主义时代’，那时人人都在不择手段地挣钱，全社会都没了规矩。再后来纳扎尔巴耶夫实行铁腕统治，这才慢慢恢复了秩序。”

国家博物馆专门开辟出一层楼的空间讲述哈萨克斯坦独立后的历史，资料还算翔实，甚至罕见地配了英文解说词。哈萨克斯坦在苏联时期就是中亚五国当中情况最好的，自 70 年代开始掌权的哈萨克斯坦最高领导人金姆哈梅塔·库纳耶夫（Dinmukhamed Kunaev）是苏共政治局中唯一的中亚成员，他通过手中掌握的权力把大笔金钱转入了哈萨克斯坦，并将阿拉木图打造成了中亚地区现代化程度最高的城市。戈尔巴乔夫发起“公开性”运动之后，中亚地区的第一次大规模群众示威游行正是发生在阿拉木图。

纳扎尔巴耶夫是库纳耶夫的得意门生，在苏联解体之前就已经是哈萨克斯坦最高领导人了。1991 年之后他赢得了选举，成为哈萨克斯坦第一任总统。他不止一次在公开场合表示，哈萨克斯坦一定要先发展经济，具备了一定条件后再进行政治改革，所以他一直严格限制国内的反对派势力，没有出现其他四个中亚“斯坦国”政治动荡的局面。2005 年他再次当选哈萨克总统，成为中亚五国当中执政时间最长的总统，据说在那次选举中他得到了超过 90% 的选票。

“那次选举只是走走形式而已，谁都知道他会当选，因为没有一个反对者能够对他形成挑战。”法丽达对我说，“虽然我不喜欢他，可我也知道这个国家现在还离不开他，我很担心如果有一天他不在了，哈萨克斯坦会出乱子。”

确实，从表面上看，哈萨克斯坦是成功的。我一路上遇到的所有人都认为，中亚五国当中哈萨克斯坦的情况是最好的，无论是经济还是民生都远好于其他四国。作为哈萨克斯坦的经济中心，阿拉木图聚集了大批外国银行家、商人和工程师，我通过西蒙的妻子珍妮认识了好几位外国太太，她们跟随自己的丈夫搬到阿拉木图，在位于天山脚下的高档别墅区内租一幢豪宅，雇用当地司机和保姆为她们服务。这些人平日基本上无事可做，便成立了一个女子俱乐部，其成员总数已经突破了 1000 人，俱乐部经常组织大家去天山徒步或者滑雪，晚上则去高档饭馆吃饭喝酒，日子过得很逍遥。

问题是，哈萨克斯坦的经济状况可持续吗？我去阿拉木图市中心的一个超级大市场转了转，发现除了苹果、面饼、马肉和奶酪等少数几种食品外，大部分蔬菜和罐头食品，以及衣服鞋帽等各种小商品全都是进口的，基本上找不到本地货。

“苏联时期阿拉木图还有一些制造业，比如这里曾经是苏联农用拖拉机的生产基地。”法丽达说，“苏联解体后这些工厂大都停产了，或者转移到了国外，哈萨克斯坦已经变成一个纯消费国家，我们现在是靠卖石油和矿产以及金融服务业活着。”

哈萨克斯坦确实有这个条件。该国的石油和天然气的蕴藏量十分巨大，已探明石油储量高达 300 亿桶，天然气储量则超过了 2 万亿立方米，油气资源出口量目前排在世界第十位。该国的矿产资源也十分丰富，钨、铜、铅、锌、钼和磷的储量均居亚洲第一位，铀矿的蕴藏量排名世界第二，被称为“铀库”。目前该国的资源出口总额占到工业生产总量的将近 60%，居高不下的国际能源价格保证了该国年均 GDP 增幅近十年来一直维持在 7% 以上，是全世界经济增长最快的国家之一。

经济实力的增长带来的是政治上的野心。哈萨克斯坦不再满足于扮演一个夹在超级大国中间的受气包角色，纳扎尔巴耶夫下定决心要大干一场了。

从阿拉木图到阿斯塔纳

纳扎尔巴耶夫上台后所做的第一件事让全世界为之震惊，他宣布将苏联留在哈萨克斯坦境内的1410枚核弹头全部退还给俄罗斯，哈萨克斯坦放弃成为核大国的机会。1995年最后一枚核弹头运出国境，纳扎尔巴耶夫兑现了自己的诺言。

从感情上讲，纳扎尔巴耶夫这么做很容易理解。因为地理位置的缘故，哈萨克斯坦一直是苏联进行核试验的基地。1949年～1989年苏联人一共在哈萨克斯坦东北地区进行了超过500次核试验，导致当地居民癌症频发，其危害至今未消。但从另一个角度看，纳扎尔巴耶夫的这一举动等于宣告放弃了和俄罗斯争夺地区霸权的机会，为哈萨克斯坦赢得了发展经济的宝贵空间。

1994年哈萨克斯坦举行了第一次多党派选举，纳扎尔巴耶夫获胜。虽然一部分西方媒体颇有微词，但他当时确实深得民心，这一点应该是没有争议的。哈萨克斯坦国家博物馆里展出了他就职时的宣誓词，其中特别提到独立后的哈萨克斯坦将成为一个多民族国家，这又是一个极为聪明的做法。当时其他四个“斯坦国”都发生了俄罗斯人大规模撤离的现象，但纳扎尔巴耶夫意识到苏联已经统治了哈萨克斯坦70年，俄罗斯文化的影响力是不可能轻易丢掉的，俄罗斯人带来的技术知识和管理经验正是哈萨克斯坦这样一个年轻的国家所必需的。

上台之后，纳扎尔巴耶夫又做了两件很有意思的事情。第一，他废除了苏联人起的名字，将阿拉木图改名为Almaty，这是一个哈萨克名字，从发音上更加接近阿拉木图的古名。第二，他不顾多数人的反对，强行决定迁都，把首都从阿拉木图迁到位于哈萨克斯坦中部的一个小镇阿克莫拉，并改名为阿斯塔纳（Astana，首都的意思）。这可不是简单的旧城改造，而是在旧城的旁边另选一块荒地，从零开始，打造一个全新的首都。

此举引起了很多人的猜测，有人认为这是为了摆脱阿拉木图的官僚阶层，以便为哈萨克斯坦政坛引入新生力量；也有人认为这是为了团结境内的俄罗斯人，因为越是靠近俄罗斯的北方地区俄罗斯人比例越高；法丽达则相信，这是为了向全世界展示一个全新的哈萨克斯坦，并为这个发展中国家提供一个亟须的新经济增长点。

2013 年 4 月 25 ～ 26 日，第 11 届欧亚媒体论坛（Eurasian Media Forum）在阿斯塔纳举行，我作为主办方邀请的特约记者出席了这次大会，并顺便考察了一下这座平地而起的崭新城市。论坛组织者特意为我安排了一个志愿者，带我在市中心走了一趟。他名叫保占·卓德巴耶夫（Bauyrzhan Zholdybayev），来自哈萨克斯坦南部，目前是纳扎尔巴耶夫大学自动化系三年级学生，英文说得不错。

司机开车载着我俩先去了原来的那座小镇阿克莫拉，这是当年被流放犯人和被贬黜官员住的地方，全是四五层高的筒子楼，缺乏街边小店，和 80 年代的中国城市如出一辙。由此向南跨过伊希姆河，我立刻感觉自己仿佛来到了另一个世界，眼前出现了成片的摩天大楼，造型别致，风格各异，有的好似苏联模式的加长加高版，有的则和伦敦市中心的环保大楼毫无二致，外墙全都是玻璃做的，还有一批建筑物具有明显的伊斯兰风格，另有几幢大楼完全说不出是什么风格，好似科幻小说中的未来城市。

“阿斯塔纳的总设计师是个日本人。”卓德巴耶夫告诉我，“政府把国家预算的 8% 用来建造阿斯塔纳，目标是建成世界一流的城市。”

汽车在市中心兜了一圈，大楼之间的马路极宽，路上也没什么行人，车子开得飞快。这里的汽车和阿拉木图一样，都是很高级的进口车，但不知为什么几乎所有的车子都很脏，车身上全是泥土。与之对应的是，绝大部分街道却都很干净，看不到垃圾，但在一些犄角旮旯的地方仍然可见施工后还没来得及种上草的裸土，大风吹过扬起阵阵黄沙，和旁边金光闪闪的摩天大楼在一起显得很不合拍。

车子开到中心广场停了下来，卓德巴耶夫带我去参观巴伊捷列克（Baiterek）纪念塔，这是阿斯塔纳的地标，也是哈萨克民族的象征。塔高 97 米，顶部是一个金色的圆球，象征着神鸟下的金蛋。我们跟随一群观光客乘坐电梯直达顶楼，一出电梯，我立刻感到头晕目眩，恶心得想吐。原来，因为当天风比较大，这座塔被风吹得摇摇晃晃，正好是让人恶心的那种低频。

站在塔顶向四面望去，这座城市有一条很明显的边界，边界内高楼林立，一出边界就是一望无际的中亚干草原，草原上连一座房子都看不到。卓德巴耶夫告诉我，这座城市冬天异常寒冷，最低温度经常达到零下50℃，而且地势过于平坦，常年刮大风，刮风的时候飞沙走石，行人都睁不开眼睛。

“怪不得阿拉木图人都不愿迁都！可你为什么要千里迢迢地来这里上学呢？”我问他。

“我上的是国际学校，每年只招500个学生。我是从13万应届毕业生当中考上来的。”

卓德巴耶夫毫不掩饰自己的骄傲之情，当我提出去他的学校看一看时，他立刻爽快地答应了。纳扎尔巴耶夫大学位于阿斯塔纳市南部，三年前刚刚建成开课。整座学校全都建在一个巨大的温室内，里面有草坪，有商店，甚至还有咖啡馆，环境相当棒。学校入口处贴了一张告示，称校内的官方语言是英语。

“我的老师都是美国来的教授，上课全用英文。”卓德巴耶夫特意提醒我说，“能考进我们学校的都有奖学金，学校还提供宿舍，吃住都不用愁。”

后来听说，阿斯塔纳新建了近百所大学，吸引了来自全国的一大批优秀的学生。为了让未来的哈萨克斯坦变得更加国际化，纳扎尔巴耶夫提出要在全国所有学校实行“三语教育”，就是哈萨克文、俄文和英文都必须学。欧亚媒体论坛招募了大批学生志愿者，看得出来他们都非常好学，渴望走出国门，看看外面的世界。

第二天早上下了场雨，这座城市立刻现了原形，原本干干净净的街道上到处都是泥水，显然城市的排水系统很不健全，地砖的铺设也相当粗糙，道路坑洼不平。我立刻明白为什么这里的汽车都很脏了，原来是遍布全城的水坑惹的祸。

我住的旅馆和会议中心只隔着一条马路，但因为往来汽车车速太快了，再加上这里没有修过街天桥，代表们过马路居然成了一件难事。后来主办方动用交通警察维持秩序，大家这才顺利地走了过去。

欧亚媒体论坛是纳扎尔巴耶夫的大女儿达日嘎·纳扎尔巴耶娃（Dariga Nazarbayeva）想出来的主意，前九届都是在阿拉木图举办的，去年刚刚移师阿斯塔纳。这个论坛的主要目的是为东西方媒体记者提供一个对话的平台，并利用这个机会向全世界宣传哈萨克斯

巴伊捷列克纪念塔

坦。纳扎尔巴耶娃早年曾经在媒体工作过，对付记者很有经验。她后来组织了一个政党，在一些次要方面和父亲唱反调。不过2006年她把自己的政党和父亲的党合并了，两人终于站在了一条战壕里。2007年，纳扎尔巴耶娃的丈夫因为和自己的老丈人唱反调，被纳扎尔巴耶夫驱逐出境，两人也离了婚。不过参加此次论坛的大部分记者都认为，如果纳扎尔巴耶夫退休的话，纳扎尔巴耶娃将是接替他的最佳人选。

会议第一天安检格外严，总统纳扎尔巴耶夫要来发表讲话。在众人的掌声中，这位老总统走上讲台，和女儿调侃了几句之后，拿出讲稿用俄语做了将近一个小时的发言，阐述了他对很多世界热点问题的看法。比如2014年北约计划从阿富汗撤军，很多人担心阿富汗会乱，纳扎尔巴耶夫表示对阿富汗局势非常乐观，如有需要，哈萨克斯坦将提供必要的支援，保证阿富汗不会乱。再比如，俄罗斯、白俄罗斯和哈萨克斯坦三国计划成立一个欧亚经济联盟，很多人担心苏联借此机会死灰复燃，纳扎尔巴耶夫让大家放心，称这只是一个经济联盟，和政治无关，绝不会成为新的苏联或者取代独联体的地位。

总之，纳扎尔巴耶夫的核心观点就是希望国际媒体淡化冷战概念，不再用冷战思维看待中亚地区。他试图让大家相信，中亚诸国早已不是苏联时期的加盟共和国了，中亚各民

纳扎尔巴耶娃非常喜欢跳舞

族是一群具有悠久历史和人文底蕴的独立民族，有能力吸取东西方各家之长，创造出一个美好的未来。

纳扎尔巴耶夫用“2050年愿景”结束了他的讲话。这是他提出来的新目标，即到2050年时将哈萨克斯坦变成全世界最发达的前30个国家之一。这个新口号在哈萨克斯坦的大街上随处可见，连同总统本人的巨幅头像一起俯瞰芸芸众生。

总统讲话结束后，论坛正式开始。主办方在两天的时间里安排了六场论坛，议题涵盖阿富汗问题、中东安全、欧亚经济联盟、互联网时代的信息安全和媒体的未来趋势等等，都是热点话题。但是真正有趣的地方在于，哈萨克斯坦利用自己身处中亚交会点的优势，把东西方代表请到一个讲台上互相讨论，这样的情况确实非常少见。比如在讨论中东安全问题时，台上的演讲嘉宾既有来自英国和土耳其的反叙利亚政府代表，又有来自叙利亚官方的代表，双方各自陈述自己的立场和态度，台上火药味甚浓，台下听众听得过瘾。

不过，虽然标榜自己的中立立场，但此次会议的偏向性还是比较明显的。主办方请来的四位主持人中有三位是俄罗斯电视台的名嘴，唯一一位说英语的主持人来自半岛电视台。虽然三位俄语主持人其实英语说得都不错，到场嘉宾大多数也都是说英语的，但主持人仍然坚持说俄语，我们只好戴着耳机听蹩脚的同声传译，既没法录音，也很难做笔记。

主办方请来的来自西方国家的嘉宾也是经过仔细挑选的，比如一位来自美国的前《纽约时报》记者就是一个反美派，他曾经写过一本《查韦斯传》，对这位刚刚去世的委内瑞拉左派领导人赞赏有加。

论坛结束后，主办方在市中心一家夜总会召开庆功酒会，啤酒、红酒、威士忌、白兰地、伏特加排成一排随便喝。现场还有两支乐队为大家伴舞，纳扎尔巴耶娃带头跳起了迪斯科，哈萨克人对酒精和舞蹈的喜爱真是一览无余。

酒会过了午夜才散，我注意到夜总会的角落里有几位身穿西装的保镖，一直神情严肃地注视着舞池中欢乐的人们。

尾声

回程我选择了海南航空公司的班机，同机的是一大群返乡的中国工程技术人员。和阿斯塔纳航空公司一样，海南航空的空姐也是清一色的美女，但这一回，机上提供了一顿饭和一杯水。

一个哈萨克村庄的求生之路

哈萨克斯坦南部重镇希姆肯特以东70公里的地方有一个名叫扎巴格里的小村庄，我在这里的一户哈萨克农民家里住了三天，考察了一下这个村近20年来的求生之路。

从自然保护区到生态旅游基地

扎巴格里（Zhabaghly）村有二百多年的历史了。这地方位于天山山脉南坡的一个山谷之中，两条小河从附近流过，分别叫做阿克苏（Aksu）和扎巴格里。山谷中有成片的草场，历来是哈萨克人游牧的好地方。早年间每一个草场上都有哈萨克牧民搭建的临时帐篷，苏联政府强迫他们从高海拔的草场上撤下来，统一搬到海拔最低的扎巴格里村定居。这个做法虽然遇到过不少阻力，但从今天的眼光来看，这么做一来方便了村民们的生活，二来把草场还给大自然，保护了环境，不能说是坏事。

扎巴格里村只通公路不通火车，我必须先乘坐火车在一个名叫托吉巴斯（Tulkibus）的小站下来，再转乘二十多分钟出租车才能到达。通往村子的公路质量不错，沿途有一根漆成黄色的管子一直和公路并行。

“这是苏联时期修的天然气管道，通到村子里的每一户人家。”导游斯维特拉娜·巴斯卡科娃（Svetlana Baskakova）解释说，“苏联解体后供气出了问题，一直到1999年才又重新恢复。”

巴斯卡科娃安排我住进了一户农民家里，这家人腾出了三间房一共六张床来招待像我这样的外国游客，还修了一个西式的卫生间供游客使用，条件相当不错。安顿下来后，我去村子里转了转，发现这里每家每户都有一个独立的院子，院子里都有一台卫星电视锅，大部分人家都有一辆汽车，看上去日子过得相当不错。

“这是个非常典型的哈萨克农村，目前村子里一共有两千多口人，其中包括六百多个孩子，平均每户人家有五六个孩子，这种情况在哈萨克斯坦相当普遍。”巴斯卡科娃对我说，“这几年村民的日子越来越好了，可是当初苏联刚刚解体的时候大家都过得很惨，饭都吃不饱。”

巴斯卡科娃是俄罗斯人，今年 53 岁。她本科学的是生物学，23 年前跟随同样是搞生物的丈夫搬到此处定居，一直住到现在，对那段历史非常了解。“苏联时期村子里的情况还算不错，有一个规模很大的养鸡场，还有几家规模较小的水泥厂等小型工厂，村民们除了种地以外还可以在这两家工厂做工，挣一份工资。苏联解体后这些工厂一夜之间全部关闭了，村民们失去了经济来源，地也不种了。不过，这样做的结果却意外地改善了当地的自然环境，过去政府要求农民大面积开荒种地，两条河的水都被沿途的农田用光了，灌溉后剩下的废水含有化肥和农药，污染了水源。”

谁都希望自己的生活环境变好，但好的环境毕竟不能当饭吃，必须好好经营才行。这方面扎巴格里村有个先天优势，距离村子 6 公里远的地方有个阿克苏—扎巴格里（Aksu-Dzhabagly）自然保护区，那是郁金香的原产地，自 1926 年开始就被保护了起来，是哈萨克斯坦境内历史最悠久的自然保护区。保护区原本只是科学家搞研究的地方，苏联解体后没人再搞研究了，保护区便荒废了。当时担任保护区区长的是一位名叫叶甫根尼·贝洛索夫（Yevgeniy Belousov）的鸟类学家，和巴斯卡科娃一样都是俄罗斯人，他聪明地意识到从此以后政府再也靠不住了，必须靠自己，便从保护区里偷了些建筑材料出来，在村子里盖了一个小旅馆，搞起了旅游业。他因为工作的关系认识一些欧美的生态学家，便请他们替自己宣传，果然招来了不少欧美旅游者。巴斯卡科娃特意带我去拜访了这位老科学家，他早就鸟枪换炮，建成了一个拥有 26 个床位的正规旅馆。不过我们去的时候只有一个来自德国的客人，其余房间都空着。

贝洛索夫今年 61 岁，肤色黝黑，一看就是常年跑野外的人。他的英语不太好，连说带比画地跟我聊起了苏联：“我仍然觉得苏联时期比现在好，那时我是个科学家，国家出钱给我搞科研，如今我为了挣钱养家糊口，只能放弃科学，变成一个商人。”他说：“过去我们自己生产想要的东西，现在什么东西都进口，就连牛奶有时候都买不到。而且现在的东西越来越贵，我为了供女儿上大学，不得不每年支付 2000 美元的学费。”

“他的女儿没考上公立学校，所以只能花钱去上私立学校。”巴斯卡科娃偷偷跟我说，“如今的公立学校教学质量很不错的，我的孩子上的都是公立学校。”

巴斯卡科娃原来在贝洛索夫手下当导游，为了更好地服务欧美客人，她自学了英语，如今的英文水平比贝洛索夫好多了。2001 年，一家英国非政府组织听说了这里的情况，便派了几名专家来到村里传授生态旅游的知识，试图模仿全世界生态旅游搞得最好的哥斯达黎加的模式，把这里变成一个以环保为基础、以社区居民共同参与为目标的生态旅游基地。

“我至今还清楚地记得当时的情况。”巴斯卡科娃回忆道，“我帮这个组织召集村民来参加免费培训，第一天来了 60 户人家，第二天只剩下 30 户，培训结束后只有 12 家同意参加。拿到第一笔赞助费后有 6 家不辞而别，剩下的 6 家做了 1 年，一共接待了 129 个客人，又有 3 家觉得不值，退出了。几年后又有一家人的丈夫去世，也退出了，如今只剩下两家还在干，加起来一共只有 14 个床位。这两家的户主是姐弟俩，两人的妈妈是鞑靼人，鞑靼这个民族普遍比哈萨克民族见过更多的世面，敢于冒险，一个村子里最先出

扎巴格里村的农民夫妇巴格达和古拉在自家的厨房里

去闯荡的往往都是鞑靼人。这姐弟俩继承了鞑靼人的性格，坚持到了最后，终于得到了丰厚的回报。”

巴斯卡科娃给我算了一笔账。按照目前的收费标准，每家每个月只需接待六名客人，每名客人至少住两个晚上，挣到的钱就和一个普通工人的月薪一样了。去年光她一个人就为这两家人带来了三百多名客人，贝洛索夫去年的成绩则是五百多客人。这两个数据虽然听上去很少，但因为收取的费用较高，所有参与此项目的人，包括家庭旅馆、司机、牵马人、导游和保护区的值班员等等都可以分得一笔可观的收入。

第二天一早，巴斯卡科娃带领我们进保护区徒步。这里的风景确实是世界级的，雪山、草地、峡谷、河流和新奇的动植物一应俱全，完全具备生态旅游的基础条件。更妙的是，保护区每天只允许 20 个人进来，我们基本上是在独享这里的优美风景。

保护区内的动物资源不算特别丰富，除了几种昆虫和飞鸟外，我们只是远远地看到过一群野山羊和三只天山棕熊。那三只棕熊是一家子，盯着我们看了很久，可惜距离太远了，只有在望远镜里才能看清细节。

保护区里最珍贵的是各种当地独有的野生植物，尤其是漫山遍野的郁金香，真是美极了。此时巴斯卡科娃的价值就体现出来了，她本来就是学生物出身，对于各种植物的名称、历史和习性了如指掌。我们一路走一路学，等于上了一堂生动的野外博物学课，收获极大。

“像你这么大年纪了还在第一线当导游，等到你退休了，年轻人能否接上你的班呢？”我好奇地问。

“我喜欢这工作，就当是出来散步吧。”巴斯卡科娃回答，“至于说接班，我可没想这么远。这本来就是小本生意，什么时候我干不动了就不干了。我也不想培养什么接班人，万一他们学成后出来单干，抢我生意怎么办？”

她的回答让我有些吃惊，但再一想也就理解了。她本来就不是哈萨克人，只是这个村子的客人而已，没有义务去考虑村民的未来，这个工作只能交给村民自己来做。如果村民们暂时没有这个觉悟，那就必须由外面的人来教。

幸运的是，扎巴格里村真的有这么一位。

从游牧到养牛场

巴斯卡科娃告诉我，一年前村子里来了一位美国人，负责教村民们养牛。哈萨克人不是天生的牧民吗？为什么需要一个美国人教他们养牛？带着这个疑问，我第二天一大早专程去参观了他的养牛场。

养牛场建在山脚下，风景绝佳。旁边就是苏联时代的那个养鸡场，如今只剩下残垣断壁。这个养牛场是一家哈萨克斯坦公司投资建设的，目的是为哈萨克人提供优质牛肉。为此他们专门从澳大利亚引进了一种高产品种 Agnus，著名的澳大利亚牛排就是用这种牛的肉制成的。

他们还从美国请来了一位养牛专家，帮助当地人学习如何饲养这种牛。我来到养牛场说明来意，一位身材高大的中年人从屋子里走了出来。“我叫提姆·提耶伦（Tim Thielen），来自密苏里，欢迎你来参观。”提耶伦微笑着和我握手，“我出生在农村，养了一辈子牛，现在的职业是咨询师，专门帮助世界各地的农民提高生产效率。”

他带着我去参观养牛场，一边走一边向我介绍：“这个养牛场是我帮着他们一点一点地建起来的，当地人完全没有现代化养牛的经验，我必须从最基本的开始教起。”

据提耶伦介绍，哈萨克人过去一直采用放养的方式，一头牛平均需要四年的时间才能宰杀，即使这样也只能长到 300 公斤～ 400 公斤。这种澳大利亚牛如果饲养得当的话只要 13 ～ 15 个月就可以长到 500 公斤～ 600 公斤，完全可以宰杀了。

“本地牛不但长得慢，而且肉质非常硬，吃起来很费劲。这种澳大利亚牛的肌肉之间脂肪微粒较多，肉质比较嫩，更适合用来做牛排。”提耶伦补充道，“当地的奶牛也是如此，平均 1 头奶牛每天只能产 6 升～ 7 升牛奶，美国奶牛的这个数字是 25 升～ 30 升，高出至少 3 倍。”

“哈萨克人不都是牧民出身吗？怎么会差这么多呢？”我问。

“两个原因：品种和喂养方式。”提耶伦回答，“澳大利亚 Agnus 品种是用科学方法多年精心培育而成的，不论是肉的质量还是对营养的吸收速度都要比本地牛好太多了。但是这个品种必须用特定的方式喂养才会发挥出最大的潜力，否则就浪费了。”

提耶伦带我去看喂食，工人们刚刚把饲料倒在食槽里，一群通体黑色的牛正在津津有味地吃着。他抓起一把饲料，给我看里面的成分：“这是我根据当地情况特别设计的，里面的主要成分是干草，外加一定配比的苜蓿、切碎的草梗、大麦粒、棉籽，以及附近一家酿酒厂剩下的酒渣，这些东西都可以相当廉价地获得。另外还要根据牛的生长情况补充一些矿物质，具体补什么，何时补都要凭经验才能决定。”

“很多人都说这样的圈养方式不够原生态，哈萨克人都是放养的，他们那种方式更有机，你怎么看？”我问。

“我认为所谓‘有机农业’是少数极端环保主义者发明出来的最可笑的概念。什么叫有机？难道我喂的饲料不是从大自然里得来的吗？牛可不管什么有机不有机，它们需要一些特定的养料，我负责提供，事情就是这么简单，和有机这个概念没有任何关系。”提耶伦回答，“既然养牛是为了生产肉，那就想办法在最短的时间里出产最优质的肉。游牧方式生产的肉既不好吃成本又高，而且也不环保，牛群放出去吃草，对草原环境是一个很大的破坏，所以要想环保，必须尽量减少放养的时间。实际上我这里的牛每天也都要放出去吃草的，但是放多长时间，以及草场的轮换都是有讲究的。”

他还告诉我，哈萨克人无论在农业还是畜牧业方面的知识都极为欠缺，比如当地农民种小麦依然采取老式的耕地和播种方式，至少要损失掉20%的产量。这里虽然家家都养牛，但大都只养一两头，缺乏照顾牛群的经验。他来之前这个养牛场平均每周都会因为营养不良或者生病等原因死一头牛，可自从他来到这里之后，就再也没有发生死牛的事情了。

根据这家公司提供的数据，哈萨克斯坦境内原来有5.5亿头牛，除了自己吃外还可以出口，苏联解体后发生了大面积饥荒，导致大量的牛被杀了吃肉，结果该国的牛存栏数锐减到现在的1500万，不仅满足不了本国日益增长的需要，反而需要从国外大量进口。

“以我个人的经验，5.5亿这个数字是被夸大了。”提耶伦说，“苏联人特别爱向上级撒谎，肯定会夸大一些。但不管怎样，苏联解体后大量的牛被吃掉是肯定的。畜牧业和其他行业不一样，一旦因为某种原因导致青黄不接，就很难在短时间内补上去。当哈萨克斯坦政府发现牛不够了的时候已经晚了，所以必须请外面的人来帮助他们提高产能，加快优良

美国养牛专家提姆·提耶伦在给哈萨克学生们上英文课

品种的培育。”

事实上，哈萨克斯坦已经等不及了。提耶伦用澳大利亚公牛的精子给当地母牛人工受精，试图培育出杂交的品种，这么做虽然不能最大限度地利用澳大利亚品种的优势，但可以加快繁殖速度，尽可能快地增加存栏量。

这时，一个矮个子的哈萨克工人前来请示一件事，他的英语非常差，两人相互比画了半天，居然都明白了对方的意思。“他是我最喜欢的员工，非常聪明，也非常努力，可惜大多数员工不是这样。”提耶伦指着远处两个正在种树的工人对我说，“比如那两个工人，当初公司安排的任务是种树，结果他们就只种树，别的什么也不管。其实这活没那么复杂，完全可以腾出手来干点别的。目前这家养牛场一共雇了十九名员工，在美国一个同样规模的养牛场最多雇三个人。”

“这也算是增加就业的一种方式吧。”我说。

“是啊，我能理解他们为什么这么做，但如果这种做法不加以改变的话，培养出来的都是懒人，这个国家永远不会变好。”提耶伦忧心忡忡地说，“一年多来我接触过很多哈萨克人，发现他们都有一个共同点，那就是缺乏逻辑思维能力。越是年纪大的人，这个现象越是突出。后来我去旁听了这里学校的课，发现全都是死记硬背，根本不注重培养学生的思维能力，这样下去是不行的。”

为了改变这种情况，提耶伦自告奋勇去学校开设了一门英语选修课，我跟着他去上了一堂课，来的八位学生全都是女生，年龄在 14 岁～ 16 岁不等。提耶伦从最基本的会话开始教起，比如你家里有几口人，父母是做什么的，有几个兄弟姐妹之类的。我趁机统计了一下这八位女生的家庭情况，发现她们的父亲一半是跑运输的司机，另一半是农民或者开杂货铺的小店主。这八位女孩平均有四个兄弟姐妹，也就是说他们的父母平均生了五个孩子。不知为什么，竟然有 70% 都是女孩。

我本以为她们的英文水平很差，没想到其中一位学生课后偷偷递给我一张纸条，上面用英文写着：我长大后想当一名记者，请问课后能对你做个采访吗？看来她们的词汇量都还可以，可惜学的是哑巴英语，张不开嘴。

比起国内的同龄孩子来，这几个哈萨克学生异常活泼开朗，课堂上一直在叽叽喳喳地聊天，敢于和提耶伦开玩笑。也许，等她们这一代人长大之后，这个国家会变得和现在大不一样吧？

委内瑞拉的美丽与哀愁

委内瑞拉既有美丽的一面，又有丑陋的一面。这个国家很好地诠释了幸福生活的两人要素：可选择与可持续。

你别无选择

委内瑞拉的历史，是从奥里诺科三角洲（Orinoco Delta）开始的。

奥里诺科河（Orinoco River）发源于安第斯山脉，自西向东横贯整个委内瑞拉国土，最终流入加勒比海。这是南美洲第三大河，河水携带的泥沙将入海口堆积成了一个三角洲，纵横交错的河道像毛细血管一样源源不断地为这块湿地输送淡水和养料，将其变成了南美洲仅次于亚马逊的第二大热带雨林。

1498年，哥伦布第三次横穿大西洋，他的船队在加勒比海南岸发现了奥里诺科河入海口。他原以为自己遇到的是一个岛屿，但奥里诺科河宽阔的河道和汹涌的河水让他意识到自己登上了一片面积巨大的陆地。就这样，哥伦布成为踏上委内瑞拉土地的第一个欧洲人，这儿也是他登陆南美大陆唯一的落脚点。

1567年，委内瑞拉正式成为西班牙殖民地，大批印第安原住民沦为奴隶。19世纪初期，出生于委内瑞拉首都加拉加斯的西班牙贵族后裔西蒙·玻利瓦尔率军起义，立志将南美洲从西班牙殖民者手中解放出来。在英国雇佣兵的帮助下，这场独立战争最终获得了胜利。1817年，玻利瓦尔在委内瑞拉中部的安哥斯图拉城（Angostura）宣布成立“大哥伦比亚共和国”，其范围包括现在的委内瑞拉、玻利维亚、巴拿马和厄瓜多尔等国。此后，独立的浪潮迅速遍及整个南美洲，玻利瓦尔也被后人尊称为“南美解放之父”。

为了纪念这次事件，安哥斯图拉城改名为玻利瓦尔城（Ciudad Bolivar）。这座城市是进入奥里诺科三角洲的门户，我在这里找到了一家旅行社，帮我安排了一个“三角洲三日游”。开车送我去码头的约翰（Johan）是个德国人，他二十多年前被派到委内瑞拉工作，觉得这里不错，便留了下来，娶妻生子，成了半个委内瑞拉人。

“热带的人大都很懒，性格散漫，但他们天性乐观，待人随和，很多地方和我们德国人正相反。”约翰对我说，“这就是我选择留在这里的原因，我可以发挥自己的优势，填补空白。”

据约翰介绍，玻利瓦尔城内大多数针对外国旅游者的旅馆和旅行社都是德国人开的。委内瑞拉盛产石油，发展旅游业的动力不大。其实这个国家旅游资源的丰富性在全世界实属罕见，在其 91 万平方公里的国土内不但有雪山、丘陵、盆地、草原和热带雨林，还有漫长的海岸线、无数优质沙滩和珊瑚礁群岛，全世界最高的瀑布和最奇特的平顶山地貌也都位于委内瑞拉境内，不好好利用这些资源真是很可惜。

从玻利瓦尔城到奥里诺科三角洲必须穿过委内瑞拉中部的一个巨大的盆地，这里气候湿润，土壤肥沃，过去一直是委内瑞拉的粮仓，但如今除了造纸厂种的几片松树林，以及偶尔可见的几个奶牛牧场外，大部分土地都被荒废了，放眼望去全都是杂草和低矮的灌木丛。

“查韦斯政府用石油赚来的美元大量进口食品，在委内瑞拉种地完全挣不到钱。”约翰对我说，“几年前玻利瓦尔城附近发现了大型铝矿，吸引了包括中国在内的很多国家的矿产公司前来投资建厂，把周边的委内瑞拉人都吸引过去打工了。如今的委内瑞拉已经变成了一个完全依靠变卖地下资源生活的国家，委内瑞拉老百姓别无选择，只能从农民转变成工人。”

三小时后我们到达了码头，我换乘一艘汽艇，沿着河道向三角洲深处驶去。河道很宽，浑浊的河水似乎是静止的，上面泛着一层油光。半小时后汽艇到达了“三角洲生态营地”，这是由一个德国人和一个巴勒斯坦人合伙出资修建的，十几幢用树干和棕榈树叶搭起来的小木屋沿着河道一字排开，在密林的掩映下若隐若现，木屋内除了一张床之外别无他物，朝河的一面甚至没有围墙。如果你的目的是最大程度地接近大自然，来这里就对了。

奥里诺科三角洲的印第安人划独木舟

不过，我很快就体会到大自然并不都像小说中描写的那样美好。此时正值中午，空气中没有一丝风，强烈的阳光穿过湿热的空气，照得人昏昏欲睡。锲而不舍的蚊子们不断在我身边飞来飞去，伺机下口。甚至这里的苍蝇也会咬人，被苍蝇咬过的地方很快就肿了起来，奇痒难耐。

营地的硬件还算不错，有干净的厕所和淋浴设施，还有专人负责做饭。但软件就不行了，十几位工作人员大都是住在附近的印第安原住民，除了一位来自特立尼达和多巴哥的导游安东尼奥（Antonio）外，没有一人会说英语，甚至连西班牙语都没几个说得好的。

那天只有我一个真正的游客，还有一位名叫丽萨（Liza）的中年妇女是专门来考察的，她来自芬兰，会说英语和西班牙语等好几种语言。她从二十多岁起便开始周游世界，常年生活在南美洲，靠打零工和给人做咨询为生，她希望能在委内瑞拉找到一份导游的工作。

“我喜欢旅游，是个世界公民。”丽萨自我介绍说，“我喜欢大自然，讨厌大城市。我不开车，也从来不看电视，这里的生活正合我意。”

下午的节目是独木舟，营地安排一位印第安原住民划船载我俩去体验热带雨林。同样是划船游览，这里和丽江或者西溪湿地完全不同，河道两旁的植被杂乱无章，除了绿色之外鲜有其他颜色，不懂门道的话很难体会出美感，甚至连安静的氛围都是奢望。我本以为没有了汽艇发动机的噪音，这趟旅行会很安静，谁知一群马蜂一直围着我们转圈子，嗡嗡的声音不断提醒我，这才是大自然的本来面目，而像我这样的城里人其实是很难适应这种野外生活的。

我们在雨林里转了一下午，居然连一只猴子都没看到。倒是有不少鸟从头顶飞过，发出各种好听的叫声。此时如果有人能为我们讲解这些鸟的习性或者周围植被的性状，肯定会为这次旅行增色不少，但可惜这位当地人只会用本民族语言告诉我们鸟和植物的名字，其他一概不知。

第二天上午的节目是钓鱼，一位当地人开着汽艇载着我俩逆流而上，沿着河道一直驶出了热带雨林，进入一片遍布水草的湿地。这里空气新鲜，风景绝美，是个休闲的好去处。我们用的钓鱼工具极为简单，就是一根木棍外加一个鱼钩，以及几个小肉块。结果我们在一个小时内钓上来二十几条鱼，大的有二十多厘米长，足够做一道菜了。

“住在这里的印第安人实在是太幸福了，每天都有新鲜的鱼吃！”丽萨慨叹道。

回程的路上我们居然看到了一只貘（tapir），它躲在树荫里乘凉，见到我们的汽艇便仓皇逃走了。这原本是南美洲热带雨林里很常见的野兽，但这位当地人告诉我们，他平时一年也看不到一次，我们算是很幸运的。

印第安原住民

下午，我们在安东尼奥的带领下去参观印第安人的村子。安东尼奥从小就跟随父母搬到了奥里诺科三角洲居住，会说当地人的方言。这个地方自古以来一直是瓦劳（Warao）部落的地盘，当年哥伦布首次踏上南美大陆时遇见的就是这个部落的先人。

村子就在河道边上，距离营地只有几分钟的路程。出发前安东尼奥特意嘱咐我俩穿上长筒雨靴，我一上岸就意识到这个决定真是太明智了。这个村

印第安原住民以及他们的全部家当

庄完全没有路，我们不得不踩着湿泥前行，很多地方泥水都已快到膝盖了。但是村民们却大都赤着脚，显然对这样的环境已经相当适应了。

虽然事先有所准备，但我还是被眼前出现的景象吓了一跳。我们参观的第一户人家的房子不到 10 平方米，屋顶是用茅草铺成的，没有围墙，屋内除了一个吊床、一顶蚊帐和几只碗以外，没有任何现代化的东西。男女主人都穿着衣服，但三个不到八岁的孩子全都赤身裸体，目光呆滞。其中最小的孩子还在吃奶，浑身上下布满了密密麻麻的红疙瘩，看不出是湿疹还是蚊子叮咬后留下的包。这三个孩子的一个共同特点就是四肢都很瘦但肚子却很鼓，这是营养不良的典型症状。男主人告诉我，他们平时主要吃土豆、芋头和芭蕉等淀粉类食物，肉类则全靠捕来的野兽和鱼，但周围的野兽早就被打光了，因此不得不去越来越远的林子里打猎。

怪不得河道两边的森林里已经很难看到野生动物了。

我注意到墙角有一杆自制的猎枪，地上有一只刚刚被打死的啮齿类动物，看上去像一只放大了五倍的老鼠，屋檐下还有几只活鹦鹉，脚上有绳子拴着，显然是准备拿去卖钱的。男主人告诉我们，他卖野生动物得来的钱大部分都用来购买孩子们爱吃的糖果，以及自己爱喝的酒。他拿出一瓶酒一定要我尝尝，酒瓶里泡着一只小蛇，据说这是印第安土方，当地人相信喝了这种蛇泡酒可以百毒不侵。我喝了一小口，有一股浓浓的汽油味，相当恶心。

第二家第三家也基本如此，全都是家徒四壁，即使哥伦布再次来到这里，我相信他也不会有太多异样的感觉。第四家情况稍好，有一台9寸的电视机，以及一个小音响。屋子后面有台汽油发电机，可以给这两件电器供电。

“唉，在如此原始的地方居然看到了电视机，这真是一场灾难。”丽萨对我说，“我真不希望看到现代文明中的糟粕影响到印第安人淳朴的生活。”

“你怎么知道这不是他们自愿的呢？”我问。

“这个我说不好，但我知道现代工业文明已经走到尽头了。比起大城市里的交通阻塞和空气污染，还有每天忙忙碌碌的生活，我更喜欢这里的简单生活，我相信他们比我们城里人要幸福得多。”丽萨说。

“幸福是个相对的概念，很难找到一个大家共同承认的绝对标尺，我觉得‘可选择性’可以承担这个任务，只有双方都能够随意选择自己想要的生活，那才可以称得上是公平的比较。”我争辩道，“比如你完全可以生活在芬兰，却选择去世界各地流浪，去过简单的生活，但这些印第安人却没有这样的奢侈，他们只能生活在原始森林之中，他们别无选择。”

“查韦斯很关心原住民，一直在给他们发东西呢。”一直在旁听我俩谈话的安东尼奥说道，“只不过有时候发的东西不管用，比如查韦斯曾经运了一批洗衣机发给印第安原住民，但这里缺电，洗衣机都被当做脸盆使了。”

“那为什么这个村子的村民还是那么穷呢？很多家庭连一件家用电器都没有。”我问。

“那是因为这个部落的酋长很坏，把上面发下来的东西和救济金都贪污了。”安东尼奥回答。

“这个村子的人有选举权吗？”我接着问。

“现在有了。过去这里的人从来不参加选举，查韦斯上台后一直鼓励他们去投票。”安东尼奥回答，“不过这些人没什么文化，根本搞不懂谁是谁，于是把票都投给了查韦斯。”

这也可算是另一种形式上的别无选择吧。

三天很快过去了。开车送我回玻利瓦尔城的司机罗伊（Roy）来自英属圭亚那，这个国家和特立尼达和多巴哥一样都是讲英语的，来自这两个相邻国家的移民利用自己的语言优势，几乎垄断了委内瑞拉的旅游业。

罗伊小时候随家人移民委内瑞拉，已经在这里生活了二十多年。据他说，这个国家的经济状况在南美洲算是不错的，但最近几年明显走下坡路，钱越来越不好挣了。随着经济的下滑，暴力犯罪频发，他一共被抢过四次，有两次甚至发生在大白天的闹市区。

“既然这么危险，那你为什么不回国呢？”我问。

“我有两本护照，随时可以逃回国去。”他笑着说，“当年我移民到委内瑞拉的时候使用了假名，为的就是保留一本圭亚那护照，这样我就多了一个选择。”

对于这个世界上的很多人来说，多一个选择就意味着多一分幸福。

你能幸福多久

委内瑞拉最有名的景点是安赫尔瀑布（Salto Angel），这是世界上落差最大的瀑布，整体高度979米，无阻挡下落的高度是807米。这个瀑布位于丛林深处，没有公路可以抵达，游客要么坐船沿河而上直达瀑布下方，要么坐飞机从空中俯瞰。我当然喜欢前者，但旅游公司告诉我，因为河水水位太低，游船不开了。

“现在虽然是旱季，但往年3月中的时候已经有足够的雨量可以行船了，不过今年气候特别反常，河水几乎干涸，船都搁浅了。”一个诚实的德国导游告诉我，“另外，因为降雨量太小，瀑布本身也不好看，你还是等雨季再去吧。”

看来，全球气候变化的影响已经波及人类生活的方方面面。

安赫尔瀑布位于卡奈伊玛（Canaima）国家公园内，这是全世界总面积排名第六位的自然保护区，早在1994年就被联合国教科文组织收录进了世界自然遗产名录。保护区内除了安赫尔瀑布外，最有名的当属平顶山，当地人称之为Tepui，意为“神仙居住的地

远眺大稀树草原

方”。事实上，安赫尔瀑布本身就发源于一个名叫“奥扬”（Auyan）的平顶山，也只有这种峰顶平缓、山体陡峭的平顶山才有可能诞生出落差如此巨大的瀑布。

既然去不了安赫尔瀑布，我决定去看平顶山。平顶山早在 1912 年就在西方世界出名了，那一年英国作家柯南道尔出版了一本名为《失落的世界》（*The Lost World*）的小说，讲的是探险家在南美高原发现恐龙的故事，这里的高原指的就是委内瑞拉的平顶山。平顶山在中国的成名恐怕得感谢美国动画片《飞屋环游记》，该片主人公卡尔梦寐以求的“瀑布仙境”的原型就是安赫尔瀑布和平顶山。

探访平顶山的最佳起点就是位于委内瑞拉和巴西两国交界处的小城圣艾伦娜（Santa Elena），我从玻利瓦尔城出发，搭乘一辆双层大客车前往该城。虽然是夜车，但空调却始终强劲，导致车内温度不到 10℃。当地人有备而来，人人裹一条厚毛毯。我没有准备，被冻得一夜没睡好觉。

汽油价格太便宜，会导致很多让人意想不到的结果。

那么，委内瑞拉的油价到底便宜到什么程度呢？我曾经问过好几个人，得到的回答各不相同。委内瑞拉公路上的加油站也非常少，而且从不标明价格，以致我一直不明就里。这次终于找到机会，趁大客车加油的时候下车查看了价格。91 号汽油的售价为每升 0.07 玻利瓦尔，95 号汽油的价格为每升 0.09 玻利瓦尔。按照官方汇率，1 美元兑换 6.3 玻利瓦尔，但黑市上 1 美元至少可以换回 17 玻利瓦尔。如果按照这个汇率来计算的话，每升汽油大约相当于人民币 3 分钱！也就是说，普通小汽车加一次油用不了 1 块钱人民币，难怪委内瑞拉加油站这么少了。事实上，该国所有的加油站都是国营的，员工工资全由政府出。

委内瑞拉的油价原本没有那么便宜，查韦斯上台后才变成这样的。他曾经公开说，石油是从委内瑞拉地底下采出来的，理应归还给全体委内瑞拉人民。但德国导游告诉我，因为油价太便宜，导致浪费严重，再加上委内瑞拉本国的石化企业加工能力有限，以及走私等原因，使得委内瑞拉的汽油供不应求，不得不从国外大量进口。这种情况就连查韦斯本人也觉得难以为继，两年前宣布将油价调高一倍，但此话一出，委内瑞拉各地立即爆发骚乱，第二天查韦斯就不敢再提这事了。

于是油价继续维持原样，委内瑞拉的长途汽车就成了现在这个样子。

第二天早晨客车按时到达了圣艾伦娜城。小城不大，常住人口只有三万，花 20 分钟就能逛完。市中心有几家杂货铺和超市，全都是广东人开的。市区内还有数家专门针对国外背包客的廉价旅馆，以及不少专营平顶山徒步探险的旅行社。可惜我一问才知，所有旅行社都只承办罗赖马山（Roraima）徒步游，这是委内瑞拉境内最高的一座平顶山，峰顶海拔 2810 米。这座山本身倒是不难爬，但因为没有路，至少需要三天的时间才能走到山脚下，所以全程至少需要七天时间才能完成。我没那么多时间，只好退而求其次，和一对来自阿根廷的夫妇组成一个小团，去大萨瓦纳（Gran Sabana）地区转了转。

大萨瓦纳对应的英文是 The Great Savanna，大致可以翻译成“大稀树草原”。这片地区隶属于卡奈伊玛国家公园，大部分地方坡度平缓，平均海拔约为 1000 米左右，其间耸立着几百座平顶山，放眼望去看不到一座尖峰。从名字就可以知道，这里和东部非洲非常相似，都是草原上点缀着零星的树木。两者最大的不同就是这里没有任何大型动物，甚至连一头牲畜都见不到。

“我们这里气候条件好，降雨量也足够，问题是土壤酸性大，缺乏营养，长出来的草质量很差，动物不爱吃。以前曾经有人试着养过奶牛，但需要再辅以很多种饲料添加剂，成本太高了，所以很快就不养了。”我们的导游伊弗（Ivo）对大家说，“这里的印第安原住民从来不种粮食，靠挖矿为生。他们当中流传着一个古老的神话故事，大意是说造物主不喜欢他们，把好东西都留给南边的亚马逊热带雨林了。”

伊弗是个刚刚毕业的大学生，在加拉加斯的旅游学校学会了英语，毕业后回家乡干起了导游。他的英语还算流利，但对于导游业务就不怎么熟悉了，他没有意识到自己刚才的那番话里蕴含着一个充满哲理的故事。

原来，大萨瓦纳地区拥有地球上最古老的地质形态，其主体部分成形于二十多亿年前，那时复杂生命还没有出现，所以这里找不到任何化石。如此古老的大陆之所以能存活到今天，一个重要原因在于这里缺乏地质活动，没有火山和地震。这就是为什么整个大萨瓦纳地区找不到一座尖峰，只有常年的地质沉积而留下的平顶山。

如此古老而又稳定的地质构造导致了土壤成分的单一。事实上，我曾经仔细检查了这里的土质，发现几乎全都是质地坚硬的沙子和岩石，几乎没有真正的土壤层，难怪这里的动植物种类不多，生物多样性很小。世界上另一个与此类似的地方就是澳大利亚，那也是一块非常古老的大陆，土壤质量同样极差，这就是为什么澳大利亚的大部分地方都没法发展农业。

但是，大自然是公平的。这样的地方也有自己的好处，其一就是从来不用担心地震或者火山的危害，其二就是矿产资源特别丰富，尤其盛产黄金和钻石。事实上，全世界最著名的平顶山不在委内瑞拉，而在南非，开普敦市郊的桌山举世闻名，是南非的名片之一，而南非也同样盛产黄金和钻石，这绝对不是偶然的，只有古老的地质构造内部才能找到这两样矿藏。

如此说来，种地和开矿，只要认准一样就能活得很好了。问题在于，哪种活法更能持久呢?

答案在百货商店里就能找到。

我参观了城里最大的一家百货商店，发现几乎所有的产品都是进口的。店主人是一对来自广东的夫妇，他们告诉我，十几年前生意还很好做，但自从查韦斯上台后就越来越难做了，因为他用卖石油得来的钱进口了大量商品低价卖给老百姓，导致大批企业破产，或者迁往国外。其结果就是委内瑞拉国内的所有商品都必须先用美元买进，再卖给国内消费者，这就导致了汇率的不断飙升，出现了外汇黑市，汇率比官方的高出三倍多。

有趣的是，与我同行的那对阿根廷夫妇告诉我，南美洲和委内瑞拉最像的国家就是阿根廷，阿根廷现任女总统克里斯蒂娜多次表示要向查韦斯学习，但结果就是阿根廷国内也出现了外汇黑市，其汇率比官方汇率高 50%。

如此大的汇率差别在任何一个国家大概都会引起物价飞涨，并引发骚乱，但在委内瑞拉却并没有出现这种情况，原因就在于查韦斯一方面规定最低工资每年必须上涨 25% 以上，另一方面又对很多生活必需品实行限价。比如大米每公斤只卖 6 玻利瓦尔，牛肉每公斤只卖 40 玻利瓦尔，这样算下来普通人肯定是饿不死的，甚至还能活得不错。只不过这样的廉价食品不常有，必须排队才能买到，失业的穷人有的是时间，而那些有正经工作的人就只能去黑市买高价了，导游伊弗就是这样，而他也抱怨了一路，称自己挣到的钱越来越不经花了。

“我很喜欢你们中国的一句谚语，叫做‘授人以鱼不如授人以渔’。”伊弗对我说，“查韦斯所做的正相反，所以委内瑞拉坐吃山空，不知道还能撑多久。”

说这话时我们正在一家印第安人开的小饭馆吃午饭，电视上播放着委内瑞拉代总统马杜罗的讲话。他正在准备下个月即将举行的总统大选，这阵子每天都在电视上发表长篇演讲，为自己造势。相比之下，电视上很难见到反对党候选人亨里克 · 卡普里莱斯（Henrique Capriles）的身影。

不过，查韦斯刚上台的时候可不是这样的。凡是看过纪录片《革命不会上电视》（*The Revolution Will Not Be Televised*）的人肯定都会对委内瑞拉私人电视台的权力之大印象深刻，这部由两位爱尔兰人拍摄的纪录片描述了 2002 年那次政变的经过，在那次政变中，反对党在数家私人电视台的支持下发动政变，试图把查韦斯赶下台，但却遭到了来自广大老百姓的反对，结果查韦斯两天之后便在民众的簇拥下回到总统府，重新执掌大权。

不过，委内瑞拉最大的报纸《国民报》（*El Nacional*）的资深记者大卫 · 冈萨雷斯（David Gonzales）在接受采访时告诉我，那部片子只说了一部分事实，委内瑞拉的私人电视台并不像片子中描述的那样自由。查韦斯重新掌权后立刻下令关闭了大部分私人电视台，或者强迫它们改变立场。目前委内瑞拉只剩下了一家持有反政府立场的私人电视台

“全球影像”(Globovision),它只能覆盖到4%的国内观众。甚至这家电视台也在不久前刚刚被一个亲政府的商人买走了,估计也将很快转变立场。

这一切都是在民众的默许下发生的。自从2002年那次政变之后,支持查韦斯的群众便开始自发地抵制来自反对派的声音。事实上,就在查韦斯死后的第二天,来自一家哥伦比亚电视台的工作人员就因为被游行群众误以为是来自“全球影像”而被殴打,女主持人被打得满脸是血。

就这样,查韦斯用石油和矿产资源换来了民众的广泛支持,连续赢得了四次大选,委内瑞拉的这种“民主制度”反而变成了专制体制最有效的挡箭牌。

但是,石油和矿产都是不可再生资源,这样的民主还能坚持多久呢?建立在这种不可持续资源之上的幸福生活还能维持多久呢?

尾声

回城的路上,我们的车子被几名士兵拦下,要求检查。类似的情况我在委内瑞拉已经遇到多次,每次都是司机偷偷塞点小钱就能过关。伊弗没有塞钱,于是士兵们强迫我们把随身携带的东西全部拿出来一样一样地接受检查,足足折腾了半个小时才放行。

“他们一缺钱了就出来拦车。”伊弗说,“其实这帮当兵的都很腐败,他们利用职权将委内瑞拉的汽油偷偷运到对面的巴西,一倒手就能赚几十倍的利润。”

回到城里时天色已晚,大街上出现了一排排烧烤摊,录音机里传出了震耳欲聋的舞曲音乐。原来今天是委内瑞拉全国哀悼日正式结束的第一天,酒吧和舞厅终于可以营业了。人们纷纷走出家门饮酒狂欢,一直闹到凌晨4点才散。

他们的这种幸福感到底还能维持多久?他们自己在乎吗?

查韦斯葬礼亲历记

要想了解查韦斯，了解委内瑞拉，最好亲自去看一看。

一场名不副实的葬礼

“我昨天下午4点去排队，一直等到今天早上6点才终于见了查韦斯一面。”从我上车开始，出租车司机就不停地讲述着昨晚的遭遇，听得出来他的心情仍然很激动，“查韦斯就像是我的父亲，我非常崇拜他。在他之前的那些政治家总是高高在上，我们则被踩在脚下。”他一边说一边用一只手顶着车篷，另一只手垂到地上，模拟天上地下之间巨大的差别，然后再把两只手合到一起：“只有查韦斯和我们是平等的，这就是我为什么那么喜欢他，我相信他依然活着。”

此时是3月8日星期五上午9点半左右，我和翻译克里斯蒂娜小姐乘坐出租车前往卡拉卡斯军事学院，参加委内瑞拉前总统查韦斯的葬礼。自从副总统马杜罗周二宣布了查韦斯的死讯后，首都卡拉卡斯就陷入了一种疯狂的状态。成千上万的民众从各地赶往卡拉卡斯，希望能看上最后一眼。马杜罗也顺应民意，将盛放查韦斯遗体的棺材放在他生前学习过的卡拉卡斯军事学院供大家瞻仰。据委内瑞拉官方统计，两天内有大约200万人前往瞻仰查韦斯遗容，而该国人口总数还不到3000万。

马杜罗还宣布委内瑞拉举国哀悼七天，禁止娱乐活动。周五葬礼这天全国放假，首都卡拉卡斯停止一切商业活动，往常喧嚣热闹的大街上一片死寂。我注意到这位出租车司机的车子里居然在放古典音乐，这不是因为他喜欢，而是因为当天所有的音乐频道都是这样。

半小时后，车子开进一片林地，眼前出现了大批身穿红色T恤衫、头戴红色棒球帽的人在排队，队伍蜿蜒曲折，在树林里延伸了至少1公里长。排队的人表情平静，还有人在和同伴说笑，卖零食的小贩在队伍中间穿梭，大声吆喝，这场面和1976年的北京有着天壤之别。

在查韦斯葬礼上行军礼的民兵

克里斯蒂娜跟警察解释我们是记者，我俩因此得以穿过人群，径直走到军事学院的大楼前。这里的气氛比小树林热闹多了，口号声此起彼伏。仔细看，每一处喊口号的人群前面必定有一架摄像机在拍摄。委内瑞拉人天生具备表演才能，在摄像机前统统表现得特别激动。

“他们喊的口号都是统一的，那就是‘查韦斯还活着，我们要坚持战斗。’”克里斯蒂娜对我解释说，“而对着他们拍摄的摄像机都是委内瑞拉国家电视台的，它们实际上就是查韦斯的私人电视台，一直听从查韦斯的调遣。曾经有家私人电视台反对查韦斯，最后被他下令关闭了。”

“查韦斯连续四次大选全都以过半数的成绩当选，这里面有什么猫腻吗？”我问。

“如果你问的是统计选票这个环节，那基本上是公平的，就连反对党都没有异议。”曾经做过记者的克里斯蒂娜对我说，“大家诟病的是查韦斯垄断了媒体宣传，并且利用政府资源讨好选民，属于不正当竞争。”

确实，任何一个来旁观葬礼的局外人恐怕都不会怀疑查韦斯确实是被选上的。不过我注意到来参加葬礼的大都是黑皮肤的矮个子，身材较胖，衣着普通。换句话说，查韦斯的支持者主要是穷人。曾经有外媒称他们是“从山上下来的”，此言倒也不假。委内瑞拉的穷人大都住在山上的贫民窟内，总数占该国总人口的80%左右。而军事学院正对着的一座大山就是一个巨大的贫民窟，从山下望去，整个山坡被黄颜色的砖房铺满了，甚至连一

查韦斯的一个著名的女粉丝——小红帽

块绿色空地都看不到，视觉效果相当震撼。

另外，我在现场看到的女性多于男性，这显然和三八妇女节没有直接关系。据我观察，摄像机最喜欢找女性，因为她们的现场表现最动情。我曾经见到一位女性面对摄像机哽咽着说，查韦斯永远活在我的身体里，他就是我的丈夫。还有一位 78 岁的老太太相当惹眼，她头戴红色棒球帽，耳朵上挂着一副印有查韦斯头像的耳坠，手里举着一块贴满查韦斯照片的心形广告牌，到处接受媒体采访，还有很多人主动找她合影。“她在委内瑞拉很有名，我们都叫她‘小红帽’。”克里斯蒂娜对我说，“她自称从很早的时候就一直追随查韦斯，查韦斯走到哪里她就跟到哪里，晚上则在查韦斯的住处外面搭帐篷睡觉。”

克里斯蒂娜还告诉我，查韦斯非常有女人缘，2002 年他因为一次美国政府暗中支持的政变被迫下台，最先上街游行支持他的就是女性选民，而他则借助这股势力迅速东山再起，重新执政。查韦斯自己也曾经说过，只有妇女才具备革命所需要的热情和爱。他没有忘记报答女性选民的支持，制定了很多法律保护妇女的权益，比如承认家务劳动和其他形式的劳动一样对社会贡献很大，因此两者应该具备同样的法律地位。

有意思的是，委内瑞拉一直以选美为荣，历史上出过很多世界小姐。卡拉卡斯市中心的大商场里也确实能见到很多美女，但在葬礼这个场合，我几乎看不到一个可以和选美联系在一起的女性。

按照官方公布的计划，葬礼将在上午 11 点准时开始，可我们一直等到 11 点半还是没有开始的迹象，甚至连军事学院主楼前面的操场上都空无一人。难道是担心有刺客吗？答案正相反。一名警察告诉我，他们原本是打算把民众放进这个操场的，可后来政府担心热情过度的民众为了看查韦斯最后一面而冲进大楼，所以临时决定不准民众进场，只能等在外围看大屏幕直播。

但是，聚集在场外的民众阻挡了车辆进入的路线，于是我一次又一次看到载着各国领导人的轿车在开道摩托的带领下从人群中缓缓穿过。让我惊讶的是，不少领导人都主动摇下车窗，和振臂欢呼的围观群众频频互动。要知道，这里没有任何安检设备，任何人都可以随便进来，这大概就是左派和右派最大的不同吧。

快到12点的时候，大喇叭里传来了司仪的声音："查韦斯正在做准备，马上就要和大家见面了！"这句话用的是主动语态，仿佛查韦斯还活着，这一切都是他在指挥一样。

"不论是官方的悼念词还是民众的口号都特别强调这一点，那就是查韦斯还活着，好像他是个圣者，永远不会死一样。"克里斯蒂娜告诉我，"这是马杜罗最希望看到的结果，他是查韦斯钦定的接班人，但他自知自己无论是资历威望还是个人能力都远不如查韦斯，所以特别想借用查韦斯的名气给自己壮胆助威。"

大约12点的时候，葬礼正式开始。因为马杜罗已经公布要永久保存查韦斯的遗体供民众瞻仰，所以这个葬礼名不副实，其实就是一个给各国来宾提供一个向查韦斯表达敬意的机会。到场嘉宾来自全世界55个国家，其中巴西、阿根廷、玻利维亚、古巴、伊朗和白俄罗斯等33个国家的首相或者总统都亲自到场。现场司仪挨个介绍，当介绍到伊朗总统内贾德的时候现场爆发出了最热烈的掌声，而介绍到中国国家主席胡锦涛的特使、中国国家发展和改革委员会主任张平的时候，全场掌声稀落。

政治人物之后出场的是其他各界名人代表，其中包括委内瑞拉人很熟悉的电影演员，以及一名一级方程式赛车手。但赢得掌声最多的是一位名叫古斯塔夫·杜达梅尔（Gustavo Dudamel）的指挥家，他一直致力于教穷人的孩子学习古典音乐，他负责指挥的西蒙·玻利瓦尔交响乐队几乎全部由来自贫民窟的乐手组成，在委内瑞拉人民心目中享有很高的威望。

葬礼过程中，这支交响乐队还现场演奏了委内瑞拉国歌，大家一起跟着唱，场面十分壮观。我前面有一位身穿绿色军服但没有军衔的男人整个过程一直行标准的军人致敬礼，全身上下一动不动。国歌结束后，他突然打开了话匣子，冲着周围的几个同样装束的年轻人嘟嘟囔囔说个不停。克里斯蒂娜告诉我，他在责骂同行们不尊重国歌，没有行礼，或者姿势不够标准。

“这些人属于民兵，这是查韦斯任期内新成立的组织，据说是为了做好准备和美帝国主义侵略者打仗。”克里斯蒂娜告诉我，“不过后来查韦斯居然直接给他们发枪，导致大量枪支弹药流落到了民间，给委内瑞拉国内治安带来了严重的问题。”

如果一定要给委内瑞拉找出一个大家都公认的毛病，那一定是治安问题。自从查韦斯当政以来，该国的谋杀率直线上升，2012 年全国有 1.9 万人死于谋杀，平均每天超过 50 人，一个只有 3000 万人口的小国，死于谋杀的人数和美国欧盟加起来的总数差不多。其中谋杀率最高的地方是首都卡拉卡斯，这座城市虽然只有 300 万常住人口，但 2012 年死于谋杀的人数高达 3400 人，也就是说平均每天都有近 10 人死于非命。难怪我一路上遇到的所有人都劝我一定要小心，不要随便出门。

葬礼的压轴大戏是马杜罗的讲话。我听不懂西班牙文，感觉他讲起话来声情并茂，时不时还会激动得近乎咆哮，每次他这么做时都会引来全场的掌声和欢呼声，似乎是个很不错的演讲家。但是在克里斯蒂娜看来，他比查韦斯差远了。“查韦斯才是个真正的演讲高手，他出身贫民，很擅长使用底层老百姓喜欢的语言，而且他说话很直接，不喜客套，这一点也深得民心。更绝的是，查韦斯精力过人，经常一个人连续讲十小时不用吃饭上厕所，这一点无人能及。”克里斯蒂娜对我说，“我曾经看过他二十几岁时的演讲录像，说话方式和现在几乎没有差别，可见他真的在这方面有天赋，不是后天训练出来的，这样的人天生就是当政治家的料。”

“他经常会讲些什么内容呢？”我问。

“绝大多数都是煽情的内容，其目的就是从感情上打动你，而不是讲道理。”克里斯蒂娜说，“事实上周边几个国家领导人的内容都是如此，这大概是南美政治家的普遍风格吧。”

不知不觉间，马杜罗已经讲了快一个小时。这天天气晴朗，阳光明媚，委内瑞拉又位于赤道附近，太阳就在我们的头顶，广场上连个影子都找不到，躲都没处躲。围观群众的口号声渐渐弱了下来，内容也变成了“我们要见查韦斯”，看来大家都等不及了。好在政府为群众准备了大量瓶装水和橘子，随时可取，不过这样一来地上便堆满了各种垃圾，脏乎乎的。

好不容易等到演讲结束，葬礼也宣告结束，嘉宾们陆陆续续从侧门出来，走向停车场。场外聚集了几百名铁杆支持者，每当见到一名他们喜欢的政治人物，便齐声喊他的名字，而被喊的人便会走到群众面前和大家见面，双方挥舞着拳头，高喊口号，这场葬礼终于在口号声中彻底变了样子。

“他们在喊什么口号？”我问。

“大都是继续革命啊，不忘斗争啊之类的，杀气很浓。”克里斯蒂娜回答，“我觉得这就是查韦斯政府最大的问题，他把委内瑞拉分裂成了穷人和富人两个派别，互相间已经到了水火不相容的地步了。”

她给我讲了一个自己亲身经历的故事。几年前她还在上学的时候曾经去一家快餐店打工，本来工友们相处得十分愉快，可后来大家知道她的父亲是个在美国开诊所的外科大夫，对她的态度立刻来了个 180° 大转弯，整天冷言冷语，仿佛她是来和她们抢钱的，她不得已只能辞职不干了。

“虽然我不希望马杜罗当选，但如果这次反对派成功了，他们肯定不会善罢甘休的。”克里斯蒂娜指着那些不断挥舞着拳头的查韦斯支持者对我说，“看看他们的狂热劲，要是马杜罗选不上，委内瑞拉肯定要出乱子的。”

确实，委内瑞拉的两面性我从踏入国门的第一天开始就有所体会，这个国家似乎正处于分裂的边缘。

穷人和富人的分裂

我乘坐法航的空中客车 A340 从巴黎飞往卡拉卡斯，飞机上有很多工程师模样的中国人，一问才知他们是去委内瑞拉油田做项目的。我的旁边坐着一位住在欧洲的委内瑞拉人，英文说得非常流利。他自称属于委内瑞拉的中产阶级，从小父亲就逼他学英语，长大后在国外找到一份工作。他告诉我他们一家在查韦斯第一次竞选时都投了他的票，当时他们都认为这个说话很有煽动性的人是委内瑞拉的希望，可惜这么多年来他却屡次让他们失望了。“我当然不希望他死，不过委内瑞拉到了需要改变的时候了。”他对我说，“查韦斯的管理方式已被证明是行不通的，如今整个国家的经济几乎全靠石油在维持，私营企业都被查韦斯搞垮了。”

他还告诉我，《孤独星球》上对卡拉卡斯的描述都是真的。“我出门从来不带多余的钱，也从来不在大街上打电话，接到电话都会当做没听见，等找个绝对安全的地方才拿出手机。”

出了海关，我找到一家官方的货币兑换处，标示的汇率为 1 美元兑换 6.3 玻利瓦尔（委内瑞拉货币单位）。就在我犹豫不定的时候，旁边一个人悄声地问我要不要换钱，他给出了一个让我震惊的数字：17！我跟着他走到一个背光的地方，他熟练地拿出 1700 玻利瓦尔，从我手中接过 100 美元钞票，说了一声谢谢转身离去。

机场里到处是荷枪实弹的警察，我相信这一切他们都是知道的，但选择了睁一只眼闭一只眼。

因为葬礼的缘故，卡拉卡斯的旅馆非常紧俏。但旅馆介绍中心的一位好心的工作人员执意要我住在东区，而不是市中心。“市中心太危险了，你会被抢的！”在她的帮助下，我终于找到一家还不错的酒店，价格分两种情况，如果是付玻利瓦尔，则相当于每晚 500 美元，但如果付美元，则是 150。

卡拉卡斯是夹在两座大山中间的一个狭长的谷地，海拔 800 米左右。因此这里虽然地处赤道附近，但气候还算宜人。这条山谷是东西向的，西边是市中心，政府机关、玻利瓦尔纪念广场和卡拉卡斯军事学院等重要机构均在西侧。东边则是商业区，高楼林立，是首都最贵也是最安全的地段，中产阶级大都住在这里。查韦斯曾经多次公开嘲笑东区的人，指责他们都是美帝国主义的傀儡。

我住的旅馆就坐落在东区的一个大商场内，周围的景观和欧美大城市没什么两样，唯一的不同就是商店关门很早，路灯也不给力，街上黑乎乎的，显得很不安全。旅馆前台服务员告诉我，委内瑞拉的电力大都来自水电站，设备年久失修，发电能力严重不足，经常

安德里亚娜下班后坐缆车回家，窗外就是委内瑞拉的贫民窟

停电。不过委内瑞拉有一点不用发愁，那就是汽油。这里的汽油是全世界最便宜的，每升只要 1 玻利瓦尔，如果用黑市汇率计算的话，只要 1 美元就可以加满 20 升的油箱，这就是为什么卡拉卡斯的交通状况极差，在这里开车实在是太便宜了。

不过后来克里斯蒂娜告诉我，查韦斯政府对新车实行配额制度，要想买一辆新车往往要等上好几年，所以委内瑞拉有个怪现象，那就是旧车常常比新车还贵，因为旧车不需要配额。

放好行李，我去商场找吃的，这里和任何一家北美商场没什么两样，不但能找到各种进口商品，而且饭馆的种类也比较齐全，不但所有美式快餐全有，甚至还能找到一家中餐馆。这家名叫“欣欣”的中餐馆是广东人开的，老板普通话说得很差，但仍然费力地劝告我一定要小心，千万别去贫民窟。

卡拉卡斯的贫民窟非常有名，它们全都建在山上，看上去摇摇欲坠的房子紧密地连成一片，经常把一整座山全部盖满，是摄影家们的天堂。参加完查韦斯的葬礼后，我执意要求去贫民窟看看，克里斯蒂娜费了很大的劲才通过关系找到了一个在贫民窟教书的老师安德里亚娜，带我们去参观卡拉卡斯东区最大的贫民窟拉德罗丽塔（La Dolorita），而我们使用的交通工具竟然是登山缆车。

从地图上看，卡拉卡斯现有四条地铁线，以及两条登山缆车线。我本以为这两条缆车线是为游客准备的，没想到它们全都是为了方便住在山上贫民窟的人而修建的。东边的这条线2012年年底刚刚通车，和地铁相连，在举国悼念的这七天时间里所有的地铁和缆车全部免费，不过它们本来也很便宜，省不了几个钱。

缆车很新，但车站显然尚未完工，很多地方被警用黄色胶布条拦住，进站出站的人只能共用同一条走廊。原来这条缆车线是查韦斯批准修建的，2012年总统选举前夕为了争取选民，提前开门营业。

这条线路很长，全程需要17分钟。沿途经过了成片的贫民窟，但都不停。我第一次从上方观察贫民窟，看到的情况让我大吃一惊。这些在山下看上去密密麻麻的房子其实都是有间隔的，而且也有盘山公路通到山上。很多户人家的门口都停着摩托车，还有不少房子前有小汽车。房子看上去不算结实，但也都是砖头砌成的，几乎每家每户都有电线和卫星接收器，以及一个巨大的蓝色塑料罐。安德里亚娜告诉我，住在贫民窟里的人只需要缴纳很少的电费和垃圾处理费就行了，水是免费供应的，只是很多人家里没有直通水管，于是政府为他们提供了这个蓝色储水罐，保证居民们可以用到相对干净的水。

到站后，安德里亚娜的丈夫开着摩托车来接我们。他也是学校教师，两人的月工资加起来只有4000玻利瓦尔。按照一家非政府组织的计算，要想在卡拉卡斯过上最基本的生活，每户人家每个月至少需要6000玻利瓦尔，于是安德里亚娜的丈夫只好去兼职给人当司机，挣点外快补贴家用。

他俩领着我们在小区里转了一圈，我发现这里其实和第三世界国家的任何一座乡镇都没什么两样，很多房子都有几十年的历史了，里面各种家具齐全，基本生活设施完备。我突然意识到以前对于贫民窟的概念都错了，其实这些贫民窟只是因为处于山坡上而显得杂乱无章而已，本身的条件绝对没有山下看到的那么糟糕。它们之所以建在山上，也是因为卡拉卡斯平地太少，穷人们只有选择上山建房。据说这些山原来都是有主人的，但是查韦斯默许大家占地建房子，否则的话穷人们就没地方住了。

贫民窟里的居民们也不像我想象的那样不堪，大家都穿得不错，面带笑容。事实上我在缆车里看到附近的山上建有好几家工厂，这些工厂的工人们大都住在贫民窟里，上班很方便。

不过，走了一圈之后我还是看出了一些问题。比如，这个地方交通相对闭塞，缺乏娱乐设施，孩子们没什么可玩的，只能放放风筝或者打打牌。我们碰到一群年轻人聚在一起聊天，其中一位24岁名叫弗雷迪的年轻人告诉我，他平时的工作就是开出租摩托车，挣到的钱仅够维持生活。

“几天前我刚刚被人用枪顶着后脑，抢走了摩托车和钱包。”他告诉我。

“那你住在这种地方不会感到太危险吗？”

“抢劫发生在别人的地盘，我在自己的领地里是安全的，不过像你这样的外人就不好说了。”他冲我挤了挤眼睛。

再比如，这里商店很少，里面的商品更少，我没有见到一家卖蔬菜的地方。“住在这里你就不想吃蔬菜了。”身为学校体育教师的安德里亚娜对我解释说，“因为价格贵，做起来也不方便，这里的人几乎顿顿都吃米饭豆子加鸡肉。好在这是委内瑞拉的传统食品，大家倒也吃不腻。”

我们最后遇到了一位名叫胡安的男子，44岁，开出租车为生，他正在和自己的三个女儿玩耍，而她们玩的方式就是在父亲的汽车里钻进钻出。

“我出生在这个街区，住了这么多年都习惯了。”他对我说。

“你支持查韦斯吗？”我问。

“当然！我前天还去看他了。”胡安动情地说，“查韦斯曾经来过这里，还给了我一个大大的拥抱，他是穷人的代言人，我很想念他。”

离开贫民窟之后，克里斯蒂娜对我说：“查韦斯给穷人发过很多东西，比如家用电器什么的，但是你看那个胡安，他所想念的只是一个拥抱而已，在这一点上查韦斯比其他领导人强太多了，他总是能让穷人感觉自己和他是同类人，所以穷人大都死心塌地地跟随他。”

3月8日晚上，马杜罗在全国代表大会特别会议上宣誓就任委内瑞拉代总统。第二天，委内瑞拉选举委员会宣布将于4月14日举行总统选举，选出下一任总统。我接触的所有委内瑞拉人都认为，马杜罗一定会胜出。

附：委内瑞拉的经济难题

如果委内瑞拉穷人的生活真的因为查韦斯而变好了，所有一切政治斗争就都不是问题了。但是，这个国家的穷人生活真的变好了吗？如果真的变好了，到底是谁的贡献？这种变化能否持续？我带着这些问题，走访了委内瑞拉中央大学（Central University of Venezuela）经济系教授路易斯·奥利维罗斯（Luis Oliveros）。这所学校成立于1721年，是委内瑞拉最古老的大学，也是西半球最古老的大学之一。

我：查韦斯当了14年总统，委内瑞拉穷人的生活水平真的提高了吗？

奥利维罗斯：确实如此。查韦斯确实帮助了穷人，但问题在于委内瑞拉通过卖石油获得了很多外汇，本来可以用这笔巨额财产让穷人过得更好，但查韦斯没有做到这一点。对比一下南美洲其他国家你就明白了。比如秘鲁、巴西和智利等国的穷人正在逐渐摆脱贫困，向中产阶级迈进，这说明南美洲的经济大环境是非常好的，但委内瑞拉的穷人仍然是穷人，虽然查韦斯给了穷人很多电器，但他们仍然生活在贫民窟，生活水平的改善并不明显。我觉得根本原因就在于查韦斯需要穷人继续当穷人，因为只有穷人才会觉得自己的一切都是查韦斯给的，只有在查韦斯的帮助下才能获得这些好处，所以总会投他的票。

我：可是我看到的资料显示，委内瑞拉的失业率从1999年的14.5%降到了现在的7%，如今各国的经济状况都不太好，能做到这一点应该是不容易的吧？

奥利维罗斯：关于这个数字，我们经济学界一直有不同的意见。我经过调查后发现，委内瑞拉政府统计失业率的方法变了，现在很多摆地摊的人也算有工作，甚至只要一个人每周工作四个小时就算有职业了，以前可不是这么统计的。我个人认为委内瑞拉的失业率和过去没有太大的变化，还是那么多。我甚至预测今年的经济情况将会非常糟糕，政府必须做出调整。

我：我还看到一个数字说，委内瑞拉的极端贫穷人口从1999年的23.4%降到了2011年的8.5%，这也是不小的进步吧？

奥利维罗斯：这个没错，委内瑞拉的极端贫困人口确实有所减少。我的调查显示，查韦斯当政14年来穷人的整体消费水平提高了45%，但其中只有5%～10%的产品产自国内，其余全都来自进口。查韦斯动用石油收入购买进口商品再低价卖给民众，让大家感觉好，这个模式是不可持续的，因为民众的口味是逐年增长的，需要石油价格不断上涨才能维持，但是最近几年石油价格稳定在每桶100美元左右，查韦斯的这个模式已经捉襟见肘了。

我：那为什么不提高石油总产量呢？有报道说委内瑞拉是全世界已探明石油储量最丰富的国家。

奥利维罗斯：这正是问题所在！委内瑞拉的石油生产和出口全部被“委内瑞拉国家石油公司”（PDVSA）所控制，这个公司的外汇收入占了委内瑞拉出口总收入的96%，外汇收入的98%，政府收入的一半来自这家公司。我们委内瑞拉人一直称其为是一只“会下金蛋的母鸡”。但是查韦斯太需要钱了，总想把这只鸡杀了吃肉。正是因为他拿走了太多的钱，导致这家公司2012年的债务高达400亿美元（1998年时仅为700万美元），没钱提高自身的生产效率。于是这家公司这么多年来的总产能居然不升反降，1998年时每年还能生产330万桶石油，现在只能生产300万桶了，降低了9%，这在石油输出国组织（OPEC）中是绝无仅有的一个。

查韦斯还动用职权干涉这家公司的经营。现在的PDVSA雇用的总人数是1998年的三倍，查韦斯还要求这家公司去搞副业，甚至去种地，于是一个堂堂的国家石油公司居然雇用了很多农民！PDVSA的员工曾经闹过一次罢工，结果查韦斯找了个借口赶走了很多参与罢工的技术人员，如今他们当中的很多人都去了哥伦比亚，把对方的石油工业带动了起来。

我：石油是一个雇用人数少但利润很高的行业，极易让少数人侵占大量财富。查韦斯这么做也是不得已吧？否则穷人无论如何也分不到这笔钱。

奥利维罗斯：你这个说法我不同意。我们来仔细看一看这笔钱都去了哪里。据统计，查韦斯当政14年来委内瑞拉的石油业一共获得了7000亿美元的净利润，其中62%被用来购买进口商品，虽然大部分商品到了穷人手里，但这么做极大地伤害了委内瑞拉本土制造业的积极性，导致它们大批破产。如今委内瑞拉绝大部分商品都需要进口，甚至连委内瑞拉人最常吃的黑豆都不能自给自足了，这是一个恶性循环。

另有26%的收入流到了国外，2%补充到了委内瑞拉的外汇储备金库当中，剩下的10%据说被用于投资，但据我调查，这笔钱有相当一部分用来对外援助了，也就是援助那些和查韦斯关系不错的国家。

我们有个说法，说这10%其实就是查韦斯的个人小金库，因为缺乏监督机制，谁也不知道他是怎么花掉的。总之，卖石油所得的收入并没有很好地被利用，而是被浪费掉了，甚至起到了反作用。

我：我发现委内瑞拉有个外汇黑市，汇率比官方至少高三倍，这是怎么回事？

奥利维罗斯：这是因为委内瑞拉的通货膨胀太厉害了。查韦斯当政14年来我们的年通货膨胀率一直维持在30%左右，14年累计通货膨胀率高达1550%，玻利瓦尔在这14年里贬值了90%，这在全世界排名第五位，排在前面的都是刚果、缅甸和伊拉克这类饱受战争创伤的国家。这就是委内瑞拉人如此喜欢美元的原因。再加上政府对外汇实行管制，大部分公司拿不到钱，却又急于用外汇购买进口原材料，导致国内市场外汇奇缺，黑市猖獗。

我：这样的状况持续下去岂不很危险？

奥利维罗斯：我告诉你一个数字：2013年委内瑞拉总的债务占GDP的比重高达70.1%，这在OPEC当中排名高居第一位，事实上，除了排名第二的伊拉克（65.6%）之外，其余国家这个比例均不到30%。即使这样查韦斯仍然在乱花钱，2012年大选时查韦斯政府为了拉选票，花掉了GDP的50%，而当年政府的总收入仅相当于GDP的35%，换句话说，仅仅2012年一年政府就亏损了GDP的15%～17%，这个数字是当年全世界最高的。

我：查韦斯不能通过加税来获得收入吗？

奥利维罗斯：查韦斯为了讨好民众，这么多年来一直实行低税收政策，像我这样的人的税率仅为30%，而且大家还都想尽一切办法逃税，实际税率比这个还要低。不过查韦斯2012年总算明白过来了，专门成立了一个部门向企业和老百姓征税，但为时已晚。

这方面一个最显著的例子就是汽油。委内瑞拉的汽油价格是全世界最低的，仅为成本的10%，比水都便宜。查韦斯为了讨好民众，故意压低汽油价格，导致石化企业大批亏损，国家少收了一大笔钱。

我：你为什么不向老百姓解释一下委内瑞拉正面临的各种经济危机呢？

奥利维罗斯：这个问题可就太难回答了。一方面，查韦斯是个非常优秀的政治家，他很好地向民众灌输了一个理念，那就是如果没有他，穷人的福利就没有了，大家的生活水平就会倒退到14年前。对于穷人来说，查韦斯能够为他们提供实实在在的好处，把票投给查韦斯是最好的选择。另一方面，反对党这些年犯了很多致命错误，内部不团结，光顾着模仿查韦斯喊口号了，没有及时提出自己的主张。2005年委内瑞拉选举新的国会议员，反对派为了抗议查韦斯的专制统治，竟然决定拒绝参加选举，导致当年所有的国会议员全都是亲查韦斯的人。好在最近两年反对派吸取了教训，有进步，2012年选举拿到了有史以来最高的票数。

我：那你觉得下个月的选举反对派有可能击败马杜罗吗？

奥利维罗斯：我觉得几乎没有可能，马杜罗是查韦斯钦定的接班人，同情票太多了。我预言他将顺利当选，而且他的经济政策在最近一两年里不会发生明显的改变。

中国商人在加蓬

加蓬的木材行业为我们提供了一个了解中国商人在非洲经营情况的绝佳案例。

一个国家的两极分化

加蓬是位于赤道附近的中非小国，西邻大西洋，北面和赤道几内亚以及喀麦隆接壤，东面和南面则与刚果（布）相连，总面积26.8万平方公里，约为16个北京，人口总数约150万，为海淀区人口的一半，人口密度为每平方公里5.5人，中国的数字是140。因为地广人稀，再加上石油和矿产资源丰富，使得加蓬的人均GDP购买力平均高达1.6万美元，是中国的两倍。

从北京飞加蓬需要在法兰克福转机。汉莎航空公司飞加蓬的波音737经过了改装，机身长度的一半都是头等舱，座位异常宽敞，后半部分的普通舱空间狭小，坐着极不舒服。我乘坐的这架航班一大半乘客都是白人，西装革履的商人居多，没有见到一个背包客模样的年轻旅游者。我旁边坐着两位NGO，一位是搞生态旅游的，另一位是搞环境保护的，两人全都来自美国。

从空中看下去，加蓬就像是一棵巨大的花椰菜，一眼望不到边。这个国家有85%的面积都被热带雨林所覆盖，剩下的也大都是热带草原，农业几乎不存在，这就是为什么这个国家的大部分食品都是从国外进口的，价格堪比欧美国家。

加蓬首都利伯维尔的国际机场很小，和中国的市级机场差不多。我和几位中国记者同行，大家准备充分，顺利地出了海关。后来知道，比我们先到的一拨人出了点小麻烦，一位学者忘带黄热病疫苗证书，被要求在机场现打疫苗。他据理力争，最后交了罚款才被允许入境。

出了机场，一股热浪迎面扑来，这是热带地区特有的湿热空气，让人感觉懒洋洋的，提不起精神。车子出了机场，沿着滨海大道驶向市区，海滩上挤满了人，男人们在烤肉，妇女们在闲聊，孩子们在踢球，一片祥和气氛。路上车子不多，好车不少，而且大都是SUV，什么牌子的都有。滨海大道的路面很干净，路两边的建筑式样新颖，有些甚至可以说非常怪异，显然这座城市为各国的新锐建筑师们提供了展示自己想象力的舞台。

离开了这条滨海大道，高楼立刻就不见了，路两边的垃圾也多了起来。但是和其他非洲城市相比，马路上的行人和小贩都要少很多，乞讨的人也不多。据说加蓬一半的人口都居住在首都，但这座城市竟然没有公共汽车，普通人上下班只能走路，或者和其他人合乘一辆出租车。

我们的旅馆位于一条幽静的小街上，旁边就是一家妓院，每天晚上都有妖艳的妓女站在街边拉客。这家旅馆是个两层小楼，房内设施勉强相当于国内的三星水平，每晚要价3.5万非洲金融共同体法郎（简称非郎，1元人民币相当于78非郎，3.5万非郎相当于450元人民币）。我的房间没热水，我以为这是因为热带地区不需要洗热水澡，也就没多问。

旅馆的老板是个上海人，据说他还在利伯维尔开了数家旅馆和百货店，生意做得挺大。这位老板的老家是江苏盐城，因此他找了好多盐城的乡亲来帮忙，比如这家旅馆的领班徐阿姨就是。徐阿姨看上去五十多岁，普通话说得不是很好，法语只会几个单词，只能通过手势和店伙计们交流。好在她的主要工作就是管账，倒也很轻松。白天客人出门，徐阿姨没事做，电视也看不懂，便和一位黑人女佣聊天，两人连说带比画，居然能聊得兴高采烈。

“这里的黑人很奇怪，他们不好好工作，就知道享受。”徐阿姨对我如此描述她眼中的加蓬人，“比如这条街上的房子都很差，但他们都开好车。”

确实，如果只看衣着的话，你不会认为徐阿姨是小老板。她穿得很随便，上身永远是一件汗衫，下面永远是一条短裤，脚下永远是一双拖鞋，而这里的工作人员穿得比她体面得多，白衬衫加皮鞋，像个白领。我后来发现，作为曾经的法国殖民地，加蓬人在很多地方模仿法国人的做派，比如早餐喜欢吃法棍加咖啡，讲究穿着，不善动手但嘴上功夫厉害，善于辩论。事实上，大部分加蓬人就连日常生活也不说本民族的语言了，而是一律用法语，这一点让加蓬人在接受法国文化时基本上没有障碍，连带着对来自法国的一切基本上全盘接受。

但是，中国人的到来改变了这一切。在一个普通加蓬人看来，异族人来到这里开店当老板，这本身是件很正常的事情，利伯维尔有很多白种人都是这样的。但是中国人不一样，他们虽然是老板，虽然也很有钱，但他们和员工们同吃同住，甚至比员工们工作还辛苦，这就不免让人感到奇怪，甚至有些不适。

“曾经有个温州人在雅温得大街上卖小煎饼，被当地报纸爆炒了好多天。”新华社驻喀麦隆记者站首席记者刘芳向我讲述了这样一个故事，“其实这位温州人当时刚刚到雅温得，人生地不熟，需要一份容易上手的工作，这种情况再普通不过了。当他赚到一点钱后便很快改行，和其他温州人一样倒卖小商品去了，但这件事被喀麦隆媒体无限放大，被当做是中国人和当地穷人抢生意的案例。”

刘芳精通英法两门外语，在中非的法语区生活了四年，对这里的情况十分了解。她告诉我，别看加蓬的人均 GDP 很高，但普通加蓬人非常穷，一个从农村进城打工的加蓬男子每天只能挣两千多非郎，其中一半要用来给全家人买食品，而且也不是什么法式大餐，而是面包或者木薯之类的东西，加个鸡蛋就算是开荤了。另一半工资用来看病，因为加蓬的医疗设施奇缺，看病非常昂贵。

晚上，我们一行人去一家当地人开的法式餐厅吃饭。利伯维尔找不到任何一家国际连锁餐馆，据说这是因为像麦当劳这类连锁企业对加蓬人的管理水平不放心，担心无法保证质量，不敢贸然来加蓬开店，所以整个首都除了法式餐馆外就只能吃中餐了。这家法式餐厅内部装饰得很好，服务也很周到，满屋子食客全都是白人，一个黑人顾客都没有。我点了一份简单的烤鱼，要价 7000 非郎，再加一瓶啤酒就超过了 100 元人民币，这笔钱相当于一个普通加蓬打工者三天的工资。

席间，大家恶补了一下加蓬的历史和地理知识。加蓬这地方最早是被葡萄牙水手发现的，利伯维尔港曾经是黑奴的重要交易场所。后来荷兰、英国和法国殖民者先后占领了这里，利伯维尔一度是法国在赤道非洲的行政中心。1960 年加蓬独立，成立了加蓬共和国，并从法国移植过来了一整套行政体系，包括三权分立和议会制度等等，相当于跑步进入了民主社会。但是，自从共和国第一任老总统于 1967 年病故后，下一任总统哈吉·奥马尔·邦戈在这个宝座上一坐就是 42 年，对于一个民主国家而言这是一件不寻常的事情。而当老邦戈于 2009 年病故后，新选出来的总统居然是他的儿子阿里·邦戈·翁丁巴。这位新总统曾经留学美国，还娶了一位美国白人女子为妻。后来他决定回加蓬继承父业，便和妻子离婚，又娶了一位法国白人女子为妻。从这个经历来看，新总统似乎应该是一位非常亲西方的人。

正是这位新总统，让加蓬政府和中国商人之间的关系变得微妙了起来。

一个法案的两种解读

我们这次是应世界自然基金会（WWF）的邀请，来加蓬考察当地的林业发展现状。加蓬的水资源与森林资源部（以下简称水森部）和 WWF 合作，在利伯维尔办了一个专门针对中国企业的培训班，向中国商人们普及林业可持续发展和森林认知的相关知识，希望中国商人能够遵守加蓬的法律法规，可持续地开发加蓬的林业资源。

自从独立以来，加蓬的经济支柱一直是石油和矿产，占全国总 GDP 的 60% 以上。石油收入让加蓬政府变得非常有钱，据当地人说，有 60% 的加蓬人都或多或少地靠政府供养，这就是为什么加蓬政府机关的官僚主义现象特别严重。但是，刚刚上任的新总统比老总统更有眼光，他咨询了专业人士，得知加蓬现有的原油储备将在未来的 15 年内耗尽，必须立即找到一个新的经济增长点，否则加蓬经济难以为继。加蓬的矿产资源还算丰富，但无论如何也无法代替石油的收益，于是他想到了林业。林业有两个优点远胜石油：第一，林业是劳动力密集型产业，加蓬林业雇用的人数仅次于政府部门；第二，如果规划得好，林业是典型的可持续行业，不必担心有一天会消耗光。

加蓬的林业资源潜力极大，其热带雨林不但盛产高价值古树，而且因为靠海，运输相对方便，成本低廉。法国木材商人看中了这一点，早在上个世纪初期就在加蓬买了很多优

WWF 工作人员和村民交谈

质林地，开始往欧洲运木材。如今这些法国公司依靠当初的投资，几乎垄断了加蓬的木材行业。

上世纪 80 年代末，时任加蓬政府高官的中加混血政治家让·平回温州老家探亲，顺便邀请了一个家乡的亲戚来加蓬做木材生意，从此开启了中国木材商人来加蓬经商的大门。此后，关于中国木材商人在加蓬违法砍树的消息不断出现在媒体上，引来了不少国际环保组织的密切关注，纷纷要求加蓬政府加强管理，保护这片珍贵的热带雨林。

说起来，加蓬的热带雨林之所以保存得很好，与老总统邦戈的专制统治有点关系。1999 年，一位名叫麦克·费伊（Mike Fay）的美国生态学家徒步 3200 公里，穿越了整个非洲中部，沿途拍摄了大量照片，首次向世人展示了这块全世界第二大热带雨林的美妙之处。老总统看了这些照片后被震撼了，于 2002 年下令在加蓬设立 13 个自然保护区，占整个加蓬总面积的 11%。保护区内禁止任何人类活动，违者严惩。这项法令在一夜之间就把加蓬的保护区比例从非洲最低的国家变成了比例最高的非洲国家，被后人称为“环保政变”（Conservation Coup）。

与此同时，加蓬于 2001 年出台了新的森林法，为林业企业制定了很多规章制度。但是，由于各种原因，该法案执行不力，滥砍滥伐现象依然十分普遍。新总统阿里·邦戈上台后没多久，就颁布了一项新的森林法修正案。新法案有两条格外引人注目：第一，从2010年开始禁止一切原木出口，原木必须在加蓬境内加工成板材后才允许出口。第二，所有加蓬境内的林业公司必须在2012年年底之前将所拥有的采伐区全部纳入林地规划程序，并在三年内完成林地规划，否则就将收回采伐许可证。换句话说，很可能自2013年起就不再颁发新的采伐许可证了。

"新法令来得太突然了，比预定时间提前了一年半，搞得我们措手不及。"参加培训班的一位来自广东的木材商人黄沙（化名）对我抱怨说，"这个法令出台前只咨询了法国企业，没有跟我们中国企业商量过。中国企业力量不够，没有发言权，人家不听你的。新法规偏袒法国人，最终得益的都是法国企业。"

黄沙是加蓬林桑公司的老板，该公司在加蓬拥有10万公顷林地，应该算是典型的中小型民营企业。黄老板为我详细解释了这两条法案的出台背景：第一条法案从表面上看是为了增加木材的附加值，顺带提高加蓬的就业率，对于加蓬老百姓来说应该说是有好处的。但是中国市场对木材有特殊的需求，比如这里有一种名叫巴西花梨（简称巴花）的千年古树，纹理很美，中国人喜欢连树皮带白边一起切下来当木纹贴片，也有一些人拿整块木料做匾额、展示台或者茶艺台，这两种用法都需要直接加工原木，但加蓬政府的法律强制要求所有木材加工厂都必须先取芯干燥，然后锯成板材才能出口，带白边出口是违法的。"这就等于把金条变成了薯条！"黄沙说。

第二条法案从环保的角度来看也是很合理的。所谓林地规划指的是木材企业对一片森林的使用计划。热带雨林的树木生长较快，林地规划通常做25年就可以了。具体来说，企业通常会把所属林地分为25个区，每年只进入一个区进行采伐，对于采伐树木的种类和最小胸径，以及运输路径和相应的动物保护措施等等也都必须事先做出计划，种子树不能砍，珍稀树种也不能砍。林地规划做好后上交水森部，批准后方可进行商业砍伐。

但在黄沙看来，这条规定让已经有林子的企业得利，而这基本上指的就是法国企业。后进来的中国企业有钱也买不到林地，便只能向法国企业买木头。"我知道有家法国企业有100万公顷林地，可只有一家象征性的木材加工厂。"黄沙说，"他们根本就不想搞加工，而我们这些有加工厂却没林地的企业只能从他那里买高价木头。"

黄沙还向我表达了对加蓬政府的不满："加蓬政府的法律法规不健全，当初投资建厂时没人查你，等你厂子建好了，有了固定资产，他们就来找你麻烦了。而且经常是我们所有手续都全，对方还是能找出理由说我们不合法，要罚款。"

厦门立德旺林业公司的老板高作鹏补充道："加蓬法律缺乏连续性，现在这个水森部长是刚刚上任的，结果前任签署的很多文件突然就作废了。其实我来加蓬之前就知道，这是在非洲经商需要承受的一种独特风险，但有时候这种风险大到我们都没法承受的程度了。事实上他们这么做就是为了要贿赂，我永远不会相信一个非洲官员能够保持廉洁。"

我把中国企业家的疑问当面转述给了加蓬水森部林业局局长保罗·库姆巴-恩扎奥（Paul Koumba-Nzaou）先生，他一一做了解释。首先，关于政策不连续的问题，他认为这是个案，不是普遍现象。比如有时前任部长被发现收受贿赂，他签署的文件自然只能作废。其次，他强调加蓬政府早在2001年颁布的新森林法上就提出要进行林地规划，这是全世界林业企业的惯例，中国国内也是这么做的，绝不是针对中国企业的。第三，他说新法律制定前曾经邀请中国林企派代表来参加谈判，共同商讨技术细节，但中国商人没有来。

"我们非常想和中国商人沟通，但没办法一个一个去谈，这样做太不现实了。所以我们非常希望中国企业能有个类似行业协会的组织，选出一个代表来和我们谈判。"恩扎奥最后说道，"甚至都不用成立正式的行业协会，只要想办法建立一个对话的平台就足够了。"

当我把这段话再转述给两位中国企业家时，他们异口同声地说，这几乎不可能。"海外中国人不抱团，大家谁都瞧不起谁，永远推不出一个有威望的人。"黄沙说，"即使有人愿意出头组织行业协会，其他人肯定不愿意参加，最后还是办不成。"

"那么中国使馆有没有可能出面组织呢？"我问。

"中国使馆在加蓬确实有个经商会，但平时不怎么管我们，我们也不愿去找他们。"

这段谈话是在饭桌上进行的，这是一幢气派的三层小楼，上面写着五个汉字：中国温州城。这幢楼的一层是商店，二层三层是餐厅，上来的菜一看就是当地厨师做的，酱油放得很多，但味道还可以。

也许是边吃边谈的缘故，两位中国商人的话可能有些偏激。同桌正好坐着全球森林贸易网络中国分部的经理金钟浩，这次专程从北京赶到这里来给企业家们讲课的。他当着大家的面对我说："加蓬的一部分私营企业老板教育程度不高，缺乏专业知识，对当地的法律法规也不愿去了解，也不肯花力气融入当地生活，这一点是我们中国人自身文化的缺陷，不是非洲人的问题。这也就是为什么我们要来这里给他们做培训，希望能帮助他们尽快适应这里的情况，遵纪守法，只有这样才能做到双赢。"

中国企业都是这样的吗？这种培训有帮助吗？这就要多去几家公司走走才能知道。

两个商人的一种困境

在加蓬的中国商人当中，庄炳川算是一位相当资深的人士。他 1999 年来加蓬经营一家地板厂，先后在这里工作了 13 年，亲眼见证了加蓬木材行业的发展。

如今的庄炳川是爱龙公司的老板，这家公司的总部坐落在利伯维尔近郊的一个工业开发区内，周围还有好几家与木材有关的企业。庄总的办公室不大，一张巨大的实木办公桌几乎占了 1/3，桌子后面的小茶几上摆着一对象牙雕刻和一对野牛角，对面的墙上挂着数位中国领导人前来视察时拍的照片。庄炳川身材微胖，脸上总是带着微笑，说话慢条斯理的，中气很足。他法语说得不好，面对着一屋子中外记者，庄总用一口略带东北味儿的汉语为我们讲述了一个中国木材商人的发家史。

1999 年，位于吉林通化的林川木业集团投资 500 万美元在加蓬开了一家木材加工厂，精通木材生意的庄炳川被调来当总经理。该厂决定专做实木油漆地板，为此购置了一套当时最先进的德国设备。他本以为加蓬木材质优价廉，劳动力成本也不是太高，前景应该十分光明，可谁知从成本控制到品牌推广都遇到了难以克服的困难，导致该厂在头四年里累积亏损三百多万美元，最后他实在撑不下去了，只好关闭工厂，并把所有设备全部运回了中国。

在庄炳川看来，所有困难都是由加蓬的基础设施太差、员工素质过低以及相关政策不合理造成的。首先，他自己没有林地，必须花钱买，而法国公司垄断了加蓬的林地，他只能去买高价木材。其次，加蓬距离国内市场太远，通讯又不方便，导致产品远离终端消费市场，买卖双方沟通不畅，消费者的要求不能及时得到满足，出了问题投诉也很困难，影响了品牌的推广。再次，加蓬工人技术不精，而且存在学习障碍，怎么教都教不会，导致做出来的产品质量总也达不到要求，合格率很低。再加上加蓬劳动法偏袒劳方，资方不能随便罚款，而且不准采取计件工资制，工人只要上班老板就得开工资，所以加蓬工人的劳动效率很低，实际算下来，劳动力成本非常高。

如果说上述困难都还有可能克服的话，那么由于加蓬的木材利用率低所导致的成本上升则几乎是没办法解决的。“中国的木材产业链相当完备，无论是砍树剩下的枝丫材，还是做地板剩下来的小木条，甚至锯末都有人收，综合利用水平高，这就是为什么中国的木材利用率能够做到接近100%，无形中大大降低了成本。”庄炳川解释说，“但是加蓬的工业体系不健全，木材产业的链条不完整，一家工厂又不可能什么都做，这就导致了加蓬的木材综合利用效率极低。这就是为什么中国企业都宁可千里迢迢把原木运到中国，加工成产品再卖往世界各地，这样做看似很浪费，但实际上更划算。”

地板厂虽然失败了，但庄炳川没有走。他交了四年学费，找到了发财的窍门：做低端产品。他投资了一笔钱开了一家锯木厂，不做成品，专做锯木和板材这类粗加工产品，对工人的技术水平要求低。另外，他开始想办法鼓励当地工人好好工作，比如颁发各种奖励。“除了加班奖、定额奖外，我还给他们发满勤奖、态度奖，每个节日都发点小礼品，还经常和他们一起喝啤酒，交朋友。”庄炳川笑着说，“如果有工人家里房子漏雨了，我会免费为他提供木板修屋顶，而且我会亲眼看着他修，否则他肯定会把木板卖了换酒喝。”

渐渐地，他发现工人们的态度开始好转，对工作也更负责了。他认为主要原因在于这些来自农村的工人终于发现，所有外国人开的公司都差不多，中国企业对他们的严格要求并不那么特殊，于是便安心了。

这样又做了几年，还是没挣到什么钱。一来加蓬的林业产业链始终没有好转，木材利用率一直无法提高。二来木材锯成板材后千里迢迢运往中国，长时间的海上漂泊经常会导致木头开裂，损失不小。于是，自2007年开始，庄炳川决定直接经营原木，和当地人合作，共同开发林地。

“邦戈总统曾经给一些对国家有功的官员，以及亲信们划分了一些林地作为奖励，但有些人因为各种原因交不起林地税，我就从他们手里把地租下来，而且会把租金和将来的收益一次性付给他们。这些人挺守信用，基本上没有反悔的。于是这些林地名义上是共同开发，实际上就是我在经营。”

事实证明，这个经营方式是最成功的，终于让庄炳川一举扭转了亏损的局面，挣到了第一桶金。其中的主要原因并不是普通红木，而是像巴花这种在国内市场具有极高价值的特殊树种。一根好的巴花原木在国内市场能卖到 100 万人民币以上，甚至在拍卖市场上拍出过 300 万人民币的高价。

“普通木材是用来养人的，巴花是用来发财的。”金钟浩总结道。

可惜好景不长，2009 年老总统邦戈去世，新总统阿里刚上台就宣布禁止原木出口，必须在加蓬境内加工成板材。而 A 级巴花板材在国内市场每立方米最多也就能卖个一万多人民币，这就等于切断了暴利的来源，难怪中国商人要抗议了。

如果说庄炳川的爱龙公司代表了加蓬中小企业的普遍情况，那么加蓬现有的几家大型国企的情况又怎样呢？为了回答这个问题，我们专程前往加蓬第二大城市兰巴雷内，参观了三利公司建在那里的一个木材加工厂。三利公司是中粮集团下属的一家木材公司，在加蓬拥有 98.7 万公顷的林地，是加蓬最大的中国林业企业。

三利的销售经理徐寅斌亲自开车带我们前往兰巴雷内，这段路全程只有 230 公里，而且都是柏油路，但其中有一半的路年久失修，被大卡车压出了很多坑，最后花了五个多小时才开到目的地。途中经过一座小桥，路边停满了运送木头的大卡车。这些木头直径都在 1 米左右，树干笔直，锯口处画满了标签，看上去都是经过认证的合法木头。“这就是加蓬的国树奥古曼，全世界公认的最适合做胶合板的木头。”徐寅斌说，“前段时间那座桥的桥墩被撞坏了，运木材的大车不能过，只能停在这里等待船运。我估计这桥两年内是修不好了，木材的运输成本又要提高了。”

戴口罩的工人

徐寅斌毕业于上海对外贸易学院法语系，

三利公司的木材加工厂

刚刚26岁。他一毕业就加入了三利，并被派到了加蓬，在这里一干就是四年。小伙子长得文质彬彬，说话相当直率。"我在这里做了四年，亲身经历了一个千载难逢的暴利时代。"徐寅斌说，"但我也为此付出了代价，年纪轻轻就得了轻度脂肪肝，这里的中国商人都太能喝酒了！"

徐寅斌告诉我们，2010年之前，三利公司原来是一家贸易公司，后来看到砍木头最能挣钱，便想办法买下大片林地，做起了砍伐。前几年靠卖原木挣了很多钱，当时每年的砍伐量至少在40万立方米以上。2010年加蓬政府禁令一下，立刻傻了眼，目前的砍伐量还不到过去的1/10，利润大减。好在三利有个木材加工厂，每个月能加工1300立方米的单板，外加1200立方米的锯材，这才算勉强维持了下来。

"在加蓬建个木材加工厂很容易，300万人民币就能搞定。一个工厂配2万公顷林地就可以开工了，每公顷林地差不多10欧元就可以拿下，所以在加蓬做木材生意的门槛是很低的，对国内的小商人很有吸引力。"徐寅斌说，"原木出口禁令没下来之前，没人做加工，大家都去砍树卖木头去了。禁令一来，不少原本只砍木头的中国商人立刻突击建厂，为的就是能继续砍树。一家中国企业甚至在三个月时间里建成了三个木材加工厂！"

据他估计，加蓬的滥砍滥伐现象十分严重，实际砍伐量很可能比报给海关的数字要高出十倍，而且越是珍贵树种盗砍就越厉害。“如果按照前几年的速度砍下去，加蓬的热带雨林再过 50 年就会被砍光了。”徐寅斌说。

徐寅斌认为，加蓬政府出台的这个新禁令确实不是为了自己捞钱，而是为了这个国家的未来而做出的一个明智的决定。事实上，这个禁令对于加蓬政府而言是亏本买卖。因为原木出口要交 17% 的关税，而加工后的板材出口则不必缴税。当然，在加蓬经营一家木材加工厂也需要交纳一些相关的税，但算下来总的税率也就 5% 左右，禁止原木出口肯定减少了加蓬政府的财政收入，只是因为卖石油的收入非常高，加蓬政府暂时可以忍受这笔损失。

话虽如此，徐寅斌却对加蓬的商业环境相当不满。“你让我们在你这里建厂，帮你解决就业问题，这我没意见，可你也得想办法帮助我们把产品卖出去啊！”徐寅斌抱怨道，“既然要求我们拿出产品直接参与国际竞争，那就必须满足欧美客户提出的条件，保证质量，按时交货。可加蓬的工人素质不高，而且人员流动过于频繁，非常难以管理。政府又制定了很多政策保护工人利益，法定最低工资也定得相当高，每个月 2000 人民币以上，对于我们这些合法经营的企业来说，劳动力成本居高不下。所有这些都导致我们的产品在国际市场上缺乏竞争力。”

徐寅斌带领我们参观三利的木材加工厂，这个厂坐落在兰巴雷内市郊，通往厂区的土路上积满了雨水。板材车间相当宽敞，二十多名黑人工人正在两名中国技术人员的指导下工作着。工人们见来了客人，立刻戴上事先准备好的口罩，口罩上方露出的眼睛里显露出一丝戒备之意。这家工厂雇用了 112 名当地员工，由 14 名中国工人负责管理。他们的法语都不怎么好，只能说几句简单的术语，大部分指令都要通过手势来传达。

“加蓬人对待中国人和法国人的态度是很不一样的，对中国人明显有一种歧视。”徐寅斌说，“一方面法国人曾经是他们的主人，这种心态是很微妙的。另一方面法国人没有语言障碍，双方很容易交流，再加上加蓬政府官员有很多都是亲法国的，因此法国商人具有先天的优势，这一点我们很难比。”

任何一个民族，要想在国际竞争中取得先机，都要拿出一两样别人没有的东西。中国靠的是“人口红利”，仰仗的是 13 亿吃苦耐劳的中国人民；加蓬靠的“资源红利”，这是祖先遗留给他们的巨额财富；而法国人（还应包括英国、德国、荷兰和丹麦等欧洲国家）则依靠“殖民者红利”，自然而然地成为了制定游戏规则的一方。

既然这是事实，就不能总想着抱怨，如果人家制定的游戏规则更合理，我们也必须服从。不少中国公司明白了这一点，正在迎头赶上。比如徐寅斌的法语就说得非常流利，而且他无意中还透露了他和很多加蓬官员都是好朋友，双方的信任程度与日俱增。据一位熟悉当地情况的人说，加蓬的国企比私企更加重视这一点，招募了大量法语专业毕业生来加蓬从事管理工作。我还采访到了一位前三利雇员张军（化名），同样说一口流利的法语。张军离开三利后另立山头，很快就把公司做大，在华商圈子里被戏称为“国王”。他的公司只雇用了 20 名中国人，却雇了 400 名外国员工，很多人都担任了公司高管，比如财务主管是个意大利人，财务经理是加蓬人，林地规划主管是个法国人。张军还特意强调，法语是公司内部的通用语言。

张军也非常重视和当地人搞好关系。他的公司出钱帮助林地社区建学校，修教堂，办医院，很多事迹都上了加蓬当地的报纸，为中国企业树立了良好的形象。

张军和徐寅斌一样都不是搞木材出身的专业人士，庄炳川对此很不以为然，他认为这些人虽然有语言上的优势，但不懂技术，不会从整个产业链的角度考虑问题，缺乏战略眼光。

有趣的是，同样有着国企经历的徐寅斌和张军却都对少数私营企业表达了不满，认为他们投机取巧，扰乱了市场，让守规矩的人背了黑锅。比如徐寅斌认为，正是因为某些中国商人不守规矩，喜欢用贿赂来解决问题，导致加蓬官员的胃口越来越大，就连三利这样的国企有时也不得不以各种名义给官员们送钱。而张军则相信，一些中国私企抱着捞一笔就走的心态来到加蓬，不善于做长远打算，也不愿意花力气融入当地文化，这才导致了各种矛盾。他认为新的加蓬林业法的最终目的就是提高门槛，把一批不合格或者不合法的中小企业淘汰出局。而 WWF 这次开办培训班的举动非常好，能帮助中国企业学习加蓬的法律法规，尽快适应这里的文化，免得被淘汰。

我们还采访到了两家加蓬本土的林业公司，请他们谈了谈对中国企业的看法。一位老板认为，加蓬林业最大的问题就是木材黑市太猖獗，扰乱了市场秩序。另一位老板则认为，少数中国商人通过贿赂的手段把木材进行粗加工后就偷偷出口到中国，而中国的木材利用率高达 100%，他的企业只有 40%，很难竞争。

若加蓬林业的问题只是商业竞争的话，问题也许还比较容易解决。但是林业和生态保护密切相关，这是从业者绕不过去的一个槛。正是出于环保的需要，加蓬政府即将出台一批新的法律法规，考验中国企业前瞻性的时刻到了。

一颗红心两种准备

从理论上讲，木材是一种可再生资源，但是如果采伐方法不当，恢复起来是很慢的。加蓬的热带雨林里还住着不少原住民，他们的利益也必须得到保护。这两点已经成为大家的共识，没人会公开反对。但是有不少国际环保组织和媒体指责中国企业违反环保原则，破坏了刚果盆地珍贵的热带雨林。金钟浩也认为，在环保方面中国企业和西方大企业相比存在差距。“就拿林地规划来说，法国公司早就意识到这是大势所趋，所以他们早就做好了。不少中国企业缺乏前瞻性，总想捡便宜，最后吃了大亏。”

那么，事情到底是怎样的呢？这就必须首先搞清楚木材行业环保措施的细节。

保护森林资源有两种思路，第一就是由政府出面制定相应的法律法规，委派国家机器监督执行。比如美国政府 2008 年通过了《雷斯法案修正案》（Lacey Act），将木材制品也纳入到这个以保护野生动物为主旨的贸易法案中来。法案规定，凡是出口到美国的木材制品（包括家具）都必须出示所有部位的木材的合法来源证明。如此严格的规定，在当年曾经引起中国家具厂商的抗议，认为这是一种变相的贸易壁垒。

2010 年 10 月 20 日，欧盟通过了《森林执法、施政和贸易证书法规》(Forrest Law Enforcement，Governance and Trade，以下简称《欧盟法规》)，对所有进口到欧盟的木材制品做出了类似的规定。该项法规自 2010 年 12 月 2 日起进入实施阶段，2013 年 3 月 3 日起将在欧盟 27 国正式生效。目前，欧盟正在和木材出口国谈判，希望能在 2013 年 3 月之前签署一份《自愿贸易伙伴协定》（简称 VPA），如果某个国家到时仍然没有签署这份协定，那么该国的木材将很难再出口到欧洲。中非地区是木材出口大户，刚果（布）和喀麦隆已和欧盟签署了 VPA，刚果（金）也已经完成了谈判进程，就等签约了。加蓬正在谈判过程中，按照预定计划，谈判将于2013年3月前完成。但是加蓬水森部部长顾问摩罗恩古先生私下告诉我，谈判过程进展得很不顺利，目前已经比原计划延误了两个星期，延误的原因是“政府没钱开会”。

由政府出面制定的森林保护法案往往更注重木材来源的合法性，对砍伐过程的环保要求略显不足，于是就诞生了第二种思路，那就是由环保NGO出面，建立森林认证体系。这个体系不是强制性的，它通过在终端产品包装上贴标签的做法，把选择的权力移交给了消费者。目前在环保方面公认要求比较严格，同时也是消费者认知度最高的认证体系之一叫做FSC，这是由WWF等数家环保组织和企业联合发起成立的“森林管理委员会”（Forest Stewardship Council）制定的一套林业经营守则，内容涵盖森林经营权和使用权的划分、社区关系与劳动者权利的保护、生态环境的保护、监测与评估体系等木材工业产销链条上的所有环节，可以说代表了目前木材工业的最高标准。

FSC认证可以分成两大部分，第一部分是林地认证（FM），要求林地的经营者不但在砍树时遵循可持续原则，而且还要在保护野生动植物，以及提高原住民福利等方面达到相应的标准。第二部分是产销监管链认证（CoC），要求林业企业在木材加工、制造和销售这一整条路径的所有环节都满足FSC的要求。一件产品只有同时通过了上述两部分认证之后才能贴上FSC认证标签，而满足这两种认证的条件都必须投资很多钱，FSC提供的宣传材料上说，企业花在FSC认证上的这笔投资一定能获得丰厚的回报，因为贴上FSC标签的产品更容易获得消费者的认同。在加蓬的法国企业显然认同了这一点，目前加蓬已有的180万公顷FSC认证林地全部为法国公司所有。

但是，对于其他一些企业来说，情况则要复杂得多。比如三利公司只做了CoC认证，FM认证一直没做，目前仍在观望中。“我们做CoC认证花了20万人民币，前后用了半年的时间。再去做FM认证的话至少会提高1/3的成本，所以我们必须从经济上考虑这么做是否划算。”徐寅斌告诉我，“比如我们决定做CoC认证，纯粹是为了向西方国家出口板材的需要，相比之下FM认证太贵了，我们就决定暂时不做，实在需要的话就从别人那里买经过FM认证的木材。”

相比之下，张军的公司目前有60%的产品销往中国，南非又占去了30%的份额，只剩下10%的木材制品出口欧洲。无论是中国还是南非的消费者都不认FSC，因此他就没有做 FSC 认证，甚至连即将生效的《欧盟法规》都没怎么关注。

这并不是中国企业独有的现象。我采访的两家加蓬当地企业也都没有做 FSC 认证，其中一家企业的老板告诉我，他们正在比较其他几种森林认证体系，准备从商业的角度对它们做出评估，之后再挑选最合适的一种认证方式。

在加蓬拥有 85 万公顷林地的新加坡奥兰（Olam）公司选择了相似的应对措施。该公司的销售经理奥利佛·戴斯麦特（Olivier Desmet）先生告诉我，虽然欧洲政府普遍支持 FSC，甚至规定政府采购的产品都必须经过 FSC 认证，但是私营企业和很多消费者也不愿意承担多出来的成本。因此他认为《欧盟法规》通过之后，将为欧洲消费者提供一个比 FSC 廉价的竞争对象，FSC 的垄断地位很可能会受到威胁，因此奥兰公司也在观望中。

上述事例正好说明，要想保护森林资源，广大消费者必须行动起来，主动选择环保产品。否则的话光凭政府或者 NGO 是难以为继的。

另外，无论是 FSC 还是《欧盟法规》，都对一个国家的监督管理能力提出了很高的要求。我采访的数家企业都对加蓬政府的管理能力表示了不同程度的怀疑，而我自己的采访过程也从一个侧面印证了这一点。比如，加蓬水森部林业局局长在培训班上表示，加蓬政府不知道中国企业这几年一共出口了多少木材，因为政府部门向中方企业发放了调查表，却没有收到回复。

“我们每次都回复了，可我怀疑他们根本就不看。”三利公司的徐寅斌告诉我，“有几次我们故意填错了数据，而且错得很离谱，可对方也根本没反应。”

在我们的一再要求下，这位部长向我们出示了一份报表，详细列出了加蓬去年的木材出口情况，居然精确到了个位数。比如，这份报表称 2011 年中国是加蓬的第一大木材进口国，一共进口了 171048 立方米木材，法国名列第二，一共进口了 143265 立方米木材。而 2011 年加蓬总的木材出口量为 668916 立方米，中国仅占 1/4 左右。但是根据国际林业研究所（CIFOR）发表的调查报告，加蓬木材这几年的年出口量都超过了 100 万立方米，其中 70% 出口到了中国。

这份报表还称，加蓬 2011 年木材出口总量比 2010 年增加了 26%，而 2010 年又比 2009 年增加了 36%。如果这个数字是准确的，那就说明新的原木出口禁令对木材市场没有负面影响。可根据我对几家中外林企的调查，2010 年新法规颁布后，又正好赶上全球经济危机，导致 2010 年加蓬木材出口总量比上一年下降了很多，2011 年又比 2010 年下降了不少。也就是说，原木禁止出口的法律已经见效，加蓬的森林砍伐量已经大大减少了。

此次加蓬之行的最后一天，庄炳川又单独把我叫到他的办公室，向我透露了一个消息。他联合了盛阳木业等五家中国私营企业，联合起草了一份动员书，希望能尽快成立一个亚洲木业联合会，对内互相监督，对外派代表和加蓬政府谈判，为亚洲企业争取话语权。

中国新任驻加蓬大使孙继文也在中国大使馆和我们见了面。他宣布，为了更好地为加蓬的中国人服务，他将立即着手建立一个官方网站，把加蓬现有的法律法规翻译成中文上传到网站上，WWF 翻译的加蓬新森林法，以及与林地认证和 FSC 认证有关的法律条款也包括在内。

2012 年 7 月，中非合作论坛部长级会议（FOCAC）即将在北京召开。WWF 向中国和非洲国家的主管部门提交了《中国和非洲可持续合作与发展》建议书，建议双方政府在自然资源的合理开发、保护生物多样性，以及发展可持续农业和渔业等方面做出承诺，并共同努力，争取在非洲实现自然环境和人类可持续发展的双赢局面。

尾声

有一天采访结束后，张军派车送我们回旅馆，前排一位记者忘记系安全带，被交警拦下，要扣司机的驾驶执照。司机下车和交警理论，对方直接告知，给钱就放你走。我在后座用摄像机将整个过程拍了下来，那位交警见到摄像机立刻慌了神，挥挥手把我们放走了。

回到旅馆，因为刚下了场大雨，气温有些低。我决定向服务员抱怨一下没热水的问题，她进屋一查，原来是热水器坏了，很快派人来将其修好，我终于洗了来加蓬后的第一个热水澡。

只要你主动去争取，这里其实可以得到你想要的一切。上述这两个小故事就是加蓬乃至整个非洲最好的寓言。

谁的热带雨林？

原住民，猎人，伐木者，游客，环保人士，商人……每个人都想成为热带雨林的主人，然后将其改造成适合自己的样子。

既然来到加蓬考察林业，就必须亲自去热带雨林看一看。加蓬的森林覆盖率高达85%，但要想参观一个真正原始的森林却不是一件容易的事情，因为加蓬路况很差，很多地方除了坐飞机几乎无法到达。这件事情也可以反过来理解，正是因为路况差，加蓬的热带雨林才得以保留。

“为什么我们说开矿会破坏雨林？如果把一个矿单独拿出来评估，你会发现它对环境的破坏程度是不大的。尤其是那些地下的矿，开采完后把井口一封，过不了多久就什么痕迹都没有了。”WWF 刚果盆地项目负责人保罗·德瓦彻（Pauwel De Wachter）先生对我说，“开矿最可怕的地方就在于为了运输而修的道路，不但盗猎者会尾随而至，老百姓也会随着道路进入那些原本浓密得不可能进入的热带雨林，建起村庄，毁林造田。”

WWF 本想让我们参观他们在加蓬的一个生态旅游点，但因为航班被取消，被迫选择了靠近利伯维尔的一个名叫纽涅（Nyonye）的地方，这里位于首都以南约 30 公里处，因为靠海，运输方便，早在上世纪 20 年代就有法国公司来这里砍树，是加蓬现代林业的发源地。此后又经过了好几轮砍伐，到上世纪 70 年代时已经无树可砍，林场被迫关闭。选择来这里参观，正好可以见证一下大自然的自我修复能力到底有多强大。

我们从利伯维尔港出发，乘坐汽艇沿着海岸线向南开，沿途看到不少大型货船，其中一艘名叫“金沙岭”的中国船正在装运木材。大约行驶了 45 分钟后，汽艇驶入一条河道，岸边长满了红树林，盘根错节，煞是好看。不久汽艇到达一个小码头，大家换乘一辆敞篷

沿海的热带雨林

红树林

吉普车，沿着一条土路向营地开去。这条路就是当年林场修的，多年不用，路上布满了大坑。沿途全是浓密的热带雨林，只在一个小村庄附近见到了几亩甘蔗地。说是小村庄，其实只有不到十间房子，住在这里的人靠打鱼为生，偶尔也打打猎。加蓬没有农业传统，这是加蓬之所以能留下大片热带雨林的关键因素。

又开了40分钟后，我们到达了营地。这家营地其实就是个度假村，有十几间小木屋，以及一个靠海的餐厅。度假村的主人是一位法国厨师，他原来一直在利伯维尔开餐厅，1990年发现了这片森林，便决定来这里发展生态旅游。加蓬的土地名义上都归国家所有，他这么做必须经过国家同意才行，可这些年他一直在向有关部门申请执照，希望取得合法性，但却一直没有收到回复。

"如果有一天政府突然要收回你的产业怎么办?"我问他。

"那也没关系，我在这里快活了二十多年了，值了!"他笑着说。

放下行李，我们立刻坐上敞篷车，驶进了树林。这片林子很奇特，茂密的热带雨林之间夹杂着一块块草地，大的能有四五个足球场那么大，小的只有一个篮球场大小，而且草地上绝无一棵树，草地和树林之间过渡得非常突然，界限分明。

"草地是过去的村民们故意放火烧出来的，为的是方便打猎。"导游告诉我们，"现在为了方便游客看动物，我们也会不定期地放火，把树苗烧掉。"

这片森林过去的主人是原住民，为了生存，他们有充分的理由这么做。如今这里成了生态旅游的目的地，度假村的人也有充分的理由这么做。果然，我们开了不久就在草地和森林的边缘看到了几头大象，又在一片草地上看到了一群野牛。如果没有草地，动物们是很难被发现的。

"对于我们外人来说，在热带雨林里打猎是一件很难的事情，但是对于原住民来说则要容易得多。"德瓦彻介绍说，"尤其是大象，因为体积太大，走路时会把小树踩断，形成

非洲森林象

运输奥古曼的大货车

一条大象走廊，有经验的猎手会跟着这条走廊走，很容易找到它们。”

刚果盆地里住着一群身材矮小的原住民，叫做卑格米人。他们一直以打猎为生，大象就是他们经常猎杀的动物之一，相当有经验。据非洲动物保护组织报告，不少盗猎分子花钱雇用卑格米人杀大象，并为他们装备了专门打大象的长筒猎枪，大大提高了效率。据统计，2011 年全世界一共破获了 13 起大额（超过 800 公斤）象牙走私案，总共缴获象牙 23 吨，相当于 2500 头大象。2012 年是近年来缴获象牙最多的一年，未被抓获的肯定更多。这些象牙绝大多数都流向了东亚地区，中国是全世界最大的象牙市场。

“原始森林就是非洲原住民的超市，他们需要的东西全都可以从里面找到。”德瓦彻说，“这种情况已经持续了很多年，一直没出问题。但是现在全世界的人都想来这个超市里拿东西，森林就无法承受了。”

第二天早上，我们再次进入了这片森林。这一次是徒步，可以近距离观察这片热带雨林

导游和奥古曼树

的恢复情况。对于一个有点经验的人来说，这里的森林一看就是次生林，因为地表的植被非常茂盛，小树很多，直径大于半米的树则较为稀少。偶尔也能见到地盘直径超过 2 米的树，一问才知当地人叫它奶酪树（Fromajer），传说此树代表着好运气，所以一般人不会去砍它。

这里还有不少加蓬国树奥古曼，但很多树的树干都不直，一点也不像我们在公路上见到的那些被砍下来的大树。导游告诉我，当年砍树的人把质量好的奥古曼都砍光了，剩下的都是一些不好的树种，这就相当于一种逆淘汰。据说法国科学家正在研究这一问题，希望能培育出树形好、成材快的奥古曼树种，开始尝试人工种植。根据加蓬水森部估计，加蓬天然林每公顷平均只能出产 5 ～ 10 立方米的原木，而人工林每公顷可以出产 400 立方米的原木，两者在生产效率方面有着天壤之别，所以说人工林从某种意义上说并不是一件坏事。

“其实林业做好了反而是对森林的一种保护。如果没有林业，恐怕很多热带雨林就会被开发成农田，破坏力反而更大。”德瓦彻说，“比如巴西一直对伐木业监管很严，大部分亚马逊热带雨林都没人管，属于无主地带，结果被很多当地人开辟成了大豆田，或者养牛的牧场。加蓬大部分林地都被林企买下来了，反而被保护得很好。”

加蓬的伐木业均采用间伐法，即伐木工人选中一棵经济价值高的树，挑一个方向将其放倒再拖出来，其余的树不受影响，这样伐过一遍的森林过几年就又可以接着砍了。像眼前这片树林，如果保护得好，再过 30 年也许就可以再伐一次。

由此可见，环保其实是一件很专业的事情，必须实事求是地制定相应政策，绝不能光凭热情，想当然地做决定。

我们在树林里走了四个多小时，然后沿着无人的海滩走回了露营地。吃完午饭，我们走访了营地附近的一个小村庄，村里有个退休的医生，向我们抱怨说，很多国际组织光想着保护大自然，一点也不为村民着想。

“我们原来靠打鱼为生，可现在根本没法和那些现代化捕鱼船竞争。一些环保组织教我们养鸡，不去打猎，可我们怎么能忍心吃掉自己养的动物呢？”他说，“附近林子里的大象经常来村里偷吃，政府又不让我们打象，只能眼看着它们吃木薯，却无能为力。”

据这位老人讲，这个村原来有上千人，以砍树和捕鱼为生，后来逐渐没树可砍了，鱼也很难捕到，便纷纷离开这里去利伯维尔找工作。如今村子里只剩下几十人，大都是走不动的老头老太。政府从来不管他们，还是这个法国人开的度假村为村民们提供了电和手机信号中继站，还雇用了好几个村民。

从这个角度看，商业化的生态旅游也许是保护原住民利益的最佳模式，而发展城市也许是人类所能做的最环保的一项措施，因为只有城市才能把大部分劳动力吸引过去，把森林还给大自然。

孤岛莱索托

莱索托的建国史极具传奇色彩，但是由于各种原因，这个国家多年来一直没有进步，逐渐成了一个被世界遗忘的孤岛。

莱索托（Lesotho）别名“空中的王国”，因为这个国家海拔最低的地方也超过了1000米，用这个标准来衡量的话，这是全世界最高的国家。莱索托还是一个国中之国，整个国土全部位于南非共和国境内。全世界这样的“飞地”主权国家只有三个，另外两个是圣马力诺和梵蒂冈，但这两个国家更像是两座大城市，而莱索托的国土面积超过了3万平方公里，和比利时差不多大。

莱索托是全世界最穷的国家之一，200万国民当中有40%生活在联合国规定的贫困线以下，即每天的生活费不超过1.25美元。莱索托还是艾滋病的重灾区，HIV病毒感染率为23.2%，排名世界前五位。贫穷加上艾滋病，使得莱索托的人均寿命只有40岁左右，比整个非洲的平均水平还要低10岁。

种种因素加在一起，使得莱索托成为一个非常难以进入的国家。这个国家公路系统不发达，公共交通极为不便，旅游者通常选择从南非自驾车进入莱索托。但如果你开不惯右手车，又不愿花大钱雇用私人向导，那就只有一种选择：加入一个陆上旅行团，和来自全世界的游客们一起游历非洲。我选择了一家名为“游牧者”（Nomad）的旅行社，和十几名来自欧洲和南非的背包客一起乘坐一辆大巴车，从开普敦出发，途经南非的南方诸省，最终到达莱索托。

事实证明，只有这样才能更好地了解莱索托的历史，因为这个国家的诞生与南非的历史有着千丝万缕的联系。

莱索托的小村庄

非洲之巅

如果你对非洲的印象还停留在新闻联播或者探索频道的水平上，那么南非南部的海岸线将完全颠覆你的想象。位于南非西南角的开普敦本身就是一个非常现代化的大都市，和任何一个欧美城市相比都毫不逊色。从这里出发沿着海岸线一路向东，路上全是中高档小汽车，鲜有行人。路两边尽是些美式大商场和独门独院的私人别墅，只有围墙上的铁丝网提醒我们自己仍然身处非洲。

当然，靠近城市的地方还能看到一些贫民窟，但贫民窟旁边就是新修的楼房，从设计到外观颜色全都一样。导游阿明（Amen）告诉我们，这是南非政府为穷人建的廉租房，准备逐渐用这种房子取代贫民窟。阿明是津巴布韦人，这个国家不久前还是一个很富裕的国家，被称为“南部非洲的粮仓”，但如今已经变成了这个地区最大的劳动力输出国，甚至连本国货币都停止流通，改用美元了。

“津巴布韦最大的问题就是农村的土地。”阿明说，“农民们从白人那里拿到了土地，却一直没有学会如何更好地使用。”

导游在介绍莱索托人使用的防风灶

阿明的话让我开始注意南非的土地使用情况。让我惊讶的是，起码在南非南部的沿海地带，我几乎看不到任何传统农作物，放眼望去全都是大片大片的葡萄园，以及绿油油的牧场，几乎看不到人影，连农舍也很罕见。我还见到不少树林，但一看就知道是商业化种植的人工林，以松树和桉树这两种速生林为主，排列得整整齐齐的。像这样的速生林在其他很多国家都能见到，但南非人把它种在了平坦的可耕地上，这点很让人奇怪。

“南非的造纸业非常发达，需要很多木材。”阿明说。但这个解释仍然不足以说明为什么要用可耕地来种树，更可能的原因是，这些地全都属于某个大农场主，他为了省事，便改种了速生林。事实上，从围栏的形状和面积来推测，南部沿海地区的农场主绝对都是大地主，每家的面积都大得惊人。

“这地方看上去太像英格兰了，就是比英格兰大了一号。”一位来自爱尔兰的游客指着窗外连绵起伏的山坡对我说，“我原以为非洲人缺粮，所有土地应该都种着粮食，现在看来南非远不是这样，畜牧业占了大头，和英伦三岛的情况很相似。”

“南非的牛羊肉大部分都是出口到欧洲去的，荷兰超市里就能买到上等的南非牛排。”一位在南非留学的荷兰留学生补充道，“荷兰人不吃鸡头鸡脚鸡内脏，于是荷兰的养鸡场就把这些东西免费运到非洲救济灾民，结果被控扰乱当地的市场秩序，负责此事的供销社被砸了个稀巴烂。”

和陌生人一起旅行的好处就是能听到很多来自不同途径的小道消息，很多都是在西方主流媒体上见不到的。

我们这个旅行团是露营团，每天晚上都要找个露营地安营扎寨，自己做饭，自己洗碗，自己搭帐篷。不过露营地大都靠近市镇，我们因此得以近距离观察了很多沿海的小城镇。这些小镇大都非常安静，房屋的建筑风格很不统一，什么样式都有。很多小别墅的门前都插着欧洲国旗，以英国、荷兰、德国和法国的居多。最让我感到惊奇的是，虽然南非白人所占比例的官方数字是12%，但这些地方的居民大多数都是白人，黑人反而是少数派。双方的生活方式也相差极大，如果他们同时出现在高尔夫球场上，那么白人一定是在打球，黑人则是在卖捡到的球。如果双方同时出现在一条步行街上，那么白人一定是在跑步锻炼身体，黑人一定是急匆匆地走在上班或者回家的路上。如果他们同时出现在蹦极点，那么白人一定是跳的，黑人一定是拉绳子的。这里有一个据称是全世界最高的单拱水泥桥，最高点距离地面216米，桥中间有个蹦极点，我观察了一个下午，几十名蹦极者全是白人，十几名工作人员则全是黑人。

“非洲人一直在追求和白人的平等待遇，可惜顺序搞错了。”阿明说，“我们是先要权力后要财富，如今权力倒是争取到了，可财富还留在白人那里，结果我们的生活还是没有大的改善。”

“可是，如果拿不到政治权力的话，经济权利也没法争取到的吧？”我问。

“这个我不懂，我只知道在津巴布韦，总统选举就是个笑话。”阿明回答说。

听到一个非洲人如此评价自由平等和民主选举这些耳熟能详的概念，大家都吃了一惊。这块大陆确实太复杂，只用简单的逻辑来理解它是行不通的。

事实上，作为人类的发源地，非洲大陆一直是人类物种多样性最丰富的地区，除了非洲，全世界没有哪块大陆敢说自己包含了所有人种。但是，人类虽然起源于非洲，但现代文明却是在中东地区开始的，其标志就是农业和畜牧业的诞生。按照人类学理论，一种先进文明的最佳传播方向是东西向，因为纬度相同的地区自然条件往往也相似，但经度不同的地方则差异过大，南北向的迁徙需要特殊的勇气和机遇。再加上非洲中部有撒哈拉沙漠挡道，使得撒哈拉以南的非洲成为旧大陆当中农耕文明最晚光顾的地方。作为非洲之巅，南非接触农耕文明的时间就更晚了。

戴帽子的莱索托男子

背孩子的莱索托妇女

但是，南非独特的地理位置使它成为撒哈拉以南地区最早建立欧洲人定居点的地方。1487年，一艘葡萄牙商船为了找寻通往印度的航道，第一次到达了好望角。1498年，著名的葡萄牙航海家瓦斯科·达伽马（Vasco da Gama）首次绕过好望角进入印度洋，开辟出一条通往东方的新航道。但是，在此后的近百年时间里，欧洲船队都只是绕好望角而过，对这块荒蛮的地方没有任何兴趣。直到1647年，一艘荷兰商船在开普敦附近触礁，船员们只好上岸暂居，在开普敦住了一年才终于被营救回国。这次偶然事件开启了荷兰人定居南非的序幕。1652年，荷兰东印度公司为了给往来商船提供一个补给站，终于在开普敦建立了第一个欧洲人定居点。为了做到自给自足，一些荷兰人进入内陆开荒种地，成为了第一批定居南非的欧洲自由人。

在当时的情况下，非洲和欧洲之间的距离远得如同地球到火星，于是这些人逐渐远离了欧洲文明，形成了自己独特的文化，甚至连语言也都发生了改变。历史上把这些人的后代叫做布尔人（Boer），这个词就是农民的意思。他们的语言就是阿非利卡语（Afrikaans），这是目前大部分南非白人的母语，和荷兰语差别不大。旅行团里有两个90后小姑娘就是布尔人的后代，她俩都是大学刚毕业，开始工作前决定好好看看自己的国家。她们的英语发音很奇怪，除此之外两人的行为举止和欧美大学生没有任何差别。但是，南非臭名昭著的种族隔离政策就是由她们的父辈们开创的，让人不得不慨叹这个世界的变化实在是太快了。

布尔人对于黑人的歧视态度由来已久，他们原本就是一群地地道道的农民，没什么文化，身边往往只带着一本书，那就是《圣经》。视野的狭窄，加上宗教的蛊惑，让他们打心眼里相信自己是上帝派来拯救黑人的天使，而他们在南非遇到的恰好是最最远离农耕文明的一批原住民，两种文化的巨大冲突为这片土地带来了灾难性的后果。

最先遭殃的就是南非的野生动物。比如，南非沿海地区生活的大象到 1931 年时被捕杀得仅剩下 11 头，差点就彻底灭绝了，好在当时的南非政府如梦方醒，下令停止捕杀大象，并为这 11 头幸存者专门建立了“阿杜”（Addu）大象保护区。如今这里的大象已经繁殖到了四百多头，再加上人工引进的狮子、斑马、羚羊、犀牛等野生动物，让这个保护区成了南部沿海地区唯一一个能看到大型野生动物的地方，吸引了很多来海边度假的游客。

不过，也不是所有的动物都是这样，鸵鸟就是一个例外。18 世纪时，眼看鸵鸟也快灭绝了，人们便开始尝试驯化鸵鸟，没想到很快就获得了成功。如今南非南部沿海地区到处可见成群结队的鸵鸟，这几乎是唯一可将南非的农村与英伦三岛区分开来的标志。鸵鸟的旅游功能也被开发了出来，游客们不但可以和鸵鸟来个近距离接触，甚至还可以骑着鸵鸟跑上几步。不过鸵鸟是很不情愿被人骑的，骑之前饲养员都会在它们头上套个套子，暂时遮住它们的眼睛。

但是，这一地区最吸引人的还不是大象和鸵鸟，而是猴子乐园（Monkey Land）。这其实是一对喜欢动物的夫妇投资建立的一个灵长类宠物救治中心，他们买下了一块足有 27 个足球场那么大的森林，用铁丝网围起来，然后将世界各地被人遗弃的灵长类宠物送到这里，让它们在野外的环境里自由生长。人类显然更喜欢看到自己的近亲，无论从游客人数还是关注度来看猴子们都远比大象、鸵鸟更受欢迎。

这几个动物园虽然都标榜为动物们提供了完全自然的生存环境，但是为了招徕游客，还是能看到不少人为干预的痕迹。比如大象保护区就有好几个人工水塘，方便游客近距离观赏成群的大象，猴子动物园也为猴子们提供了水果等食品，把猴子们吸引过来供人参观。话虽如此，这已经算是动物们最好的归宿了。事实上，野生动物的驯化过程本身就可算是一种欺骗，人类运用自己高超的智慧，骗动物们心甘情愿地为自己服务，但这总比双方对抗的结果强。在欧亚大陆，大型野生动物在和人类的对抗当中完败，只有家畜家禽们活了下来。美洲的情况更糟糕，野生动物们还没来得及被驯化就被突然造访此地的现代人杀光了，最后人类也跟着遭殃，没有牛马的帮忙，美洲的文明进程比其他地方慢了好几拍，最终被欧洲殖民者彻底摧毁。只有撒哈拉沙漠以南的地区是个例外，这里的野生动物和人类一同进化，彼此相互适应，谁也灭不了谁。

说到美洲，我发现南非的情况和美洲有些类似，都是先有一批欧洲人到达那里，逐渐自成一派后试图对抗来自欧洲的统治。但是两地的结果非常不同，美洲的独立运动以欧洲移民完胜而告终，南非的独立过程则要艰苦得多，后遗症也多，其原因就是两地原住民的实力差别太大了，南美原住民几乎没有抵抗就全军覆没了，而非洲人已经强大到足以和欧洲殖民者分庭抗礼的程度。

换句话说，南非共和国的历史就是一部原住民、早期欧洲移民和欧洲政府之间的三国演义，莱索托就是在三强鼎立的夹缝中诞生的一朵奇葩。

莱索托的诞生

非洲是黑人的故乡，这句话不完全准确。我们今天在南非看到的黑人，并不是这块地方的原住民。在这批黑人到来之前，桑人（San）已经在这里生活了几万年。他们身材矮小，皮肤棕黄，依靠打猎和采集野果为生，农业和畜牧业都没有，更不要说文字了。关于桑人的历史，只能从他们留下的一些蛛丝马迹中去推断。

从南非东南角的平原低地转头向内陆进发，地势陡然升高到了1500米以上，过渡期很短，这就是著名的德拉肯斯山断崖（Drakensberg Escarpment）。这里的山峰平均都在3000米以上，到处是悬崖峭壁，易守难攻。桑人在这里留下了大量岩画，皇家纳特国家公园（Royal Natal National Park）里就有这样一处遗址，可惜只有头顶上的几幅画被保留了下来。

“以前很多游客不珍惜，用手指指点点，还有人往岩壁上泼可乐，试图让岩画更清楚，很多岩画就这样被毁掉了。”公园的导游介绍说，“甚至还有人晚上偷偷来把岩画整块撬下来偷走，所以如今只剩下高处的几幅画。”

大家抬头望去，岩壁上画着几头大角斑羚（Eland），后面有人在追，其中一位投出了标枪。“桑人是很高明的猎手，他们把植物毒素涂在标枪头上，羚羊中毒后跑不了多久就会倒地。猎手们把伤口附近的肉挖出来扔掉，只吃其余的部分。”

如果只看这些画，你会以为原始人的生活像田园诗般无忧无虑。但是，在莱索托莫里加博物馆（Morija Museum）馆长斯蒂芬·吉尔（Stephen Gill）看来，事实并不是这样。他在《莱索托简史》（*A Short History of Lesotho*）一书的开头这样写道：原始社会的人们虽然不存在剥削、疏离和等级制度，但人性之中的各种欲望都已存在，现代社会的善与恶都可以在他们中间找到。

最先打破桑人宁静生活的是一群来自北方的高大黑人，史称科伊族人（Khoikhoi）。他们从撒哈拉以北的居民那里学会了驯养牲畜，是南部非洲最早的游牧民族。牲畜为他们带来了丰富的肉和奶，使得他们的体格比桑人高大健壮，社会组织也更健全，在冲突中显然更占优势。不过因为缺乏史料，关于这两个民族之间的交流细节无从得知，只知道他们的语言非常近似，有人将他们统一称为科伊桑人（Khoisan）。

接下来发生的事情就开始有了血腥味。公元 2 世纪左右，又有一群来自北方的黑人来到了南部非洲，他们不但有牲畜，还掌握了农耕技术。更要命的是，他们手里拿着铁制的长矛，和科伊桑人的石头木棍相比显然更有杀伤力，这就是班图人（Bantu）。他们来自今天的喀麦隆，自公元 1000 年前开始即从北非人那里学会了农业和畜牧业，导致人口迅速膨胀，土地不够用了，便只能南下寻找新的可耕地。他们和科伊桑人之间的冲突细节同样所知甚少，我们只知道自他们来到南部非洲后，桑人便被赶到了山上，拥有肥沃土壤的平原地区则全部成了班图人的天下，如今南部非洲的绝大部分黑人都是班图人的后代。

“早期的欧洲人把桑人叫做布须曼人（Bushmen），意为生活在丛林里的人，但是最早把他们赶进山林的还不是欧洲人，而是如今生活在南非的黑人原住民。”导游继续讲她的故事，“班图人在这片土地生活了几百年，逐渐分化出很多部落，形成了各种不同的方言。到了 19 世纪初期，一个名叫祖鲁（Zulu）的部落突然壮大起来，开始了残酷的杀戮。”

同样，因为缺乏文字记录，关于祖鲁部落的崛起和这场大屠杀的细节至今尚存谜团。最有可能的情况是，祖鲁部落发迹于南非东南沿海的低地，就是今天的夸祖鲁纳塔尔省。优良的自然条件，再加上玉米的引进，使得该部落的人口迅速膨胀。但是种玉米需要大量的水，19 世纪初期这一地区开始了长达二十多年的干旱期，导致玉米减产。为了争夺粮食和水源，当时的祖鲁国王沙卡（Shaka）率领军队入侵邻国。沙卡是个非常残忍的国王，他的军队不只是抢粮食和牲畜，而且见人就杀，给整个南部非洲带来了一场带有种族灭绝性质的浩劫，史称“迪法盖”（Difaqane，意为强迫迁徙）。

“这里就是那场大屠杀的战场之一。”导游指着山下的一片平原对我们说，“沙卡的军队训练有素，武器精良，几乎没有遇到任何对手。只有极少数桑族人躲进深山，这才逃过一劫。”

从这里向西面望去，一排更高的山峰挡住了去路。我们的英雄，就诞生在那片群山之巅。故事要从 1786 年讲起。那一年，一个说索托语（Sotho）的高地小部落的酋长有了自己的第一个儿子，取名莱坡格（Lepogo）。这孩子年轻时和同龄人没什么两样，脾气暴躁，勇武好斗，曾经因为有个人对自己不够尊重而将其杀死。他尤其擅长抢其他部落的牲口，因此得了一个响亮的外号，叫做莫舒舒（Moshoeshoe，这个词有打仗厉害的意思）。为了把儿子培养成未来的部落首领，父亲为他找了个精神导师，此人是当地有名的一位长者，他教育莫舒舒对待穷人一定要宽厚仁慈，对待强者必须以和为贵，对待敌人则以攻心为上。

莫舒舒 30 岁的时候终于实现了自己的理想，当上了部落酋长。恰在此时，沙卡的军队开到了山脚下。为了避免和强大的敌人正面冲突，莫舒舒带领几千名部落臣民迁到一座高山上，准备依靠天险阻挡祖鲁人的进攻。迁徙过程中，莫舒舒的爷爷被沿途的一个食人族抓住并吃掉了，由此可见当时情况的混乱。但是，再难的天险也无法永久挡住强大的敌人，莫舒舒的政治才能终于派上了用场。他善于使用离间计，让邻近部落和祖鲁人厮杀，自己坐收渔翁之利。他又对外宣布，愿意把自己的牲口租给难民们使用，条件是帮助自己抵抗来犯之敌。这项名为玛非萨（Mafisa）的政策把一大批背景不同的难民吸引到莫舒舒部落的周围定居，这些人组成了一个缓冲带，有效地阻挡了祖鲁国的进攻。再后来，祖鲁国王沙卡被自己的兄弟杀死，祖鲁国的势力一落千丈，压力一下子减轻了许多。莫舒舒趁机宣布成立巴索托王国（Basotho，意为说索托语的人），自己做了国王，人称莫舒舒大帝。

这个巴索托就是莱索托的前身，莫舒舒被尊称为莱索托的开国元勋。今天的莱索托人都喜欢把这位老国王奉为神明，但是吉尔馆长认为，虽然莫舒舒的成功首先应当归功于他的政治智慧，但另一个重要原因就是他手中掌握着大量财富。在当时的南部非洲，牲口的数量几乎是衡量财富的唯一指标，莫舒舒从邻国那里抢来大量的牲畜，这才有能力依靠租借的形式笼络来大批支持者。据统计，到 1839 年时莫舒舒个人拥有 2 万头牛，有上千名难民成为了他的租客，因此也就间接地成为了他的雇工。正是在他的影响下，个人财富的重要性被大大提高了。过去男人结婚只需要给女方两头牛就可以了，莫舒舒上台后彩礼的标准被迅速提高到了 20 头牛，这个风俗一直延续到现在，只不过如今的莱索托人用相应的钞票取代了实际的牲口。

另外，莫舒舒利用自己掌握的财富，把很多周围部落首领的女儿娶了过来，依靠这种联姻的方式为巴索托争取到了尽可能多的盟友。

以莫舒舒的智力和财力，如果只有祖鲁这一个敌人，巴索托说不定会成为南非最大的部落。但是，就在这一时期，另一个更强大的敌人出现了。大英帝国在欧洲战场上打败了荷兰，随后便接管了开普敦，并立即宣布废除奴隶制度，这让布尔人非常不爽。自 1935 年开始，大约有 1.5 万忍无可忍的布尔人为了摆脱英国人的统治，举家北迁，希望在南非内陆建立一个独立王国。正是这次大迁徙导致了南非大部分大型哺乳动物的灭绝，灭绝原因不光是为了吃肉，更主要的目的是为了获取动物皮毛和象牙用来做交易。

顺便插一句，英国人之所以要废除奴隶制度，并不是因为他们相信种族平等，而是出于工业革命的需要。现代化工厂需要很多自由的工人为其工作，生产出来的产品更是需要大量有购买力的自由人去消费，这些条件都是奴隶制度无法提供的。

迁徙中的布尔人惊讶地发现，沿途所到之处全是废弃的农田和牧场，以及流离失所的难民。原来，他们正好遇到了祖鲁军队发动的“迪法盖”，但他们误以为这就是黑非洲的常态，于是便理直气壮地占有了原本属于黑人的土地，并且更加相信自己是上帝派来拯救黑人的天使。

莫舒舒预感到这些白人比沙卡的军队更难对付，正苦于无计可施之时，从法国来了三名传教士，聪明的莫舒舒立刻将他们奉为上宾，允许他们在巴索托传教，条件是把欧洲人掌握的先进技术传授给自己的臣民。于是，巴索托人第一次见到了文字的样子，见识了现代医药的神奇，了解了什么是现代贸易机制，并从传教士那里拿到了优良的农作物种子，学会了盖房子等实用技术。莫舒舒还将其中一位传教士聘为自己的外交顾问，帮他出主意对付白人。总之一句话，他希望在冲突发生之前了解对手的一切。

但是，具体到宗教信仰的问题，莫舒舒却并没有向传教士做出过多的妥协，他本人一直没有皈依基督教，他曾经表示宗教信仰应该根据不同的文化做出相应的调整，但吉尔馆长认为更可能的原因是他不愿意因此得罪部落元老。原来，传教士们不但教育大家要遵纪守法，不偷不抢，还鼓励巴索托人取消一夫多妻制，妇女出嫁不再向男方索要嫁妆，不再无条件服从酋长的安排等等，这些改革都将从根本上动摇巴索托人的文化根基，自然招致了老人们的一致反对。

事实证明，所有这些预防措施帮助莫舒舒制定出了一条最佳战略。当布尔人入侵其领地时，莫舒舒在传教士的建议下果断选择了投靠大英帝国，并在英国的斡旋之下和布尔人签订了和约。相比之下，祖鲁国选择和布尔人直接开战，可再尖利的长矛也不可能是火枪的对手，那场战斗以祖鲁军队的惨败而告终，布尔人仅以轻伤三人的代价，杀死了将近3000名祖鲁士兵！

但是，像莫舒舒这样一个在任何年代、任何地方都可算是外交奇才的领袖，在比他强大得多的对手面前同样也无能为力。为了避免和布尔人直接发生冲突，英国很快放弃了调解工作，布尔人得寸进尺，逐步蚕食巴索托王国的地盘。莫舒舒忍无可忍，和布尔人开战，第一战打了对方一个措手不及，取得了胜利，但武器等方面的差距实在是太大了，第二战被布尔人击败，莫舒舒不得不签署了一份屈辱的协议，割让出将近一半的可耕地。

聪明的莫舒舒知道布尔人绝不会善罢甘休，便趁休战期间数次派人直接去伦敦向英国女王陈情，英国政府终于被他说动，宣布将巴苏陀兰（Basutholand，欧洲人对巴索托的称呼）变成英国殖民地，直接归英国管辖。但莫舒舒居然从英国人那里争取到了自治权，即主权归女王，管理权仍然掌握在自己手里，这一点再次显示出莫舒舒外交手腕的强大。

不过，通过这一系列变故，莫舒舒终于认清了白人及其基督教的本质。他曾经说过这样一句话："你们白人确实不偷我的牛，但是你们偷走了我的国家。"无独有偶，南非大主教图图也曾经说过类似的话："当白人来到非洲时，他们拥有《圣经》，黑人拥有土地。白人告诉黑人闭上眼睛祈祷，而当他们睁开眼睛时，他们有了《圣经》，而白人则有了土地。"

1870年，莫舒舒因病去世。去世前他预感到自己的几个儿子将会为争夺王位大打出手，便强行让大儿子的女儿嫁给了二儿子的儿子，试图用这种非常规的做法把两家人团结起来。但这个方法没有成功，老国王去世后两个儿子很快就分了家，要不是因为英国人的管辖，巴索托肯定会分裂成好几个小王国。

不管怎样，莫舒舒的努力没有白费。当布尔人于1910年成立南非联邦（Union of South Africa）时，巴索托因为直接隶属于英国，而没有被划入南非的版图。1961年，南非彻底从英国独立出来，成立了南非共和国。五年之后，也就是1966年，巴索托也宣布独立，成立了莱索托王国。莱索托在政治制度上模仿英国，实行君主立宪制，但是自第一次全国大选开始就不断曝出营私舞弊事件，几乎每一次政权更替都要诉诸武力。不过，独立的莱索托没有经历过南非的种族隔离政策，是非洲南部黑人唯一的一块净土。

如果从维护国家主权的角度来看，莫舒舒最终取得了胜利。但是，如果从提高人民生活水平的角度来看，莫舒舒一手缔造的这个高山王国是否是成功的呢？这就要亲自去这个国家走一趟。

孤岛探秘

莱索托东高西低，人口大都集中在西部。全国只有首都马塞卢（Maseru）可以算是一个现代化城市，其余任何一座城市都名不副实，连一台ATM取款机都找不到。不过南非兰特可以在这里随便使用，倒也不需要专门去换莱索托钱。

马塞卢市区还算繁华，能见到不少三层以上的高楼，以及几家中国人开的超市。我走进一家超市逛了逛，发现这里卖的几乎全都是进口货，找不到任何一种产自莱索托的商品。阿明开车带我们在市区转了转，城区主干道的质量还不错，但路上跑着的除了公共汽车外全都是奔驰、路虎这类豪华车，可见这个国家的贫富分化相当严重，几乎不存在中产阶级。我们没有在马塞卢停留太久，阿明告诉我，莱索托基本上都是农民，要想了解这个国家，必须去农村看一看。

我们的目的地是一个名叫马莱莱（Malealea）的小村庄，位于莱索托西部低地的一处山谷之中。虽然名字叫做低地，但平均海拔也在1500米以上。好在这里地势较缓，降水量大，很适合发展农业和畜牧业。我从车窗向外望去，发现稍微平整一些的地方几乎都被开辟成了农田，这一点和遍地牧场的南非形成了鲜明的对比。由此可见莱索托粮食匮乏，宝贵的农田不可能被用来养牲畜。

另一个非常大的不同就是莱索托的农田沟壑纵横，一点也见不到南非那种如英伦三岛般平滑舒展的丘陵地。这种地貌是非常典型的土壤侵蚀案例，罪魁祸首就是不负责任的耕作技术，以及水利设施的严重缺乏。那天正好遇到暴雨，雨水汇聚成小溪，沟壑内奔腾着土黄色的泥浆水。这些小溪最终汇聚成河，流到了下游的南非。事实上，水正是莱索托第二大出口创汇物资，因为莱索托是整个南部非洲地势最高的地区，南非几大主要河流的源头几乎都在莱索托境内。由于严重的水土流失，莱索托出口的不仅是水，还有宝贵的土

莱索托沟壑纵横的农田

合唱团在为游客表演民间歌舞

壤，这一点对于一个农业国来说将是致命的。

莱索托和南非的第三个不同就是这里几乎见不到一个白人，但是沿途的行人都非常热情，不断有人冲我们的大巴车挥手致意，脸上流露出真诚的微笑。到达营地后，首先来欢迎我们的是由村民们组成的业余合唱团，他们在一间大礼堂里为我们表演莱索托民歌，虽然旋律有些生涩，但居然有好几个声部，和声效果一点也不比专业合唱团差。接下来为大家表演的是一支当地的小乐队，乐手们使用土制的吉他，共鸣箱是用铁皮做成的，声音很小，所以大部分声音全都来自鼓手和人声。还有几个舞者伴随着音乐为我们表演舞蹈，舞姿奇特，但那种热情奔放的劲头把大家都看呆了。虽然屋子里充满了汗臭味道，但几乎没人在乎，一直看到表演结束。

有趣的是，等游客们散去后，另一间屋子里传出了迪厅才有的电子舞曲的声音，原来那是一个小酒吧，刚刚为我们表演民歌的几名乐手坐在酒吧里喝着进口啤酒，随着电子舞曲的节奏摇晃着身体。

第二天上午，我们在导游的带领下去村子里参观。负责接待我们的小姑娘名叫史迪(Tshidy)，长着一张桀骜不驯的脸。据她介绍，这片山谷里有 14 个自然村，每个村大约有 400

名村民，但超过一半的男人都去南非的金矿打工挣钱，村里只剩下了老人、小孩和妇女。

“我们这里交通闭塞，至今没有通电，村民们除了放牧和种田啥也干不了，挣不到什么钱，不出去打工生活没办法改善。”史迪说，“挖矿虽然累，但挣得多，最高的每个月可以挣到 2 万兰特（南非货币，约等于 1.8 万人民币）。”

“艾滋病是不是就是这些打工者带回来的？”我问她。

“大概是吧，我们村里确实有几个病人。”史迪含糊地回答，显然不愿意回答这个问题。阿明后来告诉我，莱索托人对艾滋病的态度十分暧昧，一直不愿意面对这个现实，这种态度给艾滋病防治工作带来了很多不便。

我们在村子里转了转，果然很少见到年轻男人，只有妇女们聚在一起一边洗衣服一边聊着家长里短，孩子们拖着长长的鼻涕在空地上玩耍，卸了鞍的牛和马悠闲地吃着草，散养的猪和鸡四处乱跑寻找吃食，看上去好一派田园风光。但是，吉尔在《莱索托简史》中曾经写到过一句莱索托的谚语，大意是说，农村只有从外面看才是美丽的。这个村子的情况为这句谚语做了一个很好的注解。我们走进一间用砖头搭成的平房，一股难闻的气味扑面而来。因为没有灯，窗户又小，屋里显得十分昏暗，勉强能看到床上和地板上堆满了各种杂物。我们又去参观了一个传统的圆顶土坯房，屋顶是用茅草铺成的，这种材料其实很适合当地人的生活方式，因为莱索托人喜欢在屋子里生火做饭，茅草屋顶可以遮雨，但却挡不住烟。但即使如此，墙壁还是被烟熏得黑黑的，那间屋子就显得更暗了。

村民们在房前屋后见缝插针地种了一些蔬菜，但村口的小卖部里摆放着很多从南非进口的蔬菜，显然这里的产量还不能满足本村人的需要。史迪告诉我，真正的大田都在村外，主要种植玉米和高粱等粮食作物，基本能满足需要。

“大块的农田都是属于酋长的，村民们没有自己的土地。”史迪说，“酋长是世袭制，通常是父亲传给儿子，但如果儿子太小，则可以暂时由母亲代替，比如我们村现在的酋长就是个女的。”

史迪还告诉我，酋长们不但负责分配土地，还担当起了仲裁人的角色，村民们的任何争执都需要酋长出面摆平。作为回报，他们不必劳动，但他们的收入不是来自村民的进

莱索托的农牧业水平都不高，牲口普遍营养不良

贡，而是由政府负责发工资。

“如果村民对酋长不满意，可以去政府告他吗？”我问史迪，“如果政府官员包庇酋长，你们又会怎么办呢？”

这两个问题显然把史迪难住了，她迟疑了半天才回答说：“现在的酋长很好，我们没什么不满意的。”

“那你对现在的总统满意吗？”我接着问。

没想到这个问题让史迪突然变了脸，她冲着我恨恨地说道：“我们的总统最喜欢你们中国人了，把什么好东西都给了你们，警察也帮中国人欺负我们莱索托人。”

在我的一再追问下，史迪打开了话匣子。她告诉我，中国人在莱索托开了好几家纺织厂，但每个月只给工人 800 兰特工资，还经常拖欠，甚至发生过好几次老板赚了钱就卷款走人的事情，在当地造成了很坏的影响。中国人开的百货商店常常卖过期商品，方法就是把外包装上印着的有效期抹掉，有一次她拿着过期商品去退，结果被商店雇用的打手轰了出来。

“我叔叔就是因为和一个中国店主争论，被他的手下打死了。”史迪恶狠狠地说，“我们去找警察，可警察被那个中国人买通了，不理我们。”

骑马是莱索托的一个特色旅游项目

“既然你们对现政府如此不满，那就把他们选下台嘛。”我说。

“没用的，我们国家的选举从来都不公正，每次都是老总统当选。”

以上都是史迪的一面之词，我不可能去调查此事的真伪，但中国和莱索托之间的恩恩怨怨倒是确有其事。早在1999年，美国政府通过了一个旨在帮助非洲脱贫的《非洲增长和机会法案》（AGOA），莱索托成为了这个法案的受益者之一，一大批来自中国大陆和台湾地区的商人来莱索托开纺织厂，其产品可以免关税进入美国市场销售。据统计，2003年美国市场31%的纺织品来自莱索托，纺织品出口总额达到了4.56亿美元，占莱索托出口总额的90%以上。这件事对于莱索托的影响极为深远，因为这个国家除了钻石和水之外，几乎没有任何产品能够出口换汇，再加上国内就业机会极度匮乏，超过60%的莱索托男子依靠外出打工维持生活。但是，2004年中国加入世贸，消息公布的第二天就有六家中国人开的纺织厂倒闭，老板卷款潜逃。从此莱索托纺织业一蹶不振，至今没有缓过来。

下午，另一名向导特莱基（Tleki）带我们去登山。特莱基是一名大学生，利用假期回老家当导游挣点零花钱。他比史迪温和得多，看问题也更全面一点。“也许中国商人有些毛病，但不管怎样，他们给莱索托带来了就业机会，增加了税收，应该算是一件好事情。”

我们跟随特莱基爬上一座小山包，俯瞰整个山谷。这里的风光确实很美，成块的梯田和成片的牧场交相辉映，像一幅挂毯，成群的牛羊点缀其间，好似天河繁星。但是，走近再看，问题就来了。大部分农田里的土都已经翻过很久，却没有种任何庄稼，只有少数几块地种上了玉米，但苗间距很大，杂草丛生。牧草则大都生得十分矮小，牲口们只能一点一点地啃着趴伏在地面的草芽。路上居然看到一头母牛刚生下一头小牛，牛崽费尽全力想站起来，试了多次也没有成功。同行的人当中有一位兽医，据她观察，这里的牲畜健康状况普遍较差，不但营养不良，而且寄生虫很多。果然，走了不久又看到一头刚下崽的母牛躺在地上奄奄一息，两腿之间的肉已经全部烂掉了，刚出生的小牛还剩下一口气，卧在母亲身边等死。

奇怪的是，没有任何一个人在旁边照顾这两头母牛，农田里也见不到一个正在干活的农民。特莱基告诉我们，这里的农民都不留种子，每年都会把上一年出产的粮食吃个精光，然后再去种子公司买新种子。很显然，莱索托农民的耕作技术和牲畜管理技术至今还停留在殖民地时代，没有丝毫进步。

最后，我们又去参观了一个莱索托文化博物馆，这个博物馆就建在村子旁边，主体部分居然是露天的，主要展品就是莱索托农民使用的农具，以及当地人用来治疗各种疾病的草药。还有一个传统的圆形茅屋，里面放着几张兽皮，以及一些锅碗瓢盆之类的器物。我突然意识到，这个博物馆和旁边的村庄几乎没有差别。换句话说，莱索托虽然表面上是一个具有民主政体的现代化国家，但这么多年来莱索托人的生活方式和思维观念一直没有大的改变，莫舒舒的政治智慧和远见卓识完全没有遗传下来。

就这样，一代枭雄莫舒舒亲手缔造的高山王国莱索托，在历史的洪流中逐渐被世界遗忘，成了名副其实的孤岛。

参考资料：《莱索托简史》（*A Short History of Lesotho*），作者为莱索托莫里加博物馆馆长斯蒂芬·吉尔（Stephen Gill）。

独一无二的加拉帕戈斯

独特的地理位置，再加上一些偶然因素，造就了全世界独一无二的加拉帕戈斯群岛。

加拉帕戈斯（Galapagos）群岛是观赏野生动物的好地方。

大家还记得最近一次看到野生动物是在什么地方吗？如果不算动物园这种特殊环境的话，你是如何观赏野生动物的？答案肯定不是用望远镜就是通过照相机的长焦镜头，因为野生动物都怕人，不会允许你接近它们。

地球上只有两个地方的野生动物是不怕人的。一个是南极，另一个就是加拉帕戈斯群岛。

南极很容易理解。这块大陆直到一百多年前才有人类光顾，近年来虽然游客越来越多了，但大家都比较守规矩，不会去惊动南极的动物们。于是，我们经常可以在各种关于南极的纪录片里看到主持人站在一群企鹅中间背解说词，或者摄影师们扛着摄像机站在距离海狮1米远的地方拍它们的脸。

相比之下，北极的情况就非常不同了。这里虽然也很冷，但因为靠近人类居住的大陆，而且历史上一直有爱斯基摩人出没其间，导致北极的动物进化出了怕人的本能，只有北极熊是例外。北极熊因为自身力量强大，以前是不怎么怕人的，当气候变化导致北极冰盖面积越来越小时，饥饿的北极熊便频繁光顾人类聚居地，发生了好几起伤人事件。加拿大北方城市丘吉尔市（Churchill）不久前宣布成立一支巡逻队，用步枪和直升机吓唬敢于进城的北极熊，试图培养它们对人类的恐惧心理。这座城市一直以“北极熊之都”自居，以前最大的经济来源就是组织游客近距离观赏北极熊，可如今面对气候变化带来的威胁，不得不自砸饭碗，由此可见人类对于地球生态环境的影响有多么大。

加拉帕戈斯地图

除了两极地区外，地球上绝大部分陆地都适合人类居住，因此早就被我们的祖先们光顾过了。人类位于食物链的顶端，凡是被人类光顾过的地方都有大量的野生动物惨遭灭绝，侥幸活下来的动物分成了两类，一类变成了人类的工具，比如家禽、家畜和宠物，另一类则学会了如何躲避人类的袭击，并把这一习惯固化在了自己的基因组当中。

于是，非洲、亚洲、欧洲、美洲和大洋洲全都被我们的祖先们搞得面目全非，大西洋、印度洋和太平洋上的大部分岛屿也都不能幸免。其中，太平洋因为面积最大，是最晚被人类侵占的海洋。大约在1000年前，发源于东南亚的波利尼西亚人依靠自身出色的航海技术，以海岛为跳板，自西向东逐渐扩散，最北到达了夏威夷群岛，最南到达了新西兰岛，最东则到达了复活节岛，以这三个地方为顶点可以画出一个几乎涵盖整个太平洋的巨大的三角形，史称波利尼西亚三角。从某种意义上说，波利尼西亚才是世界上最大的国家，波利尼西亚人是人类历史上最成功的殖民者。

因为风向和洋流的关系，波利尼西亚人漏掉了太平洋的东北角。幸运的是，美洲大陆的原住民们因为各种原因没有发展出优秀的航海技术，只占领了几个近海小岛，稍微远一

圣地亚哥岛的风景

点的地方就无力光顾了，因此他们同样漏掉了这片海域。

加拉帕戈斯群岛正好落在了这块空白海域的范围内，距离最近的厄瓜多尔有 1000 公里远。独特的地理位置让岛上的野生动植物侥幸躲过了人类的侵袭，没有进化出对人的恐惧之心。再加上这里缺乏大型捕食者，绝大部分动物都没有天敌，所以对周围环境的警惕性非常低，所有有幸来到此地的游客一定会对这一点印象深刻。

这个特点为 3D 纪录片的拍摄提供了无可替代的优势。英国著名野生动物纪录片制作人大卫 · 爱登堡（David Attenborough）爵士曾经在 2012 年访问北京时谈到，3D 模式只有在摄像机距离被摄物很近时才有效果，他刚接手拍摄 3D 纪录片时苦于无法近距离拍摄野生动物，只能去拍化石或者植物。他拍摄的第一部真正的 3D 野生动物纪录片就是关于加拉帕戈斯群岛的，岛上那些不怕人的动物可以让摄影机在距离很近的地方拍摄，呈现出迷人的立体效果。

不过，加拉帕戈斯群岛除了能为游客和纪录片工作者提供一个看动物的好地方之外，还有一个更重要的用途。因为没有人类的光顾，这里依然保留着人类出现之前的样子。地球上像这样的地方非常少，它们能够让人类暂时忘记那些司空见惯的场景，感受一下纯粹的大自然应该是什么样的。正是这种强烈的对比让达尔文突然开了窍，琢磨出了自然选择理论。

提起大自然，很多人都会认为只要有一片看不到房屋的森林就可以了，这是一个巨大的误会，它让我们的祖先们误以为自然界一直就是这个样子的。正是在这种心态的影响下，古时候的人们相信这个世界是由万能的造物主创造出来的，而且所有的物种一旦被上帝造出来之后就不再变化了。

15 世纪开始的地理大发现让欧洲人第一次看到了欧亚大陆之外的世界，他们惊讶地发现这个世界远比自己想象的更加丰富多彩，到处都是《圣经》里从未记载过的奇异物种，种类多到根本数不清。于是有人开始怀疑上帝他老人家究竟为什么会造出如此多样的物种，以及如何在这么短的时间里完成了这一壮举。正是在这个大背景之下，进化论出现了。

早期的进化论和《圣经》是不冲突的，研究者们并没有怀疑上帝的存在，而是相信上帝造出了一批基础物种，并为它们设定了一个规则，之后就撒手不管了，这些基础物种按照上帝设定的规则不断变化，逐渐衍生出新的物种。换句话说，这些研究者其实都是正宗的基督徒，他们相信要想了解上帝的意图，既可以通过阅读《圣经》来达到目的，也可以

加拉帕戈斯群岛大概是全世界唯一可以同时看到企鹅和仙人掌的地方

通过探究上帝的发明——世间万物——来做到。于是，对宗教的热情便很自然地转变为探索大自然的热情，博物学就是在这样的背景下诞生的。

达尔文就是当年欧洲涌现出来的千百万业余博物学爱好者中的一员。他小时候酷爱收集甲壳虫，对制作植物标本也很感兴趣。但是英国这片土地已经被人类耕作了几千年，进化论留下的证据被祖先们重写了好几遍，字迹已然模糊不清，达尔文再怎么聪明，也绝对不可能看出这里面的奥秘。幸亏达尔文的父亲是一位很富有的医生，他出钱送达尔文登上了英国海军部的勘探船贝格尔号（HMS Beagle），奔赴南美洲进行地理考察。加拉帕戈斯群岛是这次旅行当中很重要的一站，达尔文就是在这里灵感突现，参悟了隐藏很深的自然规律，最终写出了那本划时代的著作《物种起源》。

回想起来，这次旅行发生了太多巧合的事情，缺了其中任何一样都有可能让达尔文功亏一篑，仿佛世间真有一个万能的上帝，特意为达尔文安排了这次旅行，并专门为他建造了加拉帕戈斯群岛，以此来启迪达尔文，向世人揭示自己的设计蓝图。

比如，达尔文首先考察了南美洲，然后才登上了加拉帕戈斯群岛。如果这个顺序反过来的话，他就不会意识到岛上那些看似新奇的生物并不是产自这里，而是全都来自南美大陆，然后逐渐进化成现在这个样子。

再比如，加拉帕戈斯群岛距离南美大陆最近的直线距离约为 1000 公里，这个距离足够近，能够让鬣蜥和乌龟等体形较大的爬行类动物搭乘树干或者浮草，漂洋过海来到岛上。这个距离又足够远，使得只有少数动物能够成行，让达尔文能够集中注意力，不至于被琳琅满目的野生动物弄花了眼。

如果加拉帕戈斯只是一个单独的岛，或者所有岛屿的自然条件都差不多，也不会出现那么多有趣的变化。但加拉帕戈斯群岛一共有 16 个大岛，它们的年龄不同，地质条件和气候条件相差极大，足以让岛上的生物进化出肉眼可见的不同性状。

这 16 个大岛彼此之间的距离足够近，可以让动物们偶尔串串门，因此只要有一只动物从南美大陆成功到达其中一个岛，它的后代就可以逐渐遍布整个群岛。这 16 个岛之间的距离却又足够远，使得各个岛上的动物相互串门的难度很大，为生殖隔离创造了必要条件。如果没有生殖隔离的话，新物种也是不可能诞生的。

加拉帕戈斯群岛地处赤道附近，在两股太平洋信风的作用下，这里降雨量很小，淡水资源匮乏，自然条件相当恶劣，这一点促成了达尔文抛弃旧有观念，想出了自然选择这个绝妙的理论。比起当时最流行的用进废退学说，自然选择理论的一个最显著的特点就是承认大自然的残酷性，所有生物每时每刻都在和其他物种竞争有限的自然资源，稍有闪失就要被淘汰。其实物种之间的生存竞争在哪里都有，但是基督徒们因为信仰的缘故，不愿承认仁慈的上帝会允许这种你死我活的竞争存在。加拉帕戈斯群岛用自己严酷的环境将这一事实放大到极限，终于让达尔文看清了大自然的本质。

达尔文是在 1835 年 9 月到达加拉帕戈斯群岛的，当时这里已经有人定居了。正是这些先期上岛的人通过自己常年的观察，总结出了很多规律，并将这些规律告诉了达尔文，才让他仅仅在这里待了五周的时间就想出了自然选择理论。否则的话，即使他再聪明也不可能在如此短暂的时间里收集到足够多的证据，并得出那个革命性的结论。

总之，生物进化是一个极其漫长的过程，很难通过实验来验证，只能依靠对现有物种的观察和推理来找出其中的规律。人类活动掩盖了生物进化的证据，蒙蔽了达尔文之前的所有人，直到加拉帕戈斯群岛把进化过程当中变化速度最快的那一刻固定下来，原封不动地呈现给达尔文，人类这才擦亮了双眼，看清了大自然的本质。

因为在人类历史中扮演了如此重要的角色，加拉帕戈斯群岛成为首批入选联合国教科文组织世界自然遗产名录的 12 个地点之一。不过，因为厄瓜多尔政府保护不利，加拉帕戈斯群岛曾经被列入了濒危自然遗产名录，虽然后来被取消了，但是随着上岛定居人口数量的持续增加，以及气候变化等原因，这个全世界独一无二的群岛正面临被毁掉的危险。趁此事尚未发生，赶紧来这里看看吧。

沿着达尔文的足迹

加拉帕戈斯群岛不仅是研究物种进化的露天实验室，也是展示人类本性的绝佳场所。

1831年12月27日，22岁的业余博物学爱好者查尔斯·达尔文登上英国海军部的勘探船贝格尔号，开始了为期五年的环球航行。名义上是航海，其实达尔文花在海上的时间只有18个月，其余时间都是在陆地上度过的。他花了三年多的时间考察了南美大陆特有的动植物，然后乘船沿着南美洲西海岸向北航行，于1835年9月15日到达了加拉帕戈斯群岛。这一年他26岁，精力充沛，即将解开人类历史上最大的谜。

一百多年后的今天，加拉帕戈斯群岛已经修建了三座机场，登岛变得容易多了，唯一的要求就是出得起钱。这个群岛历来以价格昂贵闻名，来此旅游每天的开销至少在300美元以上，贵的甚至高达1000美元，这是因为过去游客不准在岛上过夜，只能乘坐豪华游轮在岛与岛之间穿行，而游轮的数量是有限制的，几乎不存在竞争，价格完全由卖方说了算。近几年厄瓜多尔政府放宽了限制，岛上的旅馆数量激增，普通游客可以选择住在其中一个岛上，然后通过散客组团的方式去其他各岛游玩，节省点的话，每天的花销可以控制在150美元以下。

2013年10月下旬，我从厄瓜多尔首都基多出发，乘坐TAME航空公司的一架空客A320飞机一路向西，两个小时后就飞到了梦寐以求的加拉帕戈斯群岛。

地理与气候

加拉帕戈斯群岛由16座大岛以及若干个岛礁组成，陆地总面积约为8000平方公里，散布在大约6万平方公里的海面上。其中圣克鲁斯（Santa Cruz）岛位于整个群岛的正中心，最适合作为一日游的起始地，所以近年来发展得最快，大部分散客都会先到这里找家旅馆住下，然后再开始游览。

圣克鲁斯岛北边是一座名叫巴尔特拉（Baltra）的小岛，和圣克鲁斯仅隔一条一百多米宽的海峡。巴尔特拉是极少的几个由海洋板块上升而形成的岛，地势极为平坦，“二战”时曾经被美军征用，在岛上修建了两条飞机跑道，其中一条跑道现已转为民用，大部分游客都是从这里起降的。

巴尔特拉岛是典型的戈壁滩，仅有少量仙人掌和沙漠灌木，缺乏绿叶植物。岛上阳光明媚，海风强劲，空气新鲜，温暖宜人。但是，当我乘坐摆渡船到达南面的圣克鲁斯岛，再搭乘汽车沿着岛上唯一的一条纵贯公路向山顶开去时，气温迅速降到了25℃以下，甚至需要穿上外套。此时阳光也不见了，代之以一层厚重的雾气。汽车翻过山顶下到南坡后，天空居然下起了小雨，寒气逼人，让人不敢相信这个岛位于赤道以南不到50公里的地方。

“我们这里的天气和你在岛上的位置是紧密相关的，北边通常太阳高照，南边则经常笼罩在雾气当中。”导游介绍说，“圣克鲁斯的居民大都住在南边的阿约拉港（Puerto Ayora），如果我们想晒晒太阳的话，开车往北边走走就行了。”

据介绍，加拉帕戈斯群岛只有两个季节。每年6～11月为雾季（garua season），几乎每天上午都是雾天，下午则通常会转晴，这是因为强劲的东南信风带来了大量冷空气，来自西方的南赤道洋流和来自东南方向的克伦威尔洋流带来了大量冷水，两相合力导致气温偏低，平均气温只有22℃，这就是为什么这里会有企鹅。每年12月至次年5月则为热季（hot season），强劲的东北信风带来大量湿热空气，来自东北方向的巴拿马洋流带来了大量高温海水，两者的相互作用导致气温升高，降雨量增大。不过，因为火山岩的渗透性超好，雨水积不下来，加拉帕戈斯群岛整体上仍然是很干燥的，尤其是低海拔地区，几近沙漠。

当年达尔文就是在雾季到达加拉帕戈斯群岛的，此时来自南美洲的低温洋流带来了大量营养物质，招来了大批鱼虾，是潜水的好季节。不过达尔文不会潜水，他只对陆地上的动植物感兴趣，而贝格尔号甚至对动植物也不感兴趣，这艘船的主要任务是地理勘探，于是达尔文只好跟着大家在这片海域兜圈子，测量各个岛的大小和方位，在五个星期的时间里只登上了四个岛，而且只停留了很短的时间。

不过，地理勘探对于达尔文进化论思想的发展起到了决定性的作用，因为神创论者根据《圣经》的记载得出结论说地球只有6000年的历史，物种根本来不及进化。另外，达尔文提出的适者生存理论需要对生物所处的环境有很深的认识，这一点正是大部分和达尔文同时代的博物学家所欠缺的。

英国海军部勘探加拉帕戈斯群岛的目的是为了开辟新航线，所以对于圣克鲁斯这个被包在中心的小岛不感兴趣。达尔文所登的这四座岛分别是位于东部的圣克里斯托瓦尔岛（San Cristobal），南部的佛罗里那岛（Floreana），西部的伊莎贝拉岛（Isabela）和北部的圣地亚哥岛（Santiago）。它们位于加拉帕戈斯群岛的外围，具备成为新航线补给站的潜力。我决定沿着达尔文的足迹去这四个岛走一趟，重温达尔文的灵感之旅。

这些岛和圣克鲁斯岛的距离都超过了60公里，乘坐最快的运输艇也要花将近两个小时。这种快艇是当地人的主要交通工具，船舱很小，只能容纳二十多名乘客，船尾安装了三台雅马哈螺旋桨，总功率超过了600马力，最高时速估计在40公里以上。如果海上风平浪静的话还好，一旦稍微有点波浪，船身立刻就会上下颠簸，好似坐过山车一般。我第一次坐这种快艇就把午饭全吐光了，后来又坐了五次，每次登船之前八小时以内不吃任何东西，这才没有再吐。

即便如此，如今的海上航行也比达尔文时代要舒服多了，据说达尔文刚出海的前几个月晕船特别厉害，几乎无法正常吃饭，直到半年之后才终于适应了海上生活，不再吐了。

我的第一站是伊莎贝拉岛，这是加拉帕戈斯面积最大的岛，总面积高达4640平方公里，由六个火山口彼此相连而成，看上去很像是一只海马。此岛虽大，但只有两千多名常

远眺黑山火山口

住居民，全都住在最南端的维拉米尔港（Puerto Villamil）。这是加拉帕戈斯群岛的第三大城市，但感觉更像是一个新农村，大部分房子都是新修的，马路也还是土路，尚未铺水泥。这里缺电，一到晚上就黑乎乎的，也缺淡水，洗澡水有股咸味。岛上物价昂贵，同样的饭菜比厄瓜多尔本土贵一两倍，不过旅馆房间的价格还可以接受，据说这是因为近两年盖的旅馆太多了，竞争太过激烈的缘故。

一夜无话。第二天清晨我居然被此起彼伏的公鸡打鸣声吵醒了，不久狗们也加入了大合唱，恍惚间我觉得自己尚在南美大陆，一点也没有身处孤岛的感觉。吃罢早饭，我加入了一个散客团，坐车前往距离小镇最近的火山口。车子从港口出发，沿着一条土路盘旋而上，路两边是铁丝网围成的私人农场，里面种着玉米、柑橘、香蕉和蔬菜，以及农民们饲养的牛和马。起码从外表看，这些农作物的状态都很糟糕，田里布满了杂草，显然当地农民的耕作技术还是相当原始的。40 分钟后，车子终于开到了海拔 950 米的地方，进入了自然保护区的地界，我们下了车开始爬山，走了大约 2 公里后就来到了火山口的边缘。站在上面朝下望去，眼前仿佛是一个巨大的平底锅，锅底是黑色的，看不到任何生命存在的迹象。

加拉帕戈斯火山岩特有的仙人掌

“这是世界上面积最大的活火山，直径大约有10公里。”导游哈维尔（Javier）说，“这座火山喷发过很多次，最近的一次是在2005年，因为火山口面积太大，深度太深，岩浆喷不出去，都留在谷底，冷凝后变成了黑色，所以我们都叫它‘黑山’（Sierra Negra）。”

我曾经去过一个坦桑尼亚的火山口，远比“黑山”大，感觉哈维尔提供的信息不太准确，后来果然发现他说话满嘴跑火车，经常前后矛盾。等大家都混熟了，他坦诚地告诉我们，自己的理想是当一名办公室的白领，干导游实在是迫不得已。

“厄瓜多尔政府规定只有本岛出生的人才能在这个岛当导游，如今经济不景气，工作不好找，而导游工资很高，即使我不想干也舍不得放弃。”

更有意思的是，他虽然每天都会给游客们背诵达尔文的故事，但他其实不太相信进化论。他说他是一名虔诚的天主教徒，每周都会去维拉米尔港的教堂做礼拜。我见过那座教堂，修得美轮美奂，但在这个达尔文的圣地出现这么一座富丽堂皇的教堂确实有点让人不可思议。

虽然如此，哈维尔告诉我们的一些简单信息大概还是不会错的。他引导大家仔细观察火山口的北面，那里隐约可以见到一个缺口，还有岩浆流过的痕迹，原来这是很早以前发生的一次火山爆发，岩浆从这个缺口溢了出去，顺着山坡一直流到了山脚下。哈维尔带领大家走了5公里山路来到此处，地貌果然发生了巨大的变化，原来漫山遍野的绿色植被没有了，代之以零零星星的仙人掌和低矮的小灌木。几百年的时光显然不足以让岩石风化成土壤，而因为富含气泡的缘故，岩浆冷凝后形成的火山岩渗水性非常好，存不住雨水，无法支持那些不耐旱的绿叶植物的生存。

不知道达尔文当年考察伊莎贝拉岛的时候有没有到过此处，但他一定在其他地方看到了火山喷发后不同阶段的状态，并从中判断出地球的历史远不止6000年。事实上，当达尔文乘船环绕加拉帕戈斯群岛航行一周之后，发现这十几座火山岛的状态很不一样，东边的岛大都是死火山，火山口相对平缓，土壤贫瘠。西边的岛则正相反，大都是活火山，海拔较高，土壤的质量也更好些，这是怎么回事呢？

达尔文无法知道这里面的原因，现代科学告诉了我们答案。原来，加拉帕戈斯所有的火山岛全都来自伊莎贝拉岛以西不远处的一个位置固定的“热点”（Hot Spot）。大约在400万年前，这个热点开始喷发，形成了第一个火山岛。此后，这座火山岛随着它所属的纳斯卡板块（Nazca Plate）开始以每年3厘米的速度向东移动，逐渐远离了它的诞生处。一旦离开了“热点”，这座活火山就变成了死火山，不再增长了。400万年的日晒雨淋使得这座火山岛不断被侵蚀，高度越来越低，土壤越来越贫瘠，最终完全消失在海平面以下，如今在加拉帕戈斯群岛以东的海底还能看到这座火山的残骸。

但是，新的火山还在不断涌现，于是我们看到了一系列火山，分布在“热点”以东的海面上。最老的火山岛已近残年，只剩下一个低矮而又干燥的山丘，只有仙人掌等沙漠植物可以生存，比如位于东南角的西班牙岛（Espanola）就是如此，它已有350万年的历史了。再年轻一点的就是佛罗里那岛和圣克里斯托瓦尔岛，虽然还保留着圆锥形的山峰，但土壤已经开始退化，即将步入老年。位于群岛正中间的圣克鲁斯岛只有200万年的历史，正值壮年，各方面条件都非常好，很适合开发农业。位于西边的圣地亚哥岛、伊莎贝拉岛和费尔南迪纳岛（Fernandina）都非常年轻，只有不到100万年的历史，还没有离开“热点”太远，整个加拉帕戈斯现存的九座活火山都位于这三个岛上。

换句话说，加拉帕戈斯群岛本身就一直在不断演变着，几百万年后我们看到的这一切都将沉入海底，但同时也会有新的火山岛出现在地图上。

正是因为这个奇特的诞生过程，使得加拉帕戈斯的各个海岛形态各异，地质条件和气候条件相差很大，为物种进化提供了一个绝佳的露天实验室。

刚刚喷发不久还没有风化的黑色火山岩

植物与动物

“黑山”刚刚经历过一次爆发，谷底还保留着火山刚形成时的状态。但因为坡度太陡，不允许游客下去做近距离观察。要想了解火山岛形成初期发生的事情，必须去圣地亚哥岛走一趟，那里有一条从火山口喷出的岩浆带，至今仍然完整地保留着岩浆刚刚冷凝后的模样。

“达尔文当年上岛考察时这里还不是这个样子，因为圣地亚哥火山在1885年喷发过一次，岩浆从火山口喷出来，一直流到了海边。”导游达里奥（Dario）指着脚下的黑色岩石对我们说，“岩浆按照自身温度的不同可以分成两种：一种喷发时温度高达1200℃，含有的气体较少，冷凝后很像麻绳，夏威夷人称其为Pahoehoe；另一种喷发时只有

800℃～1000℃，含有大量气泡，破裂后形成很多尖刺，夏威夷人把这种岩浆叫做 Aa，意思是说如果你光脚踩上去会被刺得啊啊直叫。”

虽然同为加拉帕戈斯本地人，达里奥要比哈维尔敬业多了。他为我们仔细讲解了不同火山岩的特点，以及“岩浆通道”（larva tube）的形成过程。原来，当炽热的岩浆喷发出来后，表面遇到冷空气很快凝结，但内部没有接触空气的岩浆依然保持着高温，继续以液态的形式向山下流，这样就形成了一个个圆形管道，岩浆顺着管道向外扩散，这就是为什么火山岛没有越堆越高，而是相对扁平的原因所在。小的“岩浆通道”直径不到 1 米，大的可以高达十几米，内部的墙壁因为高温气体的不断冲击而变得非常光滑，好似人挖的地道一样。圣克鲁斯岛就有好几个这样的地下“岩浆通道”，游客可以下去参观，那壮观的景象令人叹为观止。

圣地亚哥岛上的这片火山岩虽然经过了一百多年的风吹雨淋，但仍然保持着当年的锐利，由此可见火山岩的风化是一个多么漫长的过程。虽然如此，生命已经迫不及待地在这片黑色的岩石上扎根了。我在这里找到了白色的地衣，以及零星的几簇淡黄色的圆根草（mollugo），它们具备了火山岩植物的三大特征：耐旱，不怕晒，能够从火山岩石中吸收营养。正是由于这些先驱者的存在，使得原本坚硬无比的岩石被植物的根系慢慢侵蚀，渐渐变得松软，能够容纳一些更高级的植物了。要想了解这一阶段的情况，只要去圣地亚哥

圣克鲁斯岛上随处可见的岩浆洞

岛旁边的小岛巴托洛米（Bartolome）看看就行了。这个总面积只有2平方公里的小岛起源于一次小规模的火山喷发，经过长时间的风吹雨淋，以及数十次火山爆发生成的火山灰的层层覆盖，岛上的岩石已经变成了黄色，质地也比黑色火山岩松软得多。这里虽然看不到绿叶植物，但能找到好几种沙漠植物，以及数种昆虫和以它们为食的加拉帕戈斯蜥蜴，甚至还有以蜥蜴为食的蛇，物种多样性远比黑色火山岩要丰富得多。

可以想象，只要假以时日，巴托洛米岛上的黄色火山岩就会被彻底风化成沙土，容纳真正的高等植物。圣地亚哥岛上那条黑色岩浆带的旁边就生长着成片的灌木，那块地方幸运地躲过了岩浆的侵袭，保留了经过千百年风化后形成的沙土。但当我仔细观察后，却发现这些大型灌木只有两种类型：一种没有叶子，依靠绿色的茎秆进行光合作用；另一种叶片极厚，外面有蜡，防止水分蒸发。

圣克鲁斯岛上漫山遍野的树菊

“加拉帕戈斯群岛的所有植物都是从南美大陆来的，有的是被鸟带来的，也有的是随着风飘过来的。”达里奥对我说，“但这里毕竟和南美大陆隔着一千多公里，一粒种子到达这里并生根发芽属于小概率事件，所以加拉帕戈斯群岛的植物种类有限，导致不少植物都获得了在其他地方没有的便利条件，长得越来越高大。”

这方面的一个最明显的例子就是树菊（scalesia）。顾名思义，它本属于菊科，和向日葵是近亲，来到加拉帕戈斯群岛后逐渐进化成了十几米高的大树。圣克鲁斯岛海拔500米以上的地区保留着一大片树菊，远看和热带雨林没什么两样，近看才能看出那些千奇百怪的树其实都属于一个品种，生态多样性比真正的热带雨林差远了。但是因为长得高

加拉帕戈斯红螃蟹

刚出生不久还没脱毛的小海狮

大，树菊叶子吸收了空气中的水汽，并将其富集起来滴到地上，养活了很多林下植物，所以有树菊的地方往往是加拉帕戈斯群岛生物多样性最高的地区。

不过，植物毕竟没有动物吸引人，最先吸引达尔文视线的不是树菊，而是鸟。按照流行的说法，达尔文注意到每个岛上的雀鸟（finch，也称"达尔文雀"）都不相同，每种雀的喙都和它的食物相匹配，从而想出了适者生存的道理。可惜这个听上去非常巧妙的传说是不正确的，达尔文确实收集了很多雀的标本，但他对这种鸟不熟悉，因此不怎么重视，就连标本的采集地点都搞错了。

事实上，最先引起达尔文注意的是嘲鸫（mockingbird，又可译为"反舌鸟"），他之前曾经在南美大陆研究过这种鸟，对它很熟悉。当他在圣克里斯托瓦尔岛上见到这种鸟后，

原产于巴尔特拉岛上的陆鬣蜥

形如史前生物的海鬣蜥

一眼就认出这是从南美大陆来的，此后他又在佛罗里那岛上见到了它，但却与前者在外表上略有差别。这个发现立刻让达尔文意识到物种是可变的，同一个物种放到不同环境中后会演变出不同的亚种。

第二个让达尔文感到惊奇的动物是鬣蜥（iguana）。这也是从美洲大陆漂过来的，大陆版的鬣蜥通常生活在森林中，通体绿色，来到加拉帕戈斯后分化成了四个不同的种群，其中三种生活在陆地上，依然靠吃植物为生，间或吃些腐食，肤色逐渐演变成了黄色和粉红色。另外一种改以海草为食，并为此学会了游泳，可以一口气在水下待半个小时。不过鬣蜥属于爬行动物，不会调节体温，在水下待久了肌肉会被冻僵硬，必须上岸取暖。加拉帕戈斯群岛的海滩上到处可见这种海鬣蜥，它们肤色黝黑，背上布满鳞甲，面目狰狞，一动不动地待在黑色的岩石上晒太阳，偶尔还会从鼻孔里喷出一股白色的液体，好像在打喷嚏。原来这也是它们来到加拉帕戈斯后进化出来的新功能，通过打喷嚏把随着海草吃进肚子里的海水浓缩后从鼻孔里排出体外。

海鬣蜥是加拉帕戈斯的标志性物种，很多关于这个群岛的纪录片和书籍都会用它的照片做封面。对于现代人来说，它长得很像史前生物，让人有一种回到恐龙时代的感觉。但是对于和达尔文同时代的人们来说，它更像是来自地狱的魔鬼，让人不由得心生敬畏。达尔文本人也不例外，他曾经在日记中描述过海鬣蜥凶恶的外表给自己带来的不适，没有提及这种生物对于自然选择学说有过任何帮助。

真正促使达尔文开始认真思考自然选择理论的是加拉帕戈斯巨龟。这种龟也是来自南美大陆，大约在200万年前漂到了这里。成年的美洲陆龟通常只有50厘米长，平均重量

正在吃草的加拉帕戈斯巨龟

只有8公斤，来到加拉帕戈斯后因为没有天敌，体形越变越大。如今几乎每个岛都生活着独特的巨龟，成年龟可以长到将近2米长，体重超过400公斤，是全世界体形最大的龟类，甚至可以当马骑。事实上，“加拉帕戈斯”这个词在西班牙语中就是“马鞍”的意思，后来被用于特指加拉帕戈斯群岛的陆龟，进而成为整个群岛的名字。

达尔文在佛罗里那岛逗留期间认识了受厄瓜多尔政府委托临时管理该岛的英国人尼古拉斯·劳森（Nicolas Lawson），他在一次闲谈时告诉达尔文，自己仅凭龟壳的性状就能猜出它来自哪个岛，比如面积很小的平宗岛（Pinzon）上的巨龟壳在脖子处明显上翘，呈马鞍形，方便巨龟把头抬高。相比之下，距离平宗岛非常近的圣克鲁斯岛上的巨龟壳则没有这个马鞍形开口。达尔文记住了这番话，后来经过实地考察后他终于明白了其中的道理。圣克鲁斯岛植被丰富，草长得很旺盛，巨龟不用费劲就可以吃饱；而平宗岛面积小，海拔低，气候干燥，植被稀疏，巨龟只能抬起头来吃岛上唯一的植物——一种长得很高大的仙人掌。从这个案例中达尔文得出结论，每个岛上不同的生态环境促使巨龟进化出了与之相适应的特征，这就是新物种诞生的原因。

由于缺乏天敌，加拉帕戈斯群岛的动物们不用花时间躲藏，可以把所有的精力都用在进食和繁殖上，种群更新换代的速度相当快。与此同时，这里的自然条件又非常恶劣，尤其是发源于这片海域的厄尔尼诺现象会导致整个群岛突然变得非常炎热或者潮湿。一旦发生这种情况，海鬣蜥会因为不适应高温海水而大批死去，仙人掌也会因为雨水太多而被撑死，间接导致巨龟的大批死亡。前文说过，自然选择的关键在于“选择”二字，大自然通过残酷的生存竞争淘汰不适应的个体，而适应环境的个体则趁机迅速繁殖，逐渐演变为新的物种。加拉帕戈斯独特的自然环境使得这里的淘汰率非常高，动物进化的速度特别快，否则的话达尔文不一定能看出这里面隐藏的规律。

那么，为什么这里没有出现大型的捕食者呢？这是加拉帕戈斯的地理位置决定的。几乎所有的大型捕食动物都是哺乳动物，但它们对于生活环境的要求太高了。研究显示，一根木头或者一片茅草从美洲大陆漂到加拉帕戈斯最少需要两个星期的时间，哺乳动物自己游不过来，又不可能在海上不吃不喝存活两周的时间，所以只有忍耐力极强的爬行动物最终幸运地登上了加拉帕戈斯群岛。

处于发情期的雄性军舰鸟

对于游客来说，鬣蜥和巨龟这两种当地独有的爬行动物绝对是加拉帕戈斯群岛最吸引人的两块金字招牌，圣克鲁斯岛上专门保留了一片原始森林，在里面放养了数十头巨龟供人参观。它们似乎不怕人，我可以站在距离它们2米远的地方观察并拍照。据说当年斯皮尔伯格就是在这个岛上看到了加拉帕戈斯巨龟后突发灵感，设计出了电影《外星人》中ET的造型。

不过当我试图再接近一点时，巨龟们就会抬起头并张开大嘴，冲我发出嘶嘶的声音，好像是在警告我不要再靠近了。“只有和人类有过接触的巨龟才会这样，它们的祖先被人捕杀过，进化出了对人的防卫心理。”导游对我说，“相比之下，伊莎贝拉岛北部的巨龟对人一点戒心都没有，因为那块地方位置偏僻，很少有人到过那里。”

我不知道这位导游的话是否可信，但人类确实曾经伤害过它们。一百年前的海员们最喜欢抓巨龟，一来它们肉质鲜美，二来巨龟可以不吃不喝地活上几个星期，便于带上船当做食物储备，不用担心变质。

根据19世纪北美捕鲸船留下的记录，至少有10万只巨龟被海员们吃掉了，实际数量

一只雌性蓝脚鲣鸟正在照看她的孩子

肯定比这个还要多。生态学家根据岛上的植被情况做过估算，最多时整个群岛曾经生活着25万只巨龟，如今只剩下了不到1/10。更糟糕的是，原本加拉帕戈斯巨龟有13个不同的亚种，如今有四种已经灭绝了，它们分别是佛罗里那亚种、费尔南迪纳亚种、圣菲亚种和平塔亚种。其中平塔亚种是在2012年6月24日正式宣告灭绝的，最后一只活着的平塔亚种的成员就是大名鼎鼎的“孤独的乔治”，它自从上世纪70年代被意外发现后就一直寄养在圣克鲁斯岛上的查尔斯达尔文研究中心（Charles Darwin Research Station），科研人员试图为它寻找一名雌性伙伴，但始终没能成功。

“孤独的乔治”之死是保护物种多样性运动的一个标志性事件，在国际社会引起了很大反响。但其实这个亚种早在很多年前就已经灭绝了，即使“孤独的乔治”成功地繁殖了后代，也只能是一个杂交种，大自然经过千百万年进化而来的这个物种就这样死于人类之手，永远无法恢复了。

过去的人们因为知识不足，意识不到物种灭绝的危险性。曾经有一位加拉帕戈斯居民把他杀死的所有巨龟的壳首尾相连摆满了一条街，以此来彰显自己的勇武。如今情况已经大为改观，保护野生动物已经成了大部分人的共识。这方面的一个成功案例就是巴尔特拉岛的鬣蜥，当年美军租下这个岛修建机场，科学家们事先做了防备，将几十只巴尔特拉鬣蜥转移到旁边的北西摩尔岛（North Seymour）上，后者土质太过坚硬，鬣蜥没法挖坑产卵，所以一直没有鬣蜥生存。科学家们从别的地方运了些松软的泥土到这个岛上，方便鬣蜥产卵，这批移民终于在北西摩尔岛扎下根来。如今巴尔特拉岛上的鬣蜥已经彻底灭绝了，但因为科学家们的远见，不但为后人保留了一个珍贵的鬣蜥亚种，而且还为游客开辟出一个观赏野生动物的绝佳场所。今天的北西摩尔岛已经成为观光客的必经之地，岛上除了有大量鬣蜥可供近距离观赏外，还有很多加拉帕戈斯特有的鸟类，包括外貌奇特的蓝脚鲣鸟（blue-footed booby）和军舰鸟（frigate）。前者有一双醒目的海蓝色脚蹼，求偶时雄鸟会用脚蹼交替击打地面，似乎在向雌鸟亮明自己的身份。后者的求偶行为更加奇特，雄鸟在性成熟之后胸前会鼓起一个体积巨大的红色气囊，以此来向雌鸟炫耀自己的好基因。

一周下来我发现，游客当中除了少数几对度蜜月的新婚夫妻之外，全都是来看动物的。厄瓜多尔政府花了很多力气保护加拉帕戈斯群岛的生态环境，最终得到了丰厚的回报。

人类与环境

达尔文的这次旅行看到的不仅是动植物的变迁，也目睹了人类社会的千奇百怪。当时巴西尚未废除奴隶制，达尔文亲眼目睹了巴西黑人的苦难生活，回来后他在日记中写道：感谢上帝，我再也不想回到巴西了！

确实，当时的人类社会和现在非常不同，加拉帕戈斯群岛的变迁史同时也可看成是人类的进步史。这地方不仅是研究物种进化的露天实验室，也是展示人类本性的绝佳场所。

人类是什么时候发现加拉帕戈斯群岛的呢？这个问题似乎并无定论。据说考古学家曾经在岛上发现过南美原住民留下的瓷器，但更多的证据表明即使真的有南美原住民发现了这里，也只是一个偶然现象。没有证据表明印第安人曾经大规模移民到岛上，也没有留下任何人为破坏的痕迹，他们对群岛的生态系统没有带来任何影响。

第一个真正发现加拉帕戈斯群岛的是一位名叫弗莱 · 托马斯（Fray Tomas）的西班牙神职人员，他在巴拿马担任主教期间坐船去秘鲁公干，结果那几天海上一丝风都没有，船失去了动力，被海浪推离了原来的航道，于 1535 年 3 月 10 日漂到了加拉帕戈斯群岛。他后来给西班牙国王写了封信，详细描述了他的所见所闻，称这块地方很像地狱，到处是巨大的石块和凶恶的鬣蜥，以及体形庞大的巨龟。

此后这块地方一直没人关注，直到1620年才有了第一张准确的地图。再后来欧洲和新世界之间的贸易越来越发达，催生了海盗这个行业。17～18世纪时的加拉帕戈斯群岛是海盗们的藏身之所，他们把抢夺来的宝物藏在岛上，以至于后来一直有人传说岛上至今还埋藏着大批珍宝。

由于各国海军加大了护航力度，海盗消失了。到19世纪时加拉帕戈斯变成了捕鲸船的补给站，来自欧洲和北美的捕鲸者来到太平洋海域大肆捕杀鲸鱼，将它们体内的脂肪收集起来运回国做成灯油，照亮了欧美城市的街道。这些人不但捕鲸，也捕巨龟，巨龟体内除了肉之外也有大量优质的脂肪，据说厄瓜多尔首都基多最早的路灯就是用以巨龟油做成的油灯来照明的。

就这样，加拉帕戈斯群岛的巨龟数量骤减，很快就不够吃了。于是海员们从大陆运来猪、牛、羊、鸡等家禽家畜，将它们放养到岛上，任由它们自行繁殖，以便为后来的海员和定居者提供肉食。这一举动引入了外来物种，对原有生态环境的破坏极大。其中最典型的案例就是圣地亚哥岛，这个岛上有个盐矿，采盐者带来了很多山羊。盐矿关闭后留在岛上的山羊迅速适应了当地环境，无节制地繁殖开来，最高时曾经有2万只山羊在岛上和巨龟抢食物，导致这个圣地亚哥巨龟亚种差点灭绝。

上世纪70年代，国际环保组织终于看不下去了，联合起来捐了一笔巨款帮助厄瓜多尔政府消灭山羊。这事说起来容易做起来难，这座岛总面积高达585平方公里，基本上没有路，到哪儿去找这些羊呢？最后管理人员听从了科学家的建议，在一头羊身上安装了GPS装置，然后把它放到野外。羊是群居动物，这头羊很快就找到了一群小伙伴，几天后管理人员利用卫星定位技术找到这群羊，开枪将它们杀死，但留下这只带着GPS装置的羊，让它继续寻找下一群小伙伴。这个办法听起来很残忍，但已经是最人道的方式了。这个例子充分说明外来物种是加拉帕戈斯群岛最大的威胁，一旦进入这个封闭的生态系统就很难被除掉。这就是为什么加拉帕戈斯群岛对于游客的管理非常严格，不但每个人上岛前都要搜包，就连鞋底也要消毒，生怕带进外来植物的种子。

虽然百般小心，前人造成的损失也已经无法挽回了。据统计，迄今为止已经有大约

300 种无脊椎动物，24 种脊椎动物以及 480 种植物被有意无意地引了进来，其中危害最大的当属各种农作物，以及猫、狗、野猪和老鼠这几种和人类生活息息相关的家养动物，其中猫和狗经常捕食个头稍小的鬣蜥为食，野猪嗅觉灵敏，会把鬣蜥和巨龟下的蛋挖出来吃掉，而老鼠则会袭击刚刚孵化出来的幼龟。好在这些外来物种入侵的时间还不够长，加拉帕戈斯依然保留着 95% 的原始物种没有被灭绝。

“加拉帕戈斯是全世界所有岛屿当中生物多样性保留得最完好的一个，其余大部分岛屿都是反过来的，95% 的原始物种都灭绝了。”达尔文研究中心副主任菲利普 · 库鲁斯（Felipe Cruz）博士对我说，“话虽如此，加拉帕戈斯剩下的物种当中有很多都处于濒危状态，需要大力保护。”

库鲁斯博士出生于圣克里斯托瓦尔岛，一生都致力于保护家乡的自然环境。但是在他看来，对加拉帕戈斯群岛生态环境危害最大的不是偶尔停靠在这里补充给养的海员，也不是游客，而是搬来此地定居的移民们，他们才是入侵物种的最大来源。

圣克里斯托瓦尔岛上建有一座博物馆，专门有个展厅的主题是加拉帕戈斯移民史。自从厄瓜多尔政府于 1832 年正式将加拉帕戈斯收为己有之后，便立即开启了移民潮。因为位置偏僻，生活条件糟糕，最早的移民都是囚犯。1833 年，在第一任加拉帕戈斯省省长何塞 · 维拉米尔（Jose Villamil）的倡议下，80 名罪犯被送到佛罗里那岛，建立了一个名为“和平避难所”（Refuge of Peace）的变相劳改营。这些人不用再服刑了，而是每天参加劳动，以换取粮食和微薄的报酬。维拉米尔是个理想主义者，他希望通过这个试验告诉大家，犯人不是绝对的坏人，完全可以通过劳动改造重新做人。但是这次试验的结果让他失望了，这些人毫无悔改之意，把佛罗里那弄得一团糟，造成了巨大的经济损失。五年后，穷困潦倒的维拉米尔宣布试验失败，一个人灰溜溜地回到了大陆，从此一蹶不振。

第二波移民潮的主角仍然是囚犯，只是这次换了一个不同风格的管理者。凶恶的詹姆斯 · 威廉姆斯（James Williams）依靠暴力管理岛上的囚犯，结果同样不太美妙，最终也被逼得被迫逃亡。

有意思的是，同样的情况又重新来过一遍。一个名叫何塞 · 瓦尔德赞（Jose Valdizan）的人带领全家移民到了佛罗里那岛，同时带进来很多罪犯，他幻想通过劳动和自由改造他们的心灵。这位理想主义者的结局更惨，被几个囚犯杀死了，同时被杀的还有他的好几位朋友。在他之后上岛的又换成了一位名叫曼努埃尔·科波斯（Manuel Cobos）的暴君，雇用了400名犯人在圣克里斯托瓦尔岛上种植甘蔗。他腰间总是挂着手枪，曾经亲手枪毙过5名不听话的工人，并至少将15名工人流放到了没有淡水的小岛上，任由他们自生自灭。最终忍无可忍的工人们起来造反，把他杀死了。

此事发生在1904年。此后加拉帕戈斯荒芜了一段时间，因为厄瓜多尔人盛传这个地方被魔鬼施了魔法，上岛的人必有灾祸。不过欧洲人不信邪，那时又恰逢欧洲大陆政治动荡，不少人看中了加拉帕戈斯，千里迢迢来到此处寻找新生活。1925年，曾经有2000名挪威人被一则广告吸引，来到这里定居。他们带来了当时最先进的生产技术，试图把加拉帕戈斯建成一个世外桃源，结果同样令人失望，因为缺水等原因，他们坚持了三年就受不了了，留下几具尸体后撤回了欧洲。

这次欧洲移民潮当中最引人注目的事件发生在佛罗里那岛。1929年，一位名叫弗里德里希·李特（Friedrich Ritter）的德国牙医带着他的情人搬到这个已被抛弃的荒岛上生活，这位李特同时还是一位在德国小有名气的哲学家，他幻想自己能够远离尘世，不再依靠任何人。为了防止自己在荒岛上生活时万一牙疼没地方治，他在离开德国前把自己和情人的全副牙齿都拔光了，但却只带了一副假牙上岛，于是两人必须轮换着吃饭。

半年之后，又有一对德国夫妻带着一个儿子来到佛罗里那岛，他们是被李特的故事吸引来的。女主人玛格丽特·维特摩尔（Margaret Wittmer）有写日记的习惯，把她在岛上的生活都记录了下来。起初两家人相处得还算不错，但维特摩尔很快发现一直自称素食主义者的李特开始吃肉了。之后第三拨移民来到岛上，情况很快发生了微妙的变化。这次上岛的是一个自称“男爵夫人”（Baroness）的奥地利女人，以及她的三个情人。这位“男爵夫人”颇有姿色，宣称自己是这个岛的主人，对先期上岛的两户人家百般刁难。但没想到后院起火，其中一个名叫拉尔夫·洛伦兹（Rudolph Lorenz）的情人逐渐失宠，被“男爵夫人”贬为仆人。于是，在一个风雨交加的夜晚，“男爵夫人”和她最宠爱的情人罗伯特·菲利普斯（Robert Philippson）突然失踪，从此再无下落。后人都怀疑两人是被洛伦兹杀死的，但没有证据。之后洛伦兹也横死在岛上，最有可能的死因是缺水。据说曾经被

“男爵夫人”收为情夫的李特后来也被神秘地毒死了，罪魁祸首竟然是一碗鸡汤，没人知道下毒之人到底是谁。

当然了，真实的故事远比我的叙述复杂得多。维特摩尔回国后把日记整理成一本小说，在欧洲出版后引起了轰动。我从这本书中看到了乌托邦理想的破灭，以及自然环境的破坏过程。现代人的生活方式和思想境界已经发生了太多的变化，不可能再像原始人那样生活了。就像当初那个满怀理想的素食主义者最终死于一碗鸡汤，这件事本身就是一个很好的隐喻，证明世外桃源是不存在的。

为了重温小说中的场景，我专程去佛罗里那岛参观了维特摩尔当年的家。他们自己动手搭建起来的木头房子已经消失了，而一家人刚上岛时居住的山洞仍然还在，洞内的使用面积不足10平方米，很难想象他们一家人当初是如何在这里生活的。

就这样，人类用了四百多年的时间进行了多次试验，终于明白加拉帕戈斯群岛的最大价值不是开垦成农田种庄稼，或者成为理想主义者的避难所，而是其独有的生态环境。只要环境保护好了，就能通过发展生态旅游最大程度地获得回报。

厄瓜多尔政府于1959年正式宣布将加拉帕戈斯群岛及其海域划为自然保护区，同时开放旅游。1978年，联合国教科文组织（UNESCO）宣布将加拉帕戈斯群岛列入世界自然遗产名录，一切似乎都在向好的方向发展。但是。自从1979年厄瓜多尔告别独裁，开始实行民主选举制度后，情况变得糟糕起来，保护区管理混乱，非法移民成倍增加，自然环境每况愈下，逼得UNESCO在1995年时发出警告，如果情况不见好转的话，将把加拉帕戈斯群岛列入世界濒危自然遗产名录。要知道，被列入自然遗产名录绝不仅仅是一种荣誉，更多的代表了一种责任，一旦列入名录，就意味着加拉帕戈斯群岛不再只属于厄瓜多尔，而是整个人类的共有财产，需要接受国际社会的管理。而一旦被列入濒危自然遗产名录，那就意味着联合国有权要求厄瓜多尔政府减少游客数量，甚至关闭整个旅游业。

眼看形势危急，厄瓜多尔国会于1998年通过了一个特殊环保法，开始限制移民，同时加强了监管力度。但是UNESCO不买账，仍然于2007年将其列入了世界濒危遗产名录，这等于给了厄瓜多尔政府当头一棒。

“我认为这段时期就好像民主打了一个嗝，因为选举程序失控导致我们国家政局混乱，连累了加拉帕戈斯。”库鲁斯博士对我说，“这种局面直到2007年拉斐尔·科雷亚（Rafael Correa）总统上台后才有了根本好转。”

资料显示，1979年～2006年这27年时间里厄瓜多尔一共换了13位总统，平均每两年就要换一次。政治动荡通常伴随着经济衰退，厄瓜多尔自然也不例外。因为通货膨胀失去了控制，2000年厄瓜多尔甚至放弃了本国货币，改用美元，这对于一个一直标榜反美的主权国家来说简直是不可思议的事情。

这种混乱局面直到科雷亚上台后才终于结束。这位经济学家出身的总统不但非常能干，而且很有亲和力，是拉美民众主义政治家中的代表性人物。查韦斯死后他顺理成章地接过了大旗，成为拉美左派势力公认的领导人。正是在他的治理下，加拉帕戈斯群岛的情况有了很大好转，UNESCO终于在2010年将加拉帕戈斯从濒危自然遗产名录中划掉了。

“其实加拉帕戈斯对于游船的管理一直是很到位的，迄今为止一共只颁发了84张许可证，加起来一共只有1400个床位，这个数量近期内是不会改变的。”库鲁斯博士对我说：“问题出在对陆上设施的监管上。按照规定，加拉帕戈斯群岛最多只能有2000个床位，很多当地居民偷偷把自家卧室改建成旅馆，导致床位总数大大超标，但是因为这件事涉及公民权利的问题，政府很难管理。”

这样做的结果就是床位供大于求，目前加拉帕戈斯群岛上的床位使用率只有30%，低价竞争使得房价一降再降，几乎和厄瓜多尔大陆地区持平了。

“不过这也很难责怪当地人，因为游船不和当地居民分享利润，钱都被旅行社和游船公司赚走了。”库鲁斯博士对我说，“当地人认为这种做法不公平，一直在向政府抗议，希望从旅游业中分得一杯羹。”

根据那个特殊环保法的规定，普通厄瓜多尔人是不能随便搬到岛上居住的，必须凭雇用证明申请短期居住签证才能进来。为了保护当地居民的利益，政府要求每个工作岗位必须优先聘用当地人，除非实在找不到合适的当地人才可以从大陆招工。但是，一位出租车司机偷偷告诉我，由于加拉帕戈斯工资高，吸引了大量黑工，仅在圣克鲁斯岛就有大约4000名非法打工者。当地警察非常腐败，如果被他们抓到了只要花点钱贿赂一下就能过关。

“在普通厄瓜多尔人心目中，加拉帕戈斯是个天堂。”库鲁斯博士回忆道，“曾经有家媒体采访过一个从大陆偷偷来此打工的少年，问他加拉帕戈斯什么东西最吸引你？那个记者以为他会说巨龟或者鬣蜥，结果那位来自贫民窟的少年回答说，加拉帕戈斯没有小偷和抢劫犯，这才是最吸引我的东西。”

就这样，在政治腐败和经济发展失衡的双重影响下，加拉帕戈斯的居民人数飞速上涨，从 1950 年时的不到 2000 人增加到现在的 3 万人，游客数量也从 1980 年时的每年 1 万人增加到现在的每年 15 万人，其中住在游船上和住在岛上的游客各占一半。

“如果从环保的角度出发，我宁愿游客们都住在船上，因为每艘船都必须配备生活污水处理设备，污染比较容易控制。”库鲁斯博士对我说，“相比之下，住在旅馆里的人每天都要吃喝拉撒，给加拉帕戈斯群岛的淡水供应和污水处理设施增加了很大的压力。”

加拉帕戈斯自然保护区的一位官员哈维尔·瓦斯库（Javier Vasco）对此深有同感，在他的指引下，我找到了圣克里斯托瓦尔岛的生活污水排放口，居然就坐落在该岛唯一的港口附近，旁边就是居民区，以及一个海狮的休息场。

“圣克里斯托瓦尔岛一直打算建污水处理厂，但是由于我们拉丁美洲国家特有的腐败问题，这个厂被无限期搁置了下来，至今没有建成投产，生活污水全都直接排到海里去了。”瓦斯库对我说，“我们多次提议加紧施工，但保护区和居民区分别归两个部门管，大家相互扯皮，最后谁也不管了。”

原来，加拉帕戈斯群岛陆地面积的 97% 属于自然保护区，归保护区管理处管理，无论是常住居民还是游客都不准进入。剩下的 3% 属于居民区，归加拉帕戈斯省政府管理。两家机构经常闹矛盾，谁也不服谁。

“加拉帕戈斯的局面已经失控了，再这样发展下去，3% 的陆地面积很快就会不够用了。如果你去小镇周边看看，就会发现大量施工现场，当地居民正在大兴土木，盖更多的房子容纳越来越多的人口。”瓦斯库对我说，“曾经有官员建议由政府出钱，把岛上的居民搬迁到大陆去，但是反对派认为这个做法不符合宪法，有违反人权的嫌疑，结果这个建议很快便不了了之了。”

库鲁斯博士对于加拉帕戈斯的前景倒是相当乐观。“虽然有这么多问题，但加拉帕戈斯目前的环境还是保护得相当好的，游客数量也控制在一个合理的范围内。”他对我说，

当地年轻人在玩跳水

“只要你去夏威夷走一趟就会知道，在加拉帕戈斯你随时可以找到一片只属于你自己的沙滩，而在夏威夷这简直是不可能的事情。”

结语

在加拉帕戈斯群岛的最后一天，我听从了旅馆服务员的建议，徒步半小时来到了距离港口 2 公里远的拉斯格雷塔斯（Las Grietas）。这是一处隐秘的峡谷，最窄处不到 5 米宽，没有动物但适合玩水，只有当地人才会来这里耍。我到的时候正好看到几个当地人在玩跳水，其中一个胆大的少年从十米多高的悬崖上一跃而下，姿势优美，赢得了一片掌声。

看着孩子们兴高采烈的样子，我意识到这座岛虽然名义上属于全人类，但实际上更属于他们。如果出于环保的目的硬要把他们赶走，既不现实也不合适。

换句话说，要想真正保护好环境，首先必须解决好人的问题，想办法让这些孩子们过上好日子，并培养他们的环保意识，让他们自己领悟到环境的重要性，这才是可持续的环保方式。

谁来保护亚马逊雨林？

厄瓜多尔是全球生物多样性最丰富的17个国家之一，除了加拉帕戈斯群岛外，她还拥有一大片热带雨林，亚马逊河流域的源头就在这里，这块地方同时还蕴藏着丰富的石油资源，对于像厄瓜多尔这样的发展中小国来说，这是一笔巨大的财富。如何在发展经济的同时保护好环境，厄瓜多尔为我们提供了一个精彩的案例。

环保第一大案

“从酒店到外交部的距离大约是500米，我给你找辆出租车吧。”大堂经理对我说。我以为他怕我不愿走路，没想到他是担心我被抢。“基多很不安全的，像你这样的外国游客经常遭抢。”

我住的酒店位于厄瓜多尔首都基多市中心，窗外车水马龙，行人如织，看上去一点也不危险。可后来我遇到不少在基多生活的本国人和外国人，几乎人人都有被抢的经历。原来，这座城市位于一个山谷之中，市中心在谷底，周围的山坡上有许多穷人搭建的贫民窟，密密麻麻望不到边。据一位当地人讲，歹徒们经常会下山抢劫，然后逃回山上，警察也拿他们没办法。

我要去外交部参加一个记者早餐会，发言人是厄瓜多尔外交部长里卡多·帕提诺（Ricardo Patino）。他是厄瓜多尔现任总统拉斐尔·科雷亚的亲密战友，曾经在2010年发生的一次政变中带头力挺科雷亚，赢得了后者的信任。去年他又亲自出马，把“维基解密”创办人阿桑奇接进厄瓜多尔驻伦敦大使馆避难，此后两人一同出现在媒体前接受采访，出尽了风头。

早餐会比预定时间延迟了半个多小时才开始，帕提诺穿着一件白衬衫出现在会场，和相熟的记者打了一圈招呼，然后坐下来开始讲话。他不用讲稿足足讲了一个多小时，声情并茂，肢体语言极为丰富，南美政治家的演讲功夫确实超凡脱俗。

外交部专门为我配了名同声翻译，但不知是帕提诺语速太快还是翻译水平不够，翻得断断续续的，不过我听懂了这次记者会的主题思想，原来是要发动全球媒体制造舆论，和美国雪佛龙（Chevron）石油公司血战到底。

这个案子必须从1964年开始说起。那一年美国德士古（Texaco）石油公司和厄瓜多尔签订协议，在亚马逊雨林的阿格尔湖区（Lago Agrio）开采石油。在这份协议中厄瓜多尔政府占有50%的股份，是最大的股东。1972年第一口油井开始出油，厄瓜多尔也因此正式加入了石油输出国的行列。

接下来的二十几年里，厄瓜多尔政府多次易主，政策摇摆不定，为了保险起见，德士古决定撤出。1990年双方签订了相关协议，由国营的厄瓜多尔石油公司（Petroecudor）全面接管德士古剩下的油井，而德士古则答应拿出4000万美元清理废弃的油井。1992年德士古正式撤离厄瓜多尔，没有留下任何有形资产，算是彻底和厄瓜多尔断绝了联系。

按照德士古方面的统计，1972年～1990年德士古一共开采出了17亿桶原油，厄瓜多尔政府拿走了95%的利润。我向厄瓜多尔政府官员求证此事，但至今未有答复。

但是，厄瓜多尔环保组织经过调查后发现，德士古并没有很好地完成清理工作，只是在地上随便挖个坑，把废油埋进去，表面盖一层土，铺上树叶遮挡就算完事了，结果一下雨废油就溢了出来，污染了当地水源，让很多原住民得了癌症。于是，当地的一个公民组织代表阿格尔湖社区的3万名受害者把德士古告上了法庭，要求对方赔偿270亿美元。

该组织提供的数字显示，德士古开采的356口油井一共产生了710亿升污水，以及6100万升废油。污水排进了亚马逊河，废油则被倾倒进上千个土坑当中，超过200万英亩亚马逊热带雨林遭到了污染。如果数据属实的话，这将是全世界迄今为止污染面积最大同时也是索赔金额最大的环境污染案子，被国际环保组织称为“亚马逊的切尔诺贝利事件”。

2001年，总部位于旧金山的雪佛龙石油公司把德士古买了下来，于是这个案子的被告自动换成了这家位列全球十大石油公司之一的美国石油业巨头。

接下来的事情就是典型的“公说公有理，婆说婆有理”了。原告要求在纽约审理此案，但雪佛龙坚持在案件的原发地——厄瓜多尔审理。原告一方认为，雪佛龙生怕此案影响到持股人的信心，不想让这件事被太多的美国人知道。但据一位不愿透露姓名的人士称，雪佛龙相信自己可以花钱搞定腐败的厄瓜多尔法官，所以才会坚持要在厄瓜多尔审。没想到2006年反美斗士科雷亚当选为厄瓜多尔总统，形势立刻发生了180°大转弯。上台后的科雷亚很快就去阿格尔湖区进行了实地考察，虽然事后没有发表什么刺激的言论，但此后不久判决书就下来了，厄瓜多尔法庭判处雪佛龙公司赔偿96亿美元，限期两年支付，否则赔偿金加倍。2010年厄瓜多尔法庭果然兑现了诺言，将罚款金额增加到了190亿美元。

雪佛龙方面则坚称自己是冤枉的，他们聘请的律师给出了以下四点反驳意见：第一，厄瓜多尔政府介入民事司法，这本身属于违法行为；第二，控方律师伪造证据，夸大了危害，采油排出的废水不会致癌，当地癌症频发的原因是公共卫生条件太差；第三，当年所有的清理现场都有厄瓜多尔政府的人员监督并签字，德士古在撤出厄瓜多尔之前已经和厄瓜多尔政府签订了免责协议；第四，很多废油坑是后来接手的厄瓜多尔石油公司挖的，和德士古无关。

第一条指控比较有趣。通常情况下，如果政府介入民事官司的话很可能会导致判决不公，确实不太合适，但在这个案子里，被告雪佛龙的年收入是厄瓜多尔国民生产总值的2～3倍，双方的经济实力差距悬殊，厄瓜多尔政府反而成了弱势的一方。

不过，这个指控终于把厄瓜多尔政府激怒了，他们认为雪佛龙欺人太甚，决定干脆主动出击，光明正大地动用国家的力量和对方打官司。“这个案子太重要了，几乎决定了厄瓜多尔的生死。”帕提诺在接受采访时对我说，“我们政府的年度预算只有300亿美元，每年的出口总额也只有240亿美元，这个案子的索赔金额是190亿美元，占了厄瓜多尔国民生产总值的20%以上，对我们来说太重要了。”

帕提诺邀请我和几位来自法国的纪录片工作者一起去亚马逊雨林实地考察，而且当晚就要出发，同行的还有一批住在美国的厄瓜多尔侨民。考察团的领队是一位年轻的法国姑娘，给我配的翻译则是一位比利时人，两人目前都在为厄瓜多尔外交部工作。她们告诉我，厄瓜多尔政府缺乏人才，从欧洲国家招募了一批具有左派倾向的人来为政府工作，她俩在国内时就是“革命者”，来这里继续革命，顺理成章。不过，这些革命者激情有余，管理能力不足，这趟旅行的组织工作相当混乱，好在大家都觉得自己是在从事一项伟大的工作，没有过多计较。

谁来保护亚马逊雨林？

我们乘坐的吉普车当晚从基多出发，六个多小时后到达了阿格尔湖区。这片热带雨林属于亚马逊流域的上游，河水从安第斯山脉流下来，在这里进入亚马逊平原。沿途的公路质量相当不错，据说是当年德士古石油公司修的。路两边虽然全是绿色，但仔细看就能看出它们都是人工种植的经济作物，包括大片的棕榈树和咖啡。有人拿出电脑下载了一张该地区的卫星图，所有的居民点和人工经济林全部集中在公路的两边。在这样的原始森林里，只要一修路，随后必定会跟来大批开发者，而通常只有石油公司和木材公司才有足够的经济能力花钱修路。

金格里先生向我们展示从地里挖出来的沾满原油的黑色泥土

负责接待我们的是一位名叫何塞·金格里（Jose Zhingre）的小个子男人，今年58岁，右眼布满了血丝，据他说是昨晚在酒吧里被一个酒鬼打了一拳。金格里年轻时住在城里，后来被德士古雇用，为这家公司当了两年保镖。之后他从原住民手里买了一块地，在森林里定居了下来，种咖啡为生。泄漏的废油污染了他家的咖啡园，损失惨重，他一气之下加入了索赔行动，并一直工作至今。

金格里首先带我们去参观了“尤卡南一号”（Euca South No.1），这是一个早已被废弃的油井，原来的井口如今只剩下一个闸门。就在距离井口不到 100 米的地方有一片次生林，外表看不出任何异样，但当我们走进树林后，立刻感觉脚下软软的，好像踩在了水床之上。金格里用铁锹把地表的一层薄土挖开，里面露出了黑色的油泥。再挖几下，油泥变成了纯粹的沥青，闻上去有一股很浓的汽油味。

“这个油坑有半个足球场那么大，底下没有任何防护措施，废油慢慢地渗进了地下水里，污染了当地水源。”金格里说，“每次一下雨附近的河水就能闻到这股味道，当地居民在这种环境下生活了几十年，很多人都得了病。”

“那你们为什么不组织人来清理一下呢？”我问。

“过去我们一直在打官司啊，如果清理了就没有证据了。”金格里回答。

说话间几位住在附近的村民跑来看热闹，他们显然已经习惯了有人参观，纷纷撩起裤脚向我们展示被石油腐蚀的脚踝，并把双手插到废油里染黑，供大家拍照。他们都异口同声地说是污染让他们得了癌症，不过雪佛龙的科学家却在科学期刊上发表过一篇论文，调查了这片地区的癌症发病率，得出的结论是没有显著提高。

不管事实到底怎样，原本生机盎然的热带雨林里多了这么大的一个油坑，肯定不是什么好事情。不过，对于某些商人来说，这却是一个发财的好机会。“一些旅游公司新开发了一种旅游项目，叫做‘毒品游’（Toxic Tour），经常有游客慕名前来寻找废弃的油坑，我有时会去给他们当向导。”金格里说。

我们参观的第二口油井是“阿瓜里科六号”（Aguarico No.6），这块地的主人名叫亚历山德罗·瓜拉芒格（Alejandro Guaramag），他从父亲那里继承了这片林地，本想种棕榈，但因为废油污染只好废弃。据他介绍，这里的废油坑被雨冲垮了，废油流了出来，所以找不到像水床那样保存完好的坑，但污染面积却更大了。我们跟着他钻进树林，果然发现了好几处黑色的油泥。不过，我注意到那个已被废弃的油井盖上写着“1974 年出油，2011 年废弃”，说明这口油井在德士古撤走后依然在厄瓜多尔石油公司的监管下运行了 20 年，很难证明污染到底是德士古造成的还是继任者造成的。

参观过两处污染点后我意识到，这个案子难度确实很大。一来这里的卫生条件确实不好，很难证明居民的癌症和废油有关。二来事情已经发生了二十多年了，原告很难找出确凿的证据证明污染到底是谁造成的。

乔·贝林格（Joe Berlinger）显然也遇到了这个难题。他是一位纪录片导演，根据这个案子拍摄了一部名叫《原油》（*Crude*）的纪录片，描述了这个案子的整个过程，公映后引起了轰动。这个标题是个双关语，既可翻译成“原油”，也可翻译成“粗鲁”。同样，这部片子既可以理解成是对粗鲁的美国大公司的控诉，也可以看成是对石油工业的指责。导演没有过多地在德士古身上做文章，而是把主要笔墨放在了石油业是如何摧毁亚马逊雨林及其原住民文化的，这就引出了一个悖论：厄瓜多尔打这场官司，到底是为了保护热带雨林还是为了拿到赔偿金呢?

带着这个问题，我们一行人坐车去了金格里的家。路上看到好多运油的车辆，以及一个昼夜不停地燃烧天然气的排气管。自从德士古撤走后这里又来了很多家石油公司，石油开采一直没有停歇。

金格里的家坐落在一条柏油马路的尽头，再往前走就是石子路了。原来这里是老油田的边界，石油公司还在不断开辟新的油田，路都还没来得及修。金格里的大儿子目前就在一家石油公司工作，石油业一直是附近居民最大的雇主。据他介绍，从这条石子路再往下走，就进入了亚苏尼国家公园（Yasuni National Park）的境内。公园内很早就发现了石油，据说油质还相当好，于是石油公司千方百计想进来，环保组织千方百计要保护，厄瓜多尔政府也是骑虎难下，一方面眼看着大笔的钱不挣实在是心不甘，另一方面这是厄瓜多尔保护得最好的一个热带雨林自然保护区，万一因为采油而被毁掉的话，在国际上会造成很恶劣的影响。

2007 年，刚上台的科雷亚想出了一个看似绝妙的点子。他提议由国际社会共同承担保护热带雨林的责任，只要能够筹集到开采石油收益一半的钱，也就是 36 亿美元，厄瓜多尔就保证永不开采这里的石油。但是，2013 年 8 月科雷亚宣布这项计划失败了，厄瓜多尔政府只筹集到了 1300 万美元，距离目标相差太远了。他在讲话中称国际组织都太虚伪了，没人真的愿意保护热带雨林，所以他决定开放亚苏尼供厄瓜多尔国营石油公

亚历山德罗·瓜拉芒格和他那双沾满原油的双手

司采油。

“厄瓜多尔石油公司使用的是最先进的环保技术，不会发生德士古那样的环境灾难。”帕提诺向我保证，“而且石油开采只占用 1% 的森林面积，造成的环境影响相当小。”

一边向石油公司索要巨额环境赔偿，一边是开放原始森林供石油公司开采原油，厄瓜多尔政府的所作所为让一些环保组织进退两难，不知道该如何应对。

结语

回基多的路上，我们停在路边一家饭馆吃早饭。饭馆里挤满了各个石油公司的工人，大家聚精会神地看电视里播放的当地电视台的一个谈话节目，主持人指责阿格尔湖社区的居民漫天要价，纯属流氓行径，而科雷亚包庇这些流氓，也不是好东西。

回到基多后的第二天，我被邀请去旁听科雷亚总统的演讲。他每周日都会在各个城市举办一次这样的公开演讲，全程电视直播。他还会把所有在国内的内阁成员都请到现场，当场办公，借此机会向民众阐述自己的执政理念。

我正惊讶于厄瓜多尔的政治如此开明，一位官员私下向我透露，科雷亚实在是不得已才这么做的。原来厄瓜多尔大部分商业媒体都掌握在资本家手里，他们都是亲美派，反对科雷亚的民众主义路线。科雷亚觉得自己的想法都被这些收视率极高的电视台曲解了，便利用每周日的演讲向公众解释自己的政治立场，这是他和公众之间唯一的交流机会。

这样的国家和政治制度，有能力管理好热带雨林吗？